딸들의 저녁식사

뚱보들의 저녁식사

펴낸날 | 2010년 4월 20일 초판 1쇄
        2012년 7월 20일 개정판 1쇄
지은이 | 소피 오두인 마미코니안
옮긴이 | 이혜정
펴낸이 | 이태권
펴낸곳 | (주)태일소담
        서울시 성북구 성북동 178-2 (우)136-020
        전화 | 745-8566~7 팩스 | 747-3238
        e-mail | sodam@dreamsodam.co.kr
        등록번호 | 제2-42호(1979년 11월 14일)
        홈페이지 | www.dreamsodam.co.kr

ISBN 978-89-7381-280-6 03860

● 책값은 뒤표지에 있습니다.
● 잘못된 책은 구입하신 곳에서 교환해드립니다.
● 이 책은 『만찬』의 개정판입니다.

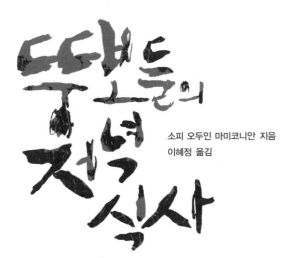

뚱보들의 저녁식사

소피 오두인 마미코니안 지음
이혜정 옮김

소담출판사

● 일러두기

1. 작가주는 각주로 처리한 후 *로 표기하였다.

2. 제목자에 표기된 *부분은 독자의 이해를 돕기 위한 옮긴이주이다.

너무 일찍 천사들을 만나러 떠난 로랑 보넬리를 추억하며
그 누구보다 지적이고 특이한, 너무나 사랑스러운 남편 필리프에게
심술궂은 엄마의 표정에서 끔찍한 사이코패스의 모습을 발견하고
몹시 놀란 나의 멋진 두 딸, 디안과 마린에게

메뉴

요리 준비

오늘은 소년의 생일이다. 열 살이 되는 생일.

하지만 소년은 지금 당장, 여기에서 죽고 싶은 마음뿐이었다.

소년은 옷장 안쪽 깊숙이 도망가려 애쓰다 나무 가시에 팔뚝을 찔렸다. 찔린 팔뚝에서는 피가 조금 스며 나왔다. 어쩔 수 없었다. 소년은 너무 뚱뚱했던 것이다.

소년이 몸을 숨긴 좁은 옷장 안에는 이제는 필요 없어진 낡은 옷들과 장난감들이 잔뜩 쌓여 있었다. 옛날에 가지고 놀던 장난감들이다. 고통과 괴로움이 시작되기 전에.

학대당한 불쌍한 소년은 거대한 집 안에 있는 은밀한 장소를 찾기 위해 한동안 곳곳을 헤매고 다녔다. 처음에는 마치 미지의 대륙이라도 찾는 것처럼 구석구석을 탐험하고 다녔지만, 언제나 현실은 냉혹했다. 집 안 천지 사방에 모두 숨어보았지만 결과는 늘 마찬가지였다. 괴물, 소년이 영혼의 비밀로 삼은 별명인 그 괴물은 어김없이 소년을 찾아냈다.

고통은 다시 시작될 것이다. 끝도 없이 되풀이되며.

뚱뚱한 몸뚱이를 완전히 감출 수 없다는 사실을 증오하며 소년은 두 다리를 꽉 죄는 작은 초록색 반바지를 팔로 가렸다. 갑자기 마룻바닥이 삐걱거리는 소리가 들렸다. 온몸에 소름이 돋았다. 냉혹한 발자국 소리가 천천히 다가왔다. 소년의 투실투실한 뺨 위로 눈물이 흘러내렸다. 소리 없이 흘러내리는 쓰디쓴 눈물이 소년의 살 속에 깊은 고랑을 팔 것만 같았다. 겁을 먹고 흥분한 소년은 눈앞에 쌓여 있는 옷가지들로 몸을 덮어 숨으려 했다. 그리고 두 눈을 꼭 감고 자신을 둘러싼 세상을 머릿속에서 지우며, 자기 자신도 사라지기를 바랐다.

더 이상 발자국 소리는 들리지 않았다.

아무런 소리도 들리지 않았다.

옷장 문이 열렸다. 소년은 아무것도 보지 않았다. 그저 두 눈을 꼭 감고 있을 뿐이었다. 소년의 귀에 휙 하는 소리가 들렸다. 독사가 똬리 튼 몸을 펴듯이, 부드럽게 채찍이 펼쳐지는 소리였다.

소년은 반항할 때에만 채찍이 자신에게 가해진다는 것을 알고 있었다. 심하게 반항할 때에만. 딱 한 번 반항을 시도해본 적이 있었다. 그리고 두 번 다시 시도하지 않았다. 꼭 고통 때문만은 아니었다. 고통에는 이미 익숙해져 있었다. 반항을 시도하지 못하게 한 것은 굴욕감 때문이었다. 소년은 너무 어려서 아무것도 이해할 수 없었지만, 채찍은 사람에게 사용하는 것이 아니라, 개나 말에게 휘두르는 것이라는 생각이 어렴풋이 들었다.

어린 소년에게는 더욱더 사용하지 않는다. 설령 그 소년이 뚱뚱하다 할지라도.

괴물이 거칠고 끔찍한 목소리로 뭐라고 속삭였다. 소년은 결국 눈을 뜨고 말았다. 몸에 딱 달라붙는 승마용 바지와 완벽하게 윤을 낸 베이지색의 빳빳한 부츠, 조급한 듯 채찍으로 반짝반짝 빛나는 부츠를 탁탁 후려치는 모습에 시선을 고정시켰다. 소년은 눈을 들어 멀리 바라보았고, 자신이 두려워하던 상황에 직면했다는 것을 깨달았다. 또다시 눈물이 흘러내리기 시작했고, 입 밖으로 새어나오는 작은 신음소리를 막을 수가 없었다. 조그맣게 흘러나오는 끅끅거리는 소리는, 더 이상 도망갈 힘이 없는 상처 입은 짐승이 마지막 힘을 다해 울부짖는 소리 같았다. 사력을 다해 쥐어짜낸 울음을 끝으로 짐승은 그 생을 다할 것이다. 그때 한마디 말이 귓가에 들려왔다.

"먹어!"

"아뇨, 싫어요. 제발, 안 돼요, 먹고 싶지 않아요! 아직, 아직은 싫어요!"

갑자기 채찍이 번쩍 들렸다. 두려움이 엄습했다. 알록달록한 사탕과 다양한 종류의 크림, 초콜릿으로 가득 찬 접시가 눈앞에 나타났다. 접시는 터무니없이 많은 양초들로 장식되어 있었다.

소년은 끔찍한 구토를 참으려고 애썼지만 옷은 이미 더러워졌다.

때때로 괴물은 소년이 참지 못하고 게워낸 것들을 다시 삼키도록 강요했다.

거친 목소리가 한 번 더 강하게 들려왔다.

"먹어!"

항상 같은 순간이었다. 정확히 바로 이 순간, 소년은 자신이 구원받을 거라고 생각했다. 그들이 와서 괴물의 날카로운 발톱에서 자신을 구해줄 것이라고 믿었다. 이제 다 끝났다고 말하며 그들의 팔로 자신을 안아 올릴 것이라고, 그러면 자신은 다시 평범한 생활로 되돌아갈 수 있을 것이라고 말이다.

하지만 그들은 거기에 없었다.

그들은 오지 않았다. 그들은 소년을 버렸다.

소년은 정확하게 어느 순간에 자신의 마음이 산산조각 났는지 알지 못했다. 어쩌면 바로 그날, 참을 수 없는 구역질로 더러워진, 악취 나는 어두운 옷장 안에서 그랬는지도 모른다.

1
아페리티프*
벨리니, 아무르 드 되츠 샴페인**

그들은 쉬지 않고 비명을 질러댔다. 때때로 비명소리가 너무 커서 음악을 덮을 때도 있었다. 아주 성가셨다. 남자는 바그너와 같은 몇몇 작곡가들을 제외하고, 지하에서 들려오는 소리를 은폐할 수 있는 오페라는 몇 곡 없을 것이라고 생각했다. 어쩌면 현대 음악에도 관심을 가져야 하는 걸까? 아니, 바그너로도 충분하다, 현재로서는.

남자는 옆에 놓인 미니 컴포넌트 쪽으로 몸을 돌리고 볼륨을 높였다. 그에게는 강렬하고 자극적인 음악이 필요했다. 〈발퀴레〉(바그너의 오페라 〈니벨룽겐의 반지〉 4부작 중 하나―옮긴이)와 같이 웅장한 소리와 분노가 깃든 음악이! 실은 요리에 곁들이기 위해 필요한 것이었지만.

얼룩 하나 없이 하얗고, 나무랄 데 없이 완벽하며, 엄청나게 넓은 부엌에 서서 남자는 머리 위에 매달린 여러 개의 식칼 중 하나를 꺼내 들었다. 머리에 레이스 달린 여성용 모자를 쓰고 간단한 앞치마로만

* 식욕을 돋우기 위해 식전에 마시는 술.
** 벨리니는 스파클링 와인을 베이스로 한 칵테일을 말하며, 아무르 드 되츠 샴페인은 샤르도네 품종으로 만든 프랑스의 고급 샴페인으로, 주로 아페리티프 용으로 쓰인다.

몸을 가린 그는 벌거벗은 채로 위엄 있게 움직였다. 잘 발달한 근육들로 강인해 보이는 남자의 몸 전체에 드러난 상처자국들이, 조금만 움직여도 마치 포획되어 피가 배어나온 벌레들처럼 물결쳤다. 그의 몸은 머리부터 발끝까지 온통 상처투성이였다.

청동 화덕에 놓인 여러 개의 검은 주철 냄비에 잘게 다진 양파 조각들을 넣자 잘 달궈진 식용유와 버터가 지글지글 소리를 냈다. 화덕에는 여덟 개의 화구(火口)가 있었다. 요리사가 진정으로 꿈꾸는 주방이었다. 남자가 미소를 지었다. 이곳은 정말 완벽했다. 이 집을 발견했을 때, 그는 너무도 기쁜 나머지 몸을 떨었다. 여기에 누군가 은밀히 머물고 있다는 사실을 아무도 눈치채지 못하도록 덧문은 한 번도 열지 않았다.

그때 웅장한 음악과 양파가 지글거리는 소리를 뚫고 날카로운 목소리가 들려왔다.

"제발 부탁이에요! 나는 돈이 많아요! 돈은 얼마든지 드릴게요! 원하는 건 뭐든지 줄 테니, 제발 나 좀 풀어줘요!"

한 사람이 아니었다. 모두 세 명의 목소리가 차례로 비명을 지르며 절망을 토해냈다. 원래는 네 명의 목소리가 들려야 하지만 한 사람은 전날부터 입을 다물었다. 완벽하다. 다시 비탄에 빠진 울음소리가 들려왔지만 아까보다 훨씬 약했다. 그런 짓은 아무 소용이 없다. 집은 커다란 정원 가운데에 자리 잡고 있었고, 지하에 설치된 감옥들은 절대 탈출할 수 없을 만큼 아주 튼튼했다. 그는 침묵을 지켰다. 사람들의 울부짖는 소리가 듣기 좋은 것은 결코 아니었다. 특히 양동이를 회수하기 위해 감옥에 들어가는 것은 더욱 싫었다. 그러나 사람들이 화장실에 가는 것은 너무 위험했기 때문에 엄격히 금했다. 그는 이것이 고행, 일종의 벌이라고 생각하고 그들의 용변을 말없이 치웠다.

사실, 선택의 여지가 없었다. 그들이 쏟아낸 용변의 고약한 냄새가 부엌에서 풍기는 향긋한 냄새를 부패시키려는 병인(病因)처럼 올라왔다. 구역질 나는 냄새 때문에 때때로 너무나 화가 났지만, 이내 평정을 되찾아야만 했다. 계획에 충실해야 한다. 어떤 충동에도 져서는 안 된다. 하지만 그것이 늘 쉬운 것만은 아니었다.

남자는 고개를 끄덕이며 계속 요리 준비에 집중했다. 옆에는 통통하게 살이 오른 네 마리의 어린 암탉이 놓여 있었다. 그는 재빠른 동작으로 다리 끝부분을 잘라내고 몸통을 벌려 지저분한 것들을 끄집어냈다. 한 마리씩 닭의 껍데기를 벗겨내고, 몇 분 전에 다져놓은 송로버섯을 아주 섬세한 동작으로 그 안에 넣었다. 마지막으로 소금과 후추, 코냑을 뿌리고 송로버섯이 가득 차 벌어진 배를 오므린 다음, 황산지로 닭을 쌌다. 냄비에서 기름이 튀었지만 뜨거운 줄도 모르고 노릇노릇하게 익은 다진 양파 위에 화이트와인을 부었다. 고급 와인인 퓔리니 몽라셰를 사치스럽게 요리에 사용하는 것은 죄악이나 마찬가지였다. 그래서 그는 피부에 기름이 튀는 고통을 위안으로 삼았다.

알코올이 날아가기를 잠시 기다린 후 약한 불에 뭉근히 끓인 육수를 냄비에 부었다. 닭을 조심스레 냄비 안에 넣고 손목시계로 시간을 확인한 다음, 뚜껑을 닫았다. 완벽하다. 아직 시간이 조금 남아 있다.

길쭉하고 향기로운 바스마티 쌀과 샐러드 소스는 이미 준비되어 있었다. 쟁반에는 부드러운 치즈들을 다양하게 놓았다. 크림이 방울져 흘러내리는 네 종류의 케이크가 화려한 조명을 받아 부드럽게 빛났다. 오븐 속의 마늘빵도 거의 다 익었다. 음식에서 풍겨 나오는 냄새가 너무나 향기로웠다. 배기용 팬을 작동시키자 맛있는 냄새가 즉시 지하로 빠져나갔다. 지하에 있는 손님들은 이 향긋한 냄새를 실컷 맡을 수 있을 것이다.

그는 넓은 거실로 갔다. 거실에는 열 장 정도의 사진이 있었다. 모두 젊은 여자의 사진들로, 커다랗고 푸른 눈에 검고 긴 머리카락을 늘어뜨린 모습이 아름다웠다. 다양한 포즈를 여러 각도에서 찍은 사진들이었다. 침대에서 잠든 모습을 찍은 사진도 있었다.

남자는 사진이 들어 있는 액자로 다가갔다. 이 집에서 사진을 처음 발견했을 때는 정말 깜짝 놀랐다. 다른 사진들은 없었다. 이 사진뿐이었다. 이 사진은 사립탐정이 찍은 것으로, 그 사실을 증명이라도 하듯 액자 뒤쪽에 그녀의 주소와 이름이 적혀 있었다. 남자는 그녀를 미행하기 시작했고, 호기심은 아주 빠르게 편집증으로 바뀌어갔다. 그녀가 아름답기 때문만은 아니었다. 그녀의 순결함과 침착함도 이유가 되었다. 혼자 있을 때에는 조금이라도 그녀와 함께 있고 싶어서 그녀의 사진을 찍기 시작했다.

남자는 그녀의 사진을 보고 미소 지었다. 그녀는 극히 개인적인 그의 지옥 속으로 군말 없이 들어와 친구 같은 존재가 되었다. 이 사진 때문에 그는 계획을 변경했다. 젊고 아리따운 여인을 위해 깜짝 놀랄 만한 계획을 세웠다. 그녀는 그렇게 살아서는 안 되었다. 그녀의 인생은 슬프고 어두웠다. 그는 그녀의 인생에 짜릿한 맛을 첨가할 예정이었다.

남자는 길게 한숨을 내쉬면서 손끝으로 커다란 초상화들 가운데 하나를 쓰다듬었다. 그리고 액자를 가지고 부엌으로 돌아갔다. 커다란 나무 탁자 주위에 놓인 의자에는 수도사 복장이 걸쳐져 있었다. 그는 그 옷을 입고 옷에 달린 두건을 썼다. 얼굴은 가면으로 완벽하게 가렸다. 이제 그는 존재감 있는 사람이 아니라 세상에 없는, 지워져버린 인물이 되었다. 수도사 복장을 샀다는 행위가 씁쓸하게도 아이러니하게 느껴졌다. 이 옷이야말로 그에게 너무나 잘 어울리는 복장이 아니던가. 거친 옷감이 그의 몸에 난 상처들을 스쳤다. 고통스럽기는 했지만 동시에 위안이 되었다. 고통은 그가 살아 있음을 느낄 수 있는 마지막 감각이었다.

남자는 검은 대리석으로 만든 조리대 위에 액자를 놓고 큰 식칼을 꺼냈다.

"네가 나를 구원할 수 있을까?"

그는 웃고 있는 사진을 향해 중얼거렸다. 약해져서는 안 된다. 그는 갑자기 계시라도 받은 것 같은 표정을 지었다.

"준비는 끝났어!"

남자가 늑대처럼 울부짖었다. 거친 목소리가 〈발퀴레〉의 웅장한 선율을 뛰어넘었다. 그리고 굶주린 짐승처럼 강렬한 동작으로 음악을 껐다.

울부짖던 네 목소리 중 세 목소리가 때맞추어 줄어들었다. 네 번째 목소리는 그리 재빠르지 못했다. 강하게 애원하는 소리가 불협화음처럼 갑자기 크게 들려왔다. 네 번째 목소리도 이제 숨을 죽이고 비탄 섞인 신음소리를 내기 시작했다.

"안 돼! 제발 부탁이오. 안 된다고! 안 돼, 난 안 돼, 싫소. 제발! 난 못 들었어. 안 돼요. 이건 옳지 않소. 제발 한 번만 더 기회를 줘요. 안 돼!"

남자가 가면 뒤에서 한숨을 쉬었다. 입을 빨리 다물었든 아니든 그런 것은 전혀 중요하지 않다. 남자는 그들에게 사소한 부분까지 중요하다고 믿게끔 했다. 하지만 희생자는 이미 결정되었다. 오래전에.

그는 두건을 고쳐 쓰고 소매를 걷어 팔을 드러냈다. 불그스름한 상처자국들이 고무줄처럼 팽팽하게 당겨져 어린 시절의 끔찍한 학대를 떠오르게 했다. 그 상처들은 그가 너무 많이 먹을 때마다 고문을 해서 침묵을 지키는 노예로 복종시키기 위해 괴물이 한 짓이었다.

남자는 창백한 팔에 그어진 상처자국을 바라보며 씁쓸하게 미소 지었다. 프랑켄슈타인의 피부처럼 온통 꿰맨 자국투성이였다.

남자는 손에 든 식칼의 무게를 헤아려보고 부엌에서 나갔다. 화려한 가구로 장식된 거실을 지나, 세련된 포석을 간 입구의 홀을 가로질러 지하실 문을 열었다.

이제 시간이 되었다.

2
입맛 돋우기
푸아그라를 넣은 만두와 카나페

방은 너무나 새파랬다. 네슬린스키 박사가 이뤄낸 훌륭한 결과를 생각하면 그를 비난할 수는 없었지만, 엘레나는 항상 너무 새파란 이 색깔 속으로 빠지는 느낌이 들었다. 어린 환자들과 상담하는 이 방은 그녀에게 '중심 속의 중심'과 같은 존재였다. 방은 아주 컸으며 푸른 꽃무늬가 염색된, 깊숙이 몸을 파묻을 수 있는 소파가 놓여 있었다. 소파 위에는 말랑말랑한 쿠션들이 놓여 있었고, 유니콘과 날개 달린 천마로 장식된 커다란 카펫이 깔려 있어, 아이들은 그 위에 누워 있곤 했다. 책과 형형색색의 장난감들도 갖추어져 있었다.

그리고 카메라도 설치되어 있었다. 보이지는 않았지만 확실히 있었다. 파리 16구, 푸른색과 하얀색 벽에 황금색 쇠시리로 장식된 이 커다란 아파트에서, 눈에 보이지 않는 카메라 렌즈는 아주 작은 움직임까지도 조용히 찍어내고 있었다.

파리 16구는 매력적인 구역이긴 했지만, 다른 곳들과 마찬가지로 정신없이 복잡한 구석도 있었다. 10년 전에 네드 네슬린스키가 개원한 이 정신과 의원은 아이들이 빼앗긴 평화를 되찾을 수 있도록 도와주었다. 엘레나는 섬세하게 생긴 긴 손가락을 신경질적으로 깨물고 있다가, 갑자기 자신의 행동에 놀라 손가락을 흘긋 쳐다보고는 짜증스레 입에서 손가락을 뗐다. 그녀는 깊이 한숨을 내쉬고는 다시 어린 환자에게 주의를 기울였다.

갈색 머리에 자그마하고 단단한 체형의 아이는, 낡았지만 깨끗한 파란색 멜빵바지를 입고 소아정신과 의사인 네드가 내미는 곰인형을 마치 독거미를 쳐다보듯 바라보았다. 치명적인 독거미를 바라보는 듯한 눈빛.

아이는 감히 곰인형에 다가가지 못했다. 엘레나를 힘들게 하는 것은 무언가 씹고 싶은 욕구였다. 그녀는 아이에게 동정심보다는 오히려 고통 섞인 두려움을 느꼈다. 아이가 느끼는 감정을 너무나 정확하게 파악했으므로! 네드가 몸을 기울이자 어린 소년은 뒷걸음쳤다. 엘레나는 그들 사이로 끼어들 뻔했다. 네드는 너무, 너무…… 심했다. 큰 키에 너무나도 완벽한 회색 머리칼을 가졌으며, 너무 단정한 머리를 하고, 너무 잘생겼다. 바비인형과 결혼한 켄처럼 정말 완벽했다. 아이가 경계하는 것도 놀랄 일이 아니다. 엘레나가 만약 저 아이였다면 아마도 네드를 이빨로 물어뜯었을 것이다. 고무로 만든 게 아닌지 확인해보려고 말이다.

네드는 즉시 동작을 멈추고 뒤돌아 몇 걸음 걸어간 후 곰인형을 내려놓았다.

"걱정 마, 괜찮아. 가까이 가지 않을게. 자, 봤지? 나는 여기 이렇게 멀리 있을게."

그가 머리를 흔들며 말했다.

아이는 긴장을 풀며 눈을 비볐다. 아이는 지쳤다. 상담은 벌써 한 시간 반이나 진행되었다. 다섯 살짜리 어린아이에게는 견디기 힘든 긴 시간이었다.

엘레나는 다시 한숨을 쉬고, 본능적으로 숨을 죽였다. 아이에게 감정이입을 해서는 안 된다. 네드, 본인 스스로 장난스럽게 붙인 별명으로 부르자면, '바라건대 그녀의 동업자이자 상사(왜냐하면 엘레나는 함께 동업하자는 네드의 제안에, 자유롭게 일하고 싶다는 이유를 대며 이미 두 번이나 거절했던 것이다)'인 네드는 거울 반대쪽에 서 있었다. 그는 절대 거울을 넘어오지 않았다. 하지만 그 역시 유능한 다른 많은 의사들처럼 짜증날 정도로 자만심을 과시할 때가 있었다. 그 때문에 환자들은 그와 친근하게 지내지 못했다. 불안한 감정이입과 상처받기 쉬운 나약함을 가진 젊은 엘레나가 때로는 네드보다 훨씬 유능하게 환자를 다루었다.

엘레나는 어린 환자에게 주의를 기울였다. 마침내 아이는 네드의 질문에 대답하기로 결정한 것 같았다.

"몰라요. 그 아저씨가 방으로 들어왔어요. 아기를 데리고 있었는데, 그 아기는 항상 침을 흘려요. 아저씨가 아기를 눕혔어요. 난 그때 피카추랑 놀고 있었고요."

"피카추가 누구야?"

네드가 물었다.

순간, 얕보는 시선으로 네드를 바라보는 아이의 얼굴에서 불안한 모습이 사라졌다.

"내 피카추 말이에요!"

엘레나는 미소 지었다. 사실 네드는 피카추가 유명한 일본 애니메이션 〈포켓몬스터〉의 주인공이라는 사실을 잘 알고 있었다. 아이가 어른보다 더 우월하다고 느끼는 감정은 아이를 안심시키는 데 좋은 영향을 미친다. 두 의사가 주의 깊게 바라보는 가운데 아이가 수다를 떨기 시작했다. 엘레나는 머리카락이 얼굴을 가리지 않도록 길고 검은 머리카락을 한데로 모으고, 아이가 두려움을 느낄까 봐 조심스레 뒷걸음쳐 아이 옆에 앉았다. 그녀가 다정하게 미소 짓자 아이가 그녀의 손을 잡았다. 너무나 갑작스런 행동이라 그녀는 당황했다. 아이는 보호받고 싶은 듯 엘레나의 손을 더욱 꼭 잡고는 비디오 게임에 대해 열정적으로 설명을 이어나갔다.

전날부터 그들은 팻의 상황에 대해 고민했다. 아이의 엄마는 아이를 '보들이 팻' 혹은 '야옹이 팻'이라고 불렀다. 우울한 천사와 같은 매력을 지닌 아이였다. 아마도 이런 매력 때문에 공격당했을 것이다. 평소보다 일찍 아들을 데리러 온 엄마가 아들의 비명소리를 들었고, 제때에 위험한 상황을 제지하였다. 하마터면 소아 성범죄가 아무도 모르게 묻힐 뻔했다. 범인은 뚱뚱한 남자였는데, 그 엄청난 덩치에도 아랑곳하지 않고 아이의 엄마는 남자의 눈동자를 뽑을 듯이 달려들었다. 두 눈을 뽑아내 남자에게서 아이의 모습을 지워버리고 싶었던 것이다. 아니, 남자에게서 모든 아이들의 모습을 없애버리고 싶었는지도 모른다. 영원히.

사실 그런 인간은 눈이 아니라 페니스를 뽑아버려야 한다고 엘레나는 생각했다.

피에르 자비라는 그 남자는 이미 소아 성범죄로 처벌을 받은 적이 있는 재범이었다. 그는 팻과 여러 아이들을 돌보는 보모와 친하게 지내며, 자신은 아이들을 너무나 좋아하지만 불임이어서 아이를 가질 수 없다고 떠들어댔다고 한다. 남자는 여러 번 보모를 도와준 적이 있었고 아이들도 잘 돌봐주었기 때문에, 보모는 전혀 의심하지 않았다. 남자는 교활했고, 참을성이 있었다. 그는 아이들이 자신에게 익숙해지도록 여러 달을 기다린 후에야 공격했던 것이다.

사건이 일어났던 날, 보모는 시장을 보러 가기 위해 자리를 비우면서 남자에게 적어도 한 시간 정도는 걸릴 거라고 이야기하고 아이들을 맡겼다. 다행히 그날은 팻의 엄마가 일찍 아이를 데리러 왔다. 게다가 보모의 집은 팻의 집과 같은 건물 1층에 있었기 때문에 팻의 엄마는 안뜰을 지나 보모의 집에 도착했고, 남자가 아이들에게 나쁜 짓을 하기 전에 막을 수 있었다.

가장 어린 아이는 9개월 된 아기였다.

사건의 정황을 제대로 파악하기 위해 네드와 엘레나는 아이의 설명을 잘 이해해야만 했다. 다섯 살짜리에게는 충격과 고통을 해석하는 것도 쉬운 일이 아니었지만, 더 끔찍한 것은 그 추잡한 이야기를 설명해야 한다는 것이었다. 절대 일어나서는 안 되는, 추잡하고 더러운 이야기 말이다.

엘레나는 네드가 다가갔을 때 팻이 뒷걸음치던 동작과 아이가 곰 인형에 던진 눈빛을 떠올리며 시선을 멀리 돌렸다. 아이가 두려워한 것은 네드가 아니었다. 그렇다, 아이는 곰인형을 두려워했던 것이다. 곰인형은 아이들이 자신의 아픈 신체 부위를 대신 가리킬 수 있도록 만든 헝겊 인형이었다. 이 방법은 대개의 아이들에게 문제없이 통하곤 했는데, 이번에는 아니었다. 어쩌면 그 소아 성애자가 팻을 꼬이기 위해 그런 인형을 사용했는지도 모른다. 아이의 반응을 볼 때, 이 가정은 거의 확실해 보였다.

아이의 작은 손을 놓지 않은 채 엘레나는 장난감으로 넘쳐나는 나무 상자 쪽으로 몸을 기울여 다른 인형 하나를 꺼냈다. 부드럽고 동그란 모양을 한, 위험해 보이지 않는 아기 인형이었다.

"피카추는 아주 강해. 그렇지 않니?"

엘레나가 팻의 주의를 끌며 말을 이었다.

"만약 피카추 앞에 그 나쁜 아저씨가 있다면, 피카추는 순식간에 아저씨를 감전시켰을 거야!"

"맞아요! 피카추는 그 아저씨를 아프게 했을 거예요. 분명히 그럴 거예요! 그 아저씨가 나한테 했던 것처럼!"

팻이 엘레나의 의견에 맞장구치며 말했다. 엘레나는 그 분위기를 이용해 물었다.

"그럼 그 나쁜 아저씨가 네 몸 어디를 만졌는지 이 인형에서 가리켜볼래?"

"여기요."

아이가 아기 인형의 엉덩이를 가리켰다. 이 장면은 모두 카메라로 녹화되었지만, 네드는 그 자리를 떠나지 않고 녹음기에 아이가 말한 내용을 녹음했다. 성범죄는 의학적인 증거가 있어야지만 인정되기 때문이다. 신이시여, 고맙습니다!

"아주 잘했다, 팻. 너는 정말 멋진 아이구나. 이제 선생님은 옆방에 계신 팻의 어머니를 만나러 가야 해. 그러니까 여기서 잠깐만 기다려 줄래? 엘레나 선생님이 여기서 너랑 같이 있어줄 거야."

팻은 고개를 끄덕였지만, 아이의 관심은 이미 장난감으로 향했다. 아이는 엘레나에게서 손을 빼 장난감 코끼리를 잡고 공중에서 빙빙 돌리며 놀기 시작했다. 엘레나는 네드가 나가는 것을 보았다. 늘씬하면서도 근육이 탄탄하게 붙은 몸 때문에 네드는 자신의 나이보다 훨씬 젊어 보였다. 엘레나는 네드가 정기적으로 테니스를 치고 스포츠 클럽에도 자주 간다는 사실을 알고 있었다. 그녀는 네드의 끈기에 찬사를 보냈다. 엘레나가 지금의 네드 나이쯤 되면 그녀도 그와 같은 용기를 가지게 될까? 아니면 참으려는 의지나 허리 사이즈를 무시하고, 고기 스튜나 치즈가 듬뿍 들어간 요리를 선택하게 될까?

잠시 후, 닫힌 문틈으로 고성이 터져 나오자 구석에 앉아 있던 여자 경관이 황급히 고개를 들었다. 엘레나는 그녀에게 재빨리 미소를 보내며 팻을 좀 지켜보라는 손짓을 했다. 아이는 놀이에 정신이 팔려 엘레나에게는 신경도 쓰지 않았다. 엘레나는 좁은 복도, 아니 원래는 넓었지만 책들에 파묻혀 좁아진 복도로 조용히 고개를 내밀었다. 엘레나는 얼굴을 찌푸렸다. 뿌연 먼지구름 아래로 환자들을 매장시킬 정도의 책들이 복도에 위협적으로 쌓여 있었다.

잔뜩 쌓인 책 더미는 진료실의 정돈된 분위기와는 전혀 어울리지 않았지만, 엘레나와 마찬가지로 네드 역시 열렬한 독서 애호가였기 때문에 책장은 언제나 초만원이었다. 책장에서 밀려난 책들은 하나

둘씩 선반도 없는 복도에 쌓이기 시작했고, 어느덧 복도는 책으로 가득 차게 되었다.

엘레나는 위태하게 흔들리는 책 더미 위로 고개를 길게 빼 바라보다가 눈썹을 찡그렸다. 네드는 아이의 어머니가 아니라 어떤 남자와 이야기를 나누고 있었다. 아이의 어머니인 곤잘레스 부인이 기다리고 있는 문 바로 앞에서. 남자는 네드만큼 키가 컸다. 갈색 머리에 낡은 가죽 재킷과 청바지를 입은 남자는 엘레나에게 등을 돌린 채 네드를 진정시키기 위해 애쓰고 있었다.

"안 됩니다. 절대 안 돼요. 진정하세요. 아니면 골치 아픈 일을 겪게 될 거예요."

남자의 경고를 듣자 네드는 즉시 표정이 굳었다.

"협박입니까?"

"확인하는 것뿐입니다. 선생님을 고소했던 그 소아 성범죄자가 고소를 취하했어요. 이제 선생님의 범죄 기록은 없어진 겁니다. 이런 기회가 항상 오는 건 아니에요."

"그가 고소를 취하했군요."

네드가 다시 한 번 되씹었다. 목소리에 묻어난 쓰라린 감정이 엘레나의 마음을 흔들었다.

"변호사가 아이의 증언에 의혹을 제기하는 데 성공한 덕분에 결국 고소를 취하한 거군요. 그럼 이제 당신은 그를 체포하는 데만 관심이 있겠네요. 아니면 내가 그 일을 맡죠. 게다가 아이의 엄마도 증언할 거예요. 현장에서 목격한 사람이 바로 아이의 엄마니까요."

"그렇다면 더더욱 안심하셔도 되겠네요. 확실한 증거잖아요. 피에르 자비는 운이 없었어요."

네드가 한숨을 쉬었다. 긴장감으로 구부러진 어깨가 조금 펴졌다.

"그런 인간들은 아이들에게 씻을 수 없는 고통을 남깁니다. 때때로 아이들을 완전히 무너뜨리기도 하죠."

경찰이 네드의 등에 따뜻하게 손을 얹자 네드가 소스라치게 놀랐다. 고통으로 일그러진 주름이 얼굴에 짙게 드러났다. 경찰은 재빨리 손을 뗐다.

"죄송합니다. 혹시 제가 아프게 한 건 아닌가요?"

"아니요, 그런 게 아닙니다. 어제 저녁에 무리해서 무거운 것을 들었더니 근육을 좀 다친 모양입니다. 그 쓰레기 같은 놈, 팻을 공격했던 자비라는 놈은 지금 감옥에 있나요?"

"아뇨, 아직 병원에 있어요. 아이의 엄마가 놈을 단단히 손봐놨거든요. 치료가 끝나는 대로 우리 쪽으로 인도될 겁니다."

"그 돼지새끼가 철창 안에 갇히지 않는 한, 나는 편히 쉴 수 없을 거요."

갑자기 네드가 마주 서 있는 젊은 남자를 무심히 바라보다가 그에게 물었다.

"그런데 어떻게 이 사건을 제4수사국에서 맡게 된 거죠? 난 그쪽과는 용무가 없는데."

경찰이 고개를 끄덕였다.

"사실 저희 쪽으로 익명의 우편물이 하나 도착했습니다. 피에르 자비가 위험한 소아 성범죄자라는 사실을 뒷받침하는 정보가 담긴 기록과 증거물이었죠. 그 정보에 따르면 그는 한 소년을 살해했어요."

놀라움과 두려움에 두 눈을 동그랗게 뜬 엘레나가 펄쩍 뛰어올랐다. 충격을 받은 네드 역시 손으로 입을 가렸다.

"그런 종류의 증거물은 법정에서 받아들여지지 않아요. 하지만 그 후 자비가 팻을 위협한 덕분에 그의 집을 수색할 수 있었죠. 무슨 일이 있건 간에 병원에서 나오면 그자는 곧바로 감옥행일 겁니다. 걱정하지 마세요."

네드는 회의적인 표정으로 얼굴을 찌푸렸다. '위협한 덕분에'라는 표현이 굉장히 불쾌한 것 같았다. 이제야 책 더미 위로 내민 엘레나의 얼굴을 발견하고 네드가 이마를 찡그렸다.

"무슨 일이야? 팻에게 무슨 문제가 생겼나?"

그가 재빨리 물었다.

젊은 소아정신과 여의사는 호기심 때문에 현장에서 잡힌 현행범처럼 얼굴이 빨개져서 복도로 걸어왔다. 몸을 돌린 경찰은 그녀가 다가오는 광경을 바라보았다. 불안해하는 엘레나의 눈동자 속에서 희미한 빛이 번득였다. 그녀는 시선이 마주치는 것을 거부하며 눈썹을 찡그리고 네드에게 시선을 고정시켰다. 엘레나는 대답하기 위해 긴장을 풀려고 애썼다.

"아니에요. 팻은 지금 노는 중이에요. 박사님은 괜찮으세요?"

그녀의 목소리에서 불안감이 느껴지자 네드가 얼굴을 찌푸렸다.

"응, 괜찮아. 반장님과 나 사이에 의견 차이가 조금 있었을 뿐이야. 하지만 이제 됐어."

네드가 반장을 소개시켜주려 하자 반장이 먼저 인사를 건넸다.

"안녕하세요, 필리프 하트입니다."

엘레나는 계속 네드를 바라보며 짤막하게 인사했다.

"안녕하세요, 수사관님."

남자가 살짝 미소를 지었다.

"반장입니다."

"네?"

엘레나는 위협이라도 당한 것처럼 순식간에 얼굴이 붉어졌다.

"수사관이라고 부르지 않은 지 벌써 4년이나 됐습니다. 이제 우리도 직급이 있답니다. 저는 반장입니다."

그녀에게는 선택권이 없었다. 하트와 이야기하면서 네드를 바라보는 건 너무도 이상해 보였다. 마침내 그녀는 호기심 어린 눈으로 자신을 바라보는 반장을 향해 시선을 돌렸다.

엘레나는 젊고 아주 멋진 여성이었다. 어깨 위로 흘러내리는 검은 머리카락은 깊고 푸른 눈동자와 놀라울 정도로 근사한 대비를 이루었다. 무늬 없는 수수한 회색빛 옷에 잉카의 태양을 표현한 커다란 황금 목걸이를 한 그녀는 마치 갑옷으로 둘러싸인 것 같았다. 아니, 그보다는 갑옷 뒤에 몸을 숨기고 있는 것처럼 보였다. 만약 그녀의 시력에 문제가 있다면, 그녀는 얼굴의 반을 뒤덮는 매우 두껍고 시꺼먼 뿔테 안경을 쓸 것 같다는 생각이 들었다. 엘레나에게서는 긴장과 평정이 뒤섞인 묘한 감정이 느껴졌다.

하트는 첫눈에 반한다는 말을 믿지 않았다. 첫눈에 반한다는 것이 전혀 낭만적이지 않다고 생각했기 때문이다. 그러나 5년 전부터 한 번도 여자 앞에서 긴장한 적 없던 그가 지금 이 순간, 떨림을 느꼈다.

이 여자는 생존자다. 이 여자는 상처를 받았어. 아주 난폭하게. 그녀는 나를 바라보려 하지 않아. 그저 예의상 인사를 했을 뿐이야. 난 그 이상을 원해. 자, 나를 봐요. 내 눈을……

엘레나 역시 그를 관찰하고 있었다. 나이는 30대이고, 매력적인 얼굴을 가졌다. 그의 턱 보조개가 절대적인 매력을 부여했다. 구겨지고 낡은 옷을 입었지만 자신을 바라보는 모습에는 저항할 수 없는 매력이 있었다.

"파란 방에서 기다릴게요. 팻과 같이요."

엘레나는 네드에게 간단히 말하고는 도망치듯 상담실로 돌아갔다. 엘레나는 확실히 남자들이 어렸을 때를 훨씬 좋아한다. 어린아이 시절의 남자들은 존중해줄 수 있었다.

필리프는 다시 네드에게로 시선을 돌렸다.

"당신 조수인가요?"

"정확하게는 아닙니다. 그녀는 엘레나 바르톡 박사예요. 나처럼 소아정신과 의사죠. 엘레나는 내가 연구한 여러 가지 치료법들을 공부하기 위해 우리 병원에 온 겁니다. 아주 총명한 아가씨지요. 연구 조수를 맡아달라고 벌써 두 번이나 제안했지만 혼자 독립적으로 일하고 싶다고 하더군요. 엘레나와는 6개월 전부터 함께 일하고 있는데, 그동안 아이들에게서 아주 훌륭한 결과를 끌어냈소. 엘레나는 정말 뛰어난 재능을 가지고 있어요."

그들이 소아 성애자에 대해 대화를 나누던 몇 분 전만 해도 그렇게 위협적인 태도를 보이던 소아정신과 의사가 이제는 긴장이 풀린 듯 가벼운 목소리로 말했다. 밝은 갈색 눈동자는 어느새 분노가 아닌 열정으로 빛나고 있었다.

그런 열정이라면 필리프 하트 역시 함께 나눌 준비가 되어 있었다. 100미터 달리기를 막 끝낸 것처럼 심장이 아주 빨리 뛰었다. 그가 엘레나에게 느끼는 감정은 그야말로 아주 이상한 것이었다. 이런 상황에서는 어울리지 않는 감정이었던 것이다.

그에게는 여자가 있기 때문에, 말하자면 거의 그런 셈이었다. 그가 이자벨의 생일을 한 번 이상 잊어버리자 그녀는 상황을 명확히 하기로 결심했다. 신중한 그녀는 그런 경우에 대비해 놔두었던 자신의 아파트로 돌아갔다. 필리프 하트는 여자들의, '상황을 명확히 하자'는 말이 싫었다. 이 말은 적어도 다음 달에는 여자들이 다른 남자와 팔짱 낀 광경을 보게 된다는 뜻이었다. 훨씬 잘해주는 다른 남자와 말이다. 항상 위험에 노출되어 있고 저녁때가 되어도 집에 들어올 확률이 적은 남자가 아니라, 꼬박꼬박 집에 들어오는 남자 말이다.

하지만 매번 새로운 모험에 맞닥뜨릴 때마다 필리프 하트는 인생을 근본적으로 변화시켜줄 여자가 나타나기를 희망했다. 함께 아이를 낳아 기를 여자, 아니 가능한 한 오랫동안 머무를 수 있는 여자를 찾고 싶다는 게 맞을 것이다.

"음, 그녀는 결혼했나요?"

필리프가 심드렁한 어조로 물었다. 그러자 네드가 입술을 삐죽거렸다. 미소는 아니었다. 오히려 비웃음에 가까웠다. 입술을 깨물기 직전이었다.

"내 생각에 엘레나는 남자를 별로 좋아하지 않는 것 같소. 자, 이제 갑시다. 환자 보호자가 사무실에서 기다리고 있어요."

네드가 메마른 어조로 말했다. 이번에는 필리프가 두 눈을 크게 뜨고 네드의 말을 끊었다.

"예엣? 그럼 바르톡 박사는 레즈비언인가요?"

"아니, 그런 말이 아니오!"

소아정신과 의사는 격분한 목소리로 말했다.

"난 그녀의 사생활에 대해 얘기할 권리가 없소. 하지만 엘레나가 아직 결혼하지 않았고, 남자친구도 없으며, 매번 내가…… 아니, 남자가 너무 가까이 다가가면 늘 뒷걸음친다는 것만 알아두시오."

실수가 진실을 폭로한 셈이다. 이 사람, 이 잘생긴 소아정신과 의사는 엘레나에게 조금 심하게 집착하는 것 같다고 필리프는 생각했다. 잘생겼지만 나이가 지긋한 박사 양반, 쉰 살은 족히 넘어 보인다. 엘레나는 아무리 많아도 스물다섯 살 정도이리라.

네드는 사무실로 들어가며 필리프에게 따라오라는 신호를 보냈다. 필리프는 당황하여 꼼짝도 하지 못했다. 복도와 마찬가지로 사무실 역시 사방이 책들로 가득 차 있었다. 가죽으로 장정한 책들이 흔한 종이 장정 책들과 뒤섞여 있고, 크고 작은 책들과 밝고 어두운 표지의 책들이 즐비했다. 최근에 출간된 책들과 옛날 책이 뒤섞여 있고, 각종 의학 서적과 만화책들이 마구잡이로 뒤엉켜 있는 이 잡동사니 속에서는 어떤 특징도 찾을 수 없을 것 같았다. 벽에는 그림 한 장 걸려 있지 않았다. 하지만 중국산 골동품은 무척 많았다. 당나라 시대의 작은 말 조각상과 머리나 팔, 또는 다리가 없는 병사들의 조각상이 여기저기 놓여 있었다. 비취로 만든 것 같은 두 개의 꽃병에는 누군가 꽃을 꽂아두었다. 하얀 장미였다. 순수의 색깔. 필리프는 고개를 끄덕였다.

갈색 피부의 젊은 여자가 눈물이 그렁한 눈으로 그들을 바라보았다. 아이의 엄마가 분명했다. 얼굴이 온통 눈물로 번들거렸다.

"내 아들은 어떤가요? 걱정이 돼서 죽을 지경이에요!"

'ㄴ' 발음이 가볍게 강조되는 억양이었다. 아마도 평소에는 이 습관을 없애려고 애쓰지만, 긴장한 순간에는 여지없이 튀어나오는 것일 터였다. 네드는 그녀에게 따뜻한 미소를 보내며 서류가 잔뜩 쌓인 책상 의자에 앉았다. 뒤쪽 유리창을 통해 들어오는 햇빛이 그의 주위에서 어슴푸레하게 빛났다. 후광이라 해도 부족함이 없었다. 필리프는 전문가로서 이런 장면을 존중했다.

"팻은 괜찮을 겁니다, 곤잘레스 부인. 신체적으로 상처를 입은 게 아니니까요. 정신적인 상처를 입은 거죠. 우리는 특히 아이가 트라우마를 겪지 않도록 최선을 다할 겁니다. 팻은 잘 견뎌낼 거라고 생각합니다."

네드의 대답에 여자의 얼굴이 굳어졌다.

"그놈을 사형시킬 수 있을까요?"

소아정신과 의사는 한숨을 내쉬었다.

"곤잘레스 부인, 저를 믿으세요. 저도 그러고 싶습니다만, 프랑스에는 사형제도가 없습니다. 소아 성범죄 행위는 징역형으로만 처벌됩니다. 그 범죄자는 정상이 아닙니다. 감옥에 수감되겠지만 별도의 치료가 필요한 상황입니다."

"그놈을 치료하는 건 바라지 않아요. 그놈이 죽는 게 보고 싶다고요. 그 시체에 침을 뱉어주고 싶다니까요. 내 남편은 사건 소식을 듣고 거의 미쳤어요. 만약 남편이 그놈과 마주치기라도 한다면 눈앞에서 당장 죽여버릴 거예요. 반드시요! 나도 할 수만 있다면 남편을 도울 거라고요!"

여자가 으르렁댔다. 필리프가 그녀의 의견에 동의하는 네드에게 화난 눈빛을 보내며 끼어들었다.

"안녕하세요, 전 필리프 하트 반장입니다. 어제 제 동료들을 만나셨겠지요. 제가 이번 수사의 책임을 맡고 있습니다. 저를 믿으세요. 어머니께서는 개인적으로 복수하겠다는 생각을 완전히 버리셔야 합니다. 혹시라도 그런 일이 생기면 두 분께서는 살인죄로 처벌받게 되고, 그렇게 되면 댁의 아드님은 지역보건사회국(DDASS)으로 보내질 겁니다. 두 분은 앞으로 20년은 감옥에서 보내야 할 거고요. 정의가 실현되도록 도와주세요, 곤잘레스 부인. 특히 제 말을 남편 분께 잘 전해주세요. 그 괴물은 한 가정을 무너뜨릴 뻔했습니다. 그렇게 하도록 내버려둬서는 안 됩니다."

여자는 고개를 끄덕였다. 하지만 그녀의 검은 눈동자 속에 드리워진 사나운 빛 속에서 필리프는 그녀가 진심으로 인정하고 있지 않다는 것을 깨달았다. 갑자기 필리프가 온몸을 떨더니 불편한 기색으로 허리춤에 달린 휴대전화를 받았다.

"죄송합니다. 휴대전화를 진동으로 해놓으면 항상 이렇게 깜짝 놀라네요."

전화를 받은 그의 얼굴이 창백해졌다. 필리프는 간단히 명령을 내린 후 입술을 굳게 다문 채 전화기를 닫았다. 네드와 팻의 어머니가 묻기 전에 필리프가 먼저 입을 열었다.

"죄송합니다, 박사님, 곤잘레스 부인. 아이를 위협했던 그 녀석이……."

"뭡니까?"

"그 녀석을 지키던 경찰이 쓰러진 채 발견되었답니다. 피에르 자비는 사라졌고요!"

3
오르되브르*
가장 즐기는 음식인 바닷가재 꼬리 파이

네드는 전문가답게 반응했다. 무너져내리는 여자를 안정시키기 위해 위로의 말을 계속 쏟아내며 상황을 조절하려 애썼다. 하지만 아무런 소용이 없었다. 곤잘레스 부인은 공포에 질려 분노를 터뜨렸다. 공포와 분노는 좋지 않은 결합이다. 이 상황은 팻의 아버지가 올 때까지도 정리되지 않았다. 팻의 아버지는 다부진 근육을 가진 거대한 덩치의 남자로, 파란색 작업복에 모자를 쓰고 있었다. 그는 상처받은 가족을 찾으러 왔다가, 아내가 비명을 지르기 시작한 바로 그 순간 사무실에 나타났다.

"당신들이 경찰이라니! 범인을 감시하는 게 당신들의 임무잖아! 어떻게 그런 쓰레기 같은 놈이 도망가도록 내버려둘 수 있어! 그 자식이 내 아들을 다시 건드릴지도 모른다고! 오, 맙소사! 내 아들 팻, 팻! 이건 도저히 말도 안 돼!"

곤잘레스는 불같이 화를 냈다. 그를 안내하던 품위 있는 여비서를

---

* 서양 요리에서 식욕을 돋우기 위해 식사 전에 나오는 간단한 요리.

밀치고 필리프에게 달려가 한 손으로 그를 냅다 들어올렸다. 곤잘레스가 형사반장을 책상 뒤쪽 벽에 밀어붙이자 그의 다리는 바닥에서 10센티미터 정도 위에서 대롱거렸고, 등은 산더미처럼 쌓인 책들과 나무 장식에 부딪혔다.

곤잘레스 부인은 남편의 거친 행동 때문에 공포에 질려 비명을 질렀다. 그녀가 남편의 행동을 막아보려 했지만 헛수고였다. 고통과 분노가 극에 다다른 곤잘레스에게는 심지어 아내도 보이지 않았다.

"뭐라고? 그 자식을 놓쳤다고?"

곤잘레스는 필리프의 얼굴에 입을 바짝 대고 으르렁거렸다.

"그놈은, 그놈은 내 아들을 괴롭힌 장본인이라고. 그런데 그놈을 놓쳤다고? 왜? 그 자식이 권력이 있는 놈인가? 돈으로 경찰을 샀어? 대답해봐! 일부러 그렇게 한 거야?"

필리프는 기꺼이 그 질문에 대답하고 싶었지만 목이 졸려서 대답을 할 수가 없었다. 필리프가 그에게서 벗어나는 것은 어려운 일이 아니었지만, 그러기 위해서는 완력을 행사해야 한다. 그는 곤잘레스를 다치게 하고 싶지 않았다.

네드는 놀라서 파랗게 질렸지만, 필리프가 풀려날 수 있도록 둘 사이에 끼어들었다. 분노로 얼굴이 벌겋게 달아오른 곤잘레스는 결국 필리프를 놓아주었다. 필리프를 놓아주자마자 곤잘레스는 보이지 않는 전력 공급 장치가 뚝 끊긴 것처럼 갑자기 벽을 따라 쓰러지면서 사과의 말을 늘어놓았다. 모든 분노가 사그라지자, 그는 어린아이처럼 큰 소리로 울음을 터뜨렸다. 그는 두 손에 머리를 묻다가 아직도 모자를 쓰고 있다는 것을 깨닫고 모자를 벗었다. 그리고는 완전히 낙담한 표정을 지으며 기계적인 동작으로 머리를 쓰다듬기 시작했다. 곤잘레스 부인은 그런 남편을 두 팔로 감싸 안고 포르투갈어로 조용하고 부드럽게 위로했다. 필리프가 쭈그리고 앉아 그에게 말했다.

"아닙니다. 우리는 그 녀석이 도망가도록 내버려둔 게 아니에요.

저를 믿으세요. 그 녀석은 병실 문을 지키고 있던 경찰을 공격했어요. 더러운 개를 쫓듯 서둘러 추격하라고 이미 지시를 내렸습니다. 그 녀석은 절대 도망치지 못해요. 저를 믿으세요."

필리프는 자신의 신념을 담아 목소리에 힘을 주었다. 그가 '더러운 개'라는 표현을 쓴 것은 자신의 의지를 표현한 것이었다. 필리프는 자신 역시 그 소아 성범죄자가 한 짓을 증오하고 있으며, 또 그에게 아무런 연민도 없다는 것을 부부가 알아주길 바랐다.

잠시 후, 곤잘레스가 눈물로 벌게진 두 눈으로 필리프를 바라보더니 고개를 끄덕였다. 필리프는 그가 몸을 일으키도록 도와주었다.

"음, 혹시 도움이 필요하신가요, 반장님?"

푸른색 벨트로 허리를 졸라매고 빈틈없이 머리를 틀어올린 여비서가 물었다.

"아니요, 괜찮습니다. 고맙습니다."

"이리 오세요. 욕실을 알려드릴게요. 세수를 하시면 기분이 좀 나아지실 겁니다."

네드가 상기된 얼굴의 곤잘레스에게 말했다.

"고맙습니다, 선생님."

필리프에게서 시선을 거두며 곤잘레스가 대답했다. 필리프는 그에게 미소를 지어 보였지만, 곤잘레스는 고개를 푹 숙이고 차마 그를 쳐다보지 못했다. 필리프는 수사본부로 돌아가기 위해 출입구 쪽으로 향했다.

팻과 함께 상담실에서 나온 엘레나는 그들과 마주쳤다. 그녀는 네드의 불안한 표정을 보고 조금 놀라는 듯했다. 그러다가 일그러진 팻 부모의 얼굴을 보고는 깜짝 놀라 그들 쪽으로 달려왔다. 네드는 곧 그녀에게 상황을 설명해주었고, 이야기를 들은 엘레나는 진심을 담아 곤잘레스 부부를 위로했다. 이 모습을 본 필리프는 감동을 받았다. 하지만 그녀가 그에게 보내는 얼음같이 차가운 눈초리는 필리프의 위장을 훑어내리는 것 같았다.

　필리프는 재빨리 그 자리를 떴다. 피에르 자비가 탈출하게 된 자세한 경위를 알고 싶어 참을 수가 없었다. 밖으로 나와 필리프는 오토바이에 올라탔다. 그는 자동차를 싫어했다. 아니, 자동차는 사랑했지만 혼잡한 도로 상황이 너무나 싫었다. 그래서 그는 BMW R 1200 RT라는 오토바이를 샀다. 반짝반짝 빛이 나는 검은색 몸체에, ABS가 장착된 이 멋진 물건은 민첩하고 유연한 짐승처럼 정체된 도로를 교묘히 뚫고 달릴 수 있었다. 문제가 하나 있다면 헬멧을 오토바이에 매달아놓아야 한다는 점이다. 벌써 세 번이나 도난당했다. 물건을 도난당하는 것은 피곤한 일이다. 게다가 물건 주인이 경찰일 때는 훨씬 더 성가시다.

　갑자기 직감적으로 위험을 감지한 듯 필리프가 고개를 들었다. 왼쪽 뒤에서 흐릿한 움직임이 느껴졌다. 검은 외투와 망원렌즈 끝부분인 것 같았다. 재빨리 몸을 돌렸지만 아무것도 보이지 않았다. 그는 잠시 움직이지 않고 서서 주변을 살펴보았다. 하지만 사방은 조용했고 아무런 움직임도 느껴지지 않았다. 그는 어깨를 으쓱하고는 자신이 너무 과민했던 거라고 중얼거리며 오토바이에 올라탔다. 필리프는 누군가에게 감시당하는 느낌을 지우려 애쓰며 끝없는 자동차의 흐름 속으로 끼어들었다.

　호텔 듀(파리 의과대학 부속병원―옮긴이)에 도착하자마자 필리프는 인상부터 찌푸렸다. 그가 싫어하는 병원 냄새가 심장까지 파고들었던 것이다. 회전문을 지나 로비의 중앙, 마치 공상과학소설에나 있을 법한 투명한 구(求) 안에 당당하게 서 있는 간호사를 향해 걸어갔다. 간호사는 매력적인 미소를 지으며 경찰이 입원한 병실을 알려주었다. 각 층은 색깔로 구별되어 있었다. 그가 가야 할 곳은 초록색 층이었다.

　5층에 도착한 필리프는 경찰이 입원한 병실을 찾았다. 병실 문은 열려 있었다. 머리에 붕대를 감은 경찰이 아주 극진한 보호를 받으며 간호조무사들과 간호사들에게 둘러싸여 자신의 무용담을 떠들어대고 있었다.

환한 봄의 초록보다는 황록색에 가까운 벽과 바닥 색깔 때문에 경찰의 안색은 원래 상태보다 더 안 좋아 보였다.

"그때 난 문 앞에 있었어요. 아주 조용히. 그런데 갑자기 머리에 강한 충격이 느껴졌어요. 순간 반격하려 했지만 온몸의 힘이 빠져버리더라고요. 그러더니 픽! 바닥에 쓰러지고 말았죠. 까만 신발이 흘긋 보였는데, 팍! 그리고 끝이에요!"

경찰은 강한 중부 사투리로 말했다. '픽' '팍'이라는 표현과 마르셀 파뇰(프랑스의 극작가 겸 영화감독—옮긴이)의 연극에 나올 법한 붉은 얼굴, 올챙이처럼 툭 튀어나온 배를 한 경찰은 여자들에게서 많은 동정표를 얻었다. 필리프는 누군가의 입을 통해 그렇게 생생하게 '가엾어라'라는 말을 들은 지가 언제였는지 생각이 나지 않았다. 필리프는 곧장 사람들 사이로 다가가 경찰 신분증을 보여주었다.

"하트 반장입니다. 제가 이 사건의 책임자죠. 죄송하지만, 사람들이 많지 않은 곳에서 그 내용을 다시 한 번 말씀해주시겠습니까?"

짜증이 날수록 필리프는 더욱 정중하게 말했다. 지금 그는 매우 심하게 짜증이 난 상태였다. 경찰은 얼굴이 벌겋게 달아올랐고, 그의 이야기에 귀를 기울이던 청중들은 나머지 얘기를 듣지도 않고 슬그머니 사라졌다. 안타깝게도 그 경찰은 상관에게 더 이상 밝힐 것이 없었다. 신발 외에는 아무것도 보지 못했으므로. 값비싼 검정색 남자 구두가 아주 잘 닦여 광이 났으며, 치수가 크다는 점을 제외하고는 아무것도 기억하지 못했다.

필리프는 한숨을 쉬었다. 명백하게 피의자는 도망을 친 것이다. 그것이 끝이다. 그래도 필리프는 경찰에게 처음부터 다시 기억을 떠올려보라고 요구했다.

"전 병실 문의 오른쪽에 앉아 있었어요. 밤 11시경 간호사가 와서 그의 붕대를 새로 갈아주었죠. 그 시간에는 복도에 돌아다니는 사람도 별로 없었어요. 저를 공격한 자가 다가오는 소리도 못 들은 걸 보면 잠깐 졸았던 것 같아요. 절 공격한 자가 반장님이 담당한 그 피의자라고 생각하지는 않아요. 전 왼쪽에서 공격을 받았으니까요. 게다가 그 피의자는 어쨌든 심하게 부상을 당했잖아요. 그가 입었던 옷도 병실에 없었고요. 그가 환자복을 입었다면 즉시 눈에 띄었을 거예요."

경찰 말이 옳았다. 그를 공격한 것은 자비가 아닐 수도 있었다.

"공범이 있다는 거요? 그건 좀 낯선 상황이네요. 소아 성애자들은 보통 고독한 사냥꾼이죠. 교묘한 술책으로 떠넘길 때만 빼고요."

"모르겠어요. 그게 내가 본 전부예요. 정말 구두밖에 못 봤거든요."

"얼마나 오랫동안 의식을 잃었던 거죠?"

"그게 이상해요. 의사 말로는 제가 금방 정신을 차렸을 거라고 했거든요. 아침 6시에 담당 간호사가 절 발견했어요. 그녀가 치료하던 피의자도 사라지고 저도 없어진 상황이었지요. 간호사가 샤워 부스에서 의식을 잃은 저를 발견했다고 해요."

"의식 불명 상태에 빠지지 않는 한 그렇게 오랫동안 의식을 잃는다는 건 흔치 않은 일입니다. 그자가 당신에게 약을 먹인 게 틀림없어요."

필리프가 말했다. 경찰은 반장이 심사숙고하는 모습을 보고 만족스러운 미소를 지었다.

"의사들도 그렇게 말하면서 피를 뽑았어요. 피에서 수면제 성분이 발견되었다고 하더군요."

필리프는 눈살을 찌푸렸다.

"불행히도 그렇게 된 거로군. 우리는 오늘 아침에야 전체 경찰서에 알렸어요. 그자가 험한 인물이며 수배 중이라고요. 그런데 그 망할 인간이 선수를 친 거요. 만약 그자가 비행기를 탔다면 벌써 세상 끝에 도착했을 거요. 제기랄!"

"이번에는 쿠스코 병실*도 꽉 찬 게 틀림없어요."

경찰이 불평했다.

"내가 얘기했잖아요! 그런 녀석들은 우리 동료들의 호위 없이는 출입할 수 없어요. 이곳의 규칙을 잘 아시지 않습니까. 양의 하얀 발을 보여줘야 한다고요!"

필리프는 한숨을 내쉬었다. 두 눈에 붕대를 감았기 때문에 반은 장님이나 마찬가지인 그자가 탈출하리라고는 아무도 생각하지 못했다. 경찰을 탓할 수는 없었다. 이 상황에서 짜증을 내는 것은 아무런 도움도 되지 않는다. 하지만 팻 아버지의 노여운 얼굴이 떠올라 정신이 번쩍 들었다. 만약 그자가 범인 인도 협약이 맺어지지 않은 나라로 넘어가는 데 성공했다면, 경찰은 절대 그자를 찾지 못할 것이다. 그러나 필리프는 그런 쪽으로는 생각하지 않기로 했다. 이번 일은 진짜 이상했다. 왠지 일이 잘못된 방향으로 흘러가는 기분이다.

"이야기해줘서 고마워요. 좀 나아지면 보고서를 제출하고, 내게도 복사본이 전달될 수 있도록 요청해주세요."

필리프는 의혹을 가득 품은 채 경찰의 대답을 듣기도 전에 자리를 떴다. 그 소아 성애자에게 공범자가 있었단 말인가. 필리프는 고개를 저었다. 외교관이었던 필리프의 아버지는 사랑이나 전쟁에서처럼, 정치에서도 기회가 단 한 번뿐인 경우는 흔치 않다고 입버릇처럼 말씀하셨다. 아버지는 아들에게 모든 가능성을 열어두고 생각해야 한다고 가르쳤다. 훌륭한 수사관이 되는 데도 그 말은 큰 도움이 되었다. 물론 아버지는 자신을 사냥꾼으로 여겼지만.

그렇다. 길은 두 갈래로 갈라졌다. 경찰을 공격한 사람은 공범이거

---

* 파리의 호텔 듀 병원에 있는 병실로 부상당한 범죄자들이 머무는 곳이다. 이곳에는 감옥의 의무실이나 종합병원으로 이송되기 전 최대한 2, 3일 정도 머문다. 이 병실은 인터폰과 암호로만 접근이 가능한 곳으로 경찰과 행정직원, 전문의와 간호사만 출입이 가능하다. 네케르 종합병원에도 이와 같은 병실이 있다.

나 혹은 적일 테니까.

지금으로서는 아직 어떤 해결 방법이 좋은지 알 수 없었다. 그 소아 성애자가 목이 졸렸거나 죽도록 맞은 채로 발견된다면 팻의 아버지를 의심할 수도 있을 것이다. 하지만 납치라는 것은 착한 사람이 충동적으로 벌일 만한 일이 아니다. 그자가 사라졌다는 소식을 들었을 때 팻의 아버지가 드러낸 반응을 떠올려보면 설명이 따로 필요 없었다. 필리프는 아직도 아픔이 완전히 가시지 않은 목을 쓰다듬었다.

아까 병원 로비에서 소아 성애자의 병실이 같은 층에 있다는 것도 가르쳐주었다. 그는 텅 빈 초록색 공간으로 들어섰다. 그 병실은 또 다른 경찰이 지키고 있었는데, 필리프가 들어서자 경찰은 당황한 표정을 지었다. 과학수사대의 감식반이 이미 다녀갔는지 작은 옷장, 의자, 침대와 접이식 테이블에 감식용 분말이 묻어 있었다. 필리프는 십중팔구 납치한 자가 장갑을 착용했을 거라고 생각했지만, 어떤 것도 소홀히 넘길 수는 없었다. 때때로 서투른 범인은 비이성적인 행동을 해서 경찰의 일을 쉽게 만들어주기도 한다.

초록색 바닥에는 혈흔으로 보이는 자국을 둘러싸고 원이 그려져 있었다. 감식반은 분명히 그 일부분을 채취해 갔을 것이다. 싸운 흔적은 없었지만 바닥에는 핏자국이 있었다. 피에르 자비는 링거를 맞지 않았고, 상처에는 붕대를 감고 있었다.

하트 반장은 동요했다. 마음이 불편했다. 공범인가 적인가? 그 뚱뚱한 남자는 자의적으로 나간 것이 아니라고 본능이 속삭였다. 자비는 탈출한 것이 아니다. 본인의 의사와는 아무 상관없이 납치된 것이다. 하트 반장은 안뜰로 난 커다란 창문을 통해 빛이 비쳐 들어와 환한 병실을 관찰했다. 그리고 자신의 팀과 함께 정면 건물을 한번 돌아봐야겠다고 생각했다. 덧문이 열려 있는 것을 보니, 어쩌면 이 사건을 본 목격자가 있을지도 모른다.

좋다. 만약 납치범이 피에르 자비를 공격해 비명을 지르지 못하게 제압했다면 바퀴 달린 들것이 필요했을 것이다. 그렇게 거대한 몸집의 남자를 드는 것은 불가능했을 테니까. 자비의 몸무게는 적게 잡아도 120 내지 130킬로그램 정도는 나갈 터였다. 혼자 자비를 들것에 옮기는 것도 불가능했을 것이다. 따라서 범인은 자비 스스로 들것에 눕도록 위협하고는 그 다음에 때려눕힌 게 틀림없다. 제압하는 과정에서 자비에게 상처를 입혔거나 다친 상처가 벌어졌을 것이다. 바닥에 피가 떨어진 것은 이런 상황을 설명한다.

그 후 범인은 들것을 끌고 어느 쪽으로 움직였을까? 누군가 그를 보지 않았을까? 야간 순찰대에 물어봐야겠다. 필리프는 병실을 떠나 엘리베이터를 탔다. 나약한 인간 군상이 가장 두려워하는 질병과 죽음에 직면한 많은 사람들이 엘리베이터에 오르거나 내리며 행복하거나 슬픈 표정을 지었다. 그는 자신의 몸이 단단하고 건강하다는 것을 느끼고 만족감에 몸을 떨었다. 필리프는 구급차가 도착하는 지하까지 내려갔다. 구석에 팽개쳐진 들것이 보였다.

흥분의 물결이 서서히 차올랐다. 바깥으로 통하는 긴 회색빛 복도는 그리 밝지 않았고, 여러 개의 전등이 고장 난 상태였다. 들것에 가까이 다가가자 베개 부분에 선명한 핏자국이 보였다. 병원에서 피가 묻은 들것은 그리 낯선 물건이 아니었지만, 지금 이 들것은 있을 만한 위치에 있지 않았다. 하지만 아무도 그것에 신경을 쓰는 것 같지 않았다. 필리프는 서둘러 휴대전화를 꺼내 부원들을 불렀다. 들것을 조금 더 자세히 관찰하고 핏자국을 분석해서 다른 흔적들을 찾기 위해서였다. 필리프는 골똘히 생각에 잠겼다.

'아주 잘했어, 나쁜 놈아. 왜 들것을 여기에 버리고 갔지? 자비를 자동차에 태우기라도 했나? 흐음, 네가 그의 머리를 가격한 걸 보면 자비는 똑바로 걷지 못했을 텐데. 들어서 옮기기에는 너무 무겁고. 그러니까 그를 옮기려면 무언가 수단이 필요했을 거야. 또 다른 들것, 구급차같이 이동이 가능한 종류의 들것 말이야!'

구급차용 들것은 크고 튼튼한 동시에 이동이 쉽다. 확인해볼 필요가 있다. 필리프는 아주 사소한 것에도 주의를 기울이며 복도를 다시 올라가 문밖으로 나갔다. 바깥 날씨는 더웠다. 6월 초였기 때문에 기온은 하루가 다르게 오르고 있었다. 그는 눈부신 햇살 아래서 잠시 눈을 깜빡였다. 앞쪽에 구급차가 몇 대 정차해 있었다. 그 옆에서 구급차의 관리자인 듯한 남자가 휘파람을 불며 스위스제 칼로 손톱을 다듬고 있었다. 필리프는 그에게 가까이 다가갔다.

"경찰입니다. 하트 반장이라고 하죠. 죄송하지만 오늘 몇 시간이나 근무하셨나요?"

경찰 신분증을 보여주며 필리프가 말했다. 남자는 반장을 똑바로 바라보며 그가 내민 신분증을 주의 깊게 살펴보고는 입을 열었다.

"곧 교대 시간입니다. 저는 어제 저녁 9시부터 일했죠. 왜 그러시죠?"

"혹시 사라진 구급차가 없는지 알고 싶어서요."

남자가 빙그레 미소를 지었다.

"그러니까 반장님께서는 미국 드라마에서처럼 나쁜 놈이 구급차 차양 아래 숨겨진 차 열쇠를 기적적으로 찾아내 차를 훔쳐갔는지 알고 싶으시다, 이겁니까? 아뇨, 반장님, 사라진 구급차는 없습니다."

몹시 심술궂은 대답이었다. 하트는 고개를 끄덕이고는 몸을 반쯤 돌리다가 잠깐 멈칫하고 다시 돌아왔다.

"어제 저녁 9시경, 혹시 어떤 남자가 들것 위에 실었던 사람을 데리고 가는 것을 보지 못했나요? 지난밤에?"

"밤에는 보통 병원으로 들어가는 사람들은 많지만 나가는 사람들은 별로 없어요."

필리프는 인내심을 갖기로 마음먹었다.

"그건 보통의 상황이고요, 특별한 경우는 없나요?"

남자가 불친절한 표정으로 대꾸했다.

"두 가지 예외가 있죠. 사설 구급차들이 원할 경우에는 나갈 수 있습니다. 만약 환자가 모든 비용을 다 지급하고 나가겠다는 서류에 서명을 한다면, 아무 때나 원하는 때에 나갈 수 있지요. 설사 새벽 3시라 해도 말입니다. 하지만 밤에는 그런 경우도 꽤 드물어요. 게다가 어젯밤에는 아무 일도 없었고요."

갑자기 말을 마치는 남자의 목소리에서 긴장감이 느껴졌다.

'아, 구급차에 들어가 잠깐 눈을 붙였군. 그래서 저 사람이 전혀 알아차리지 못하는 사이에 누군가가 그런 짓을 할 수 있었던 거로군. 대단한걸.'

필리프는 그에게 고맙다는 인사를 하고 지친 걸음걸이로 자리를 떴다. 이런 것이 원래 수사의 속성이기는 하지만, 때때로 그 점이 그를 미치게 했다. 이제까지는 직감도 맞고 행운도 따라줬는데, 단순히 적합한 시간, 적합한 장소에 아무도 없었다는 이유로 갑자기 그 모든 것이 멈추어버린 것이다.

어머니의 말을 들었어야 했다. 변호사란 직업을 선택했다면 스트레스도 덜 받고 연봉도 더 나았을 것이다. 필리프는 한숨을 쉬고 다시 병원으로 들어갔다. 사설 구급차라는 게 실마리가 될 수도 있었으므로.

병원 지하의 콘크리트 복도를 지나가는데 감식반원 두 명이 세심하게 들것을 조사하면서 결과를 빨리 알려주겠다고 약속했다. 그들은 병실 바닥과 들것의 베개에서 채취한 피가 병원에 들어올 때 채취한 자비의 피와 같은지 비교해볼 것이다.

결과를 기다리는 동안 필리프는 경찰 두 명과 함께 병원 앞에 있는 건물 주민들을 만나러 갔다. 안타깝게도 사건을 목격한 사람은 아무도 없었다. 필리프는 다시 병원으로 돌아가 지난 48시간 동안 병원에 드나든 구급차들의 목록을 뽑아달라고 부탁했다. 사설 구급차는 단 한 대도 기록되어 있지 않았고, 아무도 주의를 기울이지 않았기 때문에 이번 기대 역시 무의미하게 사라질 판이었다. 그때 휴대전화로 좋은 소식이 들려왔다. 자비는 기꺼운 마음으로 도망친 것이 아니었다.

필리프는 미소를 지으며 보도에 세워놓았던 오토바이로 다가갔다. 해골 무늬의 정사각형 스카프를 머리에 맨 헬스 엔젤(오토바이 폭주족─옮긴이)이 필리프의 오토바이 옆에 할리 데이비슨을 세우더니 겨드랑이에 꽃을 끼고 내렸다. 음, 그렇다. 지옥에서 온 폭주족의 엄마도 병원에 입원하는 경우가 있는 것이다. 필리프는 재미있다는 표정으로 고개를 끄덕이며 자신의 오토바이에 올라탔다.

필리프의 직감은 틀리지 않았다. 하지만 누가 피에르 자비를 제거하고 싶은 걸까? 자비의 범죄로 피해를 입은 아동의 아버지나 형제, 혹은 친척일까? 하트는 아침에 소아 성애자에 대해 대화를 나누는 동안 분노의 감정을 드러냈던 소아정신과 의사를 떠올렸다. 자비를 납치한 범인은 팻의 가족이거나 피해자 가족 중의 한 사람일까? 아니면 요행히 빠져나간 범인들을 많이 보아온 소아정신과 의사가 정의를 구현하기 위해 납치를 결심한 것일까?

게다가 네드는 어깨가 아프다고 했다. 너무 무거운 물체를 짊어진 것이다. 필리프는 이 부분의 실마리를 파헤쳐야 할 것이다.

강력반과 통화해서 다음 수사 상황을 지시한 후에 필리프는 제4수사국*으로 향했다. 파리의 16구에 위치한 수사국은 은밀하게 보이는 작은 현대적 건물이었다.

필리프는 계단을 네 개씩 성큼성큼 올라가면서도 지나가는 동료들에게 빠짐없이 인사를 건넸다. 그는 복도에 가득 밴 찌든 담배 냄새와 퀴퀴한 냄새를 맡지 않으려고 애쓰며 3층에 위치한 작은 사무실로 들어갔다. 회색 벽에 창문도 막아버린 사무실의 스위치를 켜자 갓도 없는 전구의 강렬한 빛이 드문드문 놓여진 가구 위로 쏟아졌다.

사무실은 바쁜 경찰이 사용하기에는 약간 초라한 장소로, 너무나

---

* 사실 파리에는 수사국이 세 개뿐이다. 제4수사국은 온전히 작가의 창작이다.

진부한 모습을 하고 있었다. 사무실을 새롭게 손봐야 한다고 말한 것은 벌써 오래전이지만, 그럴 시간은 단 1초도 없었다. 어쩔 수 없는 일이었다. 책상 위에는 하얗게 먼지 앉은 서류 더미가 첩첩이 쌓여 있었다. 그는 서류 더미를 헤치고 컴퓨터를 켰다. 거의 삼십 년은 된 듯한 공간에서 유일하게 최신 제품이었다. 필리프는 소아 성애범죄라고 저장된 최근의 기록을 열람했다. 피에르 자비의 실종을 알리는 전보가 책상 위로 떨어지자 필리프는 자신이 그 사건의 책임자라는 것을 통고받았고, 어떻게 풀어나가야 할지 지시를 내렸다고 적었다.

하루가 빛의 속도로 지나갔다.

뱃속에서 울리는 꾸르륵 소리를 듣고 나서야 그는 밤 10시가 다 된 지금 이 시간까지 아무것도 먹지 못했다는 사실을 깨달았다. 필리프는 어린 피해자들과 인척 관계인 잠재적인 용의자들을 약 열 명 정도 추려냈다. 자비를 납치할 가능성이 있을 정도로 충분히 공격적인 사람들이었다.

또한 매우 인상적이었던 네슬린스키 박사의 서류에도 주의를 기울였다. 이 사람은 정신과 의사이자 범죄심리학자로, 수많은 사건들에서 경찰에 협력하고 있었다. 범죄심리학자란 폴랭 사건 이후 1990년대에 생겨난 개념이다. 이런 범죄심리학자는 프랑스에 세 명밖에 없었다. 게다가 네드는 소아 성애 분야에서 독보적인 존재였다. 소아 성애자에 대한 그의 호전성은 법정에서 소아 성애자를 공격한 이후 나날이 높아졌다.

이 의사는 지난밤 어디에 있었을까? 그에게 물어봐야 할 것이다.

"반장님, 아직도 일이 많이 남으셨나요?"

지나친 흡연으로 목이 잠겨 쉰 목소리가 들려왔다. 목소리의 주인공은 열여덟 살이나 열아홉 살쯤으로 보이는 짧은 금발머리의 젊은 아가씨였다. 그녀는 필리프의 컴퓨터에 시선을 고정시켰다. 그녀를 가까이에서 봤다면 얼굴 전면에 드러난 가느다란 주름을 알아채고,

열 살은 더 보태야 한다고 생각할 것이다. 그녀의 초록빛 눈동자는 이미 너무 많은 걸 보았음을 여실히 드러내고 있었다.

필리프는 미소를 지었다. 그는 부하인 잔느 피라스를 아주 좋아했다. 잔느는 뛰어난 실력과 우수한 지능을 가진 재원이었다.

"안녕, 잔느, 아니야. 아니 그래, 시간을 못 봤어."

잔느는 허리에 두 손을 얹었다.

"제가 조금 아까 잡지에서 읽었는데요. 독신남자는 결혼한 남자보다 10퍼센트, 독신여자는 결혼한 여자보다 4.8퍼센트 더 사망률이 높대요. 그 이유는 무분별하게 시간을 사용하기 때문이래요. 시도 때도 없이 대충 아무렇게나 먹기 때문이죠. 즉, 반장님은 위험한 상태에 있는 거라고요!"

필리프가 미소 짓자 턱에 난 보조개가 더 움푹 파였다. 그 표정은 확실히 그를 더 매혹적으로 보이게 했다. 하지만 젊은 아가씨는 '하트적인' 매력에 완전히 무감각한 상태였다. 그에게 압도되었던 것은 이미 오래전이었다. 하트 반장은 여자들과 데이트만 할 뿐, 세상에서 가장 사랑하는 것은 일이라는 것을 알아차리기 전에 말이다.

망령에 대해서는 말하는 법이 없었다.

"그렇다면 곧바로 이 상황을 수정하자고. 잔느를 저녁식사에 초대할게."

필리프가 재킷을 잡으며 말했다. 잔느는 머리를 살래살래 흔들었다.

"근사한 제안이지만 애인이 곧 데리러 올 거예요."

"아, 날 아프게 내려치는군! 그렇다면 남자의 자존심이 산산조각 나기 전에 떠나야겠네."

설령 필리프가 잔느에게 애정을 느낀다고 고백했다 해도, 그런 관계는 그를 불편하게 했을 것이다. 그런 관계에서 멀어진 지금이 훨씬 마음 편했다. 게다가 잔느는 오래된 친구처럼 필리프를 약간 무뚝뚝하게 대했는데, 그게 그를 더 편하게 했다.

동네 모퉁이에 있는 선술집에서 대충 빠르게 식사를 마치고 집으
로 들어온 필리프는 안도의 한숨을 내쉬었다. 파출부가 다녀간 날이
라서 아파트는 깨끗하게 정리되어 있었다.

카를라, 필리프의 근사한 여인이었던 카를라는 운치 있게 가구를
갖추어 놓았다. 두 개의 소파와 썩 잘 어울리는 노란 커튼이 황금색과
붉은색이 도는 페르시아 양탄자와 근사한 조화를 이루었다. 필리프
는 이런 실내 분위기가 무척 마음에 들었다. 너무나 매혹적이었던 아
내와 닮은 섬세하고 우아한 가구들 앞에 서면 심장이 두근거렸고, 아
내가 사무치게 그리워지며 그녀의 모습이 선명하게 떠올랐다.

집에 돌아와 재킷을 벗자마자 그는 카를라에게 이야기를 하기 시
작했다. 이미 5년 전에 죽은 그녀에게.

"당신은 안 믿을 거야, 카를라. 하지만 내 직감으로는 이 사건이 복
잡하게 꼬인 사건이라는 게 느껴져. 왜인지는 모르겠어. 당신 알지?
나의 날카로운 육감 말이야. 내가 간혹 비웃곤 했던 그 육감이 말해주
는 거야. 으음, 당신이 옳았어. 무언가 잘못 돌아간다고 느낄 때마다
틀린 적이 없었어. 이번에도 잘못 돌아가고 있어. 그 소아 성애자는
우연히 몸을 감춘 게 아니야. 그것도 병원에 들어간 지 불과 몇 시간
후에 벌어진 일이잖아. 그를 납치한 범인은, 알다시피 난 그가 납치되
었다고 확신하니까 이렇게 부를게. 그자는 이 소아 성애자를 감시해
왔던 게 틀림없어. 그게 좀 이상하다고 생각하지 않아, 당신은?"

필리프가 상상하고 있는 매혹적인 망령은 고개를 끄덕였다. 아, 그
녀 역시 이상하다고 생각한다는 뜻이다. 그는 그녀를 위해 사건을 조
금 더 전개시켰지만 어떤 결론에도 도달하지는 못했다.

필리프는 그동안 자신이 만난 사람들에 대해 카를라에게 감추지
않았지만, 5년 전 이후 처음으로 엘레나를 만난 일에 대해서는 입을
다물었다. 어쨌든 카를라의 혼은 그가 말해주는 것밖에 알 수 없으리
라. 그런 점에서 자신의 관심을 일깨운 여자에 대해 카를라에게 이야

기하는 것은 좋은 생각이 아니었다. 필리프는 이런 바보짓에 혼자 즐거워하며 고개를 흔들었다.

잠자리에 들 때면 그는 자주 카를라의 향기를 느꼈고, 자신의 몸을 쓰다듬는 카를라의 싱그러운 체취를 맡았다. 그는 계속 이렇게 사랑하며 살려고 애썼다. 가슴속에서 고동치는 심장 소리를 느끼고 핏줄 속으로 흐르는 뜨거운 피를 감지하려 애썼지만, 무서운 절망이 모든 것을 재로 바꾸어버려 때로는 미칠 것 같았다. 고통과 사랑으로 말이다.

필리프는 서둘러 샤워를 했다. 따뜻한 물이 피부에 떨어지는 반복적인 소리로 마음이 안정되자 머릿속에서 엘레나와 카를라를 비교하기 시작했다. 카를라처럼 엘레나도 갈색 머리였지만, 카를라와는 반대로 엘레나는 키가 컸으며, 눈동자의 색깔도 검은색이 아닌 매혹적인 푸른색이었다. 카를라와 마찬가지로 엘레나도 쉽게 접근할 수 없을 정도로 차가웠다. 하지만 카를라와는 반대로 엘레나는 육체적으로는 강해 보였지만 정신적으로 나약한 것 같았다. 그러나 카를라의 경우와 마찬가지로 정신과 육체의 혼합은 가히 폭발적이었다. 이 점은 그도 신기하다고 생각했다.

그는 한숨을 쉬고 몸을 말린 후 깨끗한 이불 속으로 들어가 적어도 열 시간은 잘 거라고 맹세했다. 한 시간 후, 필리프는 두 눈을 크게 뜨고 이불 속에 꼼짝 않고 누워 어떻게, 누가 그 뚱뚱한 남자를 납치했는지에 대해 생각했다.

문제는 엘레나의 모습이 끊임없이 머릿속에 떠올라 생각을 방해한다는 것이다. 필리프는 뚱뚱한 남자와 엘레나의 모습이 뒤섞인다는 게 불쾌했다. 도대체 왜 이 아가씨가 그토록 홍미를 끄는 걸까? 그녀는 그의 내부에서 수맥 탐사용 탐사봉이 필요할 정도로 깊게 감추어진 어떤 것을 일깨웠다. 아름다운 동시에 상처받은 젊은 여인이 용감한 기사였던 필리프의 기억을 불러일으킨 것일까? 아니다. 그는 그녀와 겨우 몇 마디 주고받았을 뿐이다. 사람은 단 1초 만에 누군가와 사랑에 빠지지는 않는다. 특히 문제의 누군가가 절대적으로 냉담할 경우에는 더욱더. 게다가 필리프는 첫눈에 반하는 사랑은 믿지 않았다.

피곤으로 두 눈이 불타듯 아파왔고 머리는 빙빙 돌았다. 만약 지금 잠들지 않는다면 머리가 돌아버릴 것이다. 평소보다 훨씬 더 돌아버릴 것이다. 그는 욕설을 중얼거리며 머리맡에 있는 테이블 서랍에서 수면제를 꺼내 삼켰다. 마침내 필리프는 일부러 만들어낸 잠 속으로 서서히 빠져들었다.

전화벨이 울렸을 때, 필리프는 화려한 악몽 속에서 허덕이는 중이었다. 전화를 받았지만 발신음만 들려왔다. 어디선가 전화벨 소리가 계속해서 울렸다. 그는 비로소 휴대전화가 울린다는 것을 깨닫고 전화를 받았다.

완전히 그로기 상태로 잠에 빠져 있던 필리프가 전화기를 통해 들려오는 소리를 제대로 알아듣기까지는 몇 초의 시간이 걸렸다. 귀에 익숙한 목소리였지만 상대방이 무슨 말을 하는지 이해하는 것은 쉽지 않았다.

"제기랄, 지금 도대체 몇 시야?"

필리프가 으르렁댔다.

"새벽 다섯 시입니다, 대장!"

좋다. 이제 적어도 전화기의 상대방이 누군지는 알았다. 반장이라고 부르는 것을 철저히 거부하고 '대장'이라 부르기를 좋아하는 마크 자맹이었다.

"방금 파리 근처 렁지스에서 전화가 왔습니다. 자비를 찾은 것 같습니다, 대장."

이번에는 말소리가 제대로 들렸고 잠도 완전히 달아났다. 필리프는 몸을 일으키며 소리쳤다.

"뭐라고? 거기서 뭘 하고 있었던 거야?"

"그자는 목이 매달린 상태였습니다, 대장!"

수화기 너머로 신경을 곤두세우던 필리프의 입이 떡 벌어졌다.

4
벨루테*
오징어 먹물을 가미한 갑오징어 벨루테, 프리울산 드라이와인

자맹의 목소리를 듣고 뿌리칠 수 없는 불신의 감정에 사로잡힌 필리프는 침대에서 펄쩍 뛰어올랐다. 새벽 5시 30분, 파리의 도로는 한산했고, 그는 파리 17구에 살았기 때문에 오토바이로 30분이면 렁지스에 도착할 터였다. 필리프는 자신이 가장 좋아하는 코스인 강변도로를 달렸다. 센 강이 흐르는 뱀처럼 또렷하게 그 모습을 드러냈다. 프랑스 왕 루이 16세의 왕비, 마리 앙투아네트가 수감되었던 콩시에르주리(중세부터 19세기까지 감옥이었고, 현재는 국립 역사기념관으로 사용되고 있다–옮긴이)가 보수공사 중이어서 여기저기 설치된 비계들이 성의 아름다운 모습을 다 망가뜨렸다. 파리는 낡았지만 너무나 멋졌고, 세계 어느 곳에서도 보고 느낄 수 없는 유일무이한 도시이다. 필리프는 이 도시를 너무나 사랑했다. 신선한 바람이 완전히 그의 잠을 깨웠다. 그는 서서히 솟아오르는 태양 아래 멋진 위용을 자랑하는 노트르담 성당의 탑들에게 인사를 건네며 파리를 빠져나왔다. 파리지앵의 식

---

* 고기와 야채를 우려낸 국물에 밀가루와 버터를 넣고 볶은 수프.

50

탁을 채우기 위해 매일 수백 톤의 고기와 생선, 치즈, 과일, 채소들이 통과하는 수도의 거대한 식품 저장실인 렁지스를 향해 남쪽으로 내 달렸다. 렁지스 초입에 다다르자 엄격한 검문이 실시되고 있었다. 경관 한 명이 거대한 시장의 미로 속으로 안내하기 위해 그를 기다리고 있었다. 두 사람은 도축장으로 사용되는 건물로 향했다. 그들이 건물에 가까이 다가갈수록 고기 누린내와 피비린내가 메스꺼울 정도로 강하게 풍겨 나왔다.

가축을 절단하는 작업실은 환하게 불이 켜져 있었고, 피로 뒤덮인 앞치마를 걸친 뚱뚱한 장정들이 작업을 멈춘 채 기다리고 있었다. 그들은 칼질을 할 때 미끄러지지 않도록 끼는 보호용 장갑을 벗지 않은 채 창백한 얼굴로 꼼짝 않고 서 있었다.

각자 한 사람마다 뒤쪽에는 쓸모없는 찌꺼기들을 버리기 위한 커다란 쓰레기통이 놓여 있었다. 바닥에는 각종 부산물들이 잔뜩 널려 있었지만 다행히도 어떤 부위인지는 알아볼 수 없었다. 필리프는 잠시 연민의 감정을 느꼈다. 이런 곳에서 일해야 하는 과학수사대들은 무척 힘들 것이다.

이미 신문이 시작되었다. 형광등 불빛 아래서 반짝이는 금발에 굳은 얼굴을 한 잔느가 목격자들의 증언을 받으며 필리프에게 건너오라고 계속해서 신호를 보냈다.

'음, 어여쁜 아가씨, 자네 표정이 어떤지 눈앞에 보이는 광경은 아주 터무니없다. 만약 이번 사건을 담당한 게 자네라는 걸 자네 어머니가 아시면, 어여쁜 딸을 보호해달라고 또 나를 부르시겠지. 그 어여쁜 딸은 아무런 보호도 필요 없는데 말이야.'

그가 손을 들어 답했다. 그의 부원들은 사건 현장을 통제하고 있었다. 기자들이 벌써 도착해 자리 잡고(불법 도청이라도 하는 것처럼 기자들은 경찰만큼이나 빨리 현장에 나타났다) 사람들에게 사진기를 들이대고 있었다.

51

하트는 기자들을 막으며 노랗게 쳐놓은 폴리스 라인 아래로 지나갔다. 발에는 비닐 신발을 신고, 오토바이 가방에 늘 휴대하는 장갑까지 착용한 후에 절단용 사슬의 중심부를 향해 걸어갔다. 차례로 여러 개의 층으로 올라가는 동안 도르래에 매달린 고깃덩이들은 스테이크로, 등심으로, 또 다른 용도로 잘릴 준비를 마쳤다. 언뜻 보기에는 그날 자른 돼지고기와 쇠고기 말고 다른 것은 없었다. 바닥은 기름 덩어리들로 미끄러웠기 때문에 넘어지지 않으려면 조심해야 했다.

똑같이 장갑을 끼고 비닐 신발을 신은 경찰이 필리프에게 말을 걸고 싶어했다.

"음, 아리따운 광경은 아니죠. 한 시간 15분 전에 쇠갈고리에 매달려 있는 사람을 발견했어요. 아니, 더 정확하게 말하자면 여러 개의 갈고리에 다른 고깃덩어리들과 함께 매달려 있었죠. 처음에 도살업자들은 그게 뭔지 알아차리지 못했어요."

"그게 무슨 말입니까? 알아차리지 못하다니?"

"보시면 아실 겁니다."

도면을 만들기 위해 현장을 측정하고 사진을 찍은 다음, 감식반원들은 걸려 있는 쇠고기 덩어리들 사이를 벌렸다. 시체는 고깃덩어리와 약간 떨어져 있었다.

시체를 보는 순간 호흡이 멈추었다. 위장이 격렬하게 뒤집히면서 신물이 올라왔다. 필리프는 안정을 찾기 위해 잠시 몸을 돌리고 구토를 참아야 했다. 하지만 역한 누린내가 계속 올라와 구토를 참기가 쉽지 않았다.

두려움이 엄습했다. 벌거벗은 남자의 허연 살덩이가 두꺼운 지방 덩어리와 함께 층층이 주름져 매달려 있었다. 남자는 마치 녹아내린 것처럼 보였다. 그는 매우 뚱뚱했는데(고도비만 이상의 용어가 필요했다) 피부가 그에게 맞지 않는 너무 큰 껍데기처럼 축 늘어졌다. 남자를 거기에 매단 자는 두 개의 갈고리에 각각 남자의 어깻죽지를 매달아 두 개의 날개처럼 늘려놓았다. 마치 불가능한 비상(飛翔)의 서막처럼. 필리프는 경찰이 무슨 말을 하고 싶었는지 깨달았다. 처음에 그 광경을 보았을 때, 그는 그것이 사람이라고는 생각하지 못했다. 왜냐하면 머리통이 목 속에 깊숙이 박혀 전혀 알아볼 수가 없었고, 머리에는 피부의 주름들이 가면처럼 씌워져 있었기 때문이다. 시체의 손은 사람의 형태를 더욱 없애버리기 위해서였는지 잘려나가고 없었다. 그 뒤쪽, 창고의 회색 벽 한쪽에는 거의 갈색으로 변한 붉은 액체로 이상한 시구가 적혀 있었다.

그는 하얀 수의를 뒤집어썼다
낙원인지 지옥인지
이미 그 문턱에 선 늙은 왕
갑옷 위에 흐르는 피

술에 취한 거친 야만인들이
400개의 뼈를 으깼다
증오의 검은 뿌리로
벌판 위에서 두 배로 늘어난 뼈들을

그들은 죽음으로 그에게 보여주었다
가장 강한 자의 꾸밈없는 이유를
마지막에 무대에 남는 것은 단 하나
땅에서는 가장 약한 자가 피를 흘린다

하트의 심장이 격하게 고동쳤다. 정상의 범주에 있는 사람이라면 이렇게 잔인한 방법으로 인간을 처리할 수 없을 것이다. 게다가 이런 '작품'을 완성하는 시구까지 남기다니.

과학수사 팀의 여러 요원들은 탐조등 주위를 바쁘게 움직이며 작업을 수행했다. 그들 가운데에 상기된 목소리로 사건 현장에 대해 상세히 설명하는 하얀 가운을 입은 한 남자가 있었다. 그의 이름은 해럴드 푸앙으로 법의학자이다. 사실 사건 현장에서 법의학자가 할 일은 전혀 없었다. 사건 때문에 해럴드가 거기에 있기는 하지만 말이다.

일반적인 절차에 따르면, 설사 시체에 구더기가 들끓는다 해도 사람이 확실히 사망했는지 확인하기 위해서는 무엇보다 먼저 소방관이나 의사, 혹은 의료 구급대, 즉 의학적인 허가가 가능한 사람을 불러야 하며, 현장에 다가가려면 가스 마스크가 필요하다. 하지만 경찰은 이런 능력이 없었다. 자격 있는 사람이 정식으로 사망을 선고하면 시체는 법의학연구소로 보내지며, 상고 법원이 지정한 법의학자가 부검을 한 후 시체를 다시 원래의 모습으로 수습한다.

해럴드 푸앙 박사는 범죄 현장 검증에 대한 책을 쓰고 있는 중이어서, 박사와 빼빼 마르고 안절부절못하는 그의 조수는 범죄 현장에서 시체를 관찰할 수 있는 특별 허가를 얻었던 것이다. 박사는 사진이나 영상을 통해 보는 것보다 실제 사건 현장을 둘러보는 것이 훨씬 더 좋은 효과를 얻을 수 있다고 믿었다. 그 결과 제4수사국은 이상한 법의학자 한 명을 얻게 되었고, 오히려 그의 블랙 유머 감각이 수사국 전체에 활기가 되었다.

필리프가 그에게 달려갔다.

"안녕하세요, 박사님! 전 박사님이 낚시하러 가셨는지 알았는데요?"

"저런! 그 얘기는 하지도 마시구려, 반장! 어제 뇌우가 두 번이나 있어서 산소가 오르는 통에 물고기가 엄청나게 질식해 죽었다오. 그런 기상 조건에서 물고기들을 모는 것은 스포츠라 할 수 없지. 그래서 조금 더 기다리기로 했다오."

필리프는 놀라서 눈썹을 치켜 올렸다.

"질식해요? 물고기가 어떻게 질식을 해요?"

"폭우가 아주 심하면 빗줄기가 물에서 산소가 빠져나갈 정도로 휘저어놓는다오. 그러면 물고기들은 더 이상 물에서 산소를 얻지 못해 질식하는 거지. 그렇게 증명되었음! 그리고 어획물에 관한 한 지금 우리 앞에 있는 게 더 대단한 물고기라고!"

해럴드 푸앙은 양순하고 친근한 가족 주치의 같은 분위기를 풍겼다. 키가 크고 섬세한 얼굴에 반대 의견을 낼 때는 얼음같이 차갑게 변할 수 있는 푸른 눈동자를 가졌으며, 흠 없는 세련된 용모에 많은 법의학자들이 그렇듯이 나비넥타이를 맸다.

"그냥 긴 넥타이보다는 훨씬 실용적이야. 긍정이나 부정의 표시를 할 때 피 속에 담길 위험도 없고 말이야."

언젠가 해럴드가 거드름을 피우며 나비넥타이에 대해 이렇게 설명한 적이 있었다.

낚시광인 박사는 죽은 환자들을 위해 최악의 순간까지 자신에게 호소하는 살아 있는 환자들을 버렸다. 그는 나이보다 좀 이르게 세어버린 숱 많은 머리카락을 헤치고 머릿속을 긁었다.

"손이 잘렸을 때만 해도 숨이 끊어지지는 않았어요. 피가 많이 흐르지 않은 걸 보니, 숨이 끊어진 후 적어도 다섯 시간은 지난 후에 살덩어리가 몸에서 잘려나갔지. 하지만 범인은 그 전에 꽤 상당한 양의 피를 빼냈어. 시체에는 역시 사후에 만든 작은 구멍이 있었소. 목의 주름으로 가면처럼 뒤집어씌운 오른쪽 경동맥 위쪽에. 어쨌든 이 시체는 가지 잘린 그루터기요. 그렇게 생각하지 않나?"

필리프는 그런 악취미의 농담은 즐기지 않았으므로 위장을 쥐어짜는 끔찍한 구토를 참아내며 시체에 온 신경을 집중했다.

"죽은 다음에는 피가 흐르지 않는 것으로 아는데요. 범인은 어떻게 피를 빼냈을까요?"

"시체의 가슴과 상체 윗부분이 보이시오?"

필리프는 시체의 가슴에서 푸르스름한 상처들을 확인하고는 재빨리 박사의 얼굴로 시선을 돌렸다. 범죄 현장에서 구토를 하는 것은 자신의 이미지를 실추시키는 일이었다.

"예."

"이 사람은 가죽 끈으로 묶였던 거요. 가죽 끈은 피부에 묶인 자국을 남기지. 피해자가 이미 죽었기 때문에 묶였던 자국이 흡수되지 않고 피부에 남은 거요. 내 생각에는 범인이 피해자의 머리를 아래쪽으로 놓아 피가 어깨와 목으로 흐르게 한 것 같아. 그러고 나서 경동맥에 구멍을 내고 충분히 피를 뽑아 저 멋진 시를 적었겠지."

필리프는 얼굴을 찡그렸다.

"아무래도 저 시는 피로 쓴 게 아닌 것 같은데요?"

많은 수의 법의학자들과는 반대로 해럴드 푸앙은 추측하기를 좋아했다. 그는 포기하지 않고 계속 짐작한 바를 말했다.

"자, 가봅시다, 반장. 벽 위에 쓴 저것이 무엇인지 나와 내기하겠소? 사람의 피인지 아닌지?"

필리프는 상황의 심각성에도 불구하고 살짝 미소 지었지만, 박사의 제안은 거절했다.

"박사님, 지난번에도 제가 져서 아직 드릴 돈이 20유로나 더 남아 있잖아요. 제발 지하철 입구에서 구걸하지 않고 한 달을 마무리하게 해주세요."

"아, 아, 재미있군. 내 조수가 벌써 피해자의 혈액을 채취했지. 벽에 있는 피에서도 마찬가지고. 진행이 빨리 되었어. 감식반 사람들이 적외선으로 시체를 관찰했는데, 정액도 없고 다른 지문도 전혀 나오지 않았어. 완전히 벌거숭이였던 거지. 저 위에다 시체를 건 녀석은 틀림없이 아주 덩치가 큰 놈일 게야. 쇄골 아래에 갈고리를 찍어서 들어 올린 거야. 그런 후에 각 부위의 피부를 고정시킨 거지."

큰 희망을 걸지 않고 필리프가 물었다.

"피해자가 사망한 시각에 대해서는 어떻게 생각하세요? 그리고 어떤 방법으로 죽었는지 아시겠어요?"

놀랍게도 박사는 확신에 찬 목소리로 대답했다.

"물론 알지. 피해자는 정확하게 오늘 새벽 2시 33분에 죽었어. 그리고 어떻게 죽었냐 하면, 신께 맹세코 그는 독살되었네. 시안화물 아니면 디기탈린인 것 같아."

새벽 2시라면 늦은 시각, 아니 이른 시각이었다. 필리프는 아직 깨어나기 전이었다. 깜짝 놀란 필리프는 새삼스레 박사를 바라보았다.

"어떻게, 어떻게 그것을 아신 거죠?"

해럴드 푸앙은 모두 들을 수 있도록 목소리를 높여 응수하기 전에 확실히 짓궂은 미소를 지었다.

"믿을 수 없는 것은 당신이 나를 믿었다는 거요, 반장. 더욱 믿을 수 없는 것은 당신이 나한테 질문을 던졌다는 거요. 부검하지 않고는 알 길이 없다는 사실을 당신도 알고 있으면서 말이오. 무슨 일이 일어났는지 나 역시 절대 알 수 없어요. 하지만 당신은 초보자가 아니잖아! 어쩌면 이 사람은 사흘 전에 자기 집 욕조에서 나오면서 죽었는지도 모르지!"

그의 뒤쪽에 있는 경찰이 킥킥거리며 웃다가 신경질적인 기침으로 웃음을 감추었다. 필리프는 박사를 무섭게 쏘아보았다.

"아, 아, 재밌네요."

"하지만 경관의 입회 아래 부검을 실시해야 하니 냉정한 당신을 초대하지. 당신의 매력적인 부관도 함께. 연구소로 와서 우리 함께 다듬어봐요."

"다듬는 일이라면 박사님 혼자 하세요!"

필리프가 박사의 말을 끊으며 외쳤다.

"조그만 고깃덩어리를!"

박사가 짓궂은 미소를 지으며 마무리했다. 키가 크고 갈색 머리에 비쩍 마른 체형으로 늘 무언가를 우물우물 씹고 있는 박사의 조수 피에르가 바로 그 순간, 푸앙 박사를 죽이고 싶어하는 필리프를 막기에 아주 적절한 바로 그 순간에 그들을 불렀다.

"소장님, 여기 좀 와보세요!"

사다리 꼭대기에 앉아 질겅질겅 껌을 씹으면서 여러 각도에서 시체의 사진을 찍고 있던 피에르가 외쳤다.

"시체 입 안에 분명히 뭔가가 있어요. 그게 입을 다물지 못하게 막고 있고요. 식도 안에도 뭔가 있는 것 같아요."

해럴드 푸앙은 차가운 눈초리로 피에르를 쳐다봤지만 그의 말이 옳았다. 시체의 입속에 무언가 이상한 것이 들어 있었다.

"좋아요, 여러분. 전문적이고 법적인 자격으로 말씀드리건대―필리프가 슬쩍 비웃는 미소를 지었다―이자는 완전히 숨이 끊어졌습니다. 죄송하지만 시체를 좀 내려주십시오. 천천히, 조심조심!"

시체를 올리는 데 사용되었던 쇠사슬의 고리에서 증거가 될 흔적은 이미 다 채취한 상태였기 때문에, 경찰들은 시체를 내리기 위해 두 개의 작은 '장식 술'처럼 늘어진 끔찍한 옆구리의 피부를 갈고리에서 빼어낸 후 사슬을 꽉 잡았다. 하지만 너무 미끄러워서 시체를 내리기 시작하는 순간에 잠시 사슬을 놓쳤다. 다시 사슬을 잡자 순간적으로 시체가 움찔하며 갑자기 무언가 검은 물체들이 시체의 입에서 요란한 소리를 내며 쏟아졌다.

깜짝 놀라 비명을 지르며 필리프와 조수가 서로 멀리 떨어졌다. 그들은 순간적으로 벌레 같은 것이 떨어지는 줄 알았다. 하지만 벌레는 아니었다. 뭔지는 몰라도 움직이지 않는 것을 보니 살아 있는 생명체는 아니었다.

가쁜 숨소리를 통해 필리프가 크게 동요하고 있음이 드러났지만, 그럼에도 그는 바닥에 떨어진 게 무엇인가 보기 위해 몸을 앞으로 기울였다. 법의학자도 몸을 기울였지만 그의 숨소리는 아주 기품 있게 안정되었다.

"이것은, 그러니까, 이 사건은 점점 더 이상해지는군. 피에르, 이게 뭔지 말해보게."

법의학자가 말했다.

"사탕이에요! 분명히 사탕 같은데요, 소장님. 시체의 입과 식도 안에 사탕이 가득 차 있어요!"

피에르가 숨 막히는 목소리로 외쳤다. 그러자 필리프가 역겨운 표정으로 으르렁거리며 말했다.

"사탕류를 사용하여 의식을 치른 범죄로군. 정말 가관이네! 자, 여러분, 시체를 완전히 바닥으로 내려요, 이번에는 농담은 하지 말고!"

의사의 지시에 따라 증거물의 책임을 맡은 경찰관이 다가와 여러 개의 비닐 주머니를 꺼내 바닥에 떨어진 사탕들을 하나씩 그 안에 넣었다. 시체의 입에서 사탕이 떨어질 때 얼굴이 시퍼렇게 질렸던 경찰관 두 명이 마치 보석을 다루듯이 조심스레 시체를 내렸다. 바닥에 내려놓자 축 늘어져 탄성을 잃은 살들이 피부로 된 물결처럼 시체 주위로 죽 퍼졌다. 정말 혐오스러운 광경이었다.

잠시 침묵의 순간이 찾아들었다. 간간이 쇠사슬 삐걱거리는 소리가 침묵을 깰 뿐이었다.

법의학자가 말했다.

"에, 뭐랄까, 이 시체가 욕조에 3주 동안 처박혀 있었고, 누군가 거기에서 꺼낸 것이 확실하므로……. 실제로 남아 있는 것은 사소한 증거뿐이오. 일찍이 내가 본 어떤 것보다 놀라운 장면이오. 그리고 이 자는 묶여 있었어요."

법의학자의 말에 필리프가 의혹을 제기했다.

"묶여 있었다고요? 그걸 어떻게 아세요?"

"시체의 발목을 봐요. 양쪽 발목 주위에 보랏빛이 도는 불그스름한 자국이 있잖소. 아물었던 상처가 다시 벌어진 거요. 내 생각으로는 이 남자가 주기적으로 이상한 사도마조히즘을 행하는 신봉자가 아닌한, 그것도 가능하지만, 어쨌든 간에 여러 달 동안 갇혀 있었던 게 확실해. 더욱 확실한 건 살인범이 피해자의 손을 팔뚝까지 자른 것을 보았을 때 어쩌면 저 보랏빛 자국과 똑같은 자국이 팔목에도 있었을지 모르겠소."

필리프는 멍하니 입을 벌리고 있었다. 그는 아직도 시체의 입속에 남아 있는 사탕 때문에 일그러진 얼굴을 바라보다가 갑자기 욕설을 퍼붓기 시작했다.

"여러 달 갇혀 있었다고요? 빌어먹을! 그자가 아니잖아!"

법의학자 주위에서 깜짝 놀란 목소리가 들렸다.

"그자가 아니라니요?"

필리프는 장갑을 끼고 있다는 사실을 잊고 손으로 얼굴을 문지르다가, 고무가 거칠게 면도된 수염에 걸리자 얼굴을 찡그렸다.

"피에르 자비가 아니야. 어젯밤에 사라진 소아 성애자 말이에요. 난 그자라고 생각하고 그가 복수의 희생양이 됐다고 믿었거든요. 하지만 그가 아닌 것 같아요. 제기랄! 우리가 맞닥뜨린 놈이 염병할 놈의 연쇄살인범이 아니라면 좋겠군!"

"반장, 제발 욕 좀 하지 말아요. 욕설과 껌은 우리 문명의 손실이오."

갑자기 법의학자 조수가 껌 씹기를 중단하고, 씹던 껌을 휴지에 싸서 조용히 주머니에 넣었다. 그 모습을 보고 반장이 미소 지었다.

해럴드 푸앙은 꽤 무뚝뚝한 인물이었다. 하지만 필리프가 함께 일해본 법의학자 중에서는 가장 뛰어난 법의학자였다. 푸앙 박사라면 이 불쌍한 시체를 양파처럼 낱낱이 파헤쳐 상상조차 할 수 없는 수법을 찾아낼 것이다.

"좋아, 자, 시체를 쌉시다!"

시체가 미끄러웠기 때문에 쉽지 않은 작업이었다.

피에르는 바닥에 누운 시체의 사진을 또 찍었다. 특히 갈고리 때문에 생긴 구멍을 중심으로 여러 장 찍은 후 끝났다는 표시를 했다. 구급차가 박사와 조수를 태우고 법의학연구소로 떠났다.

잔느가 자신이 만나본 증인들의 진술을 보고하러 왔다. 그다지 특별한 것은 없었다. 인부들은 다같이 새벽 4시경에 도착해서 커피를 한 잔 마시고 절단 작업을 시작했다. 고깃덩어리를 매단 고리들이 다가왔을 때, 맨 앞에 있던 사람이 그것이 쇠고기가 아니라는 걸 깨닫고 기계적으로 즉시 손을 들었다. 기계를 정지시키느라 몇 분이 소요되었고, 그 사이에 그들은 그것이 장난도 아니고, 이상한 동물도 아니라는 것을 깨달았다. 그것은 나비처럼 핀으로 꽂은 사람의 시체였다.

작업 인부들 중 여러 명이 졸도할 뻔했다.

"예감이 아주 나빠."

시체를 싣고 간 후 훨씬 숨쉬기가 편해진 필리프가 퉁명스럽게 내뱉었다. 잔느가 미소 지으며 말했다.

"저는 반장님 예감에 무한한 존경심을 표합니다. 오, 훌륭한 대장님, 예감이 뭐라고 하던가요?"

"이 피해자는 최초에 불과하다는 거야. 범죄는 너무나 완벽하고 모든 디테일한 요소는 아주 철저하게 연구되었지. 사탕, 시, 잘려나간 손, 발목에 남은 쇠사슬 자국. 소름이 끼쳐서 팔뚝의 털이 다 섰어. 내가⋯⋯."

"팔뚝 털이 다 섰다는 것은 사건이 만만치 않을 거라는 의미죠?"

그 말을 수십 번이나 들은 적이 있는 잔느가 대신 말을 이었다.

"반장님은 이 사건이 병원에서 사라진 그 소아 성애자의 실종과 관련이 있다고 생각하시나요?"

"응, 이유는 모르겠지만 그렇다고 생각해. 자, 여기 사진이 여러 장 있네. 시체가 실종 신고된 사람인지 OCDIP*에서 확인해봐. 이름이

---

* 2002년 5월에 설립된 실종 센터.

라도 찾아보자고. 아, 그리고 이름을 찾으면 그자가 소아 성애자로 기록되어 있는지도 확인해보고."

"예, 알겠습니다. 반장님 사무실로 10시쯤 전화할게요. 9시 전에는 그들도 출근 전일 테니까요. 확인해볼 때까지 족히 한 시간은 여유가 있네요."

"나한테 전화하지 마. 어차피 자네와 나는 시체 부검 때문에 11시에 우리의 대단하신 푸앙 박사님 연구소에서 만날 테니까 그때 말해줘."

벌써 저만치 걸어가던 잔느가 갑자기 멈춰 섰다.

"예? 왜 저도 같이예요? 혼자 부검에 참석하시는 거 아니었어요?"

의문을 품은 그녀의 목소리가 이상하게 울렸다.

"박사님이 자네한테 반한 것 같은 생각이 들어서."

잔느가 부검을 무서워한다는 걸 알고 있는 필리프가 낄낄거리며 말했다. 그래서 그는 박사가 두 사람을 기다린다는 걸 확실히 말해둔 것이다. 아는 욕이란 욕은 다 중얼거리는 잔느를 보며 그는 고소를 금치 못했다.

돌아오는 길에 필리프의 머릿속에서는 계속 한 가지 질문이 맴돌았다. 이상하게도 그를 불안하게 만드는 것은 잘려나간 두 손이 아니고 다른 것이었다.

왜 살인자는 그 뚱보를 묶었을까?

5
냉육 요리
굴과 생 자크 와인에 얇게 저민 해산물 냉육 요리

어린 소년은 눈을 떴다. 몸을 일으키고 싶었지만 마음대로 되지 않았다. 그는 묶여 있다는 것을 깨닫지 못하고 잠시 동안 몸을 움직이려 애를 썼다. 몸을 묶은 가죽 끈이 자신의 몸에 강하게 파고들자, 얼음같이 냉혹한 공포가 소년을 위협하기 시작했다.

형광등의 하얀 불빛이 눈부셨다.

친절하게 그림자를 드리우며 거대한 형체가 소년의 몸 위로 기울어졌다. 새까만 남자의 두 눈과 마주치자 소년의 몸은 순식간에 얼어붙었다. 거대한 남자의 새까만 동공이 눈동자의 나머지 부분을 삼킨 것처럼 보였다.

"좋아, 좋아, 우리 둘 다 이제 잠이 깬 것 같구나. 네가 참 버릇이 없다고 다들 얘기하던데. 내가 너의 버릇없는 짓거리를 모조리 고쳐줘야겠구나. 그러면 아주 말을 잘 듣게 될 거야, 그렇지? 내가 널 돌봐주지. 우린 둘이서 함께 많은 시간을 보내게 될 거다."

가면 뒤에서 목소리가 흘러나왔다.

남자는 소년을 건드리고 손으로 만지더니 손가락으로 어린 살갗을 꼬집었다. 소년의 피부는 살이 빠지는 속도를 따라가지 못해 너무 큰 옷을 입고 있는 것처럼 보였다.

"쯧쯧, 아주 근사한 상태로구나. 걱정하지 마. 너한테 필요한 게 뭔지 내가 정확히 알고 있으니까."

남자가 자신의 마음속을 꿰뚫는다는 생각이 들자 아이의 심장은 미친 듯이 고동치기 시작했다. 아이의 입에서 희미한 신음소리가 새어 나왔다. 신음은 금세 숨 막히는 비명으로 바뀌었다가 기도로 변했다.

"아니, 안 돼요, 안 돼. 불쌍히 생각해서 이번 한 번만요. 안 돼, 안 돼요, 안 돼요."

그러자 옛날에 품었던 용기가 다시 조금 생겼다. 영웅은 쓰러지지 않고 싸운다. 아이가 누구보다 좋아했던 캐릭터인 벤 그림*은 더 강한 파탈리스나 실버서퍼와 맞닥뜨렸을 때도 포기한 적이 없다.

소년은 용기를 내어 앞에 우뚝 서 있는 남자의 시선을 마주보았다. 그리고 그 눈길에서 극도의 무관심과 마주쳤다. 자신을 마치 벌레처럼 바라보는 시선이었다. 아이가 죽기 전에 다리를 몇 개나 떼어낼 수 있을까를 생각하는 것 같은 무심한 시선.

괴물은 광적인 통제력으로 아이를 그냥 내버려두었다. 남자의 까만 눈동자는 아이가 상상조차 할 수 없는 일이 일어날 것이라고 말하고 있었다.

"제발, 이렇게 빌게요."

목소리를 높이면 자제할 수 없는 폭력의 걸쇠가 벗겨지기라도 할 것처럼 아이는 조그맣게 중얼거렸다.

"나한테 빌다니 고맙기도 하네. 자, 사탕 먹을래?"

남자가 물었다.

---

* 판타스틱 4의 주인공 중 한 명. 힘이 매우 세고 피부가 거의 부서지지 않는 오렌지색 딱딱한 껍질로 변한다.

소년은 남자가 목구멍으로 쑤셔 넣은 사탕을 곧바로 뱉을 수가 없었다. 그래서 날카로운 메스를 보았을 때도 아이는 즉시 비명을 지를 수가 없었다.

그 순간 그는 잠에서 깨어났다. 의심스럽게 자신의 몸을 바라보았다. 그의 몸은 자유로웠다. 사슬에 묶여 있지도 않았고, 가죽 끈도 없었다. 갑자기 정신이 돌아오며 마음이 가벼워져 그는 한숨을 내쉬었다. 더 이상 그는 힘없는 소년이 아니었다. 그는 훨씬 커졌고 훨씬 강해졌다. 그래, 훨씬 강하다.

그는 자신의 몸을 더듬어보았다. 눈물이 차올라 목이 메었다. 매번 그는 똑같이 선명하게 그 장면을 보았다. 아직도 그 장면은 머릿속에 살아 있었고, 살 속에 새겨져 있었다. 그는 흉측스러운 상처자국들이 근육의 움직임에 따라 물결치듯 꿈틀거리는 피부에 흘긋 시선을 던졌다. 그리고는 지하실에서 올라오는 고통스런 신음소리에 잠시 귀를 기울이고 한숨을 내쉬었다. 작업은 이제 막 시작되었다.

꿈은 아주 선명했다. 다시 사탕을 사야 하리라.

*

하루가 좋지 않은 기분으로 시작되었다. 점점 더 나빠질 것이 분명했다. 아침부터 이미 진이 빠진 필리프가 막 집에 도착하자 이자벨이 전화를 걸어왔다. 그녀는 다른 남자가 생겼으니 그와의 관계를 완전히 정리하고 싶다고 냉정한 목소리로 말했다. 필리프가 너무나 심하게 상처받은 것 같았는지 갑자기 그녀가 부드럽게 말했다.

"나를 이해해줘야 해, 필리프. 당신 직업 때문이 아니야. 당신 직업에는 적응할 수 있어. 당신의 불규칙한 일정 때문도 아니야(배우인 그녀는 그보다 더 늦게 들어오는 적이 자주 있었다), 바로 그 여자 때문이야. 그녀에 대항해서 난 아무것도 할 수가 없어. 우리 사이에는 내내 그녀의

65

기억이 머물러 있어. 처음에는 그 가증스러운 망령을 몰아낼 수 있을 거라고 생각했지만 불가능하다는 걸 알았어."

"그건 가증스러운 망령이 아니야."

필리프가 이를 꽉 물고 화난 목소리로 말했다.

"그것 봐! 그녀 얘기만 꺼내면 당신은 발끈하잖아. 그 여자는 성녀가 아니야, 필리프. 당신이 그 여자를 그렇게 우러러 받들 아무 이유도 없다고. 나도 나름대로 장점이 있고 단점도 있어. 하지만 그렇게 완벽한 망령과는 싸울 수가 없어. 난 당신과 레베카(남편의 전처가 의문사해서 공포를 겪는 여인의 심리를 섬세하게 묘사한 히치콕의 영화—옮긴이)를 리메이크하고 싶은 생각은 손톱만큼도 없다고."

잠시 동안 필리프는 이자벨을 떠올렸다. 탄력 있는 가슴과 근사한 곡선의 몸매, 그리고 회색빛 눈매. 갑자기 눈앞의 얼굴이 흐려지며 카를라의 얼굴이 또렷이 떠올랐다. 검고 빛나는 두 개의 눈동자와 귀족적으로 생긴 섬세한 얼굴. 필리프는 한숨을 쉬었다. 이자벨이 옳았다. 카를라가 이길 수밖에 없다. 카를라에게는 경쟁 상대가 없다. 그의 한숨 소리를 들으며 이자벨은 자신이 정확하게 파악했다는 사실을 깨달았다. 이자벨은 필리프에게 안녕을 고하고 전화를 끊었다.

가슴이 산산이 부서지는 고통이 밀려와 필리프는 침대 위로 수화기를 거칠게 내동댕이쳤다. 그리고 욕실로 달려갔다. 뜨겁게 떨어지는 물줄기 아래 몸을 웅크리고 서서 필리프는 자신을 저주했다. 또 한 번 무언가를 세우는 데 실패한 것이다. 그의 감정적인 삶은 실패작이었다. 카를라가 죽고 5년이라는 세월이 흘렀다. 그 5년 동안 필리프는 카를라를 잊으려고 끊임없이 노력했다. 하지만 잊히지가 않았다. 단 하나의 동작으로도, 단 한 번 스쳐 지나가는 향기로도 카를라는 항상 생생하게 돌아와 불현듯 그 옆에 섰다. 5년 전부터 그가 사랑에 빠졌다고 믿었던 여자들은 결국 상황을 깨닫고 모두 그를 떠나버렸다. 필리프는 단념해야 했다. 만약 필리프가 생명 없이 누운 그녀의 시체라도 볼 수 있었더라면, 만약 스스로를 보호할 피난처라도 가졌더라면, 아마도 카를라를 잊을 수 있었으리라. 아니, 그렇더라도 잊지는 못했을 것이다. 그저 덜 고통스러워했을 것이고, 언젠가는 치유되었을 것이다. 부재의 심연 속으로 그녀를 천천히 보낼 수 있었을 것이다.

그러나 그렇게 하는 대신 카를라는 끊임없이 필리프 주위에, 그의 내부에 머물렀다.

아마도 이 아파트 때문일지도 모른다. 카를라의 것인 이 아파트. 백만장자인 카를라의 아버지가 딸에게 선물한 300제곱미터의 널따란 아파트. 이곳에서 필리프는 길을 잃었다. 필리프는 아내의 죽음 덕분에 부자가 되었다. 카를라가 소유했던 재산을 모두 자신이 물려받았다는 사실을 깨달을 때면 그는 아직도 죄의식을 느꼈다. 쿠르슈벨에 있는 별장, 생 트로페의 집, 아비뇽 근처에 있는 500헥타르의 올리브밭이 달린 또 다른 집. 심지어 베니스에는 성도 한 채 있었다. 필리프는 그곳에 한 번도 가지 않았다. 또 아무것도 팔지 않았다. 단 하나, 필리프가 자신을 위해 지키고 있는 것, 그가 집착하는 그 한 가지는 카를라가 타던 페라리였다. 페라리의 스포츠카인 테스타로사를 고도로 굴절시킨 모델인 512 TR 빨강. 카를라는 매우 남성적인 이 차를 굉장히 좋아했다. 이 차를 운전할 때마다 필리프는 차 안에서 죽은 아내의 관능적인 향기를 맡았다. 만일 그가 이사를 했다면 인생의 장을 넘길 수 있었을까? 하지만 그것은 간단하지도 쉽지도 않았다. 카를라의 유산을 물려받으며 그녀의 가족 역시 물려받았던 것이다. 만약 필리프가 아파트를 팔았다면, 카를라의 냉혹한 아버지, 빌리우스 드 산테우라비오 발리토 왕자의 반응에 대해서는 상상조차 할 수 없다.

떨어지는 물줄기 아래에서 격한 감정에 휩싸인 필리프는 다른 주제로 넘어갈 수 있는 해결 방법을 천 번쯤 생각했다. 그리고 그는 문득 자신도 모르게 엘레나 바르톡 박사를 생각하고 있다는 것을 깨달왔다. 몇 시간도 지나지 않아 그녀를 생각하는 것이 벌써 두 번째였다. 더욱 놀라운 것은 서로 흘긋 보았을 뿐인데 엘레나가 지나치게 자신을 무시하는 표정을 지었다는 것이다.

필리프는 미소 지었다. 그는 그녀의 생각을 바꿔놓고 싶었다. 어쨌든 병원으로 가서 잘생긴 정신과 의사에게 그저께 저녁에 무엇을 했는지 물어봐야만 했다.

한 시간 후, 필리프는 네슬린스키 박사의 상담실에 있었다.

박사는 환자와 상담 중이었지만 다 끝내지 못하고 중간에 멈춰야 해서, 기분이 좋지 않았다.

두 사람은 네슬린스키 박사의 사무실로 갔다. 네드는 요새의 벽 뒤에 앉듯이 책상 뒤에 앉았다. 필리프가 박사에게 지난밤 일정에 대해서 묻자 박사의 얼굴이 벌겋게 달아올랐다.

"지난 이틀 밤 동안 내가 무엇을 하든, 그게 어째서요? 무엇 때문에 그것을 궁금해하는 거죠, 반장님?"

"특별히 궁금하지는 않습니다만, 대답을 해주셨으면 좋겠습니다."

"싫소."

필리프는 수첩에 뭔가를 적다가 갑자기 고개를 쳐들었다.

"왜요? 뭔가 숨기시는 게 있나요?"

정신과 의사는 책상 위로 몸을 숙여 거의 사팔뜨기가 될 정도로 바짝 경찰 얼굴에 제 얼굴을 갖다댔다. 필리프는 격하게 부정할 거라 예상했는데, 오히려 긍정을 하는 네슬린스키 박사의 대답에 깜짝 놀랐다.

"예, 난 숨기는 게 아주 많답니다, 반장. 게다가 내가 그것을 밝혀야 할 사람은 당신이 아닙니다."

"저는 관례에 따랐을 뿐입니다. 박사님을 본부로 소환할 수도 있었지만, 그러면 확실히 불편하실 테고······."

재미있는 대화를 찾아낸 필리프가 상황을 정확히 밝혔다.

박사는 경멸스런 표정을 지었다.

"그렇다면 소환하시오, 반장!"

"그 자료가 왜 필요한지 이유를 설명해드리겠습니다."

필리프는 아무 소리도 듣지 못한 것처럼 말을 이었다.

박사가 한 걸음 뒤로 물러섰다.

"그저께 병원에서 사라진 소아 성애자는 우리가 생각했던 것처럼 탈출한 게 아닙니다. 그는 납치당했어요. 저는 누가 그런 짓을 했는지 알고 싶을 뿐입니다."

"그게 나랑 무슨 상관이 있소?"

"박사님은 이미 소아 성애자들을 무력으로 위협한 적이 있으시잖아요. 어제 팻의 어머니에게 하신 말씀을 고려해볼 때, 박사님은 그 괴물들이 정의의 심판에 따라 충분히 처벌받아야 한다고 생각하시고요. 그런 점에서 박사님 자신이 정의를 행할 수도 있다는 점, 물론 저는 그럴 거라고 믿지 않습니다만, 아마도 다른 사람들이 다 저와 같은 의견은 아닐 겁니다. 그래서 제가 여기 이렇게 와서 그저께 밤에 어디 계셨는지 묻는 거죠. 상황을 명확히 밝히고 그 일로 더 이상 박사님을 귀찮게 하지 않으려고 말이죠."

이상하게도 네드 네슬린스키 박사는 격렬하게 결백을 주장하지 않았다. 신중한 어조로 대답했을 뿐이다.

"그런 이유로 나를 의심할 수 있다고는 생각하지 않아요. 바보 같은 생각이지! 당신 눈에는 내가 소아 성애자를 납치할 사람처럼 보입니까? 게다가 그렇게 뚱뚱한 사람이라니, 그런 거대한 덩치를 아무도 모르게 옮기는 것은 결코 쉬운 일이 아니오. 만약 그 일이 그저께 저녁에 일어났다면 어떻게 반장이 어제서야 알 수 있었던 거요?"

"제 생각에 박사님, 그건 박사님이 물으실 문제가 아니라 제게 알려주셔야 할 대답이죠. 우리가 피에르 자비의 실종을 뒤늦게 발견한 것은 사실입니다만, 그 사건이 그저께 밤부터 어제 새벽 사이에 벌어졌다는 것은 알고 있습니다. 박사님께서는 그 시간에 어디에 계셨나요?"

정신과 의사는 잠시 머뭇거리는 듯 보였다.

"이틀 전에 말이오? 그날이라면, 반장, 당신을 실망시킬 거요."

필리프는 꼼짝 않고 집중해서 박사를 바라보았다.

"난 아무런 알리바이도 없고, 증인도 없어요. 나는 독신이고 아이도 없소. 아버지가 물려주신 집에서 혼자 살고 있지요. 우리 집에서 가장 가까운 이웃이 1킬로미터 거리에 있을 정도니, 나는 쥐도 새도 모르게 지상 위에서 일어나는 어떤 범죄도 저지를 수가 있소."

"박사님은 정확하게 무얼 하셨나요?"

박사는 갑자기 이제까지보다 훨씬 협조적인 표정을 지었다. 그는 손으로 머리카락을 헤집으며 깊이 생각하는 듯하더니 대답했다.

"그날은 저녁 7시쯤 집에 돌아갔소. 기사를 하나 작성해서 어제 아침에 이메일로 보냈죠. 책을 좀 읽고 나서 샤워를 하고 파출부 아주머니가 준비해놓은 토끼고기 한 조각과 퓌레를 저녁식사로 먹고 침실로 갔소. 꽤 오랜 시간 책을 읽고 자정 무렵이 돼서야 불을 껐지."

"무슨 책을 읽으셨나요?"

아주 난해한 과학 서적을 기대한 필리프는 그의 대답을 듣고 감짝 놀랐다.

"알렉상드르 뒤마의 『삼총사』를 읽었소. 난 밀라디에게 특별한 열정을 느끼고 있소. 뒤마는 진짜 천재요. 그렇게 생각하지 않소, 반장?"

네드는 눈에 띄게 냉정을 되찾았다. 하지만 필리프가 박사처럼 알렉상드르 뒤마를 좋아한다고 해도, 문학 토론을 하기 위해 여기에 온 것은 아니다.

누군가 문을 두드렸다. 네드는 짜증 섞인 목소리로 '들어오세요' 하고 소리쳤다. 엘레나가 안으로 들어왔다. 필리프는 심장이 요동치는 것을 느꼈다. 그녀는 잘 어울리지도 않는 푸른색 스커트를 입고, 모양새가 예쁘지 않은 흰 코르사지를 달았다. 머리를 두 갈래로 땋았는데 고르게 땋지도 않았다. 흉하게 보이려고 눈에 띄게 노력했음에도 불구하고 엘레나는 눈부시게 아름다웠다. 어색했지만 아름다웠다.

그녀가 무성의하게 흘리듯이 인사를 건넸다.

"안녕하세요, 하트 반장님!"

너무나도 근사하게 엘레나는 필리프의 이름을 기억하고 있었다. 필리프가 인사에 대답하기도 전에 엘레나는 열정에 가득 차서 정신과 의사에게로 몸을 돌렸다.

"세바스티앙과의 상담이 성공했어요! 방금 전에 드디어 입을 열었거든요!"

네드도 기쁨에 들떠 자리에서 벌떡 일어섰다.

"말도 안 돼! 어떻게 된 거야?"

"또 한 번 앵무새 코코가 만들어낸 기적이에요! 코코가 그에게 '안녕 세바스티앙! 안녕 세바스티앙!' 하고 인사하니까 아이가 대답했어요!"

"그렇다면 사고로 생긴 고통이 흐려지는 중인 거야."

필리프가 놀라서 바라보는 가운데 두 의사는 너무나 만족한 얼굴로 서로를 얼싸안았다. 마치 아이들처럼 두 손을 맞잡고 원을 만들어 돌았다.

엘레나가 반장의 얼굴을 보더니 웃음을 터뜨렸다.

"반장님, 이제 입 좀 다무세요. 파리라도 삼킬 수 있을 것 같아요!"

그녀는 필리프를 비웃었다. 대단하다. 평소대로라면 반어적인 표현으로 여자들을 주무르는 건 오히려 필리프였지만, 엘레나에게는 아니었다. 카를라와 똑같다고 필리프가 생각했다. 그 점은 섬세한 아름다움을 제외하고, 필리프를 매혹시키는 엘레나의 성격적 특징 중

하나였다. 엘레나의 유머 감각과 필리프를 깜짝 놀라게 하는 대단한 능력 역시 그를 끌어당겼다.

필리프의 얼굴이 굳어지며 네드에게 말을 건넸다.

"두 분의 행복한 춤을 끊어서 죄송하지만, 박사님께서는 그저께 저녁부터 밤새도록 댁에 계셨다는 사실을 증명할 수 있는 방법을 찾으셔야 합니다. 그게 안 된다면 박사님은 알리바이가 없으셔서 귀찮은 일에 얽히게 될 겁니다."

엘레나가 갑자기 동작을 멈추고 박사를 바라보았다.

"알리바이라뇨? 왜 박사님께서 알리바이가 필요하신 거죠?"

네드가 그녀를 돌아보며 어색한 미소를 지었다.

"아무것도 아니야."

박사가 가벼운 어조로 대답했다.

"하트 반장이 팻을 위협한 소아 성애자를 잃어버리고 일종의 속죄양을 찾고 계시는 것 같아. 여기서는 못 찾을 거야. 그 사건은 나와는 아무런 관계가 없어. 반장이 무능해서 범인을 놓쳤건 말건 나하고는 아무 상관 없다고!"

필리프는 군말 없이 박사의 공격을 참아내며 침착하게 말했다.

"아무튼 저는 박사님의 알리바이를 확인해야 합니다. 잘 생각해보시고 진실을 증명할 수 있는 새로운 요소를 찾으시면 제게 연락해주세요. 다시 찾아뵙지요."

하트 반장은 두 의사에게 안녕을 고하고 발길을 돌렸다. 법의학연구소에서 약속이 있었기 때문에 안타깝게도 더 이상 토론할 시간이 없었다.

필리프가 소아정신과 사무실 문턱을 넘어섰을 때 등 뒤에서 가벼운 발소리가 들려왔다.

엘레나가 그를 따라 나왔다.

"박사님의 행동을 사과드릴게요, 수사관, 아니 반장님. 박사님은 피에르 자비가 도망가서 미친 듯이 화가 난 데다가, 왜 반장님이 자신을 용의자처럼 취급하는지 이유를 몰라서 그래요."

"박사님을 진짜 용의자라고 생각하지는 않아요. 다만 그저께 밤에 무엇을 하셨는지 알고 싶을 뿐입니다. 소아 성애자에 대한 박사님의 적대감과 알리바이가 없다는 점이 걱정스러운 거죠. 그것뿐이에요."

엘레나가 필리프를 바라보았다. 필리프는 지친 표정이었다. 날이 무딘 면도기로 깎았는지 수염은 반만 깎였고, 손에 든 가방은 선박용 여행 트렁크가 무색할 정도로 컸다. 엘레나는 용기를 내어 천천히, 마치 입 밖으로 나오는 말이 입술에 상처라도 내듯이 천천히 물었다.

"같이 점심이나 저녁식사를 하면서 얘기 좀 할 수 있을까요, 반장님?"

필리프는 깜짝 놀랐다. 그렇게 무관심하게 대하고 심지어 반감까지 드러내더니, 이런 제안은 놀라움 이상이었다. 엘레나는 하트 반장이 아무런 반응이 없자 거절이라 생각해 한 걸음 뒤로 물러섰다.

"오해하지 마세요. 박사님에 대해서 상의하려고 하는 거니까요. 쉽게 말할 수 있는 문제가 아니라서요. 물론 반장님이 사건 때문에 너무 바쁘시다면……."

필리프가 재빨리 대답했다.

"좋아요, 좋습니다. 언제가 편하십니까?"

"오늘 저녁에 시간 있으신가요?"

"네, '애브뉴' 좋아하시나요? 거기에 가면 사람들이 바닥에 떨어진 풀들 위로 왔다 갔다 하지요. 절반은 브르통 감자에, 나머지 절반은 노르망디 버터를 섞어 만든 콜레스테롤 없는 퓌레에 대해서는 입도 뻥긋 안 하고요."

아무리 엘레나일지라도 이런 표현을 듣고 웃지 않을 수 없었다. 엘레나의 반응에 기분이 좋아진 필리프는, 그곳은 어머니가 가장 좋아하는 레스토랑 중 한 곳이어서 어머니가 자주 데리고 가면서 하신 표현이라는 말을 가까스로 참아냈다.

"네, 거기 알아요. 8시 괜찮으세요?"

"9시가 낫겠네요. 오후에는 동굴 탐사를 조금 해야 하거든요."

엘레나가 믿을 수 없다는 눈길로 필리프를 바라보았다.

"뭐를 조금 해요?"

필리프가 그녀에게 함박웃음을 지어 보였다.

"책상 위에 서류들이 너무 많이 쌓여 있어서 저절로 동굴이 만들어 지거든요. 서류를 보려면 굴을 파야 하죠. 그렇단 얘깁니다. 이쨌든 제가 예약을 하죠. 저녁때 봅시다!"

법의학연구소에 가는 동안 내내 필리프는 그 낯선 저녁 초대에 대해 끊임없이 생각해보았다. 청바지와 짧은 재킷을 입은 잔느가 연구소 로비에서 그를 기다리고 있었다. 그녀는 몸을 떨었다.

"제기랄, 여기는 정말 끔찍해요. 냄새만 생각해도 싫어져요."

반장을 보고 잔느가 말했다.

그때까지도 엘레나에 대한 생각으로 머릿속이 가득했던 필리프는 부하의 기분 나쁜 표정에 주의를 기울일 여유가 없었다.

"안녕 잔느, 자넬 보니 반갑네. 렁지스의 피해자가 누군지는 찾아 냈어?"

그들은 부검실을 가리키는 안내 여직원에게 경찰증을 보여주었다. 잔느가 수첩을 열어 보고는 대답했다.

"예에, 마크 드쉬스예요. 가족이 여섯 달 전에 실종 신고를 했어요. 그런데 그에 대한 기록이 하나도 없더라고요. 소아 성애자라는 의혹도 없고요. 제가 그의 부모님과 사무실 동료들에게 물어보러 갔었죠. 그는……"

그녀는 부검실을 향해 부지런히 걸어가면서 수첩을 확인했다. 투명한 유리문을 통해 안을 들여다보기 싫은 것이다. 필리프는 힐긋 눈길을 주었다가 즉시 후회했다. 뇌를 들어 올리는 장면은 아침식사도 안 한 사람이 볼 만한 광경은 아니지 않은가.

"공동소유 조합의 재정 관리인이었어요. 자료에 기록된 사항은 이게 전부예요. 반장님은 불만이 가득한 소유주가 복수극을 벌였을 수도 있다고 생각하세요?"

"아니, 불만이 가득 쌓인 소유주들이 부정직한 조합원들을 죽인다면 파리는 살육의 도가니가 되겠지. 다른 건 없나?"

"마크 드쉬스에 대해서요? 현재로서는 없어요. 아니, 사실은 있어요. 다른 게 있어요……."

잔느는 거기가 어떤 곳인지도 잊은 듯 양 볼에 보조개를 만들며 함박웃음을 지었다.

"반장님도 알고 계시듯이 매년 프랑스에서는 5만여 명의 사람들이 실종됩니다. 그중 95퍼센트는 찾아냈지요. 가끔 죽기도 하지만 대부분 살아 있는 상태로요. 반장님은 뚱뚱한 사람이 몇 명이나 행방불명될 거라고 생각하세요?"

"글쎄…… 5천 명? 6천 명?"

"올해까지는 전혀 없어요."

"전혀? 자네는 지금 뚱뚱한 사람은 전혀 실종되지 않는다는 건가?"

"예, 그래요. 그들은 질병, 사고, 자살의 희생양이 되고, 뚱뚱하지 않은 사람들보다 훨씬 일찍 죽기도 하죠. 특히 우리의 피해자처럼 엄청난 고도비만일 경우에는요. 하지만 그들은 실종되지는 않아요. 바로 그 점에서 이상한 부분이 발견되었어요. 6개월 전부터 다섯 명이 실종되었거든요!"

필리프가 갑자기 걸음을 멈추었기 때문에 몇 걸음 앞서 가던 잔느는 되돌아가야 했다.

"뭐? 다섯 명이라고? 지금 농담해?"

자신이 찾아온 정보가 효력을 발휘하자 즐거워하며 잔느가 밝은 얼굴로 대답했다.

"아뇨, 더도 덜도 아닌 다섯 명, 맞아요. 어젯밤에 우리가 찾아낸 마크 드쉬스까지 포함해서 다섯 명이죠. 그리고 도망을 쳤는지 아니면 납치된 것인지 불확실한 피에르 자비가 있고요. 정말 이상하다고 생각하지 않으세요?"

"그래, 아주 이상하군. 다섯 명이라! 실종 센터에 알려주었나? 귀가 쫑긋할 정도로 놀라운 일이잖아, 안 그래? 특히 그 다섯 건의 실종이 같은 시기에 일어났다면 더욱더 그렇지."

"실종 센터에서는 몸무게로 분류하는 수색은 안 하고 있어요. 오히려 성년이냐 미성년이냐의 연령이나, 여자냐 남자냐의 성별로 구별해놓았더군요. 피해자가 표준 체형이 아니기 때문에 저는 몸무게로 찾아달라고 부탁했지요. 그랬더니 그런 정보가 나온 거예요."

필리프가 그녀를 보고 미소 지었다. 잔느의 직감은 자주 큰 가치를 발휘한다. 잔느는 매우 뛰어난 형사로, 그녀의 자리를 탐내는 자들을 위협할 실력을 갖추었다. 매우 만족한 필리프는 그녀의 등을 좀 세게 토닥거렸다.

"브라보, 잔느, 잘했어! 어쩌면 사건의 실마리를 잡은 건지도 모르겠군."

갑작스런 칭찬으로 당황한 잔느의 미소가 약간 흔들렸지만 그래도 입가에는 미소가 남아 있었다. 따라서 부검실에 들어갈 때만 해도 잔느는 최상의 컨디션을 유지했지만, 자신들을 기다리고 있는 걸 보는 순간 최상의 컨디션은 햇볕에 눈 녹듯이 자취를 감추었다.

푸앙 박사와 피에르는 이미 복장을 다 갖추고 보호용 투명 마스크를 위로 올린 채 그들을 기다리고 있었다. 두 사람 옆에는 매우 음산한 분위기의 장비들이 순서대로 준비되어 있었다. 회전톱을 본 잔느는 온몸에 소름이 돋았다.

"아, 아, 여기 이 감동적인 부검을 위해 우리의 법적 권위자들이 도착하셨군요! 잔느 양, 도깨비 소굴에 오신 걸 환영합니다. 반장, 충성!"

"안녕하세요, 드라큘라 백작!"

필리프가 히죽히죽 웃으며 인사했다.

"안녕하세요, 박사님."

박사 뒤쪽에 놓인 덩어리에 시선을 고정시킨 채 잔느가 조그만 소리로 인사했다.

설령 그것이 시각적인 환상이었다 해도 납빛 살덩어리는 거의 분해된 것처럼 보였다. 살덩어리는 시체에서 액체가 스며 나오는 것 같은 느낌을 주며 부검대 위 사방으로 흘러내렸다. 그것은 그저 느낌만이 아니었다. 부검이 진행되는 동안 실제로 시체는 녹아내렸다. 그 이유 중 하나는 영하의 온도에서 보존하고 있었기 때문이었다. 지독하고 끔찍한 냄새를 조금이라도 줄이기 위해 그렇게 한 것이다.

잔느와 필리프는 가운과 마스크를 낚아챘다. 잔느는 시체에서 나온 액체로 얼룩진 자국들이 심하게 눈에 띄지 않으려면, 초록색 가운보다는 차라리 검정색 가운을 입는 것이 좋았겠다고 생각했다.

반장과 법의학자는 똑같은 동작으로 각자의 녹음기와 마이크를 작동시켰다. 법의학자는 시체 위로 몸을 숙였다.

"부검은 2006년 6월 11일 수요일 오전 11시에 시작되었습니다. 참석자로는 법의학자이며 상고법원 소속 감정인으로 형사소송법 60항과 74항에 의거하여 지명된 해럴드 푸앙 박사, 법의학 조수인 피에르 자로 박사, 제4수사국의 필리프 하트 반장과 잔느 피라스 부관이 자리하였습니다. 대심재판소의 검사장에게도 알렸지만 참석하지 않았습니다.

부검대상은 나체 상태입니다. 그는 백인 남자이고 마크 드쉬스라고 밝혀졌습니다(잔느가 박사에게 전화해서 정보를 알려준 것이 틀림없다). 나이는 32세, 몸무게 100킬로그램, 키는 173센티미터입니다. 과거에 비만이었지만 그 이후 영양실조였다는 중요한 징후들이 드러났습니다.

명백한 것은 최근에 아주 빠르게 수십 킬로그램이 빠져 거의 60킬로 그램에 다다랐다는 점입니다. 몸은 만져보았을 때 매우 차가웠습니다. 머리카락은 깎여 있었고, 눈썹은 갈색, 눈동자도 갈색이며 각막은 맑았습니다. 동공은 4밀리미터입니다. 치아는 본인의 치아이며 상태가 양호합니다. 두 손과 팔꿈치까지의 절단은 약 5퍼센트 신체 상실을 의미합니다. 부검대상은 사망 전에는 눈에 띄는 치명적인 상처가 없었던 것으로 보입니다. 다만 양쪽 다리에 동물이나 곤충이 문 것 같은 자국이 많이 있었으며 치유되지 않고 계속 염증 상태를 유지했던 것으로 보입니다. 목덜미에는 아무 상처도 없었고, 목에는 사망 후 사후강직이 일어나기 전에 만들어진 듯한 구멍이 있습니다. 등에도 사후에 구멍이 뚫렸으며, 좌측 쇄골 아래에 박혔던 도살장의 쇠갈고리가 시체 발견 시에 빠졌습니다. 몸통에는 두 개의 또 다른 쇠갈고리로 옆구리를 걸면서 만든 두 개의 커다란 구멍이 있습니다. 복부에는 아무 상처도 없으며, 흉부에는 사후압착으로 현저하게 보랏빛으로 변한 부분들과 구멍들이 있습니다. 이것은 경사면에 이 사람을 눕히고 머리를 아래쪽에 두어 피를 머리 쪽으로 몰리도록 하고, 목의 경동맥에 뚫은 구멍으로 혈액의 유출을 가속화시키기 위해 몸을 누름으로써 나타난 흔적입니다. 몇 개의 가시가 넓적다리 뒤와 엉덩이에서 발견되었습니다. 이것은 그가 눕혀졌던 경사면이 나무로 만든 것임을 의미하는 것 같습니다. 압착된 부분이 넓적다리와 장딴지에서도 발견되었습니다. 사전 분석 보고서에 따르면 기계에 사용되는 기름과 자연산 고무의 흔적이 발견되었다고 합니다."

"기계에 사용되는 기름이요?"

잔느가 물었다.

"피해자는 고무가 달린 기계에 갇혀 있었던 게 분명해. 내가 관찰한 바로는 사망 후 꽤 오랜 시간 동안 어떤 물체에 묶여 있었던 것 같아요."

해럴드 푸앙이 대답했다.

"묶여 있어요? 시체를 묶어놓으면 어떤 이익이 있을까요?"

잔느가 잔뜩 잠긴 목소리로 물었다.

"아마도 마크 드쉬스는 흡혈귀였나 봐. 살인자는 그가 도망가지 못하게 확실히 하고 싶었던 것 아닐까?"

잔느는 혐오스러운 눈으로 시체를 관찰했다.

"그래도 심장에 구멍을 내지는 않았군요, 아직까지는!"

해럴드가 목구멍을 비춰 보았다. 살인자가 가장 끔찍한 짓을 한 부분이다.

"피부를 조사해본 결과, 두 손과 팔꿈치까지의 절단은 사후에 이뤄진 겁니다. 왼쪽 팔 위쪽 팔뚝에 난 상처 역시 사후에 생긴 것으로, 아마도 이동할 때 난 것일 겁니다. 오래됐거나 최근에 생긴 여러 개의 혈종은 2센티미터에서 5센티미터의 다양한 크기로 발목 주위에 퍼져 있습니다. 그러나 이런 궤양들이나 상처들, 또는 열상들 중 어느 것도 사망의 원인은 아닙니다."

필리프 하트가 녹음하는 박사의 말을 끊었다.

"박사님은 피해자가 전혀 상해를 입지 않았다고 말씀하시는 겁니까? 목이 졸리지도 않고 칼에 찔리지도 않았다는 거죠? 그럼 어떻게 죽은 걸까요?"

"그래요, 반장, 어떻게 죽었느냐? 이 남자는 폭력적인 방법으로 살해당한 게 아니오. 거의 온몸에서 발견된 물린 자국과 뜯긴 자국들, 특히 하체에 생긴 이 자국들은 그가 갇혀 있던 장소에 곤충이나 생쥐 등이 있었다는 사실을 가리키는 거요. 살인범이 피해자를 씻겼지만 우리는 발가락에서 약간의 흙을 채취할 수 있었어요. 거기에서 생쥐의 소변이 있는지 찾아볼 거요. 지금 결과를 기다리는 중이오. 시체를 처음 보았을 때 나는 이 사람이 어떻게 죽었는지 의문이 생겼소. 그래서 피에르와 내기를 하려고 했는데, 안타깝게도 피에르는 나와 같은 의견이더군. 고로 나는 지폐 몇 장을 건질 수가 없었지. 나랑 내기하는 것 어때요?"

사려 깊은 필리프와 잔느는 고개를 저어 부정의 뜻을 나타냈다.

해럴드는 화가 난 얼굴로 다시 검시 보고서 녹음을 진행했다.

"혈액 조사에서 많은 양의 콜레스테롤과 당이 검출되었지만 인슐린 치료는 하지 않았습니다. 독극물 검사에서는 음성 반응을 보였습니다. 아직까지 어떤 약물의 흔적도 발견되지 않았습니다. 추출된 장기들에는 병리 해부학 검사가 실행될 것입니다."

"따라서 독살되지도 않았다는 뜻이군요."

잔느가 중얼거렸다.

"그렇죠, 아리따운 아가씨. 우리 친구에게 시안화물은 없었어요. 아, 이것은 책의 제목으로 아주 근사한걸. 그렇게 생각하지 않소?"

잔느는 회의적인 표정으로 눈썹을 씰룩거렸다. 푸앙 박사는 시체 쪽으로 다시 몸을 돌렸다.

"직장을 만져보았더니 대변의 흔적이 없었습니다. 이제 뇌를 살펴보겠습니다."

잔느가 필리프를 바라보았다. 박사는 평소에 늘 하던 부검 절차를 따르지 않았다. 평소에는 흉곽을 여는 것으로 시작하곤 했다. 왜일까?

필리프는 잔느에게 좀 참아보라는 신호를 보내고 다시 끔찍한 광경으로 몸을 숙였다. 머리 가죽을 벗긴 후 박사가 축축하게 젖은 소리를 내며 남자의 얼굴 위로 머리 가죽을 늘어뜨리자 잔느는 충격을 받았다. 해럴드는 톱으로 경막을 떼어낸 후 뇌를 꺼내어 곧바로 조사에 들어갔다.

"1천 390그램의 뇌는 중성의 뇌막을 포함하고 있습니다."

박사는 두 손에 들고 있는 뇌를 자세히 관찰하며 말했다.

"뇌와 기초 순환 체계를 담당하는 관들은 특별한 증상이 없습니다.

뇌의 반구들과 뇌강 역시 아무 증상이 없습니다. 뇌의 기저를 이루는 뇌막은 혼탁하지 않습니다. 떼어낸 경막에서는 뼈대에서 골절이 발견되지 않았습니다. 두피에 혈종도 없습니다. 즉, 구타를 당하지 않았다는 말입니다. 이제 흉곽과 복부벽을 열겠습니다."

말한 대로 박사는 날카로운 메스로 시체의 복부와 가슴을 Y자로 절개한 후 회전톱을 잡았다.

필리프는 애를 써서 치밀어 오르는 구토를 가까스로 참아내고 부검 장면을 보기 위해 몸을 숙였지만, 잔느는 톱으로 뼈 자르는 소리를 들으며 헛구역질을 했다. 살 타는 냄새가 사방으로 퍼졌다. 해럴드는 도구를 이용해 가슴을 벌린 후 심장, 양쪽 폐, 위장과 간을 검사했다.

"휴, 이 남자는 아주 나이 들어서까지 살지는 못했겠구먼. 심장이 굉장히 상했어!"

박사가 말했다.

그는 각 기관들을 차례로 떼어내 무게를 달 수 있도록 피에르에게 넘겨주면서 공적인 말투로 돌아갔다.

"피해자는 심장이 과도하게 발달했습니다. 마치 소의 심장처럼. 그런데 무게는 보통 성인 심장의 무게인 320그램입니다. 심장을 둘러싸고 있는 지방이 다 녹았기 때문입니다. 심장 판막과 동맥은 심하게 손상되었으며, 매우 심각한 동맥경화 현상이 보입니다. 양쪽 폐는 정상이고 건강하며 익사나 질식의 흔적이 없습니다. 이제 간과 위를 좀 봅시다. 가득 차 있던 사탕이 제거된 식도는 별 특징이 없습니다. 식도에서 꺼낸 사탕은 검사관에게 보냈습니다. 위장에는 20세제곱센티미터의 초록색 점액질인 담즙이 들어 있습니다. 절단해보니, 췌장은 균일하며 분홍빛이 도는 회색을 띠고, 적당히 단단합니다. 십이지장 안에는 음식물이 없고 궤양도 없으며, 아무런 덩어리도 없습니다. 그 밖에 장은 얽어 있으며, 충수와 결장은 특징이 없습니다. 그래, 내가 생각한 대로구먼. 위장의 심각한 산성화와 위장 협착. 우리가 옳왔어, 피에르!"

"어떤 점에서 두 분이 옳았다는 겁니까?"

필리프가 인내력의 한계를 느끼며 물었다.

"위에는 아무것도 없었소. 필경 적어도 3주 전부터 아무것도 못 먹었을 거요. 물을 제외하고는 틀림없이 아무것도 못 먹었소. 그는 완전히 탈수 상태였소. 이것은 그가 나흘 전부터는 물 한 모금 못 마셨다는 뜻이오."

"3주라고요? 그렇다면······."

"그렇다면 우리는 사망 원인을 찾아낸 거요, 반장. 이자는 굶어 죽은 거요!"

6

첫 번째 차가운 앙트레

이탈리아 흰 송로버섯을 곁들인 붉은 살 참치회

잔느의 목소리가 박사의 말을 뒤덮었다.

"굶어 죽어요? 박사님은 지금 피해자가 납치당했는데, 납치범이 그에게 먹을 것을 주지 않았다고 말씀하시는 건가요?"

피에르가 부검을 계속하고 있는 동안 법의학자가 대답했다.

"정말 최악의 상황이라고 생각하오. 시체의 상태에 따르면 이 사람은 몇 년 동안 너무 많이 먹었소. 그건 확실하오. 하지만 가장 특이한 사항은 최근 몇 달 동안 아주 빠른 속도로 살이 쪘다는 거요. 그런 이유로 피부가 과도하게 늘어났지만 몸이 그것을 흡수할 시간이 없었던 거지. 그는 많은 양의 음식을 공급받은 후 굶었소. 그래도 너무 금세 죽는 것을 막기 위해 물은 주었던 거요. 그런 후에 살인범은 물마저 끊어버렸소. 물을 섭취하지 못할 경우 죽음은 아주 빨리, 최대한 사흘이나 나흘이면 찾아오지. 이 모든 상황은 시체의 발목에 난 쇠사슬 자국과 일치하오. 아마도 3개월에서 6개월 정도 되었겠지."

"그 얘기는 이자가 여러 달 동안 일부러 살이 찌워졌다는 건가요? 우선 광장히 많이 먹이고 나서 굶어 죽게 만들었다는 거죠?"

잔느가 공포에 질린 어떤 열정을 드러내며 말했다.

그러자 필리프가 격앙된 목소리로 외쳤다.

"바로 그거야! 살인범은 이 사람을 가둬놓기 위해서였기도 했지만, 움직이지 못하게 하고 운동을 거의 못하게 하기 위해서 사슬로 묶어 놓았던 거라고!"

잔느는 치밀어 오르는 구토를 참기 힘들었다.

"정말, 정말 혐오스럽네요. 그렇다면 사탕은 왜 준 거죠?"

"살인범의 행동을 보면 음식물과 아주 병적인 관계가 있는 게 분명해. 사탕은 틀림없이 특별한 역할을 했을 거야. 전형적인 단 것이고, 미각을 자극하는 음식물이잖아. 완전히 칼로리 덩어리고 말이야! 동시에 아이들의 전유물이기도 하지. 이런 사실들이 그의 심리상태를 이해하는 데 분명 도움이 될 거야. 이런 세세한 부분은 벌써 살인범의 성격에 대한 설명을 하기 시작했잖아."

"반장님은 다른 뚱보가 했을 수도 있다고 생각하세요?"

잔느가 물었다.

"어쩌면 그럴 수도 있지. 아니면 다이어트나, 상상할 수 없을 정도로 음식물을 남용해서 고통을 당한 적이 있는 사람이 미쳐서 한 짓이거나. 한 가지 확실한 건 범인이 정신을 되찾고 싶어한다는 거야."

"그가 써놓은 시 속에 다른 실마리를 남겨놓았다고 생각하세요?"

"그래, 암호 해독반이 그 이상한 시구에 감춰진 의미를 찾아줬으면 좋겠어. 실종된 다른 뚱뚱한 사람들이 겪을 지옥이 걱정되기 시작했거든."

그때 박사가 물었다.

"아, 그래요? 다른 사람들도 실종됐어요? 그럼 뚱보 살인범을 쫓아야 하는 거군요, 반장?"

"아직 잘 모릅니다. 하지만 내 팔에 소름이 돋으면 그때는……."

"내 팔에 소름이 돋으면 그때는 한바탕 소동이 벌어질 거란 뜻입니다."

해럴드와 잔느가 입을 모아 합창했다.

두 사람은 서로를 바라보며 은밀히 공모의 미소를 나누었다. 필리프는 한숨을 내쉬었다. 진짜 짓궂은 인간들이다. 하지만 그들을 이해했다. 그들의 직업은 너무나 끔찍한 상황과 맞닥뜨리기 때문에 간혹 유머 감각은 훌륭한 보호막이 되어준다.

해럴드는 계속 시체를 조사했지만 더 이상은 찾지 못했다. 두 손은 사망 후에 잘려진 게 확실했지만 그 행위의 의미는 찾을 수가 없었다.

필리프가 본부로 돌아가자 지문 보고서가 책상에 놓여 있었다. 자신이 돌아오기를 국장이 기다리고 있다는 비서의 메모도 있었다. 필리프는 그래도 시간을 내서 지문 보고서를 먼저 읽었다. 시체의 다리를 만졌던 도살업자의 지문 말고 다른 지문은 전혀 발견되지 않았다는 내용이었다. 피해자는 아주 값비싼 비누로 온몸이 씻겨져 있었다. 필리프의 머릿속에서 도표가 만들어지기 시작했다. 살인범은 부자인 게 틀림없다. 만약 그런 종류의 물건을 사용하는 것이 익숙하지 않다면 그렇게 비싼 비누로 시체를 씻기는 짓은 하지 않았을 것이다. 게다가 법의학자의 말대로라면 살인범은 피해자에게 몇 달 동안 먹을 것을 제공했다. 그것도 필경 엄청난 양의 음식물을. 또한 아무런 흔적도 남겨놓지 않은 것으로 봐서 살인범은 꽤 똑똑한 사람일 것이다. 그는 대단히 신중한 사람이며, 경찰의 수사기법을 알고 있는 게 틀림없다. 어떤 증거도 흘리지 않은 것으로 봐서는. 분명히 살인범은 피해자를 운반했다. 이것만으로도 이미 꽤 복잡한 행위였지만, 그는 성공했다. 머리카락 한 올, 체모 한 오라기, 또는 그를 배신하고 DNA 분석을 허락하는 어떤 흔적도 남기지 않았으므로.

필리프는 이 두 사건, 살인사건과 피에르 자비의 실종사건 사이에 어떤 연관성이 있다는 생각에서 벗어날 수가 없었다. 하지만 현재로서는 직감을 뒷받침할 수 있는 것이 아무것도 없었다. 오히려 국장에게 설명할 거리가 빈약할 지경이었다.

한 시간 후 필리프는 가까스로 상관인 세르주 드포르 수사국장의 사무실로 향할 수 있었다. 그 유명한 세르주 드포르 국장 말이다. 몇 년 전에 사회보장부 장관의 납치된 어린 딸을 찾아내고 범인을 사살한 장본인이다. 국장은 그 사건으로 영웅이 되었다. 고마워서 어쩔 줄 모르는 장관의 가족에게 아이를 건넬 때(그는 이익을 위해 언론을 어떻게 이용해야 하는지 잘 알고 있었다) 전국 어디서나 텔레비전에 국장의 얼굴이 등장했다. 그때부터 세르주 드포르는 TV에 얼굴을 드러내는 걸 좋아하게 되었고, 자신이 범인을 체포하는 사건들을 모두 언론의 중심에 서게 했다.

유명한 인물을 위해 일하는 것은 쉽지 않았다. 세르주 드포르는 독재자의 정신을 가진 인물이기도 했다. 그는 상대방의 약점과 결점을 즉시 간파하는 기막힌 재주를 갖고 있었고, 상대방을 지배하기 위해 그것을 이용했다. 숭배하는 마음으로 그를 따르는 무리에게는 완벽한 남자 중의 남자였다. 필리프를 제외하고. 필리프는 그를 어렵게 견디고 있었다. 그는 몇 년 후면 국장이 은퇴할 것이라 생각하며 스스로를 위로했다. 세르주 드포르 입장에서는 언젠가는 필리프가 자신의 자리를 대신하리라는 생각을 받아들이기 어려웠지만, 그것이 인생의 논리였다. 그는 아직도 필리프의 동료들보다는 필리프와 훨씬 불편한 관계였다. 두 사람은 여러 번 부딪쳤고, 지금도 그 현상은 확실히 유지되고 있다.

하트가 국장 사무실로 들어갔을 때 국장은 발코니에서 9밀리 구경의 권총으로 비둘기들을 겨누고 있었다. 믿을 수 없었지만 필리프는 그가 발사하는 장면을 보았고 피와 창자가 튀는 장면을 예상했다. 하지만 그저 '픽' 하는 소리가 나며 튀어나온 노란 총알이 새무리 중 한 마리를 슬쩍 건드렸을 뿐이다. 비둘기들이 일제히 날아올랐다. 만족한 국장은 갑자기 몸을 돌려 창문을 닫고 책상에 앉았다. 유리로 된 국장의 책상 위는 두 대의 휴대전화와 한 대의 전화기, 무기로 사용될 수 있을 정도로 날카롭게 생긴 스탠드를 제외하고는 완전히 텅 빈 상태였다.

"망할 놈의 비둘기들 같으니. 바보처럼 구구거리는 소리가 방해되서 말이야. 친구 한 명이 페인트 볼 사격장을 운영하고 있어서 가짜 권총을 빌려줬어. 가짜지만 효능은 아주 뛰어나지. 맞아도 아프지는 않지만 겁을 줄 수는 있거든. 음, 하트, 그 뚱땡이 사건은 어디까지 진척되었나?"

이것이 국장의 성격이었다. 인간을 존중하는 마음이 손톱만큼도 없다. 필리프는 이 점이 싫었다.

제4수사국 내에서는 모두들 서로의 이름을 불렀다. 적어도 그들 사이에서는. 그러나 세르주 드포르만은 예외였다. 사람들은 그를 국장님이라 불렀고, 그는 부하직원들의 성(姓)밖에 알지 못했다. 그것도 기억하고 있을 경우에만. 필리프는 시라노 드 벨쥐락의 코처럼 뭉텅한 주먹코 위로 솟아오른 두툼하고 검은 눈썹과 훤히 벗겨진 이마, 약간 튀어나온 차가운 파란 눈, 살인범처럼 생긴 손을 자세히 관찰했다. 그리고 조용히 대답했다.

"피해자의 이름은 마크 드쉬스입니다. 제 생각에 연쇄살인범이 저지른 사건 같습니다, 국장님."

즉각적으로 세르주 드포르의 주의력이 깨어났다. 그에게 언론사의 흥미를 끌고 언론으로부터 가치를 인정받을 수 있는 것은 전부 다 중요했다. 바로 그 점에서 이 사건은 화제를 불러일으킬 요지가 있었고, 필리프가 그 줄을 튕긴 것이다.

"자네가 그렇게 생각한다는 건가, 아니면 확신할 증거가 있다는 건가?"

필리프는 그들이 발견한 사실들과 피해자가 견뎌야 했을지도 모를 상황들, 피로 쓴 시, 살인 현장의 광경 등에 대해 설명했다.

"게다가 여섯 달 전에 실종된 뚱뚱한 사람들이 또 있다고? 그것 참 이상하군."

드포르가 중얼거리더니 필리프를 향해 물었다.

"말해보게 하트, 프랑스에서 뚱뚱한 사람의 비율은 얼마나 되지?"

"성인은 9.6퍼센트, 어린이는 12퍼센트입니다. 대략 3백 5십만 명 정도 되지요."

"그렇게나 많아? 자네는 그들이 일반적으로 실종되지 않는다고 했잖아. 여섯 달 전부터를 제외하고는 말이야. 그래, 아마도 뭔가를 찾아낸 걸 거야. 좋아, 이 사건에 대해서는 당분간 일절 언론사에 발설하지 않는다. 그들은 지금 렁지스의 시체를 파악하고 있으니 거기에 정신이 팔릴 거야. 두고 보자고. 실종과 살인사건이 관련 있다는 증거가 나오기 전에는 프랑스의 모든 뚱보들에게 공포심을 불러일으켜서는 안 되지. 또 다른 사건이 일어나는지 지켜보자고."

필리프는 이런 종류의 방정식을 받아들이는 게 쉽지 않았지만, 그렇다고 상관에게 문제를 제기할 사안은 아니었다. 수사를 진전시키면서 자신이 세운 가설이 확인될 수 있도록 새로운 살인사건을 기다린다는 것(수사가 시작될 때 증거가 빈약하면 거의 희망하는 수준이 된다. 살인범이 더 많이 살인할수록 범인을 잡기는 더 쉬워진다). 이게 무슨 대가란 말인가!

게다가 필리프는 다른 뚱뚱한 사람들의 실종사건이 여러 달 전에 일어났다는 점이 매우 염려되었다. 이것은 살인범이 마크 드쉬스에게 했던 것처럼 나머지 희생양들을 이미 고문하기 시작했다는 의미였으니까. 충동을 만족시키기 위해 필요한 모든 것을 살인범이 이미 손에 쥐고 있다는 뜻이었으므로.

다섯 명이 실종되었다. 한 명이 이미 죽었기 때문에 실제로는 네 명이 실종된 셈이다. 이것은 결코 우연일 수가 없었다. 필리프는 그렇게 생각했다.

필리프는 노골적으로 손목시계를 들여다보았다. 상관을 위협하지 않고도 그 자리를 쉽게 떠날 수 있는 행동이다. 필리프는 은근히 미소 지었다. 이 방법은 언제 어느 순간에도 잘 통한다.

잔느는 사무실에 있었다. 그녀의 사무실은 확실히 필리프의 사무실보다 덜 복잡했다. 잔느는 갖고 있는 자료들로 구체적인 도표를 만드느라 바빴다. 도표를 만들면 종종 훨씬 명확하게 볼 수 있다. 그녀는 책상 정면에 있는 커다란 백색 마그네틱 칠판에 실종된 사람들의 사진을 하나씩 나란히 붙였다. 지금은 마크 드쉬스의 시체를 찍은 사진들과 시체 옆에서 찾아낸 시를 붙이는 중이었다. 칠판이 차기 시작했다. 필리프는 더 많은 사진으로 가득 차지 않기를, 자신이 틀렸기를 기도했다. 뒤에 누가 있다고 느꼈는지 잔느가 몸을 돌렸다.

"어땠어요, 에스시(SC)하고는 괜찮았어요?"

에스시란 공식적으로는 '왕대장(super chef)'이고, 비공식적으로는 '왕바보(super con)'를 뜻하는 이니셜이다.

필리프가 얼굴을 찌푸리며 말했다.

"평소대로 국장은 아주 요령이 좋지 뭐. 그는 살인범이 '뚱땡이들'을 공격했다는 사실에 놀랐어. 그가 그렇게 부르더라고. 그리고 자신의 통찰력을 축하할 표제까지 생각하더라고. 하물며 자신이 참가하기 위해, 아니 실패하지 않기 위해 사냥꾼이 사냥감을 가져오는 걸 기다리겠다고 하더군."

필리프가 칠판으로 다가가 사진들을 바라보았다.

"이 사람들 사이에 어떤 관계가 있는지 찾아야 해."

잔느가 한 작업을 자세히 관찰하던 필리프가 생각에 잠겨 말했다.

"이 사람들은 누구일까? 왜 살인범은 이들을 선택했을까? 이들이 공통으로 갖고 있는 게 뭐지?"

"그냥 봐서는 특별한 게 아무것도 없는 것 같아요. 이 다섯 명이 아주 뚱뚱하다는 것과 모두 독신이라는 점 말고는요. 하지만 반장님은 어떻게 이 사람들이 모두 같은 사람에게 납치되었다고 확신하실 수 있죠? 통계가 어떤 것인지 아시잖아요. 혹시 몇 사람은 '진짜' 실종된 게 아닐까요? 어쩌면 사고를 당했거나 새로운 인생을 살아보려고 도망친 것 아닐까요?"

필리프는 마치 잔느의 얼굴에서 중요한 해결 방법이라도 찾을 수 있을 것처럼 그녀의 얼굴을 뚫어지게 바라보았다.

"아니야, 내 직감은 우연이라고 믿지 않아. 그건 그렇고 암호 해독 반은 그 이상한 시를 해독하고 있대?"

"진행 중이에요. 지금 인터넷 암호화 장치로 정신을 못 차리고 있어요. 그들은 영상 속의 암호를 이용하는 심각한 범죄행위의 핵을 추격한 지 몇 개월 되었거든요. 그런고로 우리의 이 사소한 사건은 뒤로 밀려났어요. 음, 전 빨리 가볍게 식사를 해야겠어요. 부원 세 명과 같이 실종자들의 이웃과 부모들을 만나러 가야 하거든요. 아마도 뭔가 찾을 수 있을 거예요."

"행운을 빌어!"

"예에, 반장님이 옳아요. 우리에게는 행운이 필요해요. 반장님은 오늘 저녁 엘레나 바르톡 박사하고 저녁 약속이 있으시잖아요. 엘레나란 여자가 누구예요?"

"어, 어떻게 그걸 알지?"

필리프가 깜짝 놀라서 말을 더듬었다.

잔느는 그를 속여먹을까 잠시 머뭇거렸지만, 너무 바쁘고 배가 고파서 솔직하게 털어놓았다.

"보고서 사본을 전해드리려고 반장님 사무실에 들렀는데, 바로 그때 그 엘레나라는 여자가 반장님 자동 응답기에 메시지를 남기더라고요. 나중에 꼭 얘기해주셔야 돼요, 알았죠? 그럼 전 이만!"

자기가 모시는 상관의 사생활을 전혀 존중하지 않는 부관들을 저주하며, 필리프는 잔느의 사무실 앞에 있는 자신의 사무실로 달려가 자동 응답기를 작동시켰다. 일과 관련된 메시지를 제외하고 엘레나의 메시지가 하나 있었다. 저녁 약속을 확인하는 것으로, 그녀가 약 30분 정도 늦을 것 같다는 내용이었다.

필리프는 마음이 가벼워져서 한숨을 쉬었다. 잠깐이었지만 엘레나가 생각을 바꿨을까 봐 두려웠던 것이다.

7
두 번째 차가운 앙트레
보드 프로방스 오일을 뿌린 아티초크와 그물버섯 샐러드

남자가 히죽히죽 웃고 있다. 검고 긴 머리, 푸르고 아름다운 눈, 하이힐, 타이트스커트, 손에 작은 백을 든 젊은 여자는 아무런 보호막도 없는 완벽한 먹잇감이다. 여자가 그에게 등을 돌리고 있다. 남자는 예민한 눈초리로 주위를 둘러보고 두건을 내렸다. 그리고 자신의 성기에 하복부 보호대를 착용했다. 여자들은 어리석다. 여자들은 다들 여주인공이 발차기 한 번이나 멋진 니킥 한 번으로 성폭행범을 물리치는 영화를 보고 그대로 믿는다. 하지만 현실에서는 그렇지 않다.

남자는 180센티미터의 키에 몸무게가 80킬로그램이다. 그는 손가락을 우두둑 꺾고 주먹을 불끈 쥐었다. 딱 한 방만 잘 치면 여자는 완전히 정신을 잃을 것이고 반격하는 것은 불가능하다. 쉬운 일이다. 여자들은 무거운 뼈로 가득 찬 남자들의 근육에서 터져 나오는 손의 힘이 그렇게까지 날렵하고 강할 거라고는 상상도 못할 것이다. 그는 먹잇감에 시선을 고정시키고 두근거리는 심장을 진정시키며 뛰어올랐다. 마치 날쌘 한 마리 재칼처럼.

재빠른 몸놀림에 비해 발걸음은 너무나 조용했다. 여자는 아무 소

리도 듣지 못했다. 여자에게 가까이 다가가 거의 닿을 정도의 거리
가 되자 그가 갑자기 여자를 덮쳤다. 여자는 몸을 뺄 시간이 전혀 없
었다.

엘레나는 남자가 움직일 때 잠깐 호흡을 느꼈지만, 그것은 금세 바
람에 섞여 사라져버렸다. 갑자기 그녀가 두 손을 모아 공격하는 남자
의 등을 세게 쳤다. 그 바람에 남자는 앞으로 기우뚱하더니 바닥에 나
뒹굴었다.

남자가 다시 행동하기 전에 엘레나는 남자의 몸 위로 뛰어올라 어
깨를 누르며 두 손을 뒤로 돌렸다. 남자는 꼼짝 못하는 상태에서 고통
으로 신음했지만 빠져나오는 것은 불가능했다.

열렬한 박수소리가 들려왔다.

"좋아요, 아주 좋아요. 이런 공격에서 우리는 어떤 결론을 얻을 수
있죠?"

헤케 사부가 물었다.

"새로 신은 스타킹에 올이 나갔다는 결론이죠."

엘레나가 상대방을 풀어주면서 중얼거렸다.

사부는 아주 섬세한 귀를 가졌기 때문에 날카로운 눈길로 그녀를
쏘아보았다.

"하이힐을 신은 여자라도 눈치 챈 것을 들키지 않고 조심하면 상대
방이 도약하는 순간의 힘과 몸무게를 이용할 수 있어요."

그때 트레이닝 바지를 입은 금발의 젊은 여자가 반박하며 외쳤다.

"그건 불가능해요! 엘레나는 어떤 일이 일어날지 알고 있었잖아요.
어느 누구도 하루 24시간 동안 잠시도 쉬지 않고 계속 조심할 수는
없다고요!"

"여러분이 조심해야 할 필요가 있는 상황은 그렇게 많지 않습니다.
주차장은 물론 조심할 필요가 있지요. 낮이건 밤이건 간에요. 사람이
없는 거리에서는 때때로 조심해야 합니다. 잘 판단하는 게 중요하죠.

특히, 특히 여러분의 본능을 믿으세요. 수천 년 동안 사람들은 매우 위험한 동물들의 먹잇감이었죠. 본능이 드러나도록 내버려 두시면 위험에 처했을 때 본능이 미리 여러분에게 알려줄 겁니다. 경솔하게 굴지 마시고, 주위를 늘 관찰하세요. 만약 무언가 부자연스러운 것이 느껴진다면, 반드시 무언가 부자연스러운 것이 있는 겁니다. 그것이 오리의 형태이면서, 오리의 발을 갖고 있고, 오리처럼 꽥꽥거린다면 그것은 틀림없이……"

"오리예요!"

사람들이 모두 입을 모아 대답했다. 그러자 사부가 만족한 얼굴로 말했다.

"좋아요. 그럼 우리는 다음 목요일에 봅시다. 엘레나 브라보! 아주 훌륭하게 대처했어요. 상대방이 절대 당신을 건드리지 못하게 해야 해요. 특히 상대방이 당신보다 30센티미터나 더 크고 20킬로그램이나 더 나간다면 말예요. 신체끼리 맞부딪치게 되면 전혀 상대를 제압할 기회가 없어요."

일본식 다다미의 부드러운 바닥 재질 속에 박힌 하이힐 때문에 움직이기 불편했던 엘레나는 사부에게 인사를 하고, 올이 풀린 스타킹을 벗기 위해 탈의실로 향했다. 그녀는 사부가 이렇게 옷을 입고 수업이 끝날 즈음 오라고 해서 실습이 있는 것인가 짐작을 하긴 했었다. 스타킹을 신지 않고 맨다리로 왔다면 절약할 수 있었을 것이다. 하지만 사부는 바비인형처럼 입어야 한다고 강조했다. 그러니까 그녀가 바비인형처럼 생각하는 모습으로. 엘레나의 당연한 정직함이 이런 결과를 가져온 것이다. 빌어먹을 정직함이다. 그녀는 스타킹을 사느라 꽤 비싼 값을 치렀다.

옷을 갈아입는 다른 학생들의 시끄러운 수다에는 신경도 쓰지 않고 스타킹을 벗으며, 엘레나는 저녁 약속에 대해 생각했다. 아직도 자신이 왜 그 건방진 경찰에게 저녁을 같이 먹자고 했는지 이유를 잘 모르겠다. 아마도 극히 고통스런 네드의 표정 때문이었을 것이다. 엘레나는 그 매력적인 50대 남자가 자신에게 보내는 은밀한 관심을 느끼고 있었다. 문제는 그를 보면 끊임없이 아버지가 떠오른다는 것이었다. 하지만 엘레나는 네드에게 엄청난 애정을 갖고 있었고, 그를 돕고 싶었다. 그녀는 하트라는 사람이 어떤 생각을 하고 있는지 알 필요가 있었으며, 네드가 좋은 사람이라는 것을 그에게 설명해야 했다.

공격자 역할을 했던 남자가 탈의실로 들어오자 여자들이 비명을 질렀지만, 남자는 전혀 거리낌 없이 엘레나에게 다가와 웃음을 터뜨리며 말했다.

"조용히 하세요, 아가씨들 접니다, 저예요. 두려워하지 마세요! 엘레나, 나한테 저녁 사야 해."

"아, 그래?"

"당연하지. 어깨가 빠지고 손가락을 삔 것 같다고! 오늘 저녁에 뭐 해? 난 친구들과 작은 파티를 할 건데, 〈섹스 인 더 시티〉에 나오는 파티 같은 거야, 올래?"

엘레나는 아주 잘생긴 젊은 남자를 다정하게 바라보았다. 다른 남자들과는 달리 제레미는 그녀를 불편하게 하지 않았다. 그가 여자들한테 전혀 관심이 없다는 멋진 이유 때문에.

"아니, 오늘 저녁은 안 돼. 미안, 저녁 약속이……."

"아버지하고 약속이겠지. 언제나 늙고 다정한 아버지하고 약속이 있잖아."

화가 나서 뾰로통한 얼굴로 제레미가 말을 끊었다.

"전혀 아니야. 잘생기고 미스터리한 형사하고의 약속이야."

엘레나가 장난스러운 눈빛으로 대답했다.

제레미가 펄쩍 뛰었다.

"말도 안 돼! 나를 속이는 거야. 엘레나, 네가 남자랑 저녁 약속을? 그러니까 네 아버지도 아니고, 늙어서 반쯤 죽은 미라도 아닌 남자랑 약속이 있다고? 믿을 수가 없는데 !"

　"사실 나도 그래. 나도 믿을 수가 없어. 무슨 일인지 모르겠어. 아마도 실종된 소아 성범죄자 때문일 거야. 네드 때문이기도 하고."

　엘레나가 고백했다.

　그녀는 그 이야기를 전부 제레미에게 털어놓았다. 그는 놀라서 휘파람을 불었다.

　"와우, 맙소사! 네 얘기는 진짜 스릴러다! 그렇다면 그 잘생긴 형사를 유도신문하려는 거로군. 좋아, 그럼 내가 옷을 입혀줄게."

　엘레나가 한쪽 눈썹을 치켜세웠다.

　"내 옷을 입혀준다는 게 무슨 뜻이야? 내 옷이 안 좋아?"

　"네 옷은 심플하고 별 모양새가 없고, 또 회색이고……. 완벽하게 수녀가 입는 옷 같아."

　"그게 무슨 말이야?"

　"옷들이 섹시하지 않다는 뜻이야. 전혀 섹시하지 않아. 넌 그 옷들 뒤에 숨어 있어. 하지만 귀여운 아가씨, 만약 그 경찰이 아는 것을 모두 알아내고 싶다면 매력적으로 보여야 한다고! 그러니까 널 꾸미는 것은 나한테 맡기라는 뜻이야. 세피의 미용실로 가자. 그가 근사하게 만들어줄 거야. 그리고 존의 부티크에 가는 거야. 최근 컬렉션이 막 나왔거든. 나를 믿어. 그 잘생긴 경찰이 널 보게 되면, 뒤쪽은 아주 깨끗할 거야."

　엘레나는 무슨 말인지 이해할 수가 없었다.

　"뒤쪽이 아주 깨끗하다고?"

　"그래, 깜짝 놀라 길게 늘어진 혓바닥으로 그가 바닥을 깨끗이 닦아버릴 테니까."

　엘레나가 웃음을 터뜨렸다.

　"아니야, 제레미, 정말 귀여워. 하지만 내가 너무 불편할 것 같아. 게다가 내가 너무 멋지게 차려입고 나타나면 그 남자는 자기 때문에 그런 줄 알 거라고!"

"바로 그거야!"

제레미는 양보하려 들지 않았다. 더 이상 양보 못하겠다는 것이다.

"내 말 좀 들어봐. 내가 널 알고 지낸 게 몇 년이니? 10년? 내가 인생을 허송세월한 것처럼 너도 인생을 그냥 허비하게 내버려 둘 수 없어. 수녀처럼 살게 내버려 둘 수는 없다고! 넌 사랑에 대해서 아무것도 몰라. 왜 한 번이라도 또래 남자와 데이트를 하면서 그 남자를 조금이라도 믿으려 애쓰지 않는 거지? 네가 들려준 얘기를 종합해보니 그 남자는 나쁘지 않은 것 같아. 너도 이제 그리 젊지 않잖아!"

엘레나는 당황했다. 그녀는 스물여섯 살밖에 안 된 것이다! 그녀는 한숨을 깊이 내쉬었다.

"네 말대로는 못할 것 같아. 지금 카를하고 약속이 있거든."

"카를? 그 꼬마 천재? 모든 것을 다 기억하는 그 비범한 기억력의 소유자 녀석 말이야? 그런 녀석은 빨리 쫓아 보내고 세피의 미용실로 날 찾아와. 그의 살롱을 무진장 좋아하게 될 거야."

엘레나는 한 걸음 뒤로 물러섰다.

"미안! 미안해, 제레미. 네 말이 틀림없이 옳다는 거 알아. 하지만……."

"넌 고통 뒤에 감춘 아름다움의 베일을 벗고 싶지 않은 거지? 음, 좋아, 내가 어디에 있는지 아니까."

제레미는 갑자기 일어서서 뒤도 돌아보지 않고 가버렸다. 엘레나는 난처해져서 입술을 깨물었다. 그녀는 큰오빠처럼 생각하는 사람에게 수고를 끼치고 싶지 않았다. 손목시계를 들여다보고는 욕을 내뱉었다. 늦었던 것이다.

엘레나가 숨을 가쁘게 몰아쉬며 병원에 도착했을 때, 카를은 이미 네드와 이야기를 나누고 있었다. 소년이 엘레나에게 모호한 미소를 지어 보였다. 또래에 비해 월등하게 키가 큰 카를은 열여섯 살인데도 성인 남자의 골격과 근육조직을 갖고 있었다. 검은 머리카락이 눈앞을 가리고 있었다. 그는 쳐다보기만 해도 불편해지는 신랄한 눈빛을 머리카락 뒤에 숨기고 마음대로 사람들을 바라보았다.

"늦었네요, 바르톡 박사님."

카를이 이렇게 지적하고는 불쑥 덧붙였다.

"뚱뚱한 남자의 살인사건에 대한 얘기를 신문에서 읽으셨어요?"

엘레나는 늦게 도착한 것에 대해서는 시괴하지 않기로 결심하고 즉시 질문 받은 얘기로 들어갔다.

"방금 전에 신문 제1면에 나온 사진을 슬쩍 봤어. 아주 끔찍하더라. 난 그렇게 끔찍한 사진을 신문에 실을 권리가 과연 기자들에게 있는지 그게 궁금해."

엘레나의 말에 약간 거만한 투로 카를이 대답했다.

"언론의 자유죠. 우리 거기 끼나요? 난 할 일이 그것밖에 없거든요."

엘레나는 깊게 한숨을 쉬었다. 카를은 종종 아주 불쾌하게 행동했는데, 그의 공격성에 반응하지 않는 것은 어려운 일이었다. 그녀는 양보하지 않았다. 엘레나는 카를에게 앞장서라는 신호를 하고 그의 등 뒤에서 얼굴을 심하게 찌푸렸다.

소년은 상담실로 들어가 소파에 앉았다. 엘레나가 회복을 북돋기 위해 취한 방법이었다. 평소에 카를은 휴식하는 느낌을 갖는 걸 거부하고 그냥 딱딱한 의자에 앉는 걸 좋아했다. 하지만 이번에는 그도 매우 만족한 것 같았다. 아니, 너무 만족한 표정이었다.

또 무슨 짓을 한 것일까?

소년의 부모는 문제 행동 때문에 카를을 네드에게 맡겼다. 네드는 학대와 관련된 어떤 문제도 찾아내지 못했다. 카를은 다만 너무 똑똑하고 반사회적인 아이일 뿐이다. 다른 소년들은 여전히 카를을 거부했고, 2년 반이나 앞서서 대입 과학 준비반을 다니던 루이 르 그랑 고등학교에서도 역시 많은 적을 만들었다.

세 명의 정신과 의사들이 지쳐 나가떨어진 후 네드, 세 명 중 마지막 의사는 엘레나에게 카를을 맡겼다. 그녀와 함께 상담을 하면서부터 카를은 눈부신 회복을 거두었다. 엘레나는 카를을 존중했고, 전혀 어린애처럼 다루지 않았다. 완전히 다른 관점에서 그를 대했던 것이다.

카를의 상담은 규칙적으로 엘레나를 몹시 지치게 했다. 그녀는 잠시도 방심할 수 없었으며, 그의 놀이로 쏠려 들어가지 않도록 신경 써야 했다. 왜냐하면 카를이 아주 고약해지고 심하게 공격할 때가 있는데, 그럴 경우 매우 상황이 나빠지기 때문이었다.

카를은 원래의 본성 그대로 자신을 키워준 부모님을 매우 좋아했다. 카를의 아버지는 그와 똑같이 매우 똑똑했으며, 점잖고 솔직한 남자여서 즉각적으로 불쾌한 표정을 드러냈고, 그런 감정을 자제하지 못했다. 카를의 어머니 역시 총명했지만 굉장히 자존심이 강한 성격으로 엄마와 아내라는 의무감과, 지적인 부분과 직업적인 부분에서 역량을 발휘하고 싶은 욕망 사이에서 고뇌하느라 누군가와 서로 사랑하는 감정에는 다다르지 못했다. 그녀는 눈에 띌 정도로 깊이 두려워하고 있었다. 그녀는 카를에게 종종 날개 잘린 천사와 같은 영향을 끼쳤다. 아직도 피를 흘리는 천사.

카를 어머니가 지닌 보이지 않는 고통의 결과는 남편과의 불화였지만, 그것은 그녀와 남편 사이에서 계속 지속되어 카를에게 영향을 미쳤다. 엘레나는 종종 치료받아야 할 사람은 그의 부모들이라고 생각했다. 그들의 아이가 아니라.

엘레나는 카를에게 탁월한 두뇌로 다른 이들을 부수고 싶어하는 욕망을 반드시 부드럽게 해야 한다고 설득하는 데 성공했다. 빠르지는 않았지만 확실하게 엘레나의 충고를 받아들였다. 카를은 그렇게 하는 것이 그래도 인생을 쉽게 할 거란 사실을 깨달았다. 지금은 학교

식당에서 식사를 할 수 있지만, 그 전 학교에서는 날아오는 매질 세례를 피하기 위해 매일 점심때마다 외부에 있는 식당에서 식사를 할 정도였다.

상담이 끝나갈 무렵, 갑자기 카를이 네드가 책상에 놓고 간 신문을 가리키며 말을 끊었다. 입가에 짓궂은 미소를 띠고 카를이 물었다.

"이 사건에 대해서 선생님은 어떻게 생각하세요? 이상하다고 생각지 않으세요?"

엘레나는 소스라치게 놀랐다. 마침 필리프 하트에 대해서 생각하고 있었던 것이다. 믿을 수 없을 정도로 직관이 뛰어난 카를은 그녀가 덜 집중하고 있다는 것을 느끼고 그 자리에서 즉시 확인해본 것이다.

"뭐, 뭐가?"

그녀가 더듬거렸다.

소년은 눈가에 주름을 만들었다.

"오늘 아침에 신문을 읽었어요. 살인자가 아무리 나쁜 인간이라 해도, 그 시는 이상해요. 그거 읽어보셨어요?"

그녀는 여느 때와 마찬가지로 카를의 두뇌가 자신의 두뇌보다 훨씬 빨리 회전하고 있어 따라가기가 힘들다고 느꼈다. 카를은 자주 사람들이나 사건들, 국가 정치경제의 주요 부분에 대한 견해를 피력하며 미래에 대한 결론을 즉시 귀납적으로 끌어내곤 했다. 그것은 이제 일종의 놀이가 되었다. 카를은 엘레나와 함께 자신의 직관, 아니 오히려 추론에 대한 자신의 성가신 능력이 옳은지 아닌지 확인하는 것을 즐겼다.

만약 어느 날 이 소년이 주식 시장에 관심을 갖기로 결심한다면, 제2의 조지 소로스로 대성할 가능성도 있으리라.

엘레나는 신문에 눈길을 던졌다. 자기방어 수업 때문에 신문을 읽을 시간이 없었던 것이다. 마침 자신을 화나게 했던 사진이 눈에 띄자 그녀는 더 알고 싶은 생각을 버렸다.

그녀가 카를의 질문에 한숨을 쉬며 말했다.

"아니, 관심 있게 보지 않았어. 뭐가 이상한데?"

소년은 몸을 숙여 자신의 외투 주머니에서 비죽 나온 일간지를 꺼내 내밀었다.

"읽어보시고, 뭐가 보이는지 말해주세요."

카를이 열심히 상담에 응했기 때문에 엘레나는 조금 양보할 수 있었다. 일종의 보상이었다. 그녀는 신문을 받아 기사를 읽었다.

굉장한 기억력 덕분에 카를은 확실히 기억하고 있는 시를, 엘레나가 기사를 한 줄씩 읽는 동안 단번에 암송해버렸다.

그는 하얀 수의를 뒤집어썼다
낙원인지 지옥인지
이미 그 문턱에 선 늙은 왕
갑옷 위에 흐르는 피

술에 취한 거친 야만인들이
400개의 뼈를 으깼다
증오의 검은 뿌리로
벌판 위에서 두 배로 늘어난 뼈들을

그들은 죽음으로 그에게 보여주었다
가장 강한 자의 꾸밈없는 이유를
마지막에 무대에 남는 것은 단 하나
땅에서는 가장 약한 자가 피를 흘린다

엘레나는 골똘한 표정으로 두 눈을 들었다.

"그래서?"

"선생님은 어렸을 때 문자 수수께끼 좋아하지 않았어요? 아버지가 수수께끼와 불가사의한 문제에 대한 책들을 많이 사주셨어요. 분명히 이 살인범도 그런 것들을 좋아했을 거예요. 이 시는 시간이 좀 걸렸어요. 이해가 잘 안 되는 부분을 푸는 데 적어도 30분은 필요했거든요. 게다가 '이중적 의미'로 올가미를 쳤어요. 나쁜 자식, 그것을 제대로 해석하는 데 적어도 15분이 걸렸고요."

카를이 완전히 만족한 표정이어서, 엘레나는 욕설을 중얼거리면서도 미소를 지어 보였다. 이 소년은 삶을 힘들게 만드는 몇 가지 악마 같은 부분만 이겨낸다면 아주 멋진 남자가 될 것이다. 너무나 철저하게 연출하는 건방진 태도, 충동성, 고약한 성격과 '두뇌가 탁월한 괴물' 같은 점 따위 말이다.

"아주 잘했어. 네가 알아낸 것을 말해줘."

엘레나가 칭찬을 섞어 말했다.

그녀의 어조가 단호한 것을 본 소년은 더 이상 장난칠 수 없다는 것을 깨달았다. 카를은 조심스레 발음하며 천천히 시를 다시 읽었다.

다시 읽어보아도 엘레나에게서 시를 이해했다는 아무런 기미도 발견하지 못한 카를이 한숨을 쉬며 설명했다.

"그는 400개의 뼈를 언급했어요. 자신의 몸에 있는 400개의 뼈 말예요. 그래도 무슨 뜻인지 모르시겠어요?"

엘레나는 모른다고 얘기할 뻔했지만 다시 생각해보았다. 카를과 함께 있으면 항상 정신을 차리고 숨겨져 있는 함정을 찾아야 했다. 이 시 속에 숨겨진 함정에 대해 말하자면, 설령 그녀가 해부학 수업을 받은 지 오래되었다 하더라도 적어도 한 가지만은 확실했다.

"인간의 몸에 있는 뼈는 400개가 아니야. 살인범이 의사라면 이 사실을 알았겠지."

"첫 번째 관문은 무사히 통과했어요. 하지만 두 번째 관문에 대해서는 아무것도 모르고 있죠."

카를이 빈정대는 투로 말하더니, 이내 정색을 하고 말을 이었다.

"어렸을 때는 인간의 몸에 270개의 뼈가 있어요. 그 일부분이 연결되어 성인이 되면 206개가 되죠. 어쨌든 간에 이런 경우는 계산이 틀린 거예요. 그다음에 살인범은 '벌판 위에서 두 배로 늘어난 뼈들'이라고 썼어요. 그 부분에서 함정을 만든 거예요. 만약 처음에 400개라고 생각하면 두 배는 800개가 되죠. 거기에서 처음에 답을 못 찾았다는 걸 시인할게요. 800이라는 숫자가 이 시의 내용에서 무슨 의미인지 전혀 감을 못 잡았었거든요. 하지만 나중에 깨달았죠. 그는 그저 이 시의 다른 부분 '증오의 뿌리'와 연결하는 작업을 가리키려 했던 거예요. 두 배라고요, 두 배의 뿌리. 무슨 뜻인지 짐작 안 가요?"

짐작이 가지, 그래도. 엘레나는 학교 다닐 때 특히 수학을 잘했다.

"제곱근을 말하는 거야?"

그녀가 빨리 대답했다.

"잘했어요. 400의 제곱근은 20이에요. 이제 다시 처음부터 봐야 해요. 뼈, 20, 그리고 마지막에 가장 약한 자가 '무대'에 남아요. 나쁘지 않죠? 이 부분은 정확한 장소에 대한 메시지를 주는 거예요."

엘레나는 단어들을 순서대로 배열해보았다. 아니, 이것은 아니다. 그녀는 음성학적으로만 보려 애써보았다.

"무대의 20개 뼈(레 조 뱅 센Les os vingt scene, 프랑스어 발음으로 읽은 것─옮긴이)라 이 말이지. 정확한 장소라고? 레 조 뱅 센. 어느 무대야? 극장인가? 난 모르겠는데."

카를은 참을성 있게 기다렸다. 비웃지는 않았지만 발을 까딱거리며 불만의 감정을 표현했다.

갑자기 눈앞이 밝아졌고 카를이 미소 지었다. 엘레나는 그를 한 번도 실망시킨 적이 없었다. 충분히 지성을 가진 두뇌가 우수한 여성으로서 말이다.

그녀가 숨을 몰아쉬며 외쳤다.

"제기랄! 뱅 센은 뱅센(Vinennes, 발음이 같다—옮긴이) 숲이야! 그리고 레 조는 주(Zoo), 즉 동물원을 가리키는 거야! 르 주 뱅센(뱅센 숲의 동물원)이라고!"

"아! 너무 쉽죠? 선생님이 찾아낼 줄 알았어요!"

엘레나는 잠시 생각에 잠겼다. 이 내용은 그래도 너무 기교를 부린 것 같았다. 그녀는 있지도 않은 의미를 찾는다는 것에 불편한 기분을 느꼈지만, 카를의 가설은 옳았고 시구를 남긴 환자는 이런 수수께끼를 즐길 정도로 완전히 머리가 돈 인간일 수도 있었다.

두 사람은 시를 위아래로, 양 옆으로 다양하게 다시 살펴보면서 살인범이 다른 메시지를 남기지는 않았는지 찾으려 애썼다. 그녀가 느끼는 의혹에도 불구하고 시를 읽으면 읽을수록 시는 이해하기 힘든 것투성이었고, 카를이 해결점을 찾은 게 확실하다고 느꼈다.

엘레나는 네드를 조용히 내버려 두겠다는 반장의 약속을 받아낸다면, 이 시에서 알아낸 정보와 서로 교환할 수 있지 않을까 잠깐 생각했다. 하지만 사람의 목숨이 걸려 있다는 사실을 떠올렸다. 어쨌든 간에 그런 종류의 협박은 그녀로서는 낯선 것이었다. 그녀는 경찰 전문가들도 틀림없이 카를처럼 똑똑할 것이며, 이미 오래전에 이 문자 수수께끼를 해독했을 것이라고 중얼거리며 수화기를 들었다.

하트 반장의 전화번호를 누르며 엘레나는, 기껏해야 두 번째로 전화를 걸면서 번호를 외우고 있다고 멍하니 생각했다. 전화를 받지 않아 그녀는 메시지를 남겼다.

"하트 반장님, 제가 전화를 건 것은 오늘 저녁 우리의 저녁식사에 대한 것이 아니고요, 내 친구 중 한 명이 살인범이 남긴 시에 대해서 드릴 정보가 있어서예요. 이 메시지를 받으면 전화주세요."

자신을 친구라고 소개하는 말을 들으며 기분이 좋아서 얼굴이 빨개진 카를은 흥미로운 듯 눈썹을 치켜 올렸다. 잠시 후 그는 엘레나가 친근하게 소개한 말도 잊고 다시 단순한 소년으로 되돌아갔다.

"선생님, '하트 반장'이라는 사람과 저녁식사하기로 했어요? 그건 무슨 농담인가요? 만화에 나오는 이름 같은데요."

엘레나는 가차 없이 꾸중할 뻔했지만 꾹 참았다.

카를은 상담의 마지막 10분을 야유하는 데 썼고, 엘레나가 만화 주인공 반장과 함께 할 저녁식사 얘기를 해달라고 고집을 부리며 상담실에서 나갔다.

그녀는 카를이 문을 닫자 짐을 벗은 듯 깊은 한숨을 내쉬었다.

엘레나는 아직 몇 명의 환자를 더 봐야 했고, 시간은 너무나 빨리 흘러갔다. 시계를 보았을 때는 이미 약속 시간에 늦어서 서둘러야 했다. 도저히 치장할 시간이 없다는 게 차라리 다행이었다.

엘레나는 자신의 낡은 미니를 타고 필리프가 약속을 정한 레스토랑으로 갔다. '디오르' 매장 바로 정면에 있는 '애브뉴'는 많은 사람들로 붐볐다. 최신 유행 스타일의 이 레스토랑에는 식욕부진의 패션모델들과 유명인들, 매우 중요한 VIP들이 찾아와 늘 다양한 조화를 이루었다. 엘레나는 미소를 지었다. 그녀는 하트 반장이 매우 '유행에 민감한' 사람이라고 생각했다.

엘레나는 빵 한 조각을 멍하니 잘게 부수고 있는 하트 반장을 찾아냈다. 필리프도 그녀를 발견하고 정중히 자리에서 일어났다.

하트 반장을 보자마자 그의 전화를 받지 못한 엘레나가 궁금해서 물었다.

"제 메시지 들으셨어요? 시에 대한 메시지는 받으셨어요? 늦는다는 내용도요?"

필리프가 근사한 미소를 지으며 대답했다.

"예, 하지만 좀 늦게 받았죠. 곧 만날 거니까 다시 연락할 필요는 없다고 생각했습니다. 어떤 정보인가요?"

엘레나는 자리에 앉자마자 카를이 해독한 것에 대해 설명했다. 꾕

장히 놀란 필리프는 그 내용을 매우 진지하게 받아들이고 즉시 암호 해독반 전문가들에게 전화를 했다. 그들은 이 문제에 대해 많이 연구하지 못했기 때문에 그가 하는 말에 대해 아무런 의견도 내놓지 않았다. 설명을 마치자 그들은 냉정한 목소리로 자신들도 내용을 이미 파악하고 있었다고 말했다. 그리고 카를의 의견이 확실히 맞는다고 인정했다. 하트 반장은 해독반의 확인을 얻자 여기저기 전화를 걸어 동물원을 감시하라는 지시를 내렸다.

필리프는 긴장을 풀고 엘레나를 주의 깊게 바라보았다. 그녀는 기계적으로 머리카락을 매만졌고, 잠시 후 그는 엘레나의 완벽한 달걀형 얼굴을 보게 되었다. 엘레나는…… 설령 그녀가 전부 다 감추고 있다 하더라도 너무나 멋졌다.

필리프가 진지하게 말했다.

"고마워요. 당신 덕분에 살인범을 체포하게 된다면 정말 멋지겠군요."

"그렇게 된다면 카를은 정말 견딜 수 없게 될 거예요! 6개월 동안은, 아니 일 년 동안은 자기가 얼마나 뛰어난 추리의 천재인지 내 귀에 못이 박히도록 떠들어댈 거라고요!"

"왜요?"

"왜 카를이 그렇게 자랑하냐고요?"

"왜 당신은 그렇게 축 늘어진 머리카락 위에, 모양새 없는 옷 뒤에, 의사라는 엄격함 뒤에 자신을 꽁꽁 감추고 있는 거죠?"

엘레나는 온몸이 얼어붙는 것 같았다. 완곡하게 그의 말을 받았다.

"감춘 적 없어요. 난 나의 옷 입는 방식이나 머리 스타일을 비난하는 걸 별로 좋아하지 않아요."

"당신은 상처를 받았어요."

필리프는 그녀의 반응을 무시하면서 말을 이었다.

"당신은 분명히 심한 상처를 받아 아직도 그 후유증 속에서 견디고 있어요. 내가 틀렸나요?"

엘레나는 그의 직감에 몸을 떨며 그를 뚫어지게 바라보았다. 그녀는 몇 명 안 되는 남자들과 저녁이나 점심식사를 같이 했는데, 하트 반장은 그녀에 대한 커다란 관심과 감성을 보여준 최초의 남자였다. 그의 뛰어난 직감은 오로지 직업에서 기인한 것일까?

하트 반장은 진심으로 안타까운 표정을 지었다. '나한테 얘기해봐요, 나중에 내가 침대에서 위로해줄게요' 따위의 분위기는 전혀 아니었다. 어쩌면 제레미가 옳았는지도 모른다. 엘레나는 몇 년 동안 은둔하며 살아왔다. 그녀는 살아오면서 이런 순간을 조금은 경계했던 게 아닐까?

마침 종업원이 메뉴를 가져오자 엘레나는 그의 질문에 대답하지 않으려고 하늘이 도운 이 기회를 이용했다. 그녀는 무엇을 먹을 것인지, 그가 어떤 음식을 좋아하고 싫어하는지, 분위기를 바꾸려고 대화 내용을 다른쪽으로 돌렸다. 두 사람은 음식에 대한 기호가 달랐지만, 유머에 대해서는 같은 감각을 가지고 있었다. 한 시간이 지나자 엘레나는 너무 근사한 저녁 시간을 보냈다는 것을 깨닫고 깜짝 놀랐다. 이제 그들은 소아 성애자 사건으로 주제를 돌렸다.

"필리프(그녀는 '반장님'이라고 부르지 않고 이름을 불렀다), 프랑스에서 매년 성추행이나 성폭행의 희생양이 되는 아이들이 몇 퍼센트나 되는지 아세요?"

필리프는 고개를 저었다. 그는 알지 못했다.

"10퍼센트 정도예요. 서른 명의 아이들이 있는 학급에서 세 명이 성범죄의 피해자이고, 그중 95퍼센트가 아버지나 가까운 친척에게 당하는 겁니다."

필리프는 한숨을 쉬었다. 이런 씁쓸한 통계로 놀라기엔 그는 너무 많은 것들을 봐온 것이다.

그가 작은 목소리로 그녀의 말을 받았다.

"그렇게 많은지는 몰랐어요. 난 성범죄는 다루지 않거든요. 사실 병원에서 사라진 그 사람은 여러 달 전에 어린 소년을 살해한 혐의도 받고 있었어요. 그 범죄는 어린 팻을 위협하는 사건이 일어나기 직전, 수사국에 확실한 증거를 대며 익명으로 고발되었는데, 우리는 피에르 자비를 감시할 시간적 여유가 없었죠. 다행히도 팻의 엄마가 제때 발견했기에 망정이지, 그렇지 않았다면 피에르가 그 어린아이들한테 무슨 짓을 저질렀는지는 오직 하늘만이 알 뻔했죠."

갑자기 신경이 예민해진 엘레나가 와인 잔을 거칠게 내려놓았다. 필리프는 그것을 놓치지 않았다.

"어른들한테 상처받은 아이들을 보는 게 힘들지는 않나요? 누가 이 직업을 선택하도록 등을 떠민 겁니까?"

필리프가 물었다.

엘레나는 잠시 머뭇거리다 눈길을 내리깔았다. 그에게 거짓말을 하지는 않을 것이다. 다만, 생략해서 말하리라.

"우리 아버지는 부자예요. 아니, 부자라는 표현은 너무 약하다는 생각이 드네요. 그는 비상식적으로 부자랍니다. 어쩌면 당신이 상상할 수 없을 정도로. 빌 게이츠나 워런 버핏처럼 말예요. 아버지가 축적한 재산, 아니 배당금만으로도 대대손손 50대는 살 수 있을 거예요. 그리고 나를 매우 사랑하시죠, 너무나. 언제나 내가 원하는 것은 뭐든지 다 줬어요. 그래서 나는 바버라 허튼(미국 백만장자의 상속녀-옮긴이)이나 패티 허스트(미국 언론 재벌의 손녀딸-옮긴이), 아니면 크리스티나 오나시스(그리스 선박왕의 딸-옮긴이)와 같은 증상을 앓았죠."

필리프는 네드 네슬린스키에 대한 간단한 조사를 하면서 엘레나에 대해서도 조사했기 때문에 이미 다 알고 있었다. 게다가 필리프는 툴루즈 사건 때 그녀의 아버지와 마주친 적이 있다는 사실을 알게 되었다. 산업 재벌의 공장들 중 하나가 폭발한 어두운 사건이었다. 때문에 필리프는 엘레나가 누구인지, 어디서 왔는지 등을 완벽하게 알고 있었다. 하지만 그 내용이 확실히 드러날 때까지 조심하고 있었다.

"'가엾은 부자 어린 소녀'라는 겁니까?"

그가 익살맞은 어조로 말했다.

"예, 어리석기도 하고요. 아닌가요? 하지만 아시다시피 재산을 관리하는 게 항상 쉬운 일은 아니죠. 그래서 나는 상처받은 사람들, 나약한 사람들, 나보다 혜택을 덜 받은 사람들을 돕겠다는 결정을 하게 되었어요. 돈을 줄 수도 있었겠지만 내가 모으고자 한 것은 돈이 아니었어요. 그건 너무 쉬웠죠. 진짜로 나를 필요로 하는 것, 아이들에게 내 시간을 바치는 것, 아이들을 이해하기 위해 내가 알고 있는 지식과 나의 감성을 사용하는 것은 완전히 다른 것이었죠. 그것은 많은 인내와 연민, 사랑을 요구했죠. 나는 그들을 돕기 위해 노력했고, 그 목표점에 다다르기를 간절히 바랐어요. 약간의 사랑은 그 아이들이 나중에 문자 수수께끼 작가처럼 범죄자가 되는 것을 막기에 충분했어요."

필리프는 엘레나가 더 이상 말하고 싶어하지 않으며, 이 주제를 불편하게 생각한다고 느꼈다. 타인을 도우려는 엘레나의 욕구는 그녀 아버지의 경제적 상황과는 아무런 관계도 없었다. 하지만 필리프는 그것을 강조하지 않았다.

"살인범이 사랑이 없었기 때문에 살인을 했다고요? 가능한 얘기죠. 하지만 살인범 역시 매우 뚱뚱해서 비만한 사람의 이미지를 증오했을 수도 있어요. 아니면 뚱뚱한 사람한테 심한 고문을 당했거나 모욕을 당한 사람일 수도 있죠. 살인을 하는 정신이상자들과 대화를 하는 것은 힘들어요. 나는 그들의 입장에 서는 것을 거절하겠어요. 이미 내 정신 건강을 지키는 것도 쉽지 않은 상태예요. 그 이후……."

"언제 이후요, 필리프?"

엘레나가 부드러운 목소리로 그의 말을 끊었다.

필리프는 갑자기 그렇게 자신이 스스로 방어망을 친 것에 대해 놀랐다. 엘레나가 자신의 얘기를 털어놓았기 때문이었을까? 아니면 이 여자한테 끌리기 때문에 직업상 매일 겪는 끔찍한 일들에 대해 전부 다 얘기하고 싶지 않아서였을까? 필리프는 자신이 털어놓을 차례가 되자 잠깐 주저했지만, 엘레나의 두 눈을 바라보며 입을 열었다.

"그러니까 그녀가…… 카를라가 죽은 후부터요."

"카를라요?"

"내 아내죠."

잠시 침묵이 흘렀다. 엘레나는 어떻게 반응해야 할지 몰랐다. 필리프는 크게 숨을 들이쉬고 말을 이었다.

"혹시 5년 전에 뉴욕에서 출발한 비행기가 사고 났던 것 기억해요? 아직도 그 원인을 알아내지 못한 사건인데, 아세요?"

"네, 물론이죠. 조종 실수가 영향을 미쳐 미사일 통제 기능을 잃어버렸기 때문에 비행기의 폭파를 야기했다고, 미 해군을 탓하기까지 했잖아요. 아니라고 반박하기는 했지만요. 오! 맙소사, 그녀가 거기에 탔었군요."

"맞아요. 시신도 찾지 못했어요. 심지어 그 사실을 받아들일 수 있는 무덤조차도 없죠. 그런데 가장 최악의 상황이 뭔지 아세요?"

필리프의 목소리에서 몹시 고통스러운 감정을 느끼고 그의 두 눈에서 눈물이 흘러내릴 듯한 느낌을 받으며 엘레나는 그를 바라보았다.

"가장 최악의 상황은 그녀가 죽지 않았다는 기분이 든다는 겁니다. 영혼이 계속 나와 같이 있는 느낌이죠. 때때로 퇴근해서 집에 돌아가면 자리가 옮겨진 작은 물건들을 발견하거나, 아내의 향수가 아직도 제자리에 있는 것을 보죠. 어떤 날은 파출부 아주머니가 나한테 그것을 상기시켜주기도 하죠. 아주머니는 집에서 나는 냄새가 너무 좋아서 참 아늑하다고 말하더군요. 난 카를라에게 말을 건네죠. 때때로, 때때로 정말 끔찍하게도 그녀가 내게 대답을 하기도 하고요!"

아내의 장례식을 치를 수 없는 무능력이 만들어낸 청각과 후각의 망상, 의사인 엘레나는 이런 정신적인 증상을 진단하지 않을 수 없었다. 이 남자는 정신과 의사가 필요했다. 슬픔과 고통이 그를 무너뜨리고 있었다. 하지만 아내의 자잘한 물건들을 없애는 것 말고 그에게 뭐라 말하겠는가?

"그런 얘기를, 그런 얘기를 다른 사람이랑 해보셨어요? 그러니까, 나 말고 다른 사람이랑 얘기해봤어요?"

"히바로에 대해 얘기하는 거요?"

"누구요?"

필리프가 미소를 되찾으며 대답했다.

"히바로요. 아마존 인디안 족이죠. 머리를 작게 줄이는 걸로 유명하죠. 정신과 의사를 가리키는 속어예요."

"아!"

엘레나는 화를 내야 할지 웃어야 할지 어리둥절한 상황에서 갑자기 웃음이 터져 나왔다. 두 사람은 남아 있던 슬픔의 흔적을 유쾌한 웃음으로 지워냈다.

"아, 좋아요, 이제 진지하게 말할게요. 그렇게 무거운 고통의 무게를 가슴에 안고 지내서는 안 돼요. 네드한테 얘기해드릴까요?"

"아뇨, 네드한테는 하지 마세요. 누구 좋은 선생 있으면 소개시켜 주시되 네드는 싫어요. 마크 드쉬스가 사라진 날 저녁에 알리바이가 없어서만은 아닙니다. 좀 난처한 일이지만, 네드를 만나러 갔을 때 무언가를 숨긴다는 느낌을 받은 건 사실이에요."

네드에 대한 신뢰 때문에, 엘레나는 자신도 같은 느낌을 받았다고 밝힐 수가 없었다. 그녀는 진짜로 걱정하고 있었던 것이다.

"정말 심각한 거예요? 진짜로 네드가 피에르 자비를 납치했다고 의심하는 거예요? 왜요? 난 네드와 몇 달 전부터 같이 일하고 있고 그를 잘 알고 있어요. 분명히 말하지만 네드는 절대 그런 일을 할 사람이 아니에요."

필리프는 깊게 한숨을 내쉬었다. 상관을 보호하려는 엘레나의 의지는 이해했지만, 안타깝게도 자신의 의혹을 거두기에는 충분하지 못했다.

"그에게는 훌륭한 동기가 있고 알리바이는 없죠. 납치범처럼 비싼 구두도 신었고요. 물론 이런 것이 수천 명의 다른 사람들에게도 똑같이 적용될 수 있다는 것은 인정합니다. 그럼 단순하게 오늘 아침에 대해서만 말해봅시다. 난 오늘 아침 그냥 박사님에게 물어보려고만 했어요. 그런데 반응이 명확하지 않았다는 거죠. 그게 답니다. 난 내가 맡은 임무를 다할 뿐이에요."

"하지만 그가 유일한 용의자는 아니겠죠?"

"아닙니다. 수많은 사람들이 피에르 자비를 납치할 수 있어요. 내가 완전히 잘못된 길을 따르고 있지 않다면 말예요. 어쩌면 단순히 자비를 돕는 공범이 있는지도 모르죠. 도망가면서 피를 흘렸거든요. 이 사건과 렁지스 사건은 안개 속처럼 오리무중이에요. 용의자를 한 명이라도 지워버리는 것이 조금이라도 전진하게 하는 거죠. 과거에도 여러 번 우리를 도와준 존경스러운 정신과 의사를 체포하고 싶은 마음은 추호도 없으니까요."

엘레나는 자신이 몇 분 전에 한 것과 똑같은 행위를 필리프가 하고 있다는 것을 깨달았다. 그는 수사에 대한 이야기로 돌아오면서 개인적인 문제에서 주제를 바꿨던 것이다.

"두 범죄는 서로 연결되어 있나요?"

엘레나가 물었다.

필리프가 미소를 짓자 그녀는 턱보조개가 진짜 매력적이라고 생각했다.

"내가 궁금한 것도 바로 그것입니다. 다행히 기자들은 또 다른 뚱보의 실종에 대해서는 아무것도 모릅니다. 만약 아니라면 이런 엄청난 제목을 쓰지 않았겠어요? '파리의 뚱보 살인범, 살인범은 뚱뚱한 사람을 싫어한다! 그들을 납치해서 바로 살해해버린다!'"

"진짜로 그 시가 이 사건의 실마리라고 생각하세요? 살인범 자신이 우리에게 발각되고 우리가 살인을 막아주기를 바라서 만든?"

필리프는 엘레나의 시선을 뚫어지게 바라보다가 문득 자신의 생명이 빠져나가고 있다는 느낌을 받았다. 모든 것이 빠져나가 엘레나의 푸른 눈 속으로 잠기고 있는 것만 같았다. 필리프는 절제력을 잃었다. 더 이상 숨을 쉴 수도 생각을 할 수도 없었다. 이런 감정은 카를라에게선 한 번도 경험하지 못한 것이었다. 그렇게 푸른 눈 속에 잠기고 있으니 물속으로 뛰어든 것 같은 기분이 들었다. 필리프는 이 젊은 여자에게 열정적인 호기심을 느꼈다. 이렇게, 아주 가까이에서 가능한 한 오랫동안 그녀를 지켜주고 싶었다.

결국 엘레나의 시선에서 눈을 떼고 필리프가 대답했다.

"글쎄요. 살인범이 살인하게 된 동기를 이해하는 것은 매우 어렵습니다. 문제는, 여러 명의 다른 뚱뚱한 사람들도 사라졌다는 거죠."

엘레나는 두 눈을 크게 떴다. 그녀는 경찰도 의사처럼 비밀을 지킨다고 믿었다. 필리프가 수사의 상세한 부분까지 얘기하자, 자신을 많이 믿어주는 것 같아 기분이 좋았다.

"아, 그래요? 여러 명의 다른 뚱뚱한 사람들도요? 몇 명이나요?"

"피에르 자비를 포함해서 모두 다섯 명이에요. 이 사람들 때문에 매우 불안합니다. 만약 진짜로 지금 당면한 사건이 연쇄살인사건이라면 그들을 납치한 것은 연쇄살인범일 테고, 그들은 렁지스 사건의 시체와 같은 운명이라는 거죠. 놀라운 것은 살인범이 범죄를 아주 오랫동안 계획하고 저질렀다는 거죠. 보통 범죄란 그렇게 의도적이지도, 조직적이지도 않거든요."

필리프는 몸을 숙이며 중얼거렸다.

"왜냐하면 우리가 어제 찾아낸 피해자는 여섯 달 전에 실종된 사람이었거든요."

"여섯 달 전이요? 그렇다면 왜 그 사람을 죽이려고 여섯 달이나 기다렸을까요?"

놀라움으로 동그래진 엘레나의 푸른 눈 앞에서 필리프는 버틸 수가 없었다. 원칙과 평소에 배운 것들을 무시하고, 필리프는 결국 자신이 아는 것을 모두 그녀에게 털어놓았다. 일종의 당황스러운 환희를 느끼며.

저녁식사가 끝날 즈음, 엘레나는 사건에 대해 형사반장만큼 알게 되었다.

감동을 받은 엘레나가 말했다.

"음, 난 카를이 틀렸기를 바라고, 이 사건이 연쇄살인이 아니었으면 좋겠어요. 특히 팻을 위협한 사람을 빨리 찾아내 감옥에 넣었으면 더욱 좋겠고요. 또 당신은 상담할 사람을 찾았으면 좋겠어요. 그런 상태는 좋지 않아요, 아시겠지만. 스스로 노력해야 해요."

필리프가 말없이 엘레나를 관찰하자, 그 눈길에 그녀의 얼굴이 빨개졌다. 필리프가 아주 진지하게 말했다.

"난 정신과 의사는 만나고 싶지 않아요. 하지만 당신이라면 만나고 싶어요. 당신은 날 치료할 수 있을 거요. 그러니까…… 적어도 시도는 할 수 있을 거란 말이오."

엘레나는 잠시 머뭇거렸다. 그녀는 소아정신과 의사였기 때문에 성인을 치료하는 것은 항상 거절해왔다. 게다가 그녀는 이 남자가 자신을 무심하게 내버려두지 않을 것이며, 자신이 정신과 의사로서 그를 책임질 수 없다는 것도 알고 있었다. 하지만 그가 과연 의사나 다른 여자에게 도움을 청할까? 엘레나는 당혹한 마음이 들어 뭐라고 대답해야 할지 알 수가 없었다. 아무튼 필리프는 끔찍한 고통을 느끼는 상황이어서 반드시 누군가를 만나야 했다.

"나는 어떤 경우에도 당신의 주치의가 될 수 없어요. 그것은 당신이 더 잘 알 거예요. 나는 당신을 다시 만나고 싶고 서로 얘기를 더 나누었으면 좋겠어요. 또, 당신에게 알맞은 정신과 의사를 생각해볼게요. 너무 단호한 태도는 하지 마세요. 보장하건대 그게 당신에게 가장 좋을 거예요."

필리프는 한숨을 쉬었다. 아주 좋다. 두 사람은 다시 만날 것이다. 필리프가 필요로 하는 사람은 엘레나일 뿐, 정신과 의사가 아니다. 하지만 그녀를 낙심시키지는 않으리라. 또한 그녀를 치료하는 데도 애쓸 것이다. 그녀 역시 그만큼 고통을 겪고 있는 것이 확실했으므로.

필리프는 거침없이 한 손을 내밀었다.

"좋아요, 받아들일게요."

필리프의 휴대전화가 진동했다. 그는 실례한다고 말하고 전화를 받았다. 금세 얼굴이 창백해지더니 두 눈을 감고 조용히 욕설을 중얼거렸다.

전화를 끊은 필리프는 마치 엘레나의 생생한 아름다움을 모조리 빨아들이듯 그녀를 바라보았다.

"찾았답니다. 하지만 너무 늦게 도착했대요."

엘레나는 당황했다. 갑자기 그녀는 필리프가 아내에 대해 얘기했던 것을 떠올렸다.

"무슨 일이죠? 카를라, 카를라를 찾아낸 건가요?"

필리프는 엘레나가 분별을 잃은 것처럼 보여 뚫어지게 바라보았다.

"카를라요? 아닙니다. 또 다른 뚱뚱한 사람의 시체예요. 내가 옳았어요. 당신의 친구 카를도요. 시체는 뱅센 숲의 곰 우리에 있는 웅덩이 속에서 발견되었답니다!"

8

첫 번째 따뜻한 앙트레

아피츄스 식의 가재 라비올리*, 몽트라셰 콩트 라퐁 화이트와인

결국 카를이 정확하게 본 것이다! 묻고 싶은 마음이 간절했지만 엘레나는 필리프에게 자세한 이야기는 묻지 않았다. 그는 식사비를 계산하고, 가까스로 잘 가라는 인사만 남긴 채 황급히 자리를 떴다. 엘레나는 자신의 물건들을 챙겨 자리에서 일어났다.

옆 테이블에 있던 수염 기른 남자가 엘레나가 앞으로 지나갈 때 이상하게도 뚫어지게 바라보았다. 그 남자는 한쪽 귀에서 깜빡거리는 블루투스 이어폰에 대고 재빠르게 말했다. 엘레나를 바라보는 그의 눈길은 유혹적인 것이 아니라 탐색하는 듯한 눈길이었다. 엘레나는 눈썹을 찡그렸다. 아는 사람은 아니었다. 갑작스럽게 마무리되기는 했지만, 너무나 즐거웠던 저녁식사에서 아직도 벗어나지 못한 엘레나는 수염 기른 옆 테이블의 남자를 곧 잊고 말았다.

엘레나가 필리프에 대해서 생각하는 동안 필리프는 머릿속을 온통 뒤흔드는 질문을 품은 채 뱅센 숲의 동물원을 향해 달리고 있었다. 카

---

* 고기나 야채 등의 소를 넣은 이탈리아식 얇은 만두.

를은 어떻게 그토록 빨리 그 시를 해독했을까? 네드 네슬린스키 박사 주위 사람들이 관련되는 것이 과연 우연의 일치일까?

필리프는 이렇게 관련되는 것이 마음에 들지 않았다.

네드와 그 소년 사이에 엘레나가 있기 때문이다. 그리고 필리프의 직감은, 이런 관련성은 우연이 아니라고 알려주고 있었다.

필리프가 현장에 도착했을 때는 이미 경찰들이 범죄 현장을 분리 시켜 폴리스 라인을 쳐놓은 상태였다. 그들은 곰들을 들여보내기 전에 조심스럽게 현장을 촬영했는데, 어려운 점이 없지 않았다. 창살 뒤에서는 계속 화가 나서 으르렁거리는 곰들의 소리가 들렸다.

하트 반장은 재빨리 비닐 장갑과 비닐 신발싸개를 하고, 탐조등으로 환하게 밝혀놓은 웅덩이로 다가갔다. 잠수부들이 물속에 아무것도 없는지 확인했다. 날이 저물 때쯤이어서 물속은 차가웠으며, 완전히 전의를 상실하게 만드는 질척한 흙탕물이었다.

동물원의 경비대장이 대머리에 난 땀을 닦으며 반장에게 다가왔다. 경비대장은 책임을 맡고 있는 곰들과 신기하게도 닮은꼴이었다.

그가 숨을 몰아쉬며 말했다.

"하느님 맙소사! 내 경력이 40년이지만 이런 경우는 처음 봅니다. 저기서 감식반 사람들이 말하기를, 시체가 약 한 시간 반 정도 전부터 웅덩이 속에 있었다고 하대요. 다행히 곰들이 시체를 건드리지는 않았지만, 만약 건드렸다면 문제가 생기겠죠? 곰들을 안정시키려면 적어도 일주일은 걸릴 겁니다. 여러분은 여기 오래 계실 건가요?"

필리프는 간단하게 대답했다.

"네."

반장의 간결한 대답에 당황한 경비대장은 불평을 하려다 말고 동료 한 명에게 소리를 질렀다.

"경찰분들이 오래 계실 거라잖아, 모리스. 현장 조사가 끝날 때까지 곰들을 다른 물웅덩이로 옮겨! 아니면 녀석들은 다 미쳐버릴 거야!"

필리프는 그때까지 웅덩이 중앙에 솟아오른 바위에 가려졌던 시체를 그제야 보았다. 시체는 마치 누군가가 벌을 주려고 한 것처럼 십자가에 못 박혀 있었다. 죽음을 초월해서까지 피해자에게 고통을 주기 위해서 말이다. 하지만 살인범은 못을 사용하지는 않았다. 시체는 그저 양 팔과 발목이 묶여 있었다. 그 시체 역시 렁지스의 시체처럼 팔뚝 앞쪽이 없었고, 복부에는 어두운 색의 커다란 얼룩이 있었다. 넋이 빠진 필리프는 고개를 숙여 들여다보고 나서 시체의 내장이 제거되었다는 사실을 깨달았다. 시체의 발치에는 내장뿐만 아니라 무언가 다른 것도 쌓여 있었다.

필리프는 토할 것 같아서 눈을 돌렸다.

필리프는 거기에서 몇 걸음 떨어진 곳, 좀 아래쪽에서 잔느의 금발 머리를 알아보았다. 잔느 곁에서는 법의학자의 조수인 피에르가 다양한 각도에서 시체의 사진을 찍고 있었고, 해럴드 푸앙 박사는 잔느를 웃기고 있었다. 분명히 박사는 감추고 있던 끔찍하게 추잡한 농담을 지껄이는 것이리라. 잔느의 얼굴이 갑자기 보랏빛으로 변하는 것을 보니, 박사가 들려주는 이야기가 아주 터무니없는 게 틀림없었다. 이렇게 잔인하게 훼손된 시체를 마주하는 충격을 견디려면 그런 것도 필요했다.

필리프는 어떻게 곰 우리 속으로 들어가는지 알려주는 경찰 뒤를 따랐다. 필리프는 계단으로 내려가다가 의문에 사로잡혔다. 어떻게 살인범은 그렇게 무겁고 큰 시체를 이런 계단으로 내릴 수 있었을까? 설령 범인이 평범하지 않은 힘의 소유자라 하더라도, 또 손수레를 썼다 하더라도 그것은 불가능했다.

잔느가 필리프를 보더니 다시 진지한 태도를 찾았다.

푸앙 박사가 그에게 인사를 건넸다.

"안녕하시오, 반장! 부관보다 빠르지는 못하군요. 우리는 20여 분 전부터 반장을 기다렸다오. 그동안 즐거웠지. 그 시간을 이용해 나 같은 늙은이를 상대해주고 시간을 내달라고 아리따운 아가씨를 설득했거든."

대단해! 법의학자는 잔느를 유혹하기 위해서 잔인한 범죄 현장보다 나은 것은 없다고 생각한 것이다. 분명히 박사는 기회를 잡았을 것이다. 잔느가 그녀의 미소 중 3번, 양쪽 보조개가 움푹 파이는 미소를 박사에게 보여주고 있었으니까. 결과적으로 유머 대장 푸앙 박사는 만족할 수밖에 없었다.

그들이 사랑에 번민하는(?) 시선을 교환하고 있는 동안 필리프는 현장을 자세히 관찰했다. 가짜 바위들, 곰들의 배설물, 피, 시체의 몸과 쏟아진 창자 따위를. 필리프는 첫 번째 시체처럼 이번에도 양쪽 뺨이 부풀어 오른 것을 보고 사탕을 잔뜩 물고 있을 것이라고 짐작하면서 시체가 묶여 있는 방법을 관찰하느라 잠시 동작을 멈추었다. 왜 십자가인가?

깊이 생각에 잠겨 있던 필리프는 푸앙 박사가 말을 걸자 소스라치게 놀랐다.

"이 두 번째 살인 속에는 어떤 분노가 스며 있다고 생각하오. 마크 드쉬스는 냉정하게 살해됐소. 하지만 이번은 아니야. 이번 피해자에게는 고통을 주었지. 시체는 온몸에 상처가 나 있소. 팔에도 상처가 있어요. 팔에 상처를 낼 때까지 피해자는 살아 있었소. 물론 피가 흘렀겠지만 죽음을 불러온 것은 그게 아니야. 그리고 살인범이 이자의 팔뚝을 잘랐을 때는 이미 죽어 있었소. 그리고 나서 살인범은 배를 열어 발치에 창자가 흘러내리도록 끄집어낸 거요."

필리프는 시체 가까이 다가가 확인했다. 쏟아진 내장이 더 잘 보였고 다른 물건도 있다는 것을 알 수 있었다. 비닐 끈 같은 것이었다.

"이해가 안 됩니다. 이것은 시체를 묶는 데 사용한 것인가요?"

필리프의 질문에 푸앙 박사가 낄낄거리며 대답했다.

"반장, 조직의 고리에 대한 얘기를 들은 적 없소?"

필리프는 공허한 시선으로 박사를 바라보았다.

"십중팔구 없겠지. 날씬해지기를 바라지만 그게 마음대로 안 되는 뚱뚱한 사람들은 종종 위장 주위의 조직을 고리로 묶지요. 그러면 위가 작아져 포만감을 빨리 느끼게 되지. 아주 효과적인 다이어트 방법이지만 꽤 위험하다오."

필리프는 생각을 더듬었다. 언젠가 이런 종류의 이야기를 어렴풋이 들은 적이 있었다.

"그러니까 이, 이 비닐 거시기는 피해자의 몸속에 있던 거라, 이 말씀이신가요?"

"그렇소. 위장 주위에 있던 거요, 분명히. 살인범이 그것을 걷어낸 방법을 보자면 미친 듯이 화를 내며 그렇게 했던 게 확실해요. 살인범은 뒤늦게 깨달았겠지. 왜 여기 이 친구가 살인범이 원하는 만큼 살이 찌지 않는지. 이자를 날씬하게 만들고, 빨리 효과가 나타나지 않는 이유가 무엇인지를. 그래서 이자의 피부는 먼젓번 피해자보다 훨씬 덜 늘어진 거요."

"인간이 의지가 있는 상태에서 이런 종류의 짓거리를 하고 이런 행동을 했다는 게 믿어지지가 않아요."

"우리는 드러내기 위한 문명 속에서 살고 있소. 아름다움을 위해 인간이 무엇을 못할 것 같소? 에, 그러니까 날씬한 몸매에 대해서도 마찬가지요. 어떤 사람들은 죽 같은 유동식 말고 다른 것은 아예 삼킬 수 없도록 턱을 고정시키기도 하고, 또 어떤 사람들은 음식물이 완전히 소화되지 않도록 창자의 끝을 잘라내기도 한다오."

잔느는 얼굴을 찡그리며 시체에서 단호히 등을 돌렸다.

"윽! 선생님, 세세한 부분은 아껴두죠! 그 부분에 대해서는 반장님, 저는 반장님의 예언녀와 인사하고 싶은데요."

깜짝 놀라 당황한 필리프가 잔느를 바라보았다.

"뭐라고?"

"제가 여기에 도착했을 때 이 지역 경찰들이 그러대요, 반장님이 아까 9시에 전화해서 동물원 주위를 감시하라고 했다고요. 부원들을 동원해 동물원을 열고 동물 우리가 있는 구역을 조사하는 중에, 반장님이 전화한 지 한 시간 반이 지나서 시체를 발견한 거지요. 그러니 시체가 여기 있다는 것을 반장님이 어떻게 맞혔는지 진짜 알고 싶어요."

"시 때문이었어. 시가 문자 수수께끼였어. 엘레나가 치료하는 천재적인 소년 한 명이 그 시를 해독했거든."

잔느는 흥미롭다는 듯 눈썹을 치켜세웠다.

"으흠, 자, 자, 벌써 '바르톡' 박사에서 '엘레나'로 호칭이 바뀌었군요. 저녁식사가 아주 성공적이었나 보네요!"

"너무 짧았지, 너무나. 그 소년이 틀렸기를 바랐는데 불행히도 맞았어. 이제 우리는 뚱보 연쇄살인범과 맞닥뜨린 거야."

"내가 이미 확인해본 바에 의하면 죽은 사람은 에마뉘엘 젱리 씨요. 능력 있고 귀여운 잔느가 실종자들의 사진을 가지고 와서, 십자가에 못 박힌 이자의 이름을 확인했지. 이제 내일 아침 11시에 부검을 하기 위해 이 시체를 법의학연구소로 옮겨도 될 것 같소. 현재로서는 내가 볼 수 있는 건 다 보았으니까."

"저, 귀여운 잔느는 다음 시를 해독하기 시작해야겠어요. 엘레나의 어린 수호자만큼 잘하려면요!"

필리프는 다시 구토가 치밀어 오르는 것을 느꼈다.

"다음 시라고? 그게 어디 있는데?"

"동물 우리 입구에 있어요. 살인범은 우리 말고 다른 사람들은 알아채지 않기를 바랐던 것 같아요."

"그래, 살인범은 자신의 걸작에 대해 기자들이 언급하지 않기를 바라는 거야. 중간에 수법을 바꿨군. 이상한 일이야. 그자처럼 흔적 남기기를 좋아하는 범인들은 언론이 자신에 대해 많이 떠들어주는 걸 좋아하는데."

"이상한 게 있어요."

잔느가 동물 우리의 쇠창살에 갈색 콧망울을 대고 있는 곰들을 가리키며 말했다. 필리프 역시 야생동물을 어떻게 다루어야 하는지 알고 있었다.

"확실한 것은 살인범이 곰들의 공격을 받지 않았다는 거예요. 게다가 녀석들은 젱리의 시체는 건드리지도 않았다고 박사님이 말씀하셨어요. 이렇게 피가 흥건하고 창자가 나와 있는데도 건드리지 않다니 이상하다고요."

"미스터리한 일이군. 어쩌면 녀석들이 배가 불렀던 게 아닐까? 어쨌든 다시 시로 돌아가보자고. 뭐라고 썼어?"

잔느는 약간 체념한 듯한 표정을 지었다.

"살인범은 우리의 신경을 자극하려 했던 게 분명해요, 반장님. 그게 문자 수수께끼라면 5등급은 될 거예요. 진짜 정신병자예요. 가서 보세요."

필리프, 해럴드, 피에르 세 사람은 고분고분하게 잔느의 뒤를 따랐다. 곰 우리와 물웅덩이 사이에 있는 방 안의 하얀 석회 초벽 위에 검붉은 글자가 뚜렷이 드러났다. 살인범은 이번에도 피해자의 피로 잔인한 살육의 시를 쓴 것 같았다.

> 텅 비고 차가운 궁전에서 오로지
> 그들만이 왕의 주위에 원을 만든다
> 숫거위, 날카로운 검으로 단번에
> 그들은 목이 잘릴 것이다
> 밝은 빛에 쏟아진 이 피로 인해,
> 낙원을 넘으려는

그들 아버지의 영혼을 뿌리내리며
아이가 결국 기뻐한다

"그다음 편이야. 그 미치광이가 우리한테 무슨 말을 하고 싶은지 해독해야 해."

큰 목소리로 시를 읽고 나서 필리프가 확신했다.

그들은 시를 여러 번 되풀이해서 읽고 서로 의견을 나누었지만 아무런 소득이 없었다. 만약 이 시가 다음 범죄가 벌어질 장소에 대한 힌트를 주는 거라면 힌트는 은밀하게 감춰져 있을 것이다. 필리프는 곰곰이 생각했다. 그렇게 해도 될까? 민간인을 끌어들이는 것은 원칙적으로 금지되어 있었다. 상관의 허가가 있을 때를 제외하고는.

어쩔 수 없다. 시간이 없다. 필리프는 조금 멀리 떨어져서 휴대전화로 번호를 눌렀다.

"엘레나?"

깨달음의 빛이 잔느의 눈을 밝혔다. 그녀는 필리프가 엘레나에게 시를 읊어주는 걸 듣고 더 이상 의심하지 않았다.

젊은 정신과 여의사와의 통화는 매우 짧아서, 해럴드와 잔느가 온갖 노력을 기울였음에도 불구하고 통화 내용을 전부 다 들을 수는 없었다. 두 사람은 매우 실망했다.

"우리가 방금 불법 행위를 저지른 건가?"

하트 반장이 전화를 끊자 해럴드가 환한 미소를 지으며 물었다.

"박사님은 아니죠, 저는 맞아요. 자, 잔느, 그동안 자네가 찾아낸 것을 말해봐."

"저는 실종된 뚱보들에 대한 조사를 했어요. 가족과 이웃, 직장 동료들에게도 질문을 던졌죠. 그 결과 실마리를 잡았다고 생각합니다. 그들 중 두 명이 웨이트 왓쳐스 클럽에 등록한 것을 알아냈으니까요. 이곳은 이런 타입의 사람들에게는 꽤 알려진 곳이었는데 두 명을 뺀 다른 사람들은 등록하지 않았어요. 우리의 새 피해자, 에마뉘엘 젱리는 동부 유럽과 수출입 관련된 일을 했어요. 렁지스의 피해자인 마크 드쉬스는 재산 관리인이었죠. 그는 건물들의 공원까지 모두 관리했어요. 이제 여러 개의 비디오 판매점과 촬영 스튜디오, 만화영화 스튜디오를 소유하고 있던 프랑크 마르와, 가족 사업으로 임산부와 신생아 물품 체인점을 경영하던 브뤼노 뤼그가 남았네요. 다섯 번째는 소아 성애자인 피에르 자비로, 그는 부모로부터 작은 사설 은행을 물려받아 아마도 거기에서 일을 했던 것 같아요. 다섯 사람은 모두 비만 전문 의사들에게 치료를 받았지만 동일한 의사는 아니었어요. 각자 그들을 담당한 의사들에게도 질문을 해보았지만 아무것도 알아낼 수 없었죠."

잔느는 아직 발견되지 않은 실종자들을 포함해 실종자들의 과거에 대해 말했다. 그녀는 그들이 아직까지 살아 있을 거라고 생각하지 않았다. 살인범이 이미 죽인 두 명의 피해자에게 한 행동을 봐서는 죽었을 거라 믿었다.

필리프는 이마를 찌푸렸지만 고개를 들지는 않았다. 그는 아직도 지문을 뜨거나 다른 흔적을 채취하고 현장 사진을 찍고 있는 감식반원들의 놀란 시선에 주의를 하며, 실망스런 목소리로 으르렁거렸다. 잔느와 해럴드는 필리프가 즉시 이해하지 못할 때면 드러내는 분노에 익숙했기 때문에 불만을 표출하지는 않았다.

엘레나에게 전화를 건 지 불과 30분 정도 지났을 무렵 필리프의 휴대전화가 울렸다. 엘레나였다. 필리프가 그녀와 대화하는 내용을 듣고 잔느와 해럴드는 그녀가 무엇인가를 찾아냈다는 걸 깨달았다.

"그 아이에게 고맙다고 꼭 전해주세요. 이 모든 내용은 비밀로 해야 한다고 알려주시고요. 그럴 수 있을 거라 믿으세요?"

전화 속 대답을 듣고 필리프가 얼굴을 찡그렸다.

"음, 완전히 협박이군요. 그래요, 알았어요, 알았어. 그가 경찰 연구소를 방문할 수 있도록 손쓸게요. 절대 입을 안 연다면요."

필리프는 자신에게 고정된 불안한 시선에 대답하며 전화를 끊었다.

"다음 장소는 불로뉴 숲의 동물원이래요."

해럴드는 입을 떡 벌렸다.

"그러니까 예를 들어 반장, 그게 일관성 없는 이 시가 표현하는 것이란 말이오? 어떻게 그런 결론에 이르게 된 거요?"

"어려울 건 없어요, 박사님. 제가 말씀드렸듯이 첫 번째 시의 다음 편이에요. 문자 수수께끼는 거의 비슷하니까요. '숫거위(르 자르), 단번에(뎅 꾸), 뿌리내리다(아클리마테), 낙원(르 파라디), 아이(앙팡)' 같아요. 르 자르뎅 다클리마시옹(불로뉴 숲의 동물원), 르 파라디 데 앙팡(아이들의 천국)이라는 의미죠. 잔느, 빨리 본부에 전화해서 그곳에 즉시 덫을 놓으라고 해. 오늘 저녁에 작업 가능하게 말이야. 살인범이 동일한 수법으로 살인을 계속한다면 내일 밤까지는 행동하지 못할 테니까."

"음, 그러니까 반장이 알고 있는 그 소년은 번개구먼. 이 수수께끼도 그리 쉽지는 않았어."

해럴드가 감탄하며 말했다.

"우리가 이 시를 해독할 거라고 살인범이 의심하지 않기를, 그리고 살인범이 치명적인 실수를 저지르기를 바랍시다."

법의학 조수인 피에르가 다시 시 위로 고개를 숙여 조심스럽게 살폈다. 이번에는 단어가 아니라 문자를 조사했다. 피에르가 중얼거렸다.

"필적 감정을 할 수 있을 것 같아요. 이자는 글씨체가 꽤 특이해요. 보세요, e자가 오른쪽으로 약간 기울어졌잖아요."

피에르가 옳았다. 기울어진 부분을 알아볼 수 있었다. 동시에 필리프는 다른 생각이 떠올랐다. 그는 잔느를 향해 몸을 돌렸다.

"실종자들의 은행 구좌를 확인해봤어? 은행하고 연관성은 없던가?"

잔느는 한숨을 쉬었다. 다행히도 은행 구좌를 확인해봤던 것이다.

반장이 잔느를 이렇게 다그치는 것은 누구를 위해서인가. 애송이 여자를 위해서? 잔느는 화난 것이 드러나지 않도록 애를 썼다.

"한 사람 있어요. 수출입을 하는 그 사람이요. 그는 드쉬스의 거래 은행에 구좌가 있고, 다른 여러 은행에도 구좌가 있었어요."

"아주 사소한 연관성이군. 그래도 연관성은 있는 거지. 수입, 수출, 은행, 이런 것들은 종종 함께 움직이지."

"나머지 세 사람은 어떤 공통점이 있을까요?"

"다섯 명의 뚱보들 중 한 사람은 성도착자로 악명이 높지. 만약 이 방정식에 은행, 수출입, 부동산, 체인점, 촬영 스튜디오와 퇴폐 따위를 추가한다면 우리는 무엇을 얻을 수 있지?"

틀림없이 필리프는 어떤 생각을 갖고 있는 게 분명했다.

박사가 초조해하며 말했다.

"고백컨대, 당신은 모르고 나만 알고 있을 때, 또 당신이 한 가지 생각에만 골몰하게 부추길 때 왜 짜증이 나는지 깨닫기 시작했소. 자, 고백하시오. 당신은 진짜 짜증나는 사람이야."

"몇 년 전에 이런 일이 있었어요. 동료들 중 한 명이 더러운 강도단을 일망타진했어요. 강도단은 포르노 필름을 찍기 위해 동부 유럽에서 불쌍한 여자들을 납치해 왔어요. 최악이죠."

잔느 역시 끔찍한 일들을 수없이 봐와서 필리프가 말하려는 게 무엇인지 알 것 같았다. 만약 그녀의 생각이 맞는다면, 거기 누운 시체는 별로 불쌍하지 않은 존재란 생각이 불현듯 들었다.

"반장님은 그 다섯 명의 신사들이 그런 행위를 했다고 생각하는 거예요? 그래서 누군가가 그들에게 복수를 한 거라고요?"

"그래, 그들은 스너프 필름을 제작한 거야."

9

두 번째 따뜻한 앙트레

굵직한 캐비아를 얹은 누아르무티에 섬의 감자로 만든 샤를로트

필리프의 말이 끝나자 오랜 침묵이 이어졌다.

그 침묵을 깬 것은 피에르였다.

"스너프 필름은…… 여자들을 죽이면서 찍는 것? 그거죠? 어디선가 들은 적이 있어요. 그들은 실제로 여자들을 죽이고, 그만큼 엄청난 돈을 벌어들인다죠? 필름 한 개당 십만 유로 이상이라던데."

"잠깐만요! 이건 가설일 뿐이에요. 하지만 만약 이 가설이 사실로 확인된다면, 그건 실종자들을 납치한 사이코패스가 정의의 수호자로 행동한다는 의미예요. 그러므로 이 실마리를 파헤쳐서 두 번째 살인에 새로운 점이 있는지 자세히 조사해봐야 해요."

"만약 그게 아니면요? 살인범이 그저 우연히, 아무 계획도 세우지 않고, 아무런 동기도 없이 죽인 거라면요?"

"말하기 두렵지만, 그런 경우는 거의 없다고 말하겠어. 왜냐하면 프랑스에는 뚱뚱한 사람들이 3백만 명 이상 있어. 살인범은 선택의 여지가 너무 많아 곤란할 정도야! 그런데 그는 그중에서 이미 네 명의 뚱보를 납치했어. 아마도 다섯 명이겠지. 그런데 우연이라고? 지금으로서는 살인범을 불로뉴 숲의 구석으로 내모는 것 말고는 아무것도 할 수가 없어. 우리에게는 확실한 게 아무것도 없어. 살인범은 어쩌면 언론에 알릴지도 모르지. 시민들이 방심하지 않도록 말이야."

"나는 사람들이 급하게 다이어트를 할 거라고 생각하네."

해럴드가 잔인하게 말했다.

이번에는 잔느가 격분했다.

"박사님, 웃을 일이 아니에요! 지금 이 시대에는 뚱보라는 사실을 받아들이는 것 자체가 어려워요. 게다가 체중 때문에 박사님이 살인의 표적이 된다는 것을 아신다면 더욱 쉽지 않겠죠. 저는 뭐가 우스운지 잘 모르겠어요. 아마도 사람들은 공황 상태에 빠질 거예요. 거리의 골목마다 연쇄살인범을 보려는 편집광들 때문에 도시가 무너져버릴 거라고요."

박사는 당황스런 표정을 지었지만, 재미있어하는 그의 두 눈은 후회하지 않는 감정을 드러내고 있었다.

필리프는 끔찍한 자신의 상관이 언론과 대면해서 이 사건을 어떻게 처리해나갈지 궁금했다.

"사람들에게 조심하라고 당부해야 해. 살인범은 6개월 전 거의 같은 시기에 여러 명을 납치했어. 피에르 자비를 마지막으로 납치하고, 그 이후에는 없고. 보통 사이코패스들은 피해자들을 하나씩 차례로 처리하는 게 관례야. 그렇게 오랫동안 여러 명을 가두어놓은 예는 한 번도 본 적이 없어. 지금 살인범은 큰 위험을 부담하고 있어."

잔느는 별이 빛나는 하늘을 향해 고개를 들고 한숨을 내쉬었다.

"제기랄, 난 그 자식이 아주 끔찍한 괴물이 될 것 같은 느낌이 들어요. 일상의 날들을 자극하는 데 이것만 한 게 없잖아요!"

그때 해럴드가 손목시계를 보면서 말했다.

"그 일상에 대해서 말인데, 내 일상은 오래전에 끝났어요. 그러니 나는 이제 침대로 발길을 돌려야겠소, 외롭게."

해럴드는 잔느에게 윙크를 하고는 시체를 내려서 법의학연구소로 보내라고 지시했다. 그는 시체를 처리하는 경찰들에게 시체의 입 속에 사탕이 가득 찼을 테니 너무 심하게 흔들지 말라고 주의를 주었다. 사탕에 대한 내용은 이미 여러 경찰서에 소문이 퍼졌으므로 경찰들은 매우 주의를 기울여 박해 받은 시체를 내렸다.

그렇게 조심했음에도 창자는 뒤흔들렸고, 잔느는 구역질을 했다.

"갑시다."

필리프가 말했다.

필리프는 잔느와 두 명의 박사와 함께 출구로 향했다. 갑자기 사방에서 카메라 플래시가 번쩍거려 눈앞이 캄캄해졌고, 곰들이 불빛에 놀라 포효했다. 폴리스 라인 때문에 뒤로 물러난 기자들이 계단 꼭대기로 달려와 마치 피에 몰려든 파리 떼처럼 그들 주위를 둘러쌌다. 필리프와 잔느의 '노 코멘트'라는 대꾸가 기자들을 더욱 흥분시키는 것 같았다. 상황이 너무나 혼잡했다. 기자들 중 한 명이 시체를 찍기 위해 물웅덩이 쪽으로 넘어가다가 카메라를 든 채로 물속에 빠져, 잠수부들이 반쯤 초죽음이 된 그 사람을 건져내기도 했다.

화가 난 필리프는 기자들을 모두 뒤로 물러서게 하고 곰 우리 주위의 폴리스 라인을 넓혔다. 필리프는 퇴근한 세르주 드포르에게 연락을 할까 잠시 망설였지만, 한밤중에 잠든 사람을 깨워야 한다는 데 생각이 미치자 뒤로 물러섰다. 내일 아침에 알아도 늦지 않을 것이다. 필리프는 사무실로 전화를 해서 상관의 자동응답기에 메시지를 남겼다. 국장은 사무실에 도착하자마자 이 상황을 알게 될 것이다.

필리프는 불로뉴 숲에 무슨 일이 벌어졌는지 보기 위해 오토바이를 타고 숲 쪽으로 향했다. 숲은 매우 넓었지만, 죽은 시체를—게다가 매우 뚱뚱한 시체—옮기는 남자는 쉽게 눈에 띌 것이 분명했다.

불행히도 필리프는 동원된 경찰의 수가 얼마나 되는지 보고받지 못했기 때문에, 인원이 충분한지 아닌지는 보고 난 다음에야 알 수 있었다. 이 상황은 경찰의 만성적인 문제였다. 그들에게는 충분한 인원이 없었다.

필리프가 오토바이를 멈추자, 한 경관이 그 시간이면 잠겨 있는 쇠창살을 열어 안으로 들어가게 해주었다. 필리프는 한 바퀴 돌면서 덤불 속에 숨은 경찰들의 은밀한 움직임을 확인했다.

수평적인 순찰 행위에 만족할 수 없었지만 체념하고 받아들였다. 지금으로서는 그것이 필리프가 할 수 있는 전부였다.

필리프는 집으로 돌아왔다. 잠시 엘레나에게 전화를 걸까 생각했지만 시간이 너무 늦었다. 아쉬운 한숨을 쉬며 필리프는 잔느가 건네준 보고서로 빠져들었다. 한 시간 후, 그의 머릿속에는 '제기랄!' 이라는 단어밖에 떠오르지 않았다.

스너프 필름에 대한 가설은 전혀 실현 가능성이 없었다. 안타깝게도 뚱보들 사이에서는 어떤 연관성도 발견하지 못했다. 그들은 같은 장소에서 일하지도 않았고, 같은 직업을 갖지도 않았으며, 하물며 같은 레스토랑에서 밥을 먹지도 않았다. 적어도 서로 알고 지내기에는 규칙적인 왕래가 충분하지 않았다. 같은 취미도 없었다. 그러면 그들은 단순한 사냥꾼에게 당한 것인가? 희생양을 고를 때 살인범이 그저 충동에 의해 우연히 선택했단 말인가?

그렇다. '제기랄' 이라는 단어만이 이 상황에 가장 적합한 말이다. 어쩌면 잔느가 놓쳤을지도 모르니 내일은 실종자들의 집을 방문해야겠다고 생각했다. 사건과 관련된 장소를 돌아보는 것은 나쁘지 않다. 하지만 별로 기대는 하지 않았다. 함께 일을 시작한 이후, 잔느가 중요한 증거를 놓친 적은 한 번도 없었으니까.

잔느는 내일 아침 고약한 일을 하게 될 것이다. 에마뉘엘 젱리의 부모가 기자들을 통해 알기 전에, 아들이 살해당한 사실을 알려야 하는 것이다. 잔느는 내일 아침 6시에 침대에서 뛰어내려 그 일을 해야 한다. 신문 가판대가 문을 열기 전에.

필리프는 십자가에 묶인 뚱뚱한 시체의 이미지가 자신을 사로잡았다고 생각했다. 하지만 어렴풋이 잠이 들면서 그의 눈앞에서 어른거리는 것은 일그러진 시체의 얼굴이 아니라, 두 개의 커다란 푸른 눈과 검고 긴 머리카락이었다.

필리프는 갑자기 얼마 전부터 카를라보다 엘레나를 더 많이 생각한다는 것을 깨달았다. 전에는 전혀 이런 일이 없었다. 거짓말을 한 것처럼 카를라의 얼굴과 카를라의 향기가 강하게 다가왔다. 하지만 금세 다시 엘레나의 생각으로 돌아왔다. 마치 자석이 끌어당기는 것처럼.

마침내 살인범에 대한 생각이 떠올라 지워지지가 않았다. 그자는 어떤 감정을 느낄까? 무슨 생각을 할까?

최악의 질문이 떠올랐다. 살인범은 도대체 몇 명을 죽였을까?

10
식사에 곁들이는 술
보드카의 극치, 일곱 번 증류한 러스키 스탠더드 프리미엄 플래티넘

남자는 승복에 달린 두건을 쓰고 마스크로 얼굴을 가렸다. 마음이 어지러웠다. 그러나 강렬히 원했던 만큼 모든 것이 정확한 과정을 거쳤다. 주위를 둘러보았다. 그는 규칙을 조금 바꿨다. 이번에는 지하실로 내려가 다음 피해자와 마지막 만찬을 함께 할 것이다. 둘이 얼굴을 마주하고.

남아 있는 세 명의 손님 중 두 명이 허약해진 상태를 이용해, 그는 그들을 감방에서 끌어내 벽에 박힌 고리에 사슬로 묶어놓았다. 그들의 눈에 그가 차려놓은 훌륭한 식사가 보였다. 바카라 크리스털 그릇에 에르메스 접시, 크리스토플의 큰 촛대와 함께 여러 개의 보조 테이블 위에 화려한 요리들이 펼쳐져 있었다.

그는 앙트레로 생 자끄 조개에 삿갓버섯을 넣은 수프를 준비했다. 삿갓버섯이 크림과 작은 양파, 화이트와인을 섞은 소스 속에서 향기를 풍기고 있는 동안, 조개를 센 불에서 버터에 아주 빨리 익혀 그 안에 넣었다. 수프가 약간 졸아들고 나면 조개 몇 개를 부드럽게 각자의

개인 그릇에 담고, 포개놓은 모양의 반죽을 덮어 오븐에서 황금빛으로 익힌다. 반죽된 껍질을 오븐에서 꺼내 열면 그 냄새만으로도 쓰러질 지경이다. 두 번째 앙트레는 850그램의 훌륭한 푸아그라로, 셰리주와 소금, 후추, 약간의 설탕에 재워 밤새 차가운 곳에 두었다가 단지에 담아 오븐에서 30분간 익힌다.

푸아그라가 반쯤 익으면 가장 까다로운 과정으로, 지방이 표면으로 올라오도록 해야 한다. 푸아그라를 꾹 짜야만 가능하다. 그는 단지의 직경보다 조금 작은 나무판자를 만들어서 그 위에 필요한 양의 푸아그라를 올려놓았다. 지방이 거의 고체화되면 나무판자를 제거하고 단지를 냉장고에 넣는다. 약간 핑크빛이 도는 푸아그라는 너무 근사하고 완벽하다. 그리고 토스트를 준비하고, 요리와 함께 마실 감미로운 샤토 이켐 1956년산 와인을 준비했다. 마지막 앙트레로는, 스페인의 하부고에서 생산한 고급 햄 파타 네그라가 햄 자르는 기계 위에서 멋진 자태를 뽐내고 있었다. 세계에서 최고로 꼽히는 생 햄이다.

주 요리는 송아지 갈비를 그릴에 구웠고, 유명한 셰프 조엘 로뷰숑이 만들어낸 유명한 감자 퓌레와 곁들었다. 감자 퓌레의 절반은 누아르무티에 섬에서 생산된 작고 길쭉한 감자를 가능한 한 동일한 크기로 골라 사용하고, 나머지 절반은 브르타뉴의 염분 섞인 버터를 섞는다. 천국의 열락이자 죄악이었다.

그는 치즈를 사기 위해 바르텔레미 가게에 들렀다. 녹아내리는 브리치즈, 블루치즈, 앙베르산 원통형 치즈 조각들이 치즈 쟁반에 놓여 있었다. 유감스러운 것은, 그가 너무나 좋아하는 프랑슈 콩테산 치즈가 나오는 계절이 아니라는 점이었다. 마지막으로 파티스리의 대가 르노트르의 케이크가 디저트를 장식했다. 그는 멋지게 활강하기 위해 가볍고 황홀한 맛인 하얀 샹티이 크림치즈를 깨물었다. 굉장하다.

벽에 사슬로 묶인 두 남자 중 한 명이 절망적인 눈길로 테이블 위의 물병을 바라보고, 조금씩 신음소리를 내며 몸을 일으키기 시작했다.

또 다른 사람은 꼼짝도 하지 않았다.

튼튼한 의자에 기다란 수갑으로 묶인 세 번째 남자는 테이블에 앉아 있었다. 그는 고문하던 인간이 자신을 그냥 먹게 내버려 두는 것의 의미를 마침내 깨달았다. 자신은 곧 죽게 될 것이다. 두 명의 운 없는 동료들이 이미 사라졌다. 거의 의식이 없는 상태에서도 그는 무시무시한 소리를 듣고 감옥에서 공포에 떨었다. 그 살인범은 두 번째 피해자에게 특히 열중한 것 같았다. 두 번째 피해자가 형언할 수 없는 죄를 저질렀기 때문에 그런 고통을 견뎌야 하는 것처럼, 죽은 다음에도 마찬가지였다.

살인범은 세 번째 남자 앞에 앉아 있었다. 테이블의 다른 쪽 끝에 앉아 그에게 먹으라고 지시했다. 살인범의 목소리는 희미했고 목이 쉬어 거칠었다. 자신의 접시에 수프 그릇을 놓아줄 때 세 번째 남자는 살인범의 근육질 팔에서 상처자국들을 보았다.

그는 너무나 배가 고파서 생각을 떠올리기가 힘들었다. 손을 떨면서 수프 속으로 숟가락을 넣었다. 첫 숟가락을 입에 넣자 거의 기절할 지경이었다. 오랫동안 음식물이 들어가지 않았던 위장이 울렁거렸다. 그는 방금 입에 넣은 음식을 토해내지 않기 위해 꾹 참고 삼켜야 했다. 그는 기다렸다. 두 번째 숟가락은 훨씬 쉬웠다. 아주 맛있었지만 너무 오랫동안 굶주렸기 때문에, 그저 조그만 빵 조각이더라도 아주 맛있게 느꼈을 것이다. 위가 참아내야 했기 때문에 그는 잠시 사이를 두었다.

"생 자크 조개가 너무 익었어. 아닌가?"

갑자기 마주앉은 살인범이 거칠고 쉰 목소리로 말했다.

살인범의 말에 세 번째 남자가 조심스레 반대 의견을 냈다.

"아니, 아니에요. 너무 완벽해요. 옛날에 요리사셨나요?"

"어제는 날씨가 별로 안 좋았어. 여자를 따라갔는데 밖에서 저녁식사를 하더군. 오래전부터 그런 일이 없었는데."

살인범이 세 번째 남자에게 속삭였다. 살인범의 얼굴이 굳어졌다.

"그녀는 그 경찰이 굉장히 마음에 드나 봐. 푸아그라를 한 조각 잘라주지, 수프를 끝낸 것 같으니까. 삿갓버섯이 맛없어서 미안해. 삿갓버섯이 나올 계절이 아니라 어쩔 수 없었어. 마른 삿갓버섯을 구해서 하룻밤 동안 미지근한 물에 담가놓았다가 크림소스 속에 넣어 익혔지. 이 와인 좀 맛보쇼, 아주 맛이 좋아."

남자는 살인범이 하는 말을 하나도 이해할 수가 없었다. 머리가 빙글빙글 돌았다. 이것이 자신의 마지막 식사라는 것만 알 뿐이다. 너무나 멋진 요리들이 그를 황홀하게 하는 동시에 구역질을 일으켰다. 저녁식사가 끝나자 세 명의 죄수는 감방으로 돌아갔다. 몇 분 후, 그들의 귀에 살인범이 조금 아까 삼킨 음식물을 모조리 토해내는 소리가 들려왔다. 그는 먹는 것을 견딜 수가 없었던 것이다. 먹는 행위는 그를 괴롭혔고 역겹게 했으며 뒤집히게 만들었다. 그 괴물은 결국 광기를 부리고 말았다.

"난 괴물이 된 거야! 오 하느님, 저를 용서해주소서!"

바닥을 데굴데굴 구르며 불쌍하게도 그는 딸꾹질을 했다. 그는 그렇게 낙담한 상태로 거의 30분을 보냈다. 무한한 의혹을 품고 회한의 눈물을 흘리며, 그는 감옥에 가두어놓은 사람들을 포기하고 풀어줄 뻔했다. 그러나 마침내 움직이게 되었을 때 상처의 고통이 그의 광기를 깨웠다. 여느 때와 마찬가지로.

그는 몸을 일으켜 강인한 근육을 쭉 뻗으며 눈물을 닦았다.

이제 시간이 되었다. 그래, 지금이다. 그 경찰을 손봐야 할 시간이다.

*

필리프는 푸른 바다 위에서 흔들리는 커다란 침대에 엘레나와 함께 누운 달콤한 꿈에 취해 아직 깊이 잠들어 있었다. 갑자기 그들의 잠자리 위로 돌고래가 펄쩍 뛰어오르며 끼끽 이상한 소리를 내기 시작했다. 깊은 잠에서 빠져나오기 위해서는 시간이 필요했다. 마침내 아침이 밝았으며 휴대전화가 울리고 있다는 것을 깨달았다.

상관의 차가운 목소리가 아직도 헤매고 있던 졸음을 싹 몰아냈다.

"하트, 내 사무실로 와. 당장!"

"아, 국장님, 대체 무슨 일이……?"

성이 나서 전화를 찰칵 끊는 냉랭한 소리가 들려왔다. 필리프는 샤워를 하며 상관의 입장에서, 이른 아침에 그렇게 갑작스런 소환을 하게 된 이유가 무엇인지 찾으려 애썼다.

설마 뱅센 숲에 관련된 시를 해독하면서 카를의 협력에 대해 미리 허락받지 않았기 때문에 그런 건 아니겠지?

국장의 전화를 받은 지 30분이 지나, 필리프는 방어할 준비를 하며 약간 혼란스런 마음으로 수사국에 도착했다.

국장은 그를 기다리고 있었다. 너무 화가 난 국장의 얼굴은 울긋불긋해서 용암을 뿜어내기 시작한 화산 같았고, 성이 나서 뿜어대는 담배 연기는 점점 더 심하게 피어올랐다.

필리프가 사무실에 들어서자 마침내 국장이 폭발했다.

"빌어먹을! 도대체 누가 언론에 이번 사건의 정보를 알리라고 했냐고! 여기에서는 오직 나만이 기자들과 의사소통하는 데 능수능란하단 말이야. 우리는 아직 수사 초기 단계에 있는데, 자네는 우리가 아는 것을 전부 다 그들에게 제공한 거라고. 이런 경우, 난 자네 경찰중을 뺏을 수도 있단 말이야, 이 머저리야!"

필리프는 문 뒤에 두 사람의 숨소리 하나 놓치지 않으려고 귀를 기울이는 인간들이 있다는 것을 알고 있었다. 필리프가 아주 조용한 목소리로 반박했다.

"저는 언론에 아무 말도 하지 않았습니다, 국장님. 제가 저지르지도 않은 일로 비난을 하실 때는 무엇에 대해 말씀을 하시는지 설명을 해주셨으면 좋겠습니다."

"바로 이거야!"

아직도 화가 풀리지 않은 세르주 드포르가 침을 튀기며 「파리지앵」을 그의 얼굴에 던졌다.

필리프는 신문이 얼굴에 닿기 전에 먼저 잡아챘고, 커다란 제목이 두 눈 가득 들어왔다.

'뚱보 살인범이 또 공격하다!'

필리프는 믿을 수 없다는 눈으로 상관을 바라보았다.

"뭐가 문제입니까? 어제저녁에 두 번째 살인사건이 일어났고, 그 자리에 기자들이 있었습니다. 저와 무슨 관계가 있는지 모르겠는데요!"

더 위협적으로 들리지 않도록 목소리를 낮추며 드포르가 내뱉었다.

"문제는 그들이 두 번째 살인사건에 대해서만 언급한 게 아니라는 거야. 모든 사건에 대해서 언급했다는 거지."

필리프는 다음 내용을 읽어보았다.

'뚱보가 경찰 눈앞에서 사라지다!'

깜짝 놀란 필리프는 기사 내용을 다 읽어보았다. 신문에서는 병원 들것 베개에서 핏자국을 어떻게 찾았는지 밝히고 사건이 전개되는 세세한 부분들을 전부 다 나열하면서, 첫 번째 뚱보 살인사건과 이번 뚱보 실종사건 사이에 관련이 있다고 주장했다. 또 시에 대해서도 언급했다. 더 끔찍한 것은 카를에 대해서도 언급했다는 것이다. 물론 카를의 이름은 거론되지 않았지만, 시가 해독된 방법을 서술하면서 '경찰은 해독해내지 못했다'라고 적혀 있었다.

더 이상 의심의 여지가 없다. 엘레나가 배반한 것이다. 필리프는 심장이 산산조각 난 것처럼 큰 충격을 느꼈다. 다리에 힘이 풀려 어디에라도 앉아야 했다.

"자네 얼굴을 보니 이제야 기억이 돌아오는 모양이군."

상관이 뱉어내듯 차갑게 말했다.

필리프가 기운 없는 목소리로 대답했다.

"아뇨, 전 멍청이가 아닙니다. 어떤 기자하고도 대화를 나눈 적이 없어요. 저는 국장님이 언론의 교섭 상대라는 것을 잘 알고 있거든요. 하지만 제가 너무나 신뢰하는 누군가에게 말한 적이 있어요. 안타깝게도 그 사람이 믿을 수 없는 사람이었나 봅니다."

세르주 드포르는 필리프의 마음 상태 따위는 안중에도 없다는 듯이 비웃으며 으르렁댔다.

"그렇다면 정리를 하게. 이제 언론의 개입과는 별도로 이 사건은 너무 문제가 많아! 다시는 이런 일이 일어나지 않기를 바라겠네!"

필리프는 고개를 끄덕이며 물러나왔다. 복도에는 인상적인 침묵이 흘렀고, 필리프가 지나가자 다들 얼굴을 옆으로 돌렸다.

사무실로 들어가자 전화벨이 울렸다. 잔느였다. 그녀 역시 한계에 다다른 것 같았다.

"조금 전에 젱리의 부모님 집에서 나왔어요. 지금 막 조간신문을 봤고요. 알고 계세요?"

"그래, 방금 전에 드포르가 나를 완전히 케이오시켰어."

"으음, 정보가 누굴 통해 새나갔는지 아세요?"

"나를 통해서."

갑작스런 침묵이 찾아왔다.

"반장님이요? 하지만……."

필리프가 잔느의 말을 끊었다.

"내 얘기 잘 들어. 즉시 이 구멍을 메워야겠어. 내가 알아서 할 테니 나중에 부검할 때 연구소에서 만나. 알았나?"

"예, 그렇게 하죠. 오늘 아침 가장 고생할 사람은 바로 나라고 생각했거든요. 하지만 반장님 목소리를 들으니 반장님도 만만치 않네요!"

필리프는 잔느의 말투를 듣고 그녀가 이기적이라고 생각했다.

"미안해, 그 일이 자네에게 너무 힘든 거 아닌가?"

"힘드냐고요? 부모들에게 생떼 같은 자식이 실종되고 고문당하고 사지가 절단된 후 죽었다는 소식을 알릴 때 그들의 반응을 묘사할 수 있는 단어는 없다고 생각해요. 마지막으로 사진을 보여주면 마무리되죠. 끔찍한 일이에요. 이런 일이 벌어질 때마다 얼마나 직업을 바꾸고 싶은지 반장님은 모르실 거예요. 이 일은 제 능력을 넘어서는 것 같아요."

필리프는 대답할 말을 찾지 못했다. 어쩔 수 없다, 이것도 일의 일부분이니까. 그는 아무 말도 덧붙이지 못했다. 두 사람은 모두 그 점을 잘 알고 있었다. 결국 그녀는 목이 메어 '나중에'라는 말만 하고 전화를 끊었다.

필리프는 꼼짝하지 않고 잠시 책상 앞에 앉아 있었다. 분노가 치밀어 올라 슬픔이 날아가버렸다. 오래전부터 경험하지 못한 분노와 고통이었다. 엘레나는 그것이 배신 행위라는 것을 알고 있었다. 어떻게 그녀가 자신에게 이런 행동을 할 수 있단 말인가? 어떻게 자신은 이토록 심각하게 착각을 하고 그리 쉽게 그녀를 믿었단 말인가? 필리프는 나이를 먹으면서 바보가 되어가는 모양이라고 생각했다.

필리프는 재킷을 움켜잡고 계단을 뛰어 내려가 오토바이에 올라탔다. 20분도 안 걸려서 그는 네드 네슬린스키의 상담실 문을 두드리고 있었다. 엘레나는 이미 출근한 상태였다. 필리프를 보자 그녀의 얼굴이 환해졌다.

갑자기 그와 말을 놓고 싶다는 충동을 느끼며 엘레나가 밝게 외쳤다.

"안녕하세요, 그렇지 않아도 지금 막 전화하려고 했어요! 잘 지냈어요?"

필리프의 딱딱하게 군은 표정이 환하게 맞이하는 그녀를 멈칫하게 했다.

"무슨 일이 있어요?"

한 마디 말도 없이 필리프는 엘레나의 발치에 신문을 던졌다. 그녀는 무슨 일인지도 모르고 신문을 주워들었다. 필리프가 읽으라는 손짓을 했다. 엘레나는 기사를 읽으면서 점점 놀란 눈으로 그를 바라보았다. 마침내 다 읽고 나자 그녀는 큰 혼란에 빠졌다.

"당신이 카를에 대해서 얘기했어요? 시에 대해서도? 하지만……."

엘레나의 말을 가로채며 필리프가 이죽거렸다.

"오, 아주 능숙하군요. 가장 훌륭한 보호는 공격이죠. 하지만 나한테는 안 통해요, 엘레나. 내가 믿고 자세한 부분까지 얘기한 유일한 사람은 바로 당신이에요. 그런데 그게 전부 오늘 아침 조간신문 1면에 우연인 것처럼 샅샅이 밝혀졌고요."

엘레나는 어리둥절한 표정으로 필리프를 바라보았다. 바라보기가 고통스러울 정도로 그녀는 너무나 아름다웠다. 필리프는 더 매정하게 굴었다.

"자, 이 흥미진진한 얘기를 까발리는 데 얼마나 받았는지 밝히시죠? 십만 유로? 이십만 유로? 그 기자는 특종을 잡았군요. 아주 만족했겠어요."

엘레나는 그제야 필리프가 자신을 비난하고 있다는 걸 알아차렸다. 그녀는 눈살을 찌푸렸지만 평온을 유지하려 애썼다.

"혹시 당신은 지금 이 은밀한 정보를 기자들에게 폭로한 게 나라고 생각하는 건가요?"

"기자들이 아니죠, 한 명의 기자에게겠죠. 그리고 폭로한 게 아니라 거래를 한 거고요."

현재 벌어진 상황으로 보아 엘레나는 말다툼이 아무 소용 없다고 판단했다. 그녀는 간결하게 말했다.

"내가 한 짓이 아니에요."

이 말이 필리프를 더욱 화나게 만들었다.

"나는 당신이 그 무엇보다 진실의 가치를 아는 사람이라고 생각했어요."

엘레나가 반박할 시간도 주지 않고, 필리프는 몸을 돌려 밖으로 나갔다.

엘레나는 그 대경실색할 이야기에 놀라, 아직도 필리프에게 반박할 것인가 아니면 따귀를 올려붙일 것인가 사이에서 망설이며 그의 뒤를 따라 달려갔다. 바로 그 순간 네드가 사무실에서 나왔다.

네드는 당황하고 놀란 엘레나를 보고 걱정스런 표정으로 가까이 다가왔다.

"엘레나, 무슨 일이야?"

엘레나는 네드에게 이야기를 했고, 그녀의 두 눈에는 분노의 눈물이 가득 고였다. 그녀는 상처를 받았지만 무엇보다도 화가 났다.

네드는 오해를 한 거라며 엘레나를 위로하기 위해 양팔로 그녀를 감싸 안았다. 그의 포옹은 약간 숨이 막힐 정도였다. 깜짝 놀란 엘레나는 고개를 들어 네드를 바라보았다. 정신과 의사는 순간 이성을 잃고 그녀에게 입을 맞췄다. 네드는 엘레나가 흘린 눈물의 짭짜름한 맛과 입에서 풍기는 달콤한 과일의 맛을 동시에 느꼈지만, 엘레나의 몸이 굳어지며 자신의 열정적 행동에 답하지 않는다는 것을 즉시 알아차렸다. 너무나 불편했던 엘레나는 가능한 한 섬세하게 몸을 뺐다.

네드는 엘레나가 몸을 빼는 것을 느끼고 그녀를 놓아주었다.

"난…… 정말 미안해. 내가 무슨 짓을 했는지 모르겠군. 엘레나, 용서해줘. 나는, 나는 그저 자네를 위로하고 싶었을 뿐이야."

엘레나는 네드가 자신보다 더 당황해하는 모습을 보고 미소 지으며 말했다.

"그렇다면 성공하셨어요. 너무나 다정한 표현을 해주셔서 감사드려요."

"친절하군. 혹시 내가 감사가 아닌 다른 감정을 바란다면 어떨는지."

"죄송해요."

"나는 너무 늙었다, 이건가?"

네드가 씁쓸함을 드러내며 물었다.

"나이는 아무 상관 없어요."

엘레나가 냉정한 목소리로 약간 짜증 섞인 말투로 대꾸했다.

"난 박사님께 끌리지 않아요. 전혀요. 나이가 쉰 살이라는 것은 아무 문제가 안 돼요. 그냥 내 마음이 그렇고, 그게 다예요."

사실 그것이 정확하게 전부 다는 아니었다. 하지만 몇 번씩이나 되풀이해서 설명할 필요는 없었다.

박사는 부자연스러운 미소로 얼버무렸다.

"아얏! 자네가 한 대 먹인 곳이 매우 아픈걸. 당연히 매를 맞을 만했어. 미안하네. 내가 젊은 여성들 중에서도 가장 정직한 여자와 '거의 협력 관계'라는 것을 잊고 있었어."

"박사님은 나를 정직하다고 생각해주는 유일한 분이세요. 무슨 일이 일어났는지 알아야겠어요. 그가 그렇게 도망가도록 내버려두지 않을 거예요."

엘레나가 아쉬워하며 말하는 것을 듣고, 누구에 대해 말하는지 제대로 파악한 네드는 자신을 활활 태우는 불꽃 같은 기쁨에 저항할 수가 없었다.

"그는 형사로서 그리 현명하지 않은 것 같아. 자네가 그런 일을 할 사람이 아니라는 걸 믿었어야지!"

불행을 느낀 엘레나가 한숨을 쉬며 말했다.

"필리프가 그런 생각을 한 것은 나를 안 지 얼마 안 되었기 때문이에요. 박사님은 나를 오랫동안 알았잖아요. 우리가 함께 좋은 저녁시간을 보냈다고 나한테 맹목적인 믿음을 가져야 하는 것은 아니니까요."

박사는 깜짝 놀라 몸을 움찔했다. 엘레나와 필리프가 함께 저녁식사를 했다는 사실은 모르고 있었다. 엘레나는 그저 간단하게 두 사람이 나눈 대화에 대해서만 얘기했을 뿐, 어디에서 어떻게 대화를 나눴는지에 대해서는 정확하게 언급하지 않았다. 억누를 수 없는 질투의 물결이 그를 휩쓸었다.

"물론이야. 하지만 자네를 돈으로 매수되고 배신할 사람으로 의심하다니, 아무리 그래도 너무했어!"

엘레나는 이미 듣고 있지 않았다. 그녀는 기사를 다시 읽는 중이었다. 엘레나는 고개를 들어 멍하니 네드를 바라보다가 겨드랑이에 신문을 끼고 외투를 들고는 달려 나갔다.

"엘레나, 엘레나, 어디 가는 거야?"

엘레나가 문을 열며 외쳤다.

"죄송해요, 박사님. 죄송하지만 오늘만 특별히 카를을 맡아주세요. 곧 돌아올게요."

"어디 가는데?"

"살인을 저지르러요!"

"뭐라고?"

"만약 사람들이 진실을 말하지 않는다면요!"

그녀 뒤로 문이 닫혔다.

*

엘레나는 쉽게 신문사를 찾아냈다. 그녀는 여자 안내원에게 이름을 알려주었지만, 편집실로 올라가는 것은 허락되지 않았다. 하지만 기사를 쓴 기자에게 알리는 것은 허락해주었다. 기자의 이름은 크리스티앙 부제였다.

"엘레나 바르톡이라는 분이 부제 씨와 만나고 싶어하십니다."

안내원은 뻔뻔하게도 엘레나라는 이름을 서툴게 발음하며 입에 대고 있는 초현대적인 마이크에 대고 공손히 말했다.

엘레나는 언젠가 본 듯 친숙하게 느껴지는, 수염이 덥수룩한 남자가 계단을 내려와 자신을 아는 듯한 표정으로 걸어오는 것을 보았다.

그가 만면에 미소를 띠며 말했다.

"안녕하세요, 엘레나? 필리프는 어떻게 지내나요? 그가 당신을 보냈으리라고 추측하는데? 수사는 진전이 있대요?"

반가움을 표현하는 기자의 인사가 엘레나를 당황하게 만들었다. 남자는 그녀가 크게 당황한 것을 보고 만족스러운 얼굴로 웃음을 터뜨렸다.

엘레나가 냉정을 되찾고 말했다.

"당신은 내가 누군지 알기 때문에, 동시에 내가 왜 여기에 있는지 알기 때문에 그렇게 웃을 수 있다고 추측되네요. 오늘 아침 기사에 쓴 정보는 어디에서 얻은 건가요?"

"직업적인 비밀입니다. 나는 기사의 출처를 한 번도 밝힌 적이 없어요."

"당신 기사의 출처 말인데요. 이런 확실한 경우에 그 출처의 숫자가 많을 수는 없겠죠. 하트 반장은 그 정보를 판 게 나라고 생각하고 있어요. 그러니 당신에게 정보를 제공해준 사람의 이름을 반드시 알아야겠어요."

"하트 반장이 옳아요, 어떤 의미에서는 말이죠. 단지 당신이 나한테 그 자세한 내용을 무료로 제공했다는 것만 빼고는요."

엘레나는 굳은 얼굴로 그를 똑바로 바라보았다.

"그딴 짓거리 그만해요. 나는 지금 당신을 처음 보는데, 어떻게 당신한테 그런 비밀을 알려줄 수 있는지 이해가 안 가네요."

"나를 처음 보는 게 확실해요? 그렇다면 '애브뷰' 레스토랑에서 옆

테이블에 앉았던 손님이 당신에게 잊지 못할 기억을 남기지는 못했 군요. 당신은 분명히 벌 받을 짓을 했답니다."

엘레나는 이 뻔뻔한 괴물과 마주 선 채, 평정을 잃지 않으려고 무진 애를 쓰면서 깊이 한숨을 쉬었다. 남자는 아주 재미있어 죽겠다는 표 정이었다. 갑자기 그녀의 머릿속에 번개처럼 떠오르는 것이 있었다. 이상한 눈빛으로 자신을 뚫어지게 바라보던 수염이 덥수룩한 남자. 이 남자가 자신들을 염탐했던 것이다.

엘레나가 하얗게 질린 얼굴로 중얼거렸다.

"맙소사! 우리 얘기를 다 들었나요?"

"전부는 아닙니다, 아녜요."

남자가 솔직하게 실토했다.

"하지만 빠뜨린 부분을 이어 붙이기에는 충분했죠. 확인을 해보려 고 병원에 가서 좀 뒤져봤죠. 자, 그렇게 된 거예요. 오늘 아침, 텔레비 전과 라디오에서는 뚱보 살인범에 대한 얘기밖에 안 하더군요. 고백 컨대 하트 반장은 관례적 표현의 기술이 뛰어난 사람입니다."

엘레나는 이 사람이 자신들의 대화를 이용했으리라고는 전혀 생각 하지 못했고, 그가 너무도 태연자약하게 그 사실을 자랑하는 것이 뻔 뻔스럽다는 생각마저도 하지 못했다.

"그것은 사적인 대화예요! 당신은 그럴 권리가 없다고요!"

"나는 내가 맡은 사건을 들은 대로 작성할 권리가 있어요. 무슨 일 이 벌어졌는지 국민들이 알 수 있도록 정보를 제공할 권리도 있고요. 나는 기자로서 내 일을 한 겁니다. 반면 당신의 그 하트 반장이 직업 적인 비밀을 누설할 권리가 있는지는 의문이네요. 진행 중인 수사의 아주 사소한 부분일지라도 유혹하기 위해 예쁘고 젊은 여자들에게 떠들 권리가 있는지 말예요. 방금 언급한 이 부분에 대해서는 분명히 그의 상관들이 관심을 가질 텐데요. 우리 독자들도 마찬가지고요. 하 트 반장에게 충고하세요. 나를 도우라고. 아니면 분명히 우려하던 일이 벌어질 거요."

엘레나는 위협을 느끼며 온몸이 굳었다.

"당신을 도우라고 어떻게 얘기하죠?"

남자는 갑자기 목소리를 낮추며 그녀에게 시선을 고정시켰다. 그는 이제 웃지 않았다.

"내 생각에는 하트 반장뿐만 아니라, 당신도 나와 협력하는 데 관심이 있을 거요. 내가 들은 것을 모두 기사에 사용하지는 않았어요. 당신 상관인 네슬린스키 박사가 이번 사건의 용의자 중 한 명이라는 사실이 언론을 통해 밝혀지는 것이 즐겁지는 않을 거요. 아마도 당신들 병원에 좋은 광고가 되지는 않을 테니까요. 내가 잘못 생각한 건가? 만약 당신이 동료에게 약간의 애정이라도 있다면, 당신의 실수때문에 그가 진흙탕에 빠지는 것은 기분이 나쁠 거요. 아시겠지만 사람들은 인정사정없어요."

아! 이 남자는 그렇게 자신을 갖고 놀고 싶은 것이다. 좋아, 자신 역시 인정사정없는 사람이 될 것이다. 이 남자는 꽤 잘난 척을 하며 자랑을 했다. 이제 입을 다물게 만들어줄 시간이다.

이런 때에 커다란 영향을 미칠 수 있는 아버지가 있다는 것에 감사하며, 엘레나는 아까 그가 했던 것과 똑같이 목소리를 낮추며 기자에게 고개를 숙였다.

"혹시 내 가족의 성이 무엇인지 아시나요, 친애하는 기자 선생님?"

"안내원이 말했잖소. 브르톡인가 뭐라고 했는데, 어쨌든 나는 당신의 이름을 정확하게 듣고……."

"바르톡입니다, 엘레나 바르톡. 제 아버지의 존함은 제임스 바르톡이죠."

"영광이군요. 하지만 그게 무슨 상관……?"

갑자기 남자의 얼굴이 납빛으로 변했다.

"제임스 바르톡? 바르톡 항공의 그 바르톡?"

엘레나는 전투적인 미소를 지었다.

"네, 바르톡 항공, 바르톡 제조공장, 그리고 특히, 바르톡 신문사 그룹이 있죠. 내가 틀리지 않는다면 이 신문사도 거기에 속해 있죠. 그러니까 친애하는 선생님, 만약 내가 당신 편집장을 만나서 정확하게 무슨 일이 있었는지 설명한다면, 당신은 이 신문사에 뼈를 묻지 못할 것 같은데요. 특히 당신이 살인사건의 정보를 알아내기 위해 신문사 사장 딸의 사생활을 위협했다는 것을 안다면 말이죠."

남자는 신경질적으로 윗입술을 핥았다. 아무 힘없는 제물을 발톱으로 움켜잡았다고 생각했는데, 그녀가 갑자기 미친 듯이 분노한 암호랑이로 변한 것 같았다.

남자는 적극적으로 불쌍한 표정을 지었다.

"하지만, 하지만 제 생각에는……."

엘레나는 벌써 출구를 향해 몇 발자국 걸음을 옮겼다. 그녀는 몸을 돌려 그에게 소리쳤다.

"그러니까 아무 생각도 하지 말아요! 나란 존재는 아예 잊어버리라고요!"

11
첫 번째 메인 요리, 갑각류
쿠로 부이용*에 넣어 잠깐 익힌 일 드 센의 작은 가재

엘레나가 매우 상심한 기자에게 마지막 일격을 가하던 그 시간에, 필리프는 법의학연구소의 문턱을 넘고 있었다. 필리프가 폭풍우를 몰고 오는 먹구름 같은 표정으로 부검실에 갑자기 나타나자 잔느는 잔뜩 놀란 얼굴을 했다.

"자, 시작합시다."

필리프가 아무 설명도 없이 말을 툭 던졌다.

해럴드 푸앙 박사가 이죽거리며 인사했다.

"안녕하시오, 반장님. 우리는 기분이 아주 좋습니다. 두 분도 그러시죠? 좀 기분이 불쾌하신가? 아침에 조간신문을 보니······."

"그 주제에 대해서는 아무런 할 말이 없어요. 아셨소?"

필리프가 거칠게 내뱉었다.

해럴드는 눈썹을 찌푸리고 누가 발을 밟았을 때처럼 심하게 반박하려 했지만, 잔느의 애원하는 눈길과 마주치자 그만 포기하고 말았다.

---

* 해산물용 육수.

"좋아요. 자, 그럼 시작합시다."

해럴드가 한숨을 쉬며 말했다.

부검은 지난번과 마찬가지로 진행되었다. 잔느의 헛구역질과 딸꾹질 소리와 함께.

해럴드가 시체의 무게를 재고 상처와 열상들을 조사하는 첫 번째 검시 절차를 끝낸 후 말했다.

"이번 시체는 지난번 것보다 더 많이 훼손되었소. 피해자는 사망 후에 지난번과 똑같은 방식으로 묶였소. 안타깝게도 의심할 여지가 없어요. 우리는 동일한 살인사건에 접한 거요. 동일한 기계 기름, 동일한 고무자국. 오늘 아침 연구소가 이 사실을 확인했소. 이번에는 빨리 결론을 얻었지. 이번 시체는 첫 번째 피해자보다 무게가 덜 나갔소. 100킬로그램까지는 안 나가고 90킬로그램 정도 되더군. 하지만 키는 이 사람이 훨씬 커요. 190센티미터요. 뱃속에 있던 매듭이 지난번 사람처럼 살찌는 것을 막았던 거지. 실제로 이자는 틀림없이 아주 빠르게 살이 빠졌을 거요. 나는 살인범이 이렇게 거의 주문에 맞추듯이 그들을 죽이기 위해 어떻게 했는지 생각해봤소. 마크 드쉬스와 마찬가지로 젱리 역시 굶어 죽었으니까."

"그럼 이것은 뭐죠?"

필리프가 열린 복부를 가리키며 물었다.

"이거요? 아, 이거, 이것은 피해자의 죽음과는 아무 상관 없소. 이것은 우리가 시체를 발견할 때쯤 그 자리에서 한 짓이요. 아, 그리고 왜 곰들이 먹음직한 간식거리를 놔두고 시체에 다가가지 않는지 그 이유도 찾아냈소. 살인범은 시체뿐 아니라 자신의 몸에도 틀림없이 강력한 약품을 뿌렸을 거요. 피에르가 동물원 경비원들에게 전화를 해서, 그 냄새가 곰에게 고통을 준다는 것을 확인했소. 이상한 것은, 그 약품이 버즈 사에서 나온 안티 와일드 애니멀스(Anti Wilde Animals)라는 거요. 유럽에서는 거의 사용하지 않고 아시아나 아메리

149

카 대륙에서 주로 사용하는 제품이지. 프랑스에서 이것을 손에 넣으려면 특별 주문을 해야 할 거요."

필리프와 잔느가 서로 마주 보았다.

"증거가 될 수 있어요. 제조사의 연락처가 필요합니다. 아주 급해요. 혹시 연락처를 알고 계시지 않나요?"

해럴드가 짓궂은 미소를 지었다.

"정말 유감이오."

그가 종잇조각을 내밀며 말했다.

"유감이라고요? 왜요? 이게 제조사의 연락처인가요?"

필리프가 물었다.

"그래, 그래요. 아니, 유감이라고 한 것은 내가 조수를 등쳐 먹지 못했기 때문에 그런 거요. 반장이 나한테 연락처를 요구할 거라는 것에 내기하자고 했는데, 피에르가 비겁하게 거절했거든."

피에르는 박사에게 비웃는 미소를 지으며 껌 씹던 동작을 잠시 멈추었다. 그 표정은 자신이 어리석기는 하지만 완전히 미친 것은 아니라고 말하는 듯했다.

잔느가 주소를 받으며 결론지었다.

"그렇다면 살인범은 스스로를 보호하기 위해 이 약품을 사용한 동시에, 똑같은 이유로 곰들이 시체를 훼손하지 않기를 바랐던 거잖아요. 자신이 연출한 장면을 지키고 싶었던 거예요. 그는 편집증적인 완벽주의자예요. 박사님, 살인범이 강박장애가 있을 수 있다고 생각하세요? 정신병 의사에게 그 증상을 진단받은 적이 있는?"

"살인범은 편집증과 강박신경증이 있어요. 전혀 의심할 여지가 없소. 현재 치료가 필요한 상황이오. 물론 이 두 시체에 대해서는 정확하게 판단할 수 없지만 말이오! 강박장애가 있는지에 대해서는 대답할 수 없소. 하지만 그것도 추적해볼 실마리가 될 수는 있어요."

잔느는 해럴드에게서 등을 돌리고 수첩에 뭐라고 썼다.

"난 의심스러운 유머 감각을 가졌지만, 그래도 잔느, 당신은 더욱 자주 여기에 와야 해요. 훌륭한 부검을 통해 발견할 수 있는 것들은 다 재미있고 대단하거든."

"아뇨, 고맙습니다, 정말이에요. 전 박사님이 일을 통해 추론해내는 것이 너무 멋지다고 생각해요. 하지만 시체들은, 특히 시체들을 여러 각도로 열어봐야 한다는 것은 진짜 제 스타일이 아니에요."

깊이 베인 경동맥을 가리키며 필리프가 중간에 끼어들었다.

"도저히 이해하지 못하는 게 있어요. 왜 살인범은 피해자들의 손을 자른 걸까요? 왜 상처에서 흘러내린 피를 사용하지 않았을까요? 왜 그는 군이 목에서 피를 뽑아 사용했을까요?"

"절단한 부분에 대해서는 나도 모르겠소. 나도 대답을 찾을 수 없었소. 일종의 의식일까? 피해자들은 희생물일까? 아니면 우리의 편집 중 환자가 지닌 강박관념일까? 반대로 피를 채취한 방법에 대해서는 아주 주의 깊었던 지난번 부검에 대해 반장이 못 들은 것 같구려!"

구역질 나는 두 번의 가슴 졸임을 겪느라 필리프는 아마도 몇 가지 세밀한 부분을 빼먹은 듯하다.

"그것은 우유 같은 거요."

법의학자가 말을 이었다.

"우유 같다고요?"

필리프는 이해하지 못했다.

"우유는 응고되고, 혈액도 응고되죠. 사람이 죽으면 시체에서 수분이 증발하고 혈액은 조금씩 액체가 아닌 상태가 된다오. 사망 후 약 다섯 시간이 지난 다음 살인범이 시체의 손을 잘랐기 때문에, 만약 지난번 부검에서 본 바를 믿는다면, 바로 그때에 멋진 시를 쓰기 위해 필요한 혈액을 채취하는 것은 불가능하오. 따라서 그 전에 채취한 거지. 시체를 들어 올리면서……."

"시체를 경사진 면에 놓으면서요."

필리프가 박사의 말을 끊고 이내 이어나갔다.

"그래요, 그렇게 설명이 되는군요. 머리로 피가 모이자 그가 경동맥에 구멍을 냈고, 그렇게 장난을 친 거군요."

"아직 완벽한 것은 아니오. 그 후에 살인범은 냉동시켰소!"

해럴드가 의기양양한 목소리로 마무리를 지었다.

"네?"

잔느와 필리프가 깜짝 놀라 합창을 했다.

해럴드가 냉소적인 얼굴로 말했다.

"그래요. 왜냐하면 살인범이 한 짓을 보자면, 그가 여러 가지 일, 시체를 옮기고 십자가에 매달고 내장을 적출하는 등의 여러 가지 일들을 하는 동안 혈액을 그냥 놔두었다면, 마침내 피를 사용할 순간이 왔을 때 피는 다 엉겨버렸겠지. 아무것도 쓰지 못한다 이 말이오! 따라서 잠깐 냉동실에 넣어놓으면 오케이지. 그렇게 생각하지 않소, 엥?"

필리프와 잔느는 부끄러운 시선을 서로 교환했다.

"사실대로 말하자면, 생각해본 적 없어요."

필리프가 고백했다.

"음, 난 생각했다 이 말이오. 피에르에게 확인해보라고 했지. 그랬더니 빙고! 긍정적인 반응이 나왔소! 혈액은 얼었다가 원래의 상태로 녹았소. 나는 천재요, 정말이오, 정말! 마침내 내가 적어도 그 살인범만큼은 똑똑하다는 게 밝혀진 거요!"

해럴드는 잔느 앞에서 연극적인 동작을 취하며 자랑했지만, 모자쓴 머리를 부검대에 부딪치고 말았다.

일어나서 모자를 다시 쓰고 해럴드가 말했다.

"요는, 우리가 그 편집증 환자가 가진 작은 습관들을 알아내기 시작했다 이거요. 이제 이 모든 증거들이 우리가 살인범에게 도달하도록 하는 것만 남았소."

그러자 잔느가 생각에 잠긴 얼굴로 말했다.

"박사님이 운반에 대해서 말씀하셨잖아요. 저는 살인범이 어떻게 했는지 이해가 안 되요. 피해자들은 너무나 무겁잖아요. 게다가 그들이 무의식 상태거나 이미 죽은 상태였다면, 그들은 다루기 어려운 무거운 덩어리에 불과하단 말이에요. 살인범은 어떻게 했을까요? 피해자를 납치하고 곧이어 풀어놓기 위해서는, 그러니까 제 말은요, 범죄 장소에 말이에요."

필리프가 잔느의 의견에 동의하며 말했다.

"자네 말이 옳아. 자네도 알다시피 동물원 계단을 내려오면서 내가 의문을 가진 것도 바로 그거였어. 내 생각에, 첫 번째 국면으로 그것은 별 문제가 아니야. 그들을 걷게 하기 위해 위협할 수도 있으니까."

"가장 간단한 것은 자신의 집으로 그들을 유인하는 거예요."

"맞아, 자네가 옳아. 살인범은 집을 소유하고 있을 거야. 그 집은 주위환경이 조용한, 도심에서 조금 멀리 떨어진 곳에 있을 거야. 인질을 다섯 명이나 잡아두려면 꽤 커야 할 거고."

"그 집에는 바닥 흙이 잘 다져지고 생쥐들이 사는 지하실이 있을 거요. 첫 번째 시체의 발톱 아래에 박혀 있던 흙을 검사한 보고서가 도착했다오. 생쥐가 소변을 본 흔적이 발견됐소. 시체에 있던 물린 자국은 거미에게 물린 자국으로 두 번씩 구멍이 나서 쉽게 알아볼 수 있었소. 또 벼룩이 문 자국도 있었고."

해럴드가 명확하게 밝혔다.

"그럼 이제 몇 가지 요소를 알게 되었군요. 이제 두 번째 국면, 시체들이 맡긴 것은 양쪽 팔뚝이에요! 그러니 어쩌면 살인범은 시체를 쉽게 운반하기 위해 우리가 생각하지 못하는 수단을 갖고 있든지 공범이 있을 겁니다. 그렇게 되면 살인범이 어떻게 시체를 계단으로 내렸는지 설명이 되죠. 범인이 둘이라면 시체를 끈으로 묶으면서 난 고무 자국과, 발목과 넓적다리, 가슴에 부어오른 자국을 설명할 수 있어요.”

“둘일 수도 있고 여러 명일 수도 있죠!”

“만약 실종된 사람들이 모두 소아 성애자라면, 피해 아동의 아버지들이 스스로 정의를 실현하기 위해 한 일이라고 생각할 수도 있겠죠. 하지만 먼저 실종된 네 사람에게는 이 경우가 전혀 적용되지 않는 것 같군요. 사이코패스는 일반적으로 혼자 행동한다는 점을 떠올려볼 때, 우리가 길을 잘못 들었단 생각이 드네요. 물론 예외 없는 규칙은 없죠. 하지만 매우 드물어요. 이 영화 같은 내용, 사탕, 쇠사슬, 잘린 팔뚝, 시. 여러 명이 이렇게 똑같은 광기를 나눌 수는 없어요.”

해럴드 푸앙이 잔느의 전율하는 시선 아래에서 시체의 심장을 꺼내며 지적했다.

“반장은 영화에 대해서 얘기했소. 어쩌면 정말로 영화일지도 모르겠소. 당신들의 의심을 돌리기 위해서. 당신들이 처치해야 하는 자가 고독한 사이코패스라는 것을 믿게 만들기 위해⋯⋯. 340!”

“340, 뭐요?”

필리프가 짜증스런 목소리로 중얼거렸다.

“340그램짜리 완전히 동그란 심장이오. 아주 아름답군. 체중이 초과한 까닭에 과도하게 발달한 거지.”

“어쩌면요. 하지만 난 그렇게 생각하지 않아요.”

“뭐에 대해서? 그가 과도하게 발달한 심장을 가진 것에 대해?”

“여러 명의 작품일 수도 있어요. 이 사건 뒤에는 분명히 병든 인간이 있다고 생각됩니다. 피해자들 사이에는 어떤 연관이 있고, 피해자들과 범인 사이에도 연관이 있습니다. 물론 그들의 비만함, 그리고 다른 것들도. 정확히, 정확하게 뭔지는 모르겠어요. 하지만 꼭 맞지 않는 무엇인가가 있어요. 여기 일이 끝나면 사망자와 실종자들의 아파트를 샅샅이 조사하러 갈 거예요. 우리의 살인범이 제물들에 가까이 다가가 관계를 맺었기 바랍니다. 만약 그렇기만 하다면 그자를 찾을 수 있을 테니까요. 하지만 만약 아무런 관계도 없고, 아무런 논리도 없다면 살인범은 우연히 공격한 거죠."

"그렇게 되면 우리는 힘든 거죠."

잔느가 마무리했다.

"지금은 긍정적으로 생각합시다. 박사님, 더 이상 없으신가요?"

"있어요. 첫 번째 시체와 두 번째 시체에서 발견된 기계의 기름이 같은 거요. 아주 정밀한 제품으로 특별한 톱니바퀴 장치에 사용되는 거요. 트랙터나 뭐, 그런 것은 아니란 말이오. 찾아봤지만 아직까지는 찾아내지 못했소. 이것은 어렴풋이 다른 사건을 떠오르게 하는데, 그게 뭔지 기억을 떠올려야겠지."

"조심하세요, 소장님. 아아(AA)가 감시하고 있다고요!"

피에르가 낄낄거리며 말했다.

"아아? 그게 뭐예요?"

잔느가 물었다. 해럴드가 냉소적으로 한쪽 눈썹을 치켜 올리며 말했다.

"알츠하이머를 알로이스라고도 하죠. 거기에서 아아가 온 거요. 피에르는 요약해서 말한 거고."

잔느는 이렇게 응수하고 싶은 욕구를 참았다. '아, 아! 알아요.' 자신도 해럴드 박사와 같은 유머 감각을 발휘하기 시작했다고 생각했다. 조심해야 한다.

잔느와 필리프는 이번 부검 덕분에 얻게 된 요소들을 하나하나 점검하고는 법의학연구소를 떠났다. 필리프는 피해자들의 집을 수사하러 가기 위해 잔느의 자동차에 올라탔다.

파리 15구에 있는 마크 드쉬스의 아파트는 큰 건물의 제일 꼭대기 층에 있었고, 지붕에는 수영장도 있었다. 관리인 아주머니가 문을 열어주었다. 감식반원들이 이미 다녀가서 거의 사방에 지문 채취용 분

말이 뿌려져 있었다. 필리프와 잔느는 장갑을 끼고 아파트를 다시 샅샅이 조사하기 시작했다.

한 옷장에는 옷들 아래에서 값비싼 구두들이 열을 지어 빛나고 있었다. 그것들은 안이 들여다보일 정도로 완벽하게 닦여 있었다. 필리프는 구두들이 모두 파리의 유명 제화업자인 베를뤼티가 만든 것이라는 점을 메모했다. 치수에 맞춘 맞춤 구두들이었다. 마크 드쉬스의 체격을 생각한다면 놀랄 것도 없었다.

감식반이 이미 아파트를 촬영했음에도 불구하고 필리프는 휴대전화로 드레스룸과 침실, 현관의 사진들을 찍었다. 특별한 것은 아무것도 찾지 못했다. 마크 드쉬스는 아마도 여자친구가 없었던 것 같다. 왜냐하면 풍선 인형이 있었고, 그에 따르는 부속품이 매우 많았으며 포르노 DVD 컬렉션도 꽤 많이 갖고 있었으니까. 그들은 재빨리 영화들을 훑어보았지만 스너프 필름은 없었다. 두 사람은 은행 명세서들을 자세히 조사하고, 마크가 자주 들락거렸던 다양한 레스토랑의 이름을 적었다.

또 다른 방에 갖추어놓은 다양한 운동기구들 위에는 뽀얗게 먼지가 쌓여 있었다. 자전거, 노 젓는 운동기구, 그리고 그 밖의 것들에도.

"뭔가 확실한 게 있어요?"

잔느가 물었다.

"응."

"그래요?"

"여기에는 아무것도 없고, 우리가 시간만 낭비했다는 사실. 젱리의 집으로 가자고."

두 번째 피해자의 집은 넓은 저택으로, 파리 외곽 샹티이 근처에 있었다. 잔느가 방문을 미리 알렸기 때문에, 그들이 도착했음을 알리자 거대한 저택의 정문이 조용히 미끄러지며 열렸다. 정원을 관리하는 정원사들이 그들이 탄 차가 지나가는 것을 지켜보았다. 넓은 길의 모퉁이를 돌자, 금발머리를 길게 늘어뜨린 매력적인 여인이 장미와 백합이 섞인 꽃다발을 들고 그들을 맞으러 앞으로 걸어 나왔다. 강렬한 색상의 꽃무늬 원피스가 저택의 하얀 대리석으로부터 또렷이 부각되어, 필리프는 잠시 환영이라고 생각했다.

계단 발치에 이르러서야 필리프와 잔느는 그녀가 유명한 여배우 크리스탈 데클레르인 것을 알아차렸다. 가까이에서 본 그녀는 설령 그녀가 완벽한 실루엣을 가졌다 하더라도, 싱싱한 젊은 여자라고 할 수는 없는 상태였다.

잔느는 필리프를 향해 시선을 던지고 말 그대로 정신을 빼앗긴 그를 바라보았다.

잔느가 분명한 목소리로 말했다.

"지난번에 왔을 때는 저 여자가 없었어요. 하지만 그녀가 에마뉘엘 젱리와 같이 생활했다고 서류에 메모했죠. 두 사람이 어떤 상황인지 정확하게 알 수가 없어서, 그녀가 촬영을 끝내고 돌아오면 물어보자고 생각했었어요."

필리프는 아무런 대답도 하지 않고 차에서 내려 크리스탈 데클레르가 내민 손 위로 우아하게 몸을 숙였다. 완전히 18세기 스타일이었다. 그녀는 여전히 매력적이었고, 필리프도 그녀에게 무관심한 것 같지는 않았다.

"안녕하세요, 서장님."

그녀가 듣기 좋은 목소리로 인사했다.

"반장님이세요."

잔느가 냉정하게 말을 받았다.

"하트 반장님을 소개할게요. 그리고 저는 부관 잔느 피라스입니다."

"하트 반장님, 남자 이름으로는 너무나 예쁘네요! 자, 이리 오세요,

어서 들어가요. 집 안이 더 편하실 거예요."

잔느를 완전히 무시하며 여자가 즐거운 듯이 소리쳤다.

크리스탈은 너무나 자연스럽게 필리프의 팔짱을 끼고 저택 안으로 들어갔다. 체념하고 받아들인 잔느가 그 뒤를 따랐다.

흑백의 대리석으로 장식된 상큼하고 밝은 현관으로 들어가자 한 가정부가 여배우한테서 꽃을 받아들었고, 다른 가정부는 차와 케이크가 준비된 거실의 문을 열었다.

"여기 앉으세요. 무슨 일 때문에 오셨는지 말씀해보세요, 친애하는 서장님."

필리프는 눈썹을 찡그렸다. 너무 가벼운 어조가 상황과 어울리지 않았던 것이다. 동거인의 끔찍한 죽음이 크리스탈에겐 그리 심각한 영향을 미치지 않은 것 같았다. 무엇보다 필리프는 그녀가 자연스러움을 잃어버린 것에 충격을 받았다. 여배우로서 자신들을 대하는 그녀의 연기는 좀 이상했다. 어쨌든 간에 필리프는 차나 마시면서 사교 생활을 하려고 여기 온 것은 아니었다.

필리프를 잘 아는 잔느는 기분 나쁜 미소를 지으며 참을성 있게 기다렸다.

필리프가 입을 열었다.

"매우 아름다우시군요, 부인. 우리는 오늘 할 일이 아주 많습니다. 젱리 씨가 어디에서 사셨는지 보려고 왔습니다. 그리고 부인도 만나고요. 부인과 젱리 씨는 함께 사셨지요?"

크리스탈은 갑자기 상황에 맞는 태도를 취하며 고통스러운 어조로 대답했다.

"그 사람과 결혼을 하지는 않았어요. 하지만 몇 년 전부터 에마뉘엘을 알아왔지요. 촬영이 없을 때는 그와 함께 많은 시간을 보냈어요. 바로 이곳에서요. 우리는 행복한 시간과 어려운 시기를 함께 겪었죠. 여배우의 감정적인 생활은 그리 간단하지가 않답니다. 자세히 알려드릴 수는 없지만요."

"저택을 좀 안내해주시겠습니까? 아니면 잔느와 저, 우리 둘이서 돌아보는 게 더 나으신지요?"

여배우는 조금 서둘러 허락을 했고, 그런 모습을 주의 깊게 지켜보던 잔느는 비스듬히 숙인 크리스탈의 아름다운 두 눈 속에 두려움의 빛이 스쳐가는 것을 포착했다.

"아니, 아니에요, 기꺼이 두 분을 안내하지요. 두 분이 오신다는 소식을 듣고 다른 스케줄은 모두 취소했답니다. 두 분이 저를 필요로 하신다면 당연히 해야지요."

그녀는 점점 드러나는 신경질적인 증상을 가까스로 감추며 손님용 침실부터 보여주기 시작했다.

잠시 후에 필리프가 말했다.

"이 저택은 정말 멋지군요. 하지만 저희가 다시 보고 싶은 것은 젱리 씨의 침실입니다."

크리스탈은 입술을 깨물었다. 그리고 위층으로 향했다.

"물론이죠, 죄송합니다. 정신을 어디에 두고 있는지……."

세 사람은 매우 넓고 근사한 방으로 들어갔다. 필리프는 너무나 환한 방 분위기와 아름다움에 충격을 받았다. 벽, 양탄자, 가구, 실내 장식품들, 모든 것이 얼룩 하나 없는 하얀색 일색이었다. 단 한 가지 색깔의 터치가 있다면 그것은 그림 한 점이었는데, 천장에 붙은 그림에는 파란 하늘과 구름, 여신을 둘러싼 신들의 모습이 그려져 있었다.

필리프는 그 여신이 크리스탈이라는 것을 알아채고는 그리 훌륭한 취미는 아니라고 생각했다. 정확하게 말하자면 옷을 다 벗은 상태로 아프로디테로 분한 크리스탈이었다.

의심할 여지 없이 에마뉘엘 젱리는 침대 위에 그녀를 그려 넣을 정도로 크리스탈 데클레르를 몹시 사랑하고 있었음에 틀림없었다. 하지만 그녀는 그 남자의 어떤 점에 끌렸을까? 그녀에게 직접 묻기는 어려운 질문이었다.

그 침실에 들어오면서부터 여배우는 매우 불편해하는 것 같았다. 잔느는 곧 그 방이 이상하다는 것을 깨달았다. 다른 방들은 모두 직사각형이거나 정사각형이었는데, 그 방은 원형이었다. 그것도 완벽한 원형은 아니었다. 한쪽 벽에 변형된 부분이 있었다.

필리프가 그쪽으로 향했을 때 잔느는 크리스탈이 긴장하는 것을 분명히 보았다. 그리고 필리프가 드레스룸을 조사하러 가자 크리스탈은 긴장을 푸는 듯했다. 크리스탈은 필리프를 따라갔다. 위험 신호를 느낀 잔느는 두 사람이 양복과 바지 따위를 조사하러 가기를 기다리며 벽 앞에 못 박힌 듯 서 있었다. 그 벽에는 특이한 액자가 하나 걸려 있었다. 아주 잘생긴 젊은 남자의 사진이었는데, 약간 바보 같아 보이는 파뉴(이집트인이나 토인들이 허리에 두르던 간단한 옷—옮긴이)를 허리에 두르고, 갈색으로 보기 좋게 그을린 피부 아래 팽팽한 근육이 드러나 있었다. 갑자기 잔느는 펄쩍 뛰어오르며 갖고 있던 에마뉘엘 젱리의 사진을 꺼냈다. 바로 그였다! 액자 속의 멋진 아폴론이 에마뉘엘 젱리였던 것이다! 한 20년 전쯤 50킬로그램 정도의 몸무게였을 때의 사진이었다.

놀란 잔느가 더 가까이 다가갔다.

"그는 사고를 당했어요."

잔느는 다시 펄쩍 뛰어올랐다. 필리프를 드레스룸에 남겨놓고 크리스탈 혼자 방으로 돌아온 것이다. 그녀의 표정이 완전히 변해 있었다. 크리스탈은 당황한 표정으로 사진을 바라보았다.

"모르핀 때문이었죠. 그 후 갑작스런 호르몬 이상이 그를 바꿔놓았어요. 그의 아름다움이 날아간 거예요. 하지만 그는 투쟁하기로 결심했어요. 위장을 묶어 매듭을 만들었죠. 그는 조금 살이 빠졌고 매우 만족했어요."

슬픔으로 크리스탈의 얼굴이 일그러졌다. 잔느는 아름다운 여배우가 매력적이고 어리석은 표정 아래 진짜 고통을 숨기고 있다는 것을 깨달았다.

당황한 잔느는 사진 속의 자랑스러운 얼굴을 자세히 관찰했다. 좀 더 가까이 보기 위해 몸을 숙이다가 약간 비틀거렸고 한 손으로 액자를 짚었다. 액자가 가볍게 움직였다.

"아, 죄송합……."

이상한 소음에 묻혀 말이 끊겼다. 갑자기 한쪽 벽면이 우르르 무너졌고 그 뒤로 시커먼 구멍이 보였다.

시끄러운 소음을 듣고 방으로 돌아온 필리프는 잔느와 똑같이 반응했다. 두 사람은 동시에 권총을 빼들어 복도처럼 보이는 시커먼 구멍을 향해 겨누었다.

잔느가 전등 스위치를 찾아내 작동시켰다.

"이 코미디는 뭡니까? 이곳은 어디로 향하는 거죠?"

필리프가 여배우에게 물었다.

크리스탈이 대답하지 않자 필리프는 그녀의 팔을 낚아챘다. 여배우 입장에서 보면 매우 모욕적인 행위였다. 그들은 눈앞에 펼쳐진 경사진 복도로 내려가기 시작했다. 앞으로 나아갈 때마다 전등이 하나씩 차례로 켜지며 밝아졌다. 복도가 넓어지면서 제법 큰 공간에 다다르자 갑자기 불이 켜졌다.

필리프와 잔느는 깜짝 놀라 그 자리에 우뚝 섰다.

그들 앞에는 열 개 남짓 되는 요람들이 놓여 있었다.

12
두 번째 메인 요리, 해산물
주꾸미와 맛조개 등 여러 가지 해산물 리조또

파랑색과 분홍색 요람들이 여러 개의 테이블 옆에 놓여 있었다. 테이블 위에는 젖병, 분유, 기저귀, 베이비 파우더 등 아기에게 필요한 물품들이 모두 갖추어져 있었다. 천장에는 귀여운 아기천사들이 장식되어 있어, 젱리 침실의 저급한 에로티즘과는 대조되는 낯선 분위기였다.

흐릿한 향기가 공기 중에 떠돌고 있었는데 잔느는 그 냄새가 아기용 크림과 굳어버린 우유 냄새라는 것을 알아차렸다. 요람은 비어 있었다. 필리프와 잔느는 기계적으로 다시 권총을 집어넣었다.

"이게, 이게 다 뭡니까? 어떻게 우리 동료들이 이 공간을 보지 못했을까요? 왜 말을 안 하신 거죠?"

필리프가 차갑게 물었다.

"왜냐고요? 왜냐하면 이것은 에마뉘엘의 실종과는 아무 상관이 없으니까요. 그리고 당신들이 관여할 바가 아니니까요."

냄새로 판단해보건대 이 공간은 꽤 오래전부터 사용되지 않았던 것 같다.

필리프는 고개를 숙이고 비닐 장갑을 벗었다. 그는 테이블 위에 놓인 가짜 젖꼭지와 체크무늬 천을 들어 항상 갖고 다니는 작은 봉지에 넣었다. 그리고 자신들을 도와줄 두 명의 경찰을 호출하여 수사를 계속하도록 지시했다.

"제 머릿속에 떠오르는 의심을 풀어주세요. 요람을 수집하시나요?"

잔느가 빈정거리며 물었다.

크리스탈은 그녀에게 온화한 시선을 보냈다.

"난 아이를 가질 수가 없어요. 아주 젊었을 적에 아이를 유산했는데, 그때 잘못되어서 불임이 되었죠. 에마뉘엘과 나는 입양을 하기로 결정했죠. 그는 열 명의 아이를 원했어요. 아이에 미쳤었으니까요. 여배우라는 직업 때문에 나는 그 사람보다 좀 덜 열렬했지요. 우리는 그 일을 진행시켰고, 여기 있는 요람을 사들였어요. 에마뉘엘은 너무나 즐거워했고, 우리는 미래를 꿈꾸며 이 비밀 공간을 만든 거예요."

크리스탈의 파란 눈동자에 눈물이 맺혔다. 우유 냄새가 없었더라면 필리프는 거의 함정에 빠질 뻔했다. 거의. 필리프는 분노가 치밀어 오르는 것을 느끼며 그녀를 비난했다.

"경찰이 당신 집을 가택 수색하러 왔을 때 밝히지 않은 이 비밀 통로에 이렇게 요람을 숨겨놓은 게 정상이라고요? 당신은 경찰을 완전히 바보로 취급했거나 이야기를 만들어내는 데 전혀 재주가 없으시네요."

필리프는 젖병을 하나 잡아 그녀의 코에 가짜 젖꼭지를 들이밀었다. 오랫동안 사용한 것이 확실한 듯 낡아 있었다.

"그에게 이 젖병을 주며 즐겼나요, 당신도? 나를 우습게 여기다니!"

필리프는 잔느를 향해 몸을 돌리며 말을 이었다.

"난 암거래의 본질에 대해 헷갈렸다고 생각했어. 그런데 그게 아니야. 어쨌든 암거래가 있었던 거야."

"아기를 암거래한 거라고요? 그렇게 생각하세요?"

잔느가 필리프에게 몸을 돌려 의문을 표시하며 눈을 찡긋했다.

"그런 것 같아. 러시아에서, 루마니아에서, 알바니아에서는 매일 소녀들이 아기를 낳지만 키울 수가 없어. 백인 아기들이지. 재정적으로 넉넉하지만 아기를 갖지 못하는 부부들, 프랑스, 독일, 혹은 미국의 부부들은 아기를 얻을 수만 있다면 얼마가 되든 큰돈을 지불할 준비가 되어 있지. 금발의 백인 아기는 아마도 20만 유로까지 갈 수 있을 거야. 내가 틀리지 않았다면 당신들, 젱리와 당신 데클레르 부인은 부자가 되었고요."

잔느가 마음 상한 목소리로 말을 이었다.

"돈과 관련된 것은 모두 언제든지 암거래의 대상이 되죠. 인신매매, 매춘, 무기나 동물 암거래, 물론 아기 암거래도 있고요."

크리스탈은 너무나 놀라 돌처럼 굳어버렸다. 그녀는 자신의 뒤를 따르는 사냥개가 다른 흔적의 냄새를 맡고 멀리 가버리기를 바라는 쫓기는 동물 같았다. 그러나 필리프는 그렇게 쉽게 제물을 놓아주는 사냥개가 아니었다.

"에마뉘엘 젱리가 이 조직을 이끌었나요? 그의 역할은 뭐였나요? 여행 중에 수소문해서 아기들을 수입했나요?"

쏟아지는 질문 세례 속에서 이상하게도 크리스탈은 침착함을 되찾았다. 그녀가 냉정하게 반박했다.

"요람을 여러 개 갖고 있다는 게 무엇 때문에 불법행위인지 알 수가 없군요. 당신이 확대적용한 부분은 당신하고만 관련이 있겠죠. 반장님, 지금 당장 이 집에서 나가주세요."

필리프는 조롱하듯 미소 지었다.

"이 집은 살인의 희생양이 된 남자의 소유입니다, 부인. 그러므로 어떤 경우에도 당신은 우리의 수사를 막을 권리가 없지요. 조사한 바에 의하면 수사가 머지않아 종료될 거라고 부인을 위로해드릴 수 있습니다. 우리는 젱리 씨의 계좌 명세서와 최근에 움직인 자본에 대해서도 자세히 조사할 예정입니다. 우리는 누가 당신들의 손님인지 밝혀낼 겁니다. 누가 언제 여기에 왔는지. 또 손님들을 여기까지 실어다준 택시들과 팔에 아기를 안고 떠난 사람들도 찾아낼 거예요. 저를 믿으세요. 저의 확대적용이 그저 확대적용으로 오랫동안 머물지는 않을 거니까요.”

미미한 전율이 그녀를 훑고 지나갔지만, 크리스탈은 꼼짝도 하지 않았다.

“그렇다면 이제 내 변호사를 불러야겠군요. 오래전부터 그렇게 해왔으니까요. 더 이상 할 말은 없습니다.”

잔느가 부인을 향해 부드러운 어조로 말했다.

“그런 것은 당신에게 아무런 도움도 되지 않아요, 부인. 우리는 당신의 죄를 묻는 게 아닙니다. 다만 어떻게 당신의 동거인이 곰 우리 한가운데서 배가 갈라진 채 발견되었는지를 알려고 하는 겁니다. 왜 그런 짓을 한 괴물을 보호하시는 거죠? 살인범은 또 그런 짓을 할 수도 있습니다.”

“당신은, 당신은 그자가 나를 공격할 수도 있다고 생각하는 건가요? 난 아무 짓도 안 했어요!”

크리스탈이 외쳤다. 이번에는 매우 겁에 질린 것 같았다.

그녀는 방어적인 몸짓을 하며 두 팔로 가슴을 꼭 끌어안았다. 두 손이 떨렸다.

“하지만 당신의 동거인이었던 젱리 씨는 뭔가를 했잖아요.”

잔느가 똑같은 어조로 말을 이었다.

“잔인한 죽음으로 대가를 치러야 했던 어떤 행위를 했죠. 우리를 도와주세요. 우리를 도와야 당신이 보호받을 수 있어요.”

필리프는 중간에 끼어들지 않고 침묵을 지켰다. 크리스탈이 그의 얼굴을 뚫어지게 바라보다가 눈길을 돌리며 입을 열었다.

"그 암거래에 전혀 연루되지 않았다고 부정하지는 않겠어요. 하지만 나는 에마뉘엘의 친구 중 한 명이 우리한테 아기들을 맡기고, 다른 친구들이 찾으러 오는 거라고 그렇게 생각했어요. 그저 단 몇 시간뿐이었어요."

아, 궤변이다. 아주 재미있다. '사람들이 나를 벌할 짓을 했어요. 하지만 그들이 나를 벌할 방법으로는 아니에요.'라는 뜻이지 않은가. 필리프는 고갯짓으로 크리스탈을 북돋을 뿐 다른 표현은 하지 않았다.

"그 친구는 아주 높은 지위에 있는 사람이에요. 에마뉘엘이 실종되자 그가 걱정을 많이 했어요. 여기에 와서, 에마뉘엘이 죽었다고 알려주면서 더 이상 나한테 아기들을 맡길 수 없다고 하더군요. 특히 자신과 나눈 대화 내용을 아무에게도 말하지 말라고 당부했어요. 그것뿐이에요."

"그 대단한 '아주 높은 지위에 있는 사람'이 누구인가요?"

"에마뉘엘은 이름을 말해주지 않았어요. 예전에 단 한 번 보았을 뿐이죠. 솔직히 말해 난 그가 누군지 몰라요."

그녀가 대답했다.

빨리 시선을 피하는 크리스탈의 모습이 정확하게 그 반대라고 말하고 있었다.

잔느와 필리프는 잘 알겠다는 뜻의 윙크를 서로 교환했다. 용의자가 오른쪽으로 시선을 돌리면 기억을 더듬어본다는 뜻이고, 왼쪽으로 돌리면 거짓말을 한다는 뜻이다. 크리스탈은 왼쪽으로 시선을 돌렸다.

필리프가 매우 강한 어투로 말했다.

"그 사람을 신문해야만 해요, 부인. 그의 신분을 감추는 것은 당신에게 이익이 될 게 하나도 없어요. 더 끔찍한 것은, 그렇게 신분을 감추는 행위가 당신을 동거인의 살인 공모자로 만들 수도 있어요."

"에마뉘엘은 항상 공정하게 행동했어요. 내가 방금 말한 사람은 이 사건과 아무런 관련이 없다고요! 그가 우리를 괴롭힐 이유가 전혀 없어요!"

"젱리 씨는 죽었어요. 그것도 끔찍한 방법으로. 내 동료인 이 여경관은 당신에게 거짓말을 하지 않았어요. 우리는 당신을 처벌하거나 비난하려고 여기에 있는 게 아닙니다. 당신을 도우려는 거지요. 그 남자가 어쩌면 당신 동거인의 죽음과 관련이 있을지도 몰라요. 우리에게 그 사람의 이름을 말하는 것은 당신의 의무입니다."

필리프의 설득에 결국 크리스탈은 속삭이는 목소리로 털어놓고 말았다.

"레흐나르트예요. 레흐나르트 디오발스키, 사업가죠."

필리프는 눈썹을 찌푸렸다. 들어본 적이 있는 이름이었다. 분명히 그 사람을 만난 적이 있었다. 그런데 어디에서? 필리프는 마른기침을 했다.

"으흐흐흠, 우리는 집을 마저 돌아볼게요. 우리 팀이 도착해서 일을 마무리할 겁니다. 이 집에 있는 것은 무엇이든지 간에 손대지 마세요. 특히 여기 아기 방에 있는 것들은 아무것도 건드리지 말아요. 진술하러 제4수사국에 오셔야 할 겁니다. 오늘 저녁 6시에, 만약 시간이 되신다면 말이에요."

크리스탈은 휴지를 한 장 뽑아 가능한 한 가장 우아하게 코를 풀었다. 그녀는 분노와 두려움이 동시에 드러나는 눈길로 필리프를 바라보았다.

"6시에 갈게요, 반장님. 변호사들하고 함께 가죠."

"좋아요!"

그들은 다시 침실로 올라왔다. 여배우는 따뜻한 차 한 잔이 필요하다며, 필리프와 잔느가 마음대로 침실을 뒤지도록 남겨두고 방을 나갔다.

"이 모든 게 살인하고 관련이 있다고 믿으세요?"

잔느가 물었다.

"직감적으로는 아니라고 답하겠어. 하지만 한 사람은 소아 성애자고, 한 사람은 유아 밀매에 연루되어 있다니, 이상하잖아. 우리의 살인범은 어쩌면 진짜 정의의 수호자로 그런 행동을 한 건지도 몰라. 마크 드쉬스는 무슨 짓을 했을까?"

그들은 집의 나머지 부분을 조사했지만 특별한 점은 발견하지 못했다. 필리프는 먼젓번 피해자의 구두처럼 값비싼 젱리의 구두를 촬영하기 위해 다시 드레스룸으로 돌아갔다. 그들은 크리스탈의 차가운 시선을 받으며 집 밖으로 나와 자동차를 향해 걸었다.

필리프가 잔느에게 물었다.

"그 레흐나르트 디오발스키라는 이름에서 뭔가 생각나는 것 없나, 자네는? 난 그를 아는 것 같아. 하지만……."

"공적으로는 알아요. 라트비아에 본사를 둔 아주 큰 보험회사 사장이에요."

상관보다 더 많이 안다는 것이 자랑스러운 잔느가 자신감에 찬 목소리로 설명해나갔다.

"비공식적으로는 그가 축적한 재산 중 가장 많은 부분을 무기 밀매로 구축했다고 다들 수군대죠. 그는 동부유럽 국가들의 군장성급들과 왕래가 있고, 아프리카의 분쟁 속에서 우연히 찾아낸 테크놀로지를 입수하는 데 성공했어요. 하지만 그것을 증명하는 것은 불가능해요. 프랑스뿐만 아니라 미국에서도 매우 강력한 권력을 갖고 있는 인물이에요. 물론 조국인 라트비아에서는 더욱 강력하죠. 그는 매우 부자이고 독실한 기독교 신자예요. 이 얘기는, 무기 밀매와 유아 암거래는 어쨌든 같은 것이 아니란 거죠. 그래서 난 좀 어리둥절해요."

필리프가 생각에 빠진 얼굴로 말했다.

"자네가 옳아. 이 일은 그에게 어울리지 않아. 좋아, 이제 나머지 두 실종자의 아파트 조사가 남았군. 또 피에르 자비의 아파트도 있고. 그런 다음 마지막으로 디오발스키를 신문하러 가자고."

"반장님, 오늘 반장님이 만에 하나 디오발스키를 만날 수 있다면 그건 놀랄 노자죠. 그와 만나려면 우선 약속을 잡아야 해요. 교황님께 면담을 요청하는 것과 거의 비슷할걸요! 디오발스키는 독지가 계열에도 합류해서 구호단체나 예술가들에게 다양한 이유로 돈을 내놓거든요. 그의 집은 진짜 박물관이라고 하더라고요."

'박물관'이라는 단어를 들으며 필리프는 갑자기 자신이 어떻게 레흐나르트 디오발스키를 알게 됐는지 생각났다.

카를라의 아버지와 친분이 있는 사람 중 한 명이었다. 필리프는 비극적인 비행기 사고가 일어나기 직전에 카를라와 함께 디오발스키를 만난 적이 있었다. 그 자리는 디오발스키가 이태리에서 박물관 개관식을 하는 자리였다.

필리프는 그가 부자인 만큼 권력자인 것은 말할 것도 없고, 인맥이 대단히 넓은 사람이라는 느낌을 받았다. 그것을 오늘 자신의 부관이 알려주어서 확인한 느낌이었다. 필리프는 수집가들의 낯선 세계를 발견하면서 경험한 놀라운 감정을 기억해냈다. 마치 일종의 사설 클럽 같았다.

필리프의 얼굴이 굳어졌다. 필리프는 그날 저녁, 디오발스키가 카를라의 환심을 사려고 집요하게 그녀 주변을 서성대던 기억을 떠올렸다. 그것은 그의 신경을 매우 심하게 자극했다.

"그자가 교황이든 라트비아의 왕이든 난 신경 안 써. 날 믿어. 그는 나와의 만남을 받아들일 거야."

하지만 필리프는 마음속 깊이, 이 거물을 성공적으로 체포하는 것이 즐거움의 일부가 되지 않으리라는 것을 잘 알고 있었다. 그는 휴대전화 전화번호부에서 번호를 찾아 눌렀다. 즉시 레흐나르트 디오발스키의 사무실에 연결되었고, 그 대단한 사업가의 특별 비서를 전화로 연결하는 데 성공했지만 그녀는 무뚝뚝한 말투로 거절했다. 하트 반장의 목소리가 냉정하게 변했다.

"아가씨, 이것은 우정 어린 청원이 아닙니다. 경찰의 공식적인 소환입니다. 그러니 선택권이 있으시죠. 나한테 24시간 내에 약속 시간을 주든가, 당신 사장이 우리 사무실로 소환되든가. 알겠죠?"

비서는 디오발스키에게 꼭 물어보겠다고 대답하고 필리프의 전화번호를 적었다. 필리프는 그녀에게 전화번호를 불러주고 건조하게 전화를 끊었다. 그리고 미소를 지으며 잔느를 향해 몸을 돌렸다.

"디오발스키가 당장 나에게 전화하라고 비서에게 지시할 거라는 것에 내기하겠나?"

잔느가 두 눈을 들어 하늘을 바라보았다.

"말도 안 돼. 결국 해럴드가 반장님한테 영향을 주었군요! 어쨌든 오래 끌지는 않을 거예요, 당근이지요."

그녀가 옳았다. 몇 분 후, 필리프의 휴대전화가 울렸다. 그들은 약속을 정했다. 바로 그날 오후 4시에.

잔느가 축하의 함성을 질렀다.

"브라보! 그럼 나머지 일정을 끝낼 시간도 남았군요."

두 사람은 네 번째 실종자의 아파트에 도착했다. 그곳 역시 아름답고 화려한 곳이었다. 그들은 이곳에서도 특별한 것을 찾지 못했다. 과체중 때문에 잠을 자다가 호흡이 정지되는 무호흡증과 폐기종을 앓았던—문을 열어준 실종자의 여동생이 그 물건들에 대해 설명해주어서 알게 되었다—실종자가 쓰던 산소 병들과 마스크 한 개만 찾아냈을 뿐이다.

두 사람은 다섯 번째 실종자의 집에서도 똑같은 물건을 발견했지만, 병원에서 사라진 소아 성애자 자비의 집에는 같은 물건이 없었다. 젱리의 집에서 발견했던 것과 비슷한 물건들은 아무 데도 없었다.

필리프는 실종자들의 집을 다 돌아본 후 총정리를 했다.

"종합해서 할 수 있는 말이 있다면, 그들은 모두 경제적으로 매우 안정된 상태였고, 모두 유명한 제화업자인 베를뤼티 제화점에서 구두를 맞춰 신었다는 거야. 아마도 모두 몸무게 때문에 발에 문제가 있어서였겠지."

"발에 문제가 있는 뚱뚱한 사람들이 모두 다 그런 호화로운 구두를 구입할 수 있는 건 아니라고요!"

다른 사건 때문에 잔느는 베를뤼티의 맞춤 구두가 한 켤레에 적어도 2천 유로 이상은 된다는 사실을 알고 있었다. 그녀는 필리프가 찍은 사진을 들여다보고는 머릿속으로 재빨리 계산을 했다. 꽤 큰돈이었다.

"한번 파고들 가치가 있겠죠?"

"그래, 지금으로서는 그들 모두의 유일한 공통점이니까."

"디오발스키와 대화가 끝나면 바로 이 문제를 파헤쳐봐요. 내가 자맹에게 그 제화점의 대단한 손님들 명단을 찾아보라고 부탁할게요. 뭘 찾을 수 있는지 보자고요."

두 사람은 빨리 식사를 해결하기 위해 빵집 앞에 차를 세웠다. 가게 안에서는 신선한 빵의 향긋한 냄새를 맡으며 손님 여러 명이 차례를 기다리고 있었다. 그들 앞에 서 있던 몸집이 비대한 남자가 뒤쪽으로 끊임없이 불안한 시선을 던지며 힐끔거렸다. 그는 거의 4초에 한 번씩 연신 불그레한 얼굴에 흐르는 땀을 닦아 필리프의 신경을 자극했다.

두려워하는 모습이었다. 필리프는 뚱보 살인범이라는 신문 제목이 그들에게 두려움을 제공했다고 거의 확신했다. 살인의 잔인함이 집단적인 이미지를 생생하게 강타했다. 몸무게가 초과되는 많은 사람들이 자신들이 목표라고 느끼는 것이다.

샌드위치 한 쪽씩을 얼른 삼키고 4시 정각이 되자, 그들은 레흐나르트 디오발스키가 소유하고 있는 보험회사 건물인 멘탈리 빌딩으로 들어갔다.

그들을 맞으러 나온 여비서는 통조림통을 으스러뜨리고 못까지 뺄어낼 타입이었다. 쇠같이 빳빳하게 틀어 올린 머리에서는 머리카락 한 올 빠져나오지 않았고, 걸음걸이마저 급하고 딱딱했다.

필리프는 참을 수가 없어 걸어가면서 잔느의 귀에 대고 중얼거렸다.

"로봇 같지 않아? 비서의 모델로는 적합하지 않지만 곧 인간이 아닌 여비서로 보게 되겠지!"

마침 엘리베이터 앞에 도착했기 때문에 잔느는 대답할 수가 없었다. 하지만 반짝거리는 눈빛이 그녀의 속마음을 말해주었다. 그들이 엘리베이터 안으로 들어가자 기계는 빠른 속도로 날아올랐고, 순식간에 그들을 34층으로 실어다 주었다.

여비서는 엄청나게 큰 문 앞으로 그들을 안내한 후 노크도 하지 않고 문을 열었다. 방은 매우 넓었고 레흐나르트 디오발스키의 화려한 책상 앞에 다다르기까지는 수십 미터를 빠르게 걸어가야 했다. 잔느는 아까 했던 질문의 대답 대신 말했다.

"계산에 넣었던 크기가 아니군요."

잔느가 중얼거렸다.

필리프가 그녀에게 성난 눈길을 던졌다.

레흐나르트 디오발스키는 전화로 나누던 대화를 중단하고 앞으로 가까이 오라는 손짓을 하며 전화를 끊었다. 그는 만족한 표정이 아니었다. 전혀 아니었다. 슬라브족의 창백한 피부색과 예리하고 푸른 눈, 거의 흰 빛에 가까운 금발을 가진 디오발스키는 키가 컸고, 탄탄한 가슴 근육이 반짝이는 양복 재킷의 옷감을 팽팽히 당기고 있었다.

"감히 어떻게 내 여비서를 위협할 수가 있는 거요! 당신들, 뭣 때문에 그런 짓을 하는 거요!"

디오발스키가 단번에 공격을 했다. 분노의 일격 때문에 강인한 목줄기가 벌겋게 부풀어 올랐다.

필리프가 경찰증을 꺼내 보이며 아주 정중하게 인사했다.

"안녕하십니까, 디오발스키 씨. 저는 하트 반장이고 이쪽은 제 부관 잔느 피라스입니다……"

레흐나르트가 거칠게 필리프의 말을 끊었다.

"제기랄! 당신이 누군지는 아오! 카를라 데 산테우라비오 발리토와 결혼한 경찰이잖소. 우린 이미 만났잖소. 그래서 당신을 당장 문으로 쫓아내지 않는 거요. 어쨌든 말할 시간은 딱 2분 주겠소. 그다음엔……"

필리프는 상대방에게 다가갔다. 걸어가면서 발밑에 깔린 양탄자가 너무나 두꺼워서 분명히 일주일에 한 번씩은 보푸라기를 깎아줘야 할 거라고 생각했다. 필리프는 거물을 향해 고개를 숙여 거의 닿을 정도로 얼굴을 가까이 했다.

"그다음에는 뭡니까, 디오발스키 씨?"

필리프가 위협적인 말투로 내뱉었다.

남자 대 남자의 대결에서 디오발스키는 기가 꺾이지 않았다.

"그다음에는 당신 사무실로 나를 불러야 할 거요. 나는 여섯 명의 변호사들과 함께 가서 '오늘 날씨가 참 좋다'는 질문을 비롯한 모든 질문에 대답해주겠소. 확실히 알아들었소?"

"예, 좋습니다. 그러면 곧장 본론으로 들어가겠습니다. 여비서에게 당신이 살인사건에 연루되었다는 의심을 받고 있다고 밝혔습니다. 그것이 첫 번째 본론입니다. 하지만 당신이 아이들 암거래, 정확히 말해 유아 밀매의 의심도 받고 있다는 것은 밝히지 않았지요. 보시다시피 이 문제들은 2분으로는 끝나지 않겠네요!"

레흐나르트 디오발스키는 마치 복부를 한 대 맞은 것처럼 충격을 받고 의자에 쓰러지듯 앉았다.

"유아…… 누가 그런 바보 같은 얘기를 했소?"

믿지 못하겠다는 눈으로 그가 말했다. 디오발스키가 살인에 대한 언급에는 아무런 반응도 하지 않았다는 것을 깨달으며 필리프가 반박했다.

"이 정보를 어디에서 얻었는지는 그리 중요한 게 아닙니다. 제가 말씀드릴 수 있는 것은 우리가 당신 친구인 젱리 씨의 저택을 수색했고, 제 생각에는 거기에서 당신에게까지 거슬러 오르는 증거들을 찾아냈다는 겁니다."

젱리의 이름이 언급되자 디오발스키가 소스라치게 놀라는 모습이 눈에 보였다. 디오발스키가 필리프와의 대화를 중단하고 갑자기 잔느에게 말을 붙였다.

"아가씨?"

"피라스 부관입니다."

잔느가 차갑게 말했다.

"나가주시오."

"예?"

"지금부터 할 얘기는 아주 예민한 문제라오. 거물들의 이름이 거론될 거요. 하급 경찰 앞에서 말할 수는 없소. 밖에서 기다려주시오."

잔느는 화가 나서 차가운 눈길을 던졌지만 불만을 표시하지는 않았다.

"미안하지만."

디오발스키가 덧붙였다.

잔느는 필리프를 바라보았다. 그는 문 쪽을 향해 고개를 끄덕였다. '그래, 수사를 진전시켜야지'라고 말하는 표정으로.

잔느가 방에서 나가자 디오발스키는 작은 단추를 눌렀고 찰카닥 하는 소리가 가볍게 울렸다. 아마도 원거리에서 작동하는 기계로 문을 잠근 것 같았다.

"자, 그럼 확실히 밝힙시다."

디오발스키는 다시 냉정을 되찾고 의자에서 몸을 세우며 말을 이었다.

"나는 젱리에게 아무 짓도 하지 않았소. 당신이 그의 집에서 찾은 것이 무엇이건 간에, 나는 그의 실종과는 아무런 관련이 없소. 나머지에 대해서는 솔직하게 다 설명할 수 있소."

"당신의 설명을 듣게 돼서 무척 기쁩니다, 선생님."

필리프는 디오발스키가 한 말을 단 한 마디도 안 믿었지만 정중하게 답했다.

"나는 한 파트를 맡고 있소. 그러니까……."

"마피아와 관련된 겁니까?"

"말하자면 일종의 선의를 가진 사람들의 모임이오."

디오발스키가 냉정하게 말했다.

"이익을 추구하는 선의인가요?"

"내 말을 끊지 말란 말이오!"

디오발스키가 소리쳤다. 이런 상황이 익숙하지 않다는 것이 확실했고, 몹시 견디기 힘들어했다.

"죄송합니다. 자, 계속하시지요."

필리프가 천사처럼 나긋나긋하게 속삭였다.

"우리는 사람들을 돕는 거요. 그러니까 가족의 기쁨을 완성시키는 친구들이랄까. 우리 선진국에서는 출산율이 심각하게 저조하오. 많은 사람들이 아이를 갖지 못하고, 그로 인해 삶이 무너지고 있소. 우리는 매달 모여서 서로의 문제에 대해 얘기를 나누고 해결 방법을 찾으려 노력했소. 돈이 연결되는 상황은 아주 드물었소. 오히려 심리적인 지원이나, 그 뭐랄까, 훨씬 구체적인 방법이었지. 아주 평범한 거였소. 우리는 프리메이슨단처럼 서로를 도왔소. 당신도 프리메이슨단원이시오, 반장?"

필리프는 그 단체가 전혀 평범하지 않다고 생각했다. 그리고 프리메이슨단은 유아 밀매를 하지 않는다.

"아뇨, 전 프리메이슨 단원이 아닙니다."

필리프가 대답했다.

"아, 유감이오. 당신은 종교가 뭐요?"

필리프는 디오발스키를 바라보았다. 그런 질문에 대답할 필요는 없었지만, 대답을 하면 아마도 남자가 원하는 것을 이해할 수 있을 것이다.

"기톨릭입니다. 충실한 신자는 아니지만."

레흐나르트 디오발스키가 눈살을 찌푸렸다.

"이 나라 국민 대부분이 그렇지. 가톨릭 교회는 죽어가는 중이오. 느리기는 하지만 확실하오. 당신 같은 사람들 때문에."

필리프는 반박하지 않고 기다렸다. 디오발스키가 한숨을 내쉬었다.

"인간으로서 아이를 갖지 못하는 것만큼 끔찍한 것은 없소. 그것은, 그것은 피가 계속 흘러내리는 상처 같은 거요. 매 순간 되살아나는 깊은 상처. 신은 우리가 아이를 낳아야만 지상 위에서 군림할 수 있다고 가르쳐주셨소. 우리가 애쓰는 것은 바로 이것이오. 우리는 아이를 갖지 못하는 부부에게 희망과 미래를 주는 거요. 심지어 그 이상이지. 그런 여자들과 남자들에게 아기를 안겨주면서, 우리는 그들에게 살아갈 이유도 주는 거요. 이것이 종종 그들 부부를 구원하기도 하고, 그들의 미래를 현재에 뿌리내리게 만들기도 하오. 마치 불모지에 물을 흘려주듯이 말이오. 갑자기 황폐한 불모지가 열매를 맺고 생명을 품을 수 있게 되는 거요!"

격정적으로 변론하는 디오발스키의 목소리가 떨렸다. 하지만 필리프는 아이들을 물건처럼 파는 인간의 잘난 변론을 들으려고 여기 있는 게 아니었다. 필리프는 진실을 기다리는 사람의 표정을 하고 팔짱을 꼈다.

아무런 반응이 없자 격정적으로 날아오르던 디오발스키가 갑자기 말을 끊고 필리프를 똑바로 바라보았다.

"당신은 어떻게 하겠소, 당신이라면? 그 아이들은 엄마로부터 버림받은 아이들이오. 그 아이들은 이미 아무것도 없는 나라의 국가 시설인 고아원에서 썩고 있단 말이오. 우리는 끔찍하고 비참한 상황에서 아이들을 구원해 새로운 부모의 사랑과 풍요로움을 그들에게 제공하는 거요. 이게 무엇보다 가장 고귀한 임무 아니오?"

필리프는 이제 충분하다고 생각했다.

"할 말이 분명히 그것뿐입니까? 아시다시피 입양은 규제 사항입니다. 국가 간에 매우 엄격한 협정이 존재하고, 오직 자격 있는 단체들만이 예민한 이 문제를 책임질 수 있다는 것을 잘 아시잖습니까? 저는 고귀한 인간이라면 인간 밀매를 할 거라고 생각하지 않습니다. 당신은 이것 때문에 성인품에 오르지는 못할 겁니다. 그러므로 선한 사마리아인 역할은 그만하시고, 그 단체에 대해 솔직히 털어놓으시죠. 정직함을 나한테 증명하고 싶다면요."

디오발스키는 잠시 머뭇거리다가 대답했다.

"우리는 전 세계에 약 50여 명의 단원이 있소. 우리는 매달 각자 다른 나라의 수도에서 모이지. 각 구성원들의 국적에 따라서."

"그것은 매우 관심이 가는 내용이군요. 하지만 당신이 왜 내 부관에게 나가라고 요구했는지는 여전히 모르겠군요. 당신이 보호하고 있는 그 사람들은 누굽니까?"

거물은 다시 불편한 표정으로 시선을 돌렸다. 필리프는 시선을 좁혀 그에게 몸을 기울였다.

"미리 말씀드리지만, 디오발스키 씨, 제 시간은 매우 비쌉니다. 저한테 무슨 말을 하고 싶으신 겁니까? 그 유명한 거물급들에 대해서?"

"그들이 누군지 알아낸다 해도 당신은 그들에게 아무 짓도 못할 거요, 반장."

"당신한테처럼요? 틀리셨어요, 디오발스키 씨. 어느 누구도 건드릴 수 없는 사람은 없습니다. 제게 친애하는 친구들의 이름을 알려주시는 게 좋으실 겁니다. 왜냐하면 제가 방문했다는 걸 그분들이 알게 될 때면, 당신이야말로 그들에게 아무것도 못할 테니까요. 당신 친구를 죽이고, 당신을 다음 피해자로 삼을 수도 있는 위험한 사이코패스를 보호한다고는 생각하지 않더라도 말입니다. 하지만 저는 당신을 보호해드릴 수 있죠. 당신이 협력해주신다면."

디오발스키는 필리프를 뚫어지게 바라보다가 웃음을 터뜨렸다.

"나를 보호해준다고? 불쌍한 형사, 아무 생각이 없구먼."

필리프는 자신이 행동을 잘못했음을 깨달았다. 남자는 조개처럼 다시 입을 다물었다. 디오발스키는 자신이 언급했던 사람들의 이름을 결코 그에게 말하지 않을 것이다.

"적어도 당신이 그 살인범이 아니라는 조건에서 보호해드리죠. 지난 화요일 밤에 어디 계셨나요?"

필리프가 어조를 높이며 부추겼다.

반장이 갑자기 주제를 바꾸자 놀란 디오발스키는 기억을 더듬느라 대답하는 데 꽤 시간이 걸렸다.

"우리는 파티에 참석했어요. 맞아, 화요일, 아내와 함께 갔었소. 그리고 집으로 돌아왔지. 다음 날 아침까지 계속 집에 있었소."

필리프는 그의 말을 수첩에 메모한 뒤 거물급 사업가를 똑바로 바라보았다.

"당신이 한 말은 모두 확인될 겁니다, 디오발스키 씨. 아내 되시는 분이 밤새 함께 집에 계셨다는 사실을 잘 확인해주셨으면 좋겠네요."

"당연히 아내가 확인해줄 거요."

디오발스키가 경멸하듯 내뱉었다.

"저는 데클레르 부인의 증언을 채택할 것이고, 당신은 결국 그 명단을 내놓게 될 겁니다."

필리프가 힘주어 말하고는 몸을 일으켜 마무리했다.

"이 나라를 떠나지 마십시오, 디오발스키 씨. 우리에게 대답해야 할 겁니다. 이것은 시작에 불과하니까요."

"당신이 틀렸소, 반장. 당신은 나한테 아무 짓도 할 수 없을 거요."

디오발스키가 냉정하게 반복했다. 필리프가 인사를 하고 문으로 향하자 디오발스키가 원격조종으로 잠긴 문을 열어주었다. 나가기 전에 필리프는 몸을 돌려 마지막 창을 던졌다.

"참, 잊고 있었네요. 아직 중요한 문제가 하나 있습니다. 당신은 에마뉘엘 젱리의 살인과 아무런 관련이 없다고 하셨죠? 그런데 어떻게 우리가 그의 시체를 찾기도 전에 에마뉘엘 젱리가 죽었다는 것을 알고 계셨습니까?"

"아, 크리스탈이 그것도 얘기했나 보군. 물론 당신의 질문에 대답하자면, 나는 그것을 몰랐소, 반장. 짐작했을 뿐이오. 에마뉘엘이 원해서 실종된 게 아닐 것이오. 그는 크리스탈을 너무나 사랑했소. 그녀가 마음대로 하도록 했소. 사실 나는 에마뉘엘이 사고를 당했다고 생각했소. 사고를 당했는데 이런 저런 이유로, 기억상실증이나 쇼크 따위로 자신의 정체를 잊어버린 거라고 믿었소. 그래서 내가 실종 신고를 하라고 그의 가족들에게 충고했소. 그가 곧 나타나지 않자 나는 그가 죽었다고 생각하게 된 거요. 아주 단순한 거지. 이제 나를 좀 봐주시오. 약속이 있소. 이후의 문제는 변호사들과 얘기하시오. 그럼 잘 가시오, 반장님."

"좋은 하루 보내시길 바랍니다."

문고리를 잡으며 필리프가 말했다.

디오발스키가 기회를 놓치지 않고 마지막 말을 던졌다.

"반장!"

"네?"

"크리스탈을 다시 만나게 되면 난 그녀를 원망하지 않는다고 전해주시오. 하지만 우리 모임의 다른 사람들은 나처럼 그렇게 참고 있지만은 않을 거요."

이 가벼운 문장은 강한 협박의 냄새를 풍겼다. 필리프는 이를 꽉 물었다. 저 거대한 라트비아 남자 위로 뛰어올라 얼굴을 뭉게주고 싶어 죽을 지경이었다. 필리프는 냉정을 찾기 위해 깊게 심호흡했다.

필리프가 막 나가려는 찰나, 문이 갑자기 열리며 태양빛에 그을린 구릿빛 피부에 금발의 젊은 남자가 뛰어들었다. 몸이 뚱뚱했지만 그것 때문에 추해 보이지는 않았다. 그는 멋진 얼굴에 빛나는 미소를 띠고 진심으로 사과했다.

"죄송합니다. 미처 보지 못했어요. 아프지는 않으시죠?"

젊은 남자에게서 풍기는 매력과 친절함이 저절로 미소 짓게 만들어 필리프는 무척 놀랐다. 방금 몇 분 전까지도 매우 긴장된 상태 아니었던가.

"아니, 괜찮아요. 고맙습니다. 제가 문 뒤에 있었는지 모르셨겠죠."

"괜찮다. 그는 아무렇지도 않아. 그분께 인사해라, 다미엥. 반장님께서는 가실 거다."

디오발스키가 너무나 부드러운 목소리로 말했기 때문에 필리프는 몸을 돌려 그를 바라보았다.

디오발스키의 표정이 완전히 변했다. 입을 삐죽거리는 대신 진심에서 우러나오는 사랑스러운 미소가 자리했다. 눈앞에서 다른 남자를 보는 것 같았다.

필리프에게 마지막으로 예의바른 미소를 보낸 다미엥이 외쳤다.

"아버지, 저 성공했어요! 제가 이겼다고요!"

디오발스키의 아들이었다. 그는 뚱뚱했다. 단순히 우연일까? 필리프는 이렇게 생각할 수밖에 없었다. 서로 교차하는 모든 실마리들은 사건을 어디로 이끄는 것일까? 필리프는 제자리에 멍하니 서서, 교만한 디오발스키가 감동받은 아버지로 변하는 광경을 지켜보았다.

디오발스키는 책상을 한 바퀴 돌아 다미엥에게로 달려왔다. 시간이 이미 늦었다면서도 디오발스키는 다미엥을 맞아들였다. 가늘고 하얀 줄무늬의 푸른 맞춤 양복을 입은 조그마한 산 같은 젊은 다미 엥을.

"너무 멋지다! 얼마에?"

디오발스키가 아들에게 물었다.

"스위스 사람들이 온 힘을 쏟았어요. 하지만 결국 우리가 500만 유 로에 낙찰받았죠. 도메니코 기를란다요(르네상스 시대 이탈리아의 화가로 미켈란젤로의 스승—옮긴이) 작품이에요. 피렌체 사무실에 있는 것들이나 리스본의 굴벤키안(세계적인 아르메니아인 사업가로 리스본에 소장 박물관이 있다—옮긴이) 재단에 있는 것만큼 아름다워요. 경매는 어려웠지만 아 버지가 몰래 주신 100만 유로가 있어서……."

아직도 웃고 있던 디오발스키가 필리프를 향해 몸을 돌렸다.

"우리는 이제 할 말이 없다고 생각하는데. 크리스탈에게 내 말 전 해주는 거 잊지 마시오."

대답 대신 필리프는 필요 이상으로 약간 소란스럽게 문을 닫고 나 왔다. 그는 엘리베이터 근처에서 궁금한 시선으로 기다리고 있던 잔 느를 다시 만났다. 그녀가 감시용 카메라를 향해 고개를 들면서 입을 열자 필리프가 손짓을 했고, 그녀는 무슨 뜻인지 알아차렸다. 두 사람 은 자동차에 다시 올라타기 전까지 한 마디도 하지 않았다.

필리프가 두려워했던 게 있다면, 그것은 디오발스키가 권력이 있 고 돈이 많기 때문에 증인들 중 한 명을 위협할 수도 있다는 것이었 다. 설령 필리프가 그자가 두려워한다는 걸 느낀다고 하더라도 말이 다. 아들 때문이었을까? 아니, 아들을 위해서였을까? 그 아들이 미싱 링크, 즉 고리 중에서 잃어버린 부분일까? 그는 약탈자일까, 아니면 다음 피해자일까? 필리프는 거물 사업가와 머리를 맞대고 나눈 이야 기를 잔느에게 털어놓았다. 디오발스키의 아들은 필리프에게 충격을 주었다. 친절함만큼이나 믿을 수 없는 그의 외모 때문에 잔느 역시 충격을 받았다. 다미엥은 엘리베이터에서 내리면서 잔느에게 인사를 했고 그녀의 안부를 물었던 것이다. 잔느 역시 디오발스키가 저지른 일에 대해 의문을 가졌다.

"도대체 왜 유아 밀매를 했을까요? 그는 그런 돈이 필요 없잖아요. 단순한 이타심 때문도 아니고요. 반장님이 해주신 얘기에 따르면, 가족에 대해 그가 떠드는 내용은 너무 서정적이잖아요. 설사 디오발스키가 사랑스러운 아버지라 할지라도 그 성격을 보세요. 나는 단 1초도 그를 안 믿을 거예요."

"그래, 자네 말이 맞아. 나는 디오발스키의 범죄 동기가 다른 데 있다고 생각해. 그가 살고 있는 세계를 절대 잊지 마."

"상류 사회요?"

"사업의 세계, 이 세계에서는 자네가 어떤 사람에 대해 뭔가 아는 게 있다면, 자네는 이익을 얻기 위해 그것을 이용할 수 있지. 그 사람이 위험에 처할 수도 있는 어떤 것, 예를 들면 불법 입양 같은 것 말이야. 그것은 자네에게 타인에 대한 무한한 권력을 주지. 특히 자네가 양심의 가책을 느끼지 않을 때에는."

"그럼, 이제 우리는 뭘 하죠?"

잔느가 차에 시동을 걸며 물었다.

"우리의 일을 해야지, 이 아가씨야. 긴급 번호 1. 레흐나르트 디오발스키의 알리바이를 확인할 것. 그는 화요일 저녁, 아내와 함께 파티에 참석한 후 집으로 돌아와 다음 날까지 집에만 있었다고 주장하고 있어. 난 법의학연구소에 내려줘. 거기서 내 오토바이를 타고 사무실로 갈 거야. 자네는 그의 아내에게 가서 물어봐. 각자 맡은 일을 하자고. 자넬 위해 디오발스키의 아내가 남편보다 덜 까다롭기를 바랄게. 참, 자맹한테 전화해서 안티 와일드 애니멀스와 베를뤼티 제화점에 대한 조사가 어디까지 진행됐는지 물어봐. 다미엥 디오발스키 역시 거기에서 구두를 맞추는지 궁금하니까."

"옛, 알았습니다. 이제 갑니다!"

30분 후 필리프는 사무실 문을 열었다. 누군가가 그를 기다리고 있었다.

엘레나였다.

13
세 번째 메인 요리, 바다 생선
살찐 가자미와 에쉬레 버터로 만든 홀랜다이즈 소스

섬광과도 같은 빛이 번쩍거렸다. 엘레나가 여기 왔다는 것은 그녀에게 잘못이 없다는 것이다. 그녀가 입을 열기 전에 필리프는 자신이 바보가 되기로 결심했다. 혼동했다고 변명하고 용서해달라고 간청하자.

"엘레나, 전화했었어."

필리프가 갑자기 말을 놓으며 서둘러 입을 열었다.

"사과하고 싶었어. 오늘 아침, 나는 지쳐 있었어. 그런데 국장이 나를 깨워서 심한 꾸지람을 했고, 나는 깊이 생각해보지도 않고 당신 집으로 달려간 거야. 물론 당연히, 그건 당신이 아닐 수도 있지. 어떻게 나는 그렇게 한순간에 그런 생각을 할 수가 있었을까? 정보를 누설한 인간이 누군지 꼭 찾아낼게. 내가 그놈의 가죽을 벗겨서 카펫을 만들도록 당신한테 선물할게!"

엘레나는 필리프에게 불신의 시선을 보내며 머리를 흔들었다. 그녀는 잘 속는 타입이 아니었다.

"천천히요, 반장님, 너무 과장하지 마세요! 당신은 거짓말을 했어요. 나한테 전화하려는 시도는커녕 생각조차 하지 않았겠죠. 하지만 말투를 들어보니 변명에는 진심이 들어 있네요."

'반장님'이라는 호칭과 존댓말이 필리프에게 얼음물을 끼얹은 효과를 냈다. 엘레나는 진짜로 그를 원망하는 것이다. 필리프는 확실한 방법을 이용해야만 했다. 무엇이든 좋았다.

"정말 너무나 미안해. 내가 당신에게 상처를 주었어."

필리프가 무릎을 꿇으며 말을 이었다.

"용서를 받으려면 어떻게 해야 하는 거지?"

바로 그 순간, 필리프 뒤로 문이 열리며 빠끔히 열린 문틈으로 마크 자맹이 얼굴을 들이밀었다.

"반장님, 제가요…… 아이쿠!"

엘레나와 필리프는 자맹을 바라보았고 똑같이 얼굴이 벌게졌다. 자맹은 빛의 속도로 머리를 빼고는 조심스럽게 문을 다시 닫았다.

필리프는 여전히 무릎을 꿇은 상태였다. 엘레나는 미친 듯이 웃고 싶은 욕구를 자제하며 필리프를 일으켰다.

"됐어요, 그러지 말아요. 당신이 지금 한 행동은 결혼해달랄 때 하는 행동이라고요."

필리프가 난처한 표정을 짓자 엘레나는 동정을 느끼지 않을 수 없었다. 그녀가 설명했다.

"범인은 애브뉴의 레스토랑에서 우리 옆에 앉았던 사람이었어요. 크리스티앙 부제라는 기자였죠. 그가 당신을 알아보고 우리가 얘기하는 동안 우리의 대화를 엿들었던 거예요. 그가 다니는 신문사에 갔다 오는 길이에요. 진짜 더러운 인간이더군요. 심지어 나한테서 다른 정보를 빼가려고 위협까지 했어요."

엘레나는 테이블 위에 녹음기를 올려놓고 작동시켰다.

"녹음한 거요?"

필리프가 놀라서 물었다.

"당신이 나를 믿어주지 않을지도 몰라서. 또 이렇게 해야 만약 그자가 비밀을 지키지 않고 다시 협박한다면 압력을 넣을 수 있죠."

필리프는 엘레나의 고백을 듣고 그녀가 남들이 쉽게 무시할 수 있는 여자가 아니며, 그녀 역시 자신에게 말을 편하게 하기 시작했다는 사실을 기분 좋게 기억했다.

필리프가 홀가분한 기분으로 미소 지으며 말했다.

"당신을 믿는 데 이런 건 필요 없어. 내가 얘기했잖아. 오늘 아침에는 뭐가 씌웠나 보다고. 다시 당신에게 저녁을 대접하고 싶어. 나를 용서해달라는 의미에서. 그리고 그런 종류의 도청을 막기 위해서는, 음, 우리 집으로 초대하고 싶은데……. 오늘 저녁 어때?"

엘레나의 얼굴이 본의 아니게 딱딱하게 굳었다. 필리프는 그런 모습을 모른 척하기로 마음먹었다. 순수한 의도라는 점을 굳이 그녀에게 밝히지는 않았다. 그런 말은 더욱 그녀의 불신을 살 뿐이니까. 필리프는 엘레나가 자기 자신과 싸우고 있다는 것을 느끼고 있었지만 그녀를 도울 수는 없었다. 결정을 내려야 하는 것은 그녀 자신이었으므로. 엘레나가 그를 믿을 것인지 말 것인지, 방어선을 조금 내리고 싶은 것인지 아닌지, 혹은 불안하고 의심 많으며 불행한 상태로 머물 것인지 아닌지는 엘레나 자신이 결정해야 하는 문제였으므로.

엘레나는 계속 주저하다가 결심을 했는지 물속에 몸을 던지듯 대답했다.

"좋아요. 그런데 난 생선은 별로 좋아하지 않는데."

"아, 육식을 좋아하는군, 나처럼. 그러면 쇠고기 안심 구이와 베아르네즈 소스, 마늘을 뿌려 튀긴 감자, 샐러드, 그리고 디저트로는 내가 할 수 있는 것을 하지 뭐."

"요리할 줄 알아요?"

"난 요리하는 것 무척 좋아해! 요리는 긴장을 풀어주거든. 자, 이제 내 얘기를 들어봐."

필리프가 오후 동안 알아낸 사실을 전부 그녀에게 얘기하자, 엘레나는 매우 놀랐다. 젱리의 집을 방문한 것과 레흐나르트 디오발스키의 협박에 대해서.

엘레나는 아연실색하여 말했다.

"아기들을? 지금 당신, 농담하는 거죠? 크리스탈 데클레르가? 맙소사, 이제 그녀를 극악한 테나디에 부인(『레미제라블』에서 코제트를 하녀처럼 부리고 양육비를 가로채는 여관 안주인−옮긴이)으로 상상하지 않고는 그녀가 나오는 영화를 볼 수 없을 것 같아."

문득 엘레나는 필리프에게 믿을 수 없다는 시선을 던졌다.

"왜 이 얘기를 나한테 다 하는 거죠? 난 수사는 비밀이 지켜져야 하는 거라고 생각하는데. 지난번에도 나한테 세세한 부분까지 다 알려주더니 안 좋게 끝났잖아요! 게다가 우리 아버지는 분명히 레흐나르트 디오발스키를 알고 있을 거예요. 사업의 세계는 아주 좁으니까."

"우선 내가 당신한테 아무것도 숨기지 않는 이유는, 당신의 무거운 입을 믿을 수 있기 때문이오. 당신 아버지에 대한 문제는, 당신이 아버지한테 디오발스키가 그리 존경받을 만한 사람이 못 되며, 시간이 흘러가면 그를 좀 덜 만나는 게 좋을 거라고 바로 알려드려야겠지. 다음으로, 나는 당신의 재능이 걱정돼. 설령 그 더러운 기자놈이 아주 상세한 부분은 모를지라도, 카를에게까지 이를 수 있는 정보는 충분할 테니까. 나는 살인범이 카를에게 관심을 갖는 걸 원하지 않아. 똑같은 이유로 당신한테 관심 갖는 것도 싫고. 그러므로 어떤 일이 일어나고 있는지 당신이 미리 알고 있는 게 더 나아."

"그렇게 하는 게 나를 보호해줄지 모르겠네요. 다행히도 그 크리스티앙 부제라는 쓰레기 같은 인간이 카를의 이름은 언급하지 않았어요. 당신은 살인범이 아이를 공격할 수 있다고 생각해요? 어쨌든 그렇게 되면 카를의 부모님은 분명히 나한테 무진장 화를 내며 심리 치료를 그만두게 할 거예요. 나에 대한 문제는 걱정 말아요. 난 나 자신을 보호할 수 있어요. 조심할게요. 더 이상 나를 돌보아줄 두 명의 문지기는 없지만."

"문지기라니?"

"우리 아버지는 나한테 무슨 일이 일어날까 봐 너무도 불안해서 내가 아주 어렸을 때 두 명의 보디가드를 붙여주었거든요."

필리프는 놀라서 눈썹을 치켜 올렸다.

"아빠는 누가 나를 납치할까 봐 겁나셨던 거죠. 하지만 사실은 사랑하는 어린 딸을 위해 모든 게 다 두려우셨던 거예요."

엘레나는 잠시 말을 끊고 한숨을 쉬었다.

"끊임없는 감시를 정당화하려고 납치라는 핑곗거리를 댄 거죠. 열두 살부터 스물세 살까지 계속 그랬어요. 난 그 이상은 안 된다고 고집을 부렸죠. 그들이 나를 놓아준 건 3년밖에 안 됐어요. 내가 심하게 반항했거든. 나를 놓아주는 조건으로 자기방어 수업을 듣는다는 약속을 아버지께 해야 했죠. 때때로 나는 아직도 내 뒤에 그들이 있다는 느낌을 받아요. 친애하는 두 사람, 거스와 막스."

"그들이 이제 없다니 유감이오. 연쇄살인범을 잡지 못한다면 나 역시 안심할 수 없을 거야. 나도 그 기자를 잠깐 만나보고 싶군. 내가 사랑…… 사실 위험에 처했다고 인정하는 사람들의 목숨이 달려 있다는 것을 그에게 알려주려면 말이야."

필리프는 입 밖으로 잘못 나온 말 때문에 약간 거북해져서, 컴퓨터로 몸을 기울여 전원을 켰다.

"오늘 찍은 사진들을 뽑을 테니 미안하지만 좀 봐줘요, 엘레나."

몇 분 후, 프린터가 실종자들과 피해자들의 아파트와 저택의 사진들을 인쇄해 뱉어냈다. 필리프는 엘레나를 잔느의 사무실로 데리고 가서 칠판에 새로운 사진들을 붙였다.

"봐요, 마치 거미줄 같아. 그러니 실 한 올만 제대로 잡아당기면 나머지는 다 줄줄이 따라올 거야."

칠판에는 팔뚝이 절단되고 살해당한 두 피해자의 사진과 나머지 세 명의 실종자 사진들, 그들의 구두 사진, 비밀스런 침실과 요람 사진들이 붙어 있었다. 거기에 레흐나르트 디오발스키와 그의 아들, 그리고 크리스탈의 사진을 추가해야 했다. 물론 중요한 단어에 빨간색으로 동그라미를 친 두 편의 시도 있었다.

엘레나는 그 시를 다시 읽었다.

"카를은 두 번째 수수께끼를 믿을 수 없을 정도로 빨리 해독했어요. 당신이 그의 도움을 필요로 한다고 했더니 매우 흥분했죠. 고백컨대 때때로 난 이 녀석이 두려워요. 오늘 저녁 불로뉴 숲에서 살인범을 체포할 거죠? 그 전에 그자를 꼼짝 못하게 할 방법은 없나요? 아니면 계속 사람을 살해할 위험이 있잖아요!"

"그 전에 살인범을 체포하겠노라고 나도 말할 수 있었으면 좋겠지만, 불행히도 현재로서는 수사가 안개 속을 헤매고 있소. 피해자들 사이에 어떤 관계가 있는지 연관성을 못 찾았어. 만약 살인범이 그들에게 접근했다면, 어떤 방법으로, 어디에서 그랬는지 알아내야 해. 그것이 살인범에 이르는 유일한 방법이지. 이 흔적을 거슬러 올라가는 것은 길고 지겨울 거야. 게다가 우리의 살인범은 시간을 앞당기며 재빠르게 행동하지. 두 명의 피해자를 이틀 동안 처리했으니까. 참 이상한 일이야. 일반적으로 연쇄살인범은 살인을 저지르고 얼마간의 시간 동안은 힘을 보충하거든. 하지만 이 살인범은 두 살인사건 사이에 전혀 간격을 두지 않았어. 다만 호기심을 끄는 게 한 가지 있지."

"뭔데요?"

"이 살인범은 어느 측면에서 피해자들에게 종속되어 있어. 왜냐하면 그들을 죽인 것은 그가 아니라 굶주림이니까. 내 생각에 드쉬스가 첫 번째 피해자였어. 그가 맨 처음으로 굶주림 때문에 죽었으니까. 살인범의 행위는 사람을 죽이는 것에 대한 단순한 만족감보다 훨씬 복잡해. 그는, 그는 우리에게 무언가를 말하려 애쓰고 있어. 그런데 그게 무얼까?"

"음식물 같은 거예요. 식욕부진으로 병적 허기증에 걸린 사람들은 먹고, 먹고, 또 먹고, 또 먹어요. 그러면서 살이 찌기를 원하지 않고, 특히 몸의 조절기제를 지키고 싶기 때문에 일부러 토해요. 하지만 먹고 싶은 충동은 참을 수가 없어요. 이 살인범도 일종의 병적 허기증 환자예요. 그는 통제하지 않아도 통제되는 거예요. 그는 고문만 할 뿐 죽이지는 않아요. 직접적으로는요."

필리프는 갑자기 지친 기색을 띠고 이마를 문질렀다. 크리스탈은 일찌감치 도착할 것이고, 그는 눈 한 번 못 붙이고 불로뉴 숲에서 밤을 새야 할 것이다. 그 전에 엘레나와 저녁을 먹는다. 그는 엘레나가 도착하기 전에 아파트를 청소하고 식사 준비를 다 해놓도록 파출부에게 빨리 전화하는 게 낫지 않을까 생각했다. 젊은 정신과 여의사는 온 힘을 다해 사진을 샅샅이 조사라도 하듯이 계속 칠판을 바라보다가 말했다.

"내가 오늘 저녁 당신 집에 가도 아무 문제 없을까요? 당신은 몇 시까지 불로뉴 숲으로 가야 하죠?"

"조용히 저녁식사를 끝낼 정도의 시간은 있어. 저녁식사 후에 당신을 집에 바래다주고 그리로 달려가면 돼. 괜찮지?"

"완벽하네요. 집이 어디예요?"

필리프는 그녀에게 주소를 알려주고 수사국 입구까지 배웅했다. 골목 모퉁이로 사라지기 전에 엘레나가 보낸 미소에 필리프는 녹아내렸다. 그는 완전히 원기를 회복하고 사무실로 돌아왔다.

카를라가 죽은 후 여자가 집에 오는 것은 엘레나가 처음은 아니었다. 하지만 이런 감정, 이런 기대감을 갖는 것은 처음이었다.

다행히 필리프는 수사를 잊지는 않았다. 메모해둔 부분을 하나하나 다시 살폈고, 빈약한 퍼즐 조각이지만 짜 맞추려고 애를 썼다. 45분 후 잔느가 분통이 터지는 표정으로 사무실에 들어오자 필리프는 신문에 실패했다는 것을 알아차렸다.

잔느가 입을 열었다.

"디오발스키 부인은 진짜 변호사들과 함께 단단히 무장하고 나를 기다리고 있더군요. 그 여자 남편이 뭐라고 했는지 모르겠지만, 그녀는 너무나 겁을 내며 나서서 벨제부쓰를 보호했어요."

"맞아, 벨제부쓰가 레흐나르트 디오발스키의 두 번째 성이라고 말해주는 걸 잊었네. 그러면 그녀가 알리바이를 확인해준 거야?"

"네, 어쨌든 간에 그들은 그날 저녁 파티 중에 둘이서 사진을 찍었더라고요. 그러니 어느 시간까지는 디오발스키가 결백하다는 걸 증명하는 거죠. 하지만 나머지 밤 시간은……."

"디오발스키를 꼼짝 못하게 하려면 크리스탈의 진술서가 꼭 필요해. 그 암거래를 조직하고 감추고 있는 사람들 명단을 달라고 그녀를 압박해야 해. 크리스탈이 얼마 후면 여기에 올 테니까."

실제로 여배우는 세 명의 변호사를 대동하고 몇 분 후 필리프의 사무실에 도착했다.

그들은 진술서의 용어에 대해 트집을 잡고 토론했다. 어쨌든 크리스탈은 아기들을 숨긴 비밀 장소에 대해 알았음을 인정하는 진술서에 서명했다. 동시에 그녀는 매달 한 번씩 모이는 단체가 있다는 것도 확인했다. 레흐나르트 디오발스키가 보증했음에도 불구하고, '지지자들'은 '알바 마테'라는 단체의 일원이 되기 위해서는 1만 유로씩을 지불해야 했다. 크리스탈은 아이 한 명당 에마뉘엘 젱리에게 얼마씩 지불했는지는 모르며, 자신은 그것과 아무 관계가 없다고 명확하게 밝혔다. 그녀가 강조한 것처럼 그녀는 에마뉘엘과 모든 시간을 함께 보내지는 않았다. 크리스탈은 촬영과 불화 사이에서 기다릴 줄 알았던 것이다, 분명히. 크리스탈은 경제적으로 독립적이었기 때문에 그점을 특히 강조했다.

필리프가 다른 이름들을 들으려고 애썼지만 그녀는 거부했다. 그는 크리스탈이 더 알고 있고, 말하고 싶은 생각도 있다고 확신했지만, 변호사들에 둘러싸인 상태에서는 더 이상 아무것도 끄집어낼 수 없었다. 크리스탈은 뿌루퉁한 표정으로 서명을 하고 구불구불한 황금빛 머리카락을 휘날리며 사무실을 떠났다.

필리프가 야만스런 미소를 지으며 중얼거렸다.

"좋아, 이제 우리는 친애하는 레흐나르트 디오발스키와 다시 토론을 벌일 수 있겠군."

그때 사무실로 돌아온 잔느가 알렸다.

"반장님이 아름다운 여배우와 문제를 해결하시는 동안, 난 다른 용의자들의 알리바이를 확인했어요. 그 정신과 박사님은 두 번째 살인사건 때도 첫 번째 사건이 났을 때와 마찬가지였어요. 네슬린스키 박사는 혼자 집에 계셨답니다. 팻의 아버지인 곤잘레스 씨도 알리바이가 있기는 한데 좀 약해요. 두 번의 살인사건이 일어났을 때 그는 아내와 함께 집에 있었다더군요. 피에르 자비에게 살해당한 아이의 아버지에 대해서도 똑같이 확인해봤죠. 그는 자비가 실종될 당시 프랑스에 없었어요. 나머지들은 꽤 믿을 만한 알리바이가 있고요."

"요약하면 용의자는 있으나 사소한 증거는 없다, 이건가? 빌어먹을!"

순간 필리프가 디스켓을 하나 떨어뜨렸다. 그가 몸을 숙였지만 잡히지 않았다. 필리프는 책상을 돌아 디스켓을 집으려고 무릎을 꿇었다. 그때 마크 자맹이 문을 여는 것이 보였다. 자맹은 또 여자 앞에서 무릎 꿇은 반장을 보고 당황하고 놀라서 입을 크게 벌렸다. 홍당무처럼 얼굴이 벌게진 자맹은 잽싸게 문을 닫으려다 코를 찧을 뻔했다.

필리프가 으르렁댔다.

"아, 제기랄, 내 등에 카사노바라는 명찰이 붙기 전에 어서 자맹을 잡아!"

"카사노바요? 하지만……."

"딱 한 번만 토 달지 말고 내 말을 따라줘. 나중에 설명해줄게!"

잔느는 펄쩍 뛰어 문을 다시 열고 자맹을 데려왔다. 자맹은 어쩔 줄 몰라했다.

"죄, 죄송합니다. 하지만, 그런데, 그러니까……."

그가 횡설수설했다.

"그러니까 자네는 왜 내 사무실에 들어오기 전에 노크를 하지 않냐고? 아까는 내가 심각한 실수를 했기 때문에 여자에게 용서를 비는 중이었고, 지금은 그저 디스켓을 주우려고 했을 뿐이야. 그러니 성급한 추리는 하지 말길, 자맹."

자맹은 필리프의 말을 단 한 마디도 믿지 않는 눈치였다.

"예, 반장님. 알아요, 반장님. 디스켓 때문이죠, 반장님."

자맹이 중얼거렸다.

자맹은 웃음을 참느라 입술을 깨물고 있는 잔느를 흘긋 바라보고는 왜 여기 왔는지 밝혔다.

"그 약품 제조업자와 통화를 했어요, '안티 윌데 애니멀'인가. 그러니까 앙리가 그와 얘기했죠. 왜냐하면 저는 영어를, 으음……."

자맹의 이상한 발음이 필리프의 귀에 거슬렸다.

"그래, 내가 말했었지. 음, 좋아, 그럼 안티 와일드 애니멀스에 대해 뭘 알아냈나?"

"프랑스에는 진짜로 위험한 야생동물은 없죠. 비둘기들이 우리를 공격할 위험은 없으니까요, 넵. 그래서 프랑스에는 수입업자가 없습니다. 인터넷에서는 그래도 도베르만이나 로트와일러 같은 맹견 사육장에 약을 팔고 있었어요. 조련사들은 특히 위협적으로 보이고 인간을 공격할 위험이 있는 개들을 '순화' 시키기 위해 사용한대요. 그것뿐이에요. 반면 아메리카 대륙에서는 그 제품의 판매가 자유롭더라고요. 일부 낚시꾼들도 사는 것 같아요. 또 아프리카와 아직 야생동물이 존재하는 아시아의 몇몇 나라에도 판답니다."

자맹은 장광설을 늘어놓느라 숨이 차서 잠시 말을 멈추었다.

"낚시꾼이요? 왜요? 물고기한테 물릴까 봐 무서운 건가?"

잔느가 믿을 수 없다는 어조로 묻자, 자맹은 재미있어하는 표정을 지었다.

"나도 그것이 궁금했죠. 낚시회에서는 여름에 알래스카에서 낚시를 할 때 이 퇴치제를 사용했어요. 참가자들이 어느 구석에서 그리즐리 곰에게 물리는 것을 방지하려고요. 예전에는 참가자들이 혼자 떨어질 경우, 예를 들어 생리욕구를 해결하기 위해서라든지, 자기 방어를 위해 권총을 착용했답니다. 왜냐하면 풀이 높게 자란 곳에서는 곰이 보이지 않기 때문이죠. 그리고 계속 휘파람을 불라고 했답니다. 만약 그들이 먹히는 중이라면 휘파람 소리가 멈출 테니까요. 그때는 낚시회를 이끄는 가이드들이 달려가는 거죠. 그런데 이 제품을 옷에 뿌리기 시작하면서부터는 사고 횟수가 현저하게 줄었답니다."

자맹의 말이 끝나자 잔느가 빈정거리는 투로 말했다.

"그러면 이 약품을 찾는 대상이 한정되어 있다는 얘기네요! 여기에는 이런 종류의 문제는 거의 없잖아요. 음, 제가 용의자들 중에 낚시광이 있는지 확인해보죠. 또 외국으로 이사 간 사람이 이 퇴치제를 손에 넣을 수 있는지도요. 아무튼 개 조련사들에게 전화해서 개에 대한 문제를 파볼게요. 어쩌면 특별한 사람들에게는 이 제품을 팔 수 있었을지도 모르죠."

"만약 그런 경우라면 되도록 주소와 수표 복사본, 혹은 은행 계좌의 거래 명세서를 얻어오도록 해."

"가능하면 그렇게 하죠!"

문을 나서기 전에 잔느는 필리프를 향해 몸을 돌리고 짓궂은 표정으로 미소를 지었다.

"저한테 설명해주셔야 해요. 오늘 벌어진 또 다른 무릎 꿇기가 뭔지 꼭 알고 싶거든요!"

"자네는 대답을 원하는 게 아니잖아!"

필리프가 이미 닫힌 문에다 소리쳤다.

자맹은 다시 얼굴이 벌게져서 자기 신발만 뚫어지게 바라보았다.

"자네는 아직 거기에 있구먼."

필리프가 자맹을 향해 화난 얼굴로 말했다.

"자네는 이 퇴치제를 구입한 개 조련사들의 명단을 뽑아오는 게 낫다고 생각하지 않나?"

"곧바로 가죠, 대장님."

자맹은 밖으로 뛰어나갔다.

30분 후, 그들은 이 퇴치제를 산 사람들의 명단을 입수했다. 하지만 불행히도 조련사들에게 팔린 여러 병의 약품은 현금으로 지불되어 구매자들의 신분을 찾아낼 방법이 없었다. 필리프는 컴퓨터에 명단을 입력하고 철자 찾기로 그 이름들을 호환하면서 모든 정보가 교차되도록 소프트웨어를 작동시켰다. 필리프는 몇몇 정신이상자가 다른 방식으로 동일한 문자를 계속 쓰면서 이름을 바꾸는 데 꽤 익숙했기 때문에 이 정보 프로그램은 매우 쓸모가 있었다. 필리프는 그들이 이 과정에서 어떤 이상한 것을 찾는지는 몰랐지만 무엇 하나 소홀히 여기지 않았다.

늦었기 때문에 필리프는 일을 계속하고 있는 부원들을 남겨두고 당장 일어나려 했다. 그때 마크 자맹이 또다시 사무실로 들어와 '뚱보 수사팀, 필리프 하트 반장'이라고 적힌 편지를 내밀었다.

"어제 대장님께 온 편지예요."

필리프는 손을 내밀어 편지를 받으려다 생각을 바꿔 눈으로 고무장갑을 찾았다. 그러자 자맹이 말했다.

"그러실 필요 없으세요, 대장님. 벌써 연구실에 넘겼어요. 그래서 금방 받지 못하신 거예요. 연구실에서는 우선 지문을 채취했어요. 지문이 있었지만 그게 우체부의 것인지 의심스러워서요. 그 연쇄살인범은 진짜로 벌레를 좋아하던걸요!"

"벌레?"

필리프는 눈먼 애벌레들이 우글거리는 장면을 상상하며 의심스런 눈으로 봉투를 바라보았다(프랑스어로 시구와 벌레의 발음은 같다—옮긴이).

"음, 네, 운이며 4행시, 3연구 등등 전부 다요."

"아!"

필리프가 그에게서 편지를 낚아챘다.

지맹이 옳았다. 그것은 시였다.

> 수정이 열쇠
> 끝없는 수직갱도의 한가운데
> 비밀스레 숨겨진 장소 안에서
> 아기들의 신음소리 들린다

문장이 달랐다. 훨씬 간단하고 즉시 이해할 수 있었다. 필리프는 몇 초 되지 않아 의미를 파악했다. 수정은 여배우 크리스탈을 가리키는 것이었고, 숨겨진 방과 유아 밀매를 의미하는 내용이었다.

"그는 젱리가 아이들을 밀매한다는 걸 알고 있었어. 그렇다면 살인 범은 그를 잘 안다는 얘기지. 즉, 살인범은 우연히 피해자들을 고른 게 아니야. 그는 우리가 그 사실을 알기를 원해. 우리가 오늘 오후 찾아낸 그 장소에 대해 알려준 거잖아. 이것을 어제 받았다고 했나?"

마크 자맹은 짝다리를 하고 서서 한쪽 다리를 흔들었다.

"예, 하지만 즉시 열어보지는 않았어요. 그래서 우리가 오늘 받은 거죠."

"이 편지는 어제 온 게 틀림없어. 우리가 그 장소를 발견하기 전에. 왜 그자는 젱리가 유아 밀매자라는 것을 우리에게 알리고 싶었을까? 사면을 간청하고, 자신이 그를 벌할 권리가 있다고 생각해주기를 바라는 걸까?"

필리프는 잠시 생각을 하다가 갑자기 손으로 편지지를 구겼다.

"그는 한 가지 실수를 저질렀어. 연쇄살인범이 피해자들을 알지 못한 채 우연히 그들을 선택하고 납치하는 일은 절대로 불가능해. 살인범은 자신이 그들과 사적으로 친밀하다는 것을 밝힌 거야. 젱리가 그 은밀한 침실을 아무에게나 보여주지는 않았을 테니까. 혹시 살인범이 레흐나르트 디오발스키의 명단에 있는 걸까? 아마도 그는 디오발스키에게 아이를 입양하고 싶다고 믿게끔 만들었겠지?"

자맹은 당황하여 머리를 긁적거렸다.

"만약 그가 명단에 있다면요, 대장님, 그건 가짜 이름일 거예요. 아니라면 절대 젱리에 대해 우리한테 말할 이유가 없잖아요?"

"맞아, 나도 알아. 지겨워! 우리를 제대로 이끄는 게 하나도 없어."

갑자기 필리프의 시선이 손목시계에 머물렀고, 그가 깜짝 놀라 욕설을 내뱉었다.

"자맹, 이걸 잔느에게 전해줘. 그러면 자기 나름대로 생각해보겠지. 나는 지금 나가야 돼!"

자맹은 고개를 끄덕이며 대장님이 직업상 아주 긴급한 약속이 있나 보다고 생각했다. 반면 필리프는 자신이 특별히 애용하는 정육점이 문을 닫기 전에 도착하기 위해 서둘렀다. 그는 간신히 제시간에 도착했고, 파리에서 가장 맛있는 고기를 파는 포부르 생 토노레 거리의 니베르네즈 정육점에서 지방이 적절히 섞인 안심을 준비할 수 있었다. 그는 노르스름하고 길쭉한 맛있는 감자와 베아르네즈 소스에 들어가는 재료를 사기 위해 서둘렀다.

그 시간 동안 엘레나는 오랫동안 주저하고, 아주 안 좋은 생각이라고 한참을 중얼거린 끝에 친구 제레미의 충고에 따르기로 했다. 결국세피의 미용실에 가기로 한 것이다. 엘레나는 제레미의 친구인 세피에게 엄청난 성공을 가져다준 호화로운 헤어 살롱을 방문했다. 세피는 아름다움의 성전을 연 지 2년밖에 안 됐지만 빠른 시간 안에 파리의 총아가 되었다. 엘레나는 그곳에서 머리카락을 염색하고 있는 유명한 작가와 토론 중인 제레미를 찾아냈다. 하얀 셔츠와 장광설로 유명한 그 작가는 흰 머리를 감추기 위해 염색을 하는 중이었다. 그녀는 속으로 웃었다.

"엘레나, 결국 왔구나!"

그 말은 지금 이 순간, 상황이 예기치 않게 돌아가리라는 것을 정확하게 가리켰다. 엘레나는 자신이 뭘 하고 싶은지 설명하려 했지만, 제레미는 절대 빠져나가지 못하도록 그녀의 손을 꽉 잡고 이교도의 신에게 바치는 봉헌물처럼 곧바로 세피에게 끌고 갔다. 세피는 록 스타와 같은 모습으로 그녀를 맞이했다. 다른 손님들이 이렇게 동요를 일으키는 젊은 여자가 누구일까 의문을 가지며, 읽고 있던 잡지에서 거만한 시선을 들 정도였다. 엘레나는 그리스 신화의 외눈 거인 키클로페스에게 율리시스가 대답했던 것처럼 그들에게 대답하고 싶었다. 아무도 아니라고. 그녀는 아무도 아니었다.

세피는 생각할 시간조차 주지 않았다. 처음에는 버티려 애썼지만 세피의 매력과 그가 뿜어내는 설득의 힘 때문에, 결국 엘레나는 두 눈을 질끈 감고 세피가 하는 대로 내버려두었다.

그녀의 불쌍한 몸이 견뎌야 했던 것들은, 그녀가 쉬운 일이 아닐 거라고 추측한 생각이 옳다는 것을 확인해주었다. 엘레나는 머리카락이 뽑히고, 버터 같은 것을 바르고, 뜨겁게 하고, 다시 차갑게 했다가 또 뜨겁게 하고, 마사지하고, 적시고 , 말리고, 다시 적시고 다시 마사지했다. 마침내 세피가 마법의 가위를 들고 그녀 뒤에 서서 멋진 모습을 창조할 준비를 마쳤다.

엘레나는 잔 다르크의 흉내를 내고 있는 것 같았다. 장작불 앞에 서 있는 용감한 잔 다르크. 미용의 거장이 굵고 검은 머리카락을 가지고 작업을 하자 조수가 머리를 빗겼고, 그 다음에 거장이 마지막 손길로 스타일을 정리했다. 시샘이 담긴 중얼거림으로 살롱 안이 술렁였다. 몇 안 되는 특권층만이 이런 특별한 대우를 받을 권리가 있었으므로. 엘레나는 단번에 예닐곱 명의 적들이 생겼다. 세피가 헤어드라이어를 멈출 때까지 그녀는 잡지에서 고개를 들지 못했다. 알지 못하는 여인이 그녀를 뚫어지게 바라보았다.

세피는 이제 몇 가닥의 검은 머리카락으로 얼굴을 강조하면서 머리카락의 색을 엷게 만들었다. 엘레나의 눈은 무한히 깊어 보였고, 완벽한 광대뼈와 얼굴형은 계란형이라는 단어에 새로운 의미를 부여했다. 믿기지 않는 마술봉을 한번 휘두르자 엘레나의 머리카락은 더 길어 보였다.

세피는 그녀가 두려워하는 일을 했다. 엘레나를 아름답게 만들었다. 화장이 그녀의 얼굴을 새롭게 덮기 시작했다. 화장이 끝나자 엘레나를 의자에서 일으켜 아주 짧은 원피스를 입혔다. 마치 잡지 사진처럼 몸에 딱 달라붙고 목과 어깨와 가슴이 드러나는 스타일로, 그 위에 진한 갈색 실크로 된 특이한 기모노 상의를 입혔다. 세피는 이것이 친애하는 존의 '이야기' 컬렉션 의상이라고 했다. 제레미는 그 존이라는 사람이 가장 친한 친구 중 한 명인 것처럼 이야기했는데, 아마도 진짜 그런 것 같았다. 엘레나는 상표를 읽고 나서야 제레미가 말하는 존이 그 유명한 존 갈리아노라는 것을 깨달았다.

발에 이상한 물질을 신은 듯한 느낌이 드는 진짜 새까만 세르지오 로시의 구두를 신은 엘레나를 보고 제레미가 킥킥 웃었다. 남자들은 모두 이 기사를 자세히 읽으려 싸울 것이다.

"어머나! 이 원피스를 완벽하게 소화하는구나. 하지만 그 목걸이는 빼버려야겠어. 다른 것들과 어울리지 않아."

그러자 엘레나가 강하게 반박했다.

"그건 말도 안 돼. 이 목걸이는 10년 전에 아빠가 선물해주신 거야.

선물로 주시면서 절대 풀지 않겠다고 맹세하라고 하셨어. 보호용이라고 말씀하셨지. 행운의 상징이야."

"아, 훌륭한 아버지가 그렇게 말씀하셨다면야. 좋아, 이제 돌아봐. 그리고 거울에 비쳐봐!"

제레미는 거대한 거울을 향해 엘레나의 몸을 돌렸다. 제레미가 옳았다. 엘레나는 눈부셨다. 세피는 진짜 걸작을 만들어낸 것에 만족하며 칭찬을 아끼지 않았다.

엘레나는 더 이상 잔 다르크도, 아무도 아닌 사람도 아니었다. 그녀는 신데렐라 효과를 경험했다. 엘레나는 제레미를 대모 요정에 비교되는 존재로 인정해야 하는 것이 아닌지 생각했다. 잘 생각해보니, 어쩌면 그럴지도 몰랐다. 제레미는 늘 수가 놓인 긴 드레스를 좋아했으니까. 어쨌든 제레미 역시 매우 기뻐했다. 그는 엘레나에게 집에 돌아오면 자기한테 꼭 전화하라고 말하고 떠났다. 제레미는 오늘 저녁 두 사람의 이야기를 자세히 듣고 싶어했다.

엘레나는 한숨을 쉬면서 약속했다. 제레미는 당연히 그럴 권리가 있었다. 자신의 운명에 매우 만족하는 미운 오리새끼를 아주 불편해하는 멋진 백조로 변신시키느라 많은 수고를 했던 것이다. 엘레나는 낡은 자동차를 타고 집으로 돌아가서, 차를 바꿔 타고 싶은 욕망에 열심히 저항하다가, 필리프가 사는 지역의 복잡한 주차 문제를 피하기 위해 택시에 올라탔다.

엘레나가 필리프의 아파트 문을 두드렸을 때 필리프의 반응은 그녀를 즐겁게 했다. 필리프는 엘레나를 바라보고 잠깐 숨을 멈추었다가 놀라움을 표시하며 마침내 그녀를 집 안으로 들였다.

"어, 어떻게 된 거야?"

"나요? 아무것도 아니에요!"

아파트의 섬세한 아름다움을 발견하고 엘레나는 주제를 바꾸었다.

"집이 너무 멋져요!"

그녀가 감탄하며 칭찬했다.

"카를라의 아버지가 이 아파트를 우리에게 선물했지. 카를라가 실내장식에 전권을 가지고 자기가 하고 싶은 것을 모두 골라서 장식했어. 매일 저녁 새로운 것이 있었지. 그녀는 진정한 조화를 만들어낼 줄 알았어. 카를라, 카를라는 자신이 가진 것을 모두 나에게 물려줬어. 그녀가 죽고 나자, 나는 아주 부자가 되었지."

엘레나는 필리프의 목소리에 담긴 스스로에 대한 혐오감과 고통을 느끼고, 연민이 가득한 시선을 그에게 던졌다.

"당신은 아직도 아내를 깊이 사랑하나 봐요, 그렇죠?"

"그게…… 어려워. 그녀를 사랑하지만 그녀는 죽었어. 현실적으로 죽은 사람을 사랑할 수 있을까? 아니, 우리는 죽은 자에 대한 사랑의 환상 속에서 길을 잃는 게 아닐까? 완벽한 존재를 기억하는 끔찍한 고통 속에서 그녀는 진정 그런 존재였을까? 카를라는 이탈리아 여자였고 충동적인 편이었지. 끔찍하게 화를 내는 순간도 종종 있었고, 미칠 정도로 내 감정을 부추기기도 했어. 하지만 그런 것은 하나도 기억이 안 나. 내가 기억하는 것은 괴로운 기억이 아니라 멋진 것뿐이야."

"그게 정상이에요."

엘레나가 안심시키는 목소리로 중얼거렸다.

"정신은 고통에 멈춰 서지 않아요. 하지만 도망가는 행복을 따라 달리는 것 역시 건강에 좋지는 않아요. 잃어버린 이 행복은 현재 경험할 수 있는 행복을 앞질러 가서 결국 당신을 죽일 거예요. 서서히 고통을 주면서."

"그렇다면 현재의 행복을 음미합시다."

필리프가 웃으려고 애쓰며 말했다.

"그리고 맛있는 안심 구이를 먹읍시다. 와인은 생테밀리옹 샤토 슈발 블랑 1989년산을 준비했어."

엘레나가 필리프에게 미소 지었다.

"내가 좀 도울까요?"

"아니, 아니야. 당신은 여기 앉아 있어. 곧 돌아올 테니."

텔레비전이 계속 켜져 있어서 엘레나는 화면으로 눈길을 돌렸다. 두 경찰 사이에 수갑을 찬 뚱뚱한 남자가 보였다. 그는 젊은 남자가 자신을 미행했다고 생각하고 그를 위협했던 것이다. 뚱뚱한 남자는 그 불쌍한 청년이 의식을 잃을 때까지 때렸다. 경찰에 체포된 남자는 청년이 자신을 칼로 위협하고 납치하려 했다고 주장했다. 하지만 그가 칼이라고 주장한 것은 담배였다. 청년은 그저 불을 빌리려 했던 것이다.

엘레나는 위장이 오그라드는 느낌이 들었다. 신문에 난 뚱보 살인범의 기사를 본 후, 사람들은 더 이상 안전하지 않다고 느꼈다. 살이 찐 많은 사람들이 그 미치광이에게 위협을 받는다고 느끼는 게 틀림없었다.

필리프가 돌아와 텔레비전을 껐기 때문에 엘레나는 짐을 덜었다.

그는 색깔 있는 단단한 돌로 이태리식 상감 세공을 한 나지막한 테이블 위에, 준비한 푸아그라와 카나페를 올려놓았다. 자줏빛이 도는 가죽 소파가 너무 부드러워서 엘레나는 하마터면 깊숙이 파묻힐 뻔했다. 필리프는 우아한 테이블 위에 황금빛 린넨의 테이블 세트를 놓고, 두 사람 분의 식기도구와 접시를 차렸다. 테이블의 커다란 유리판 아래에는 금색 이삭 다발의 형태가 조각된 멋진 나무 다리가 보였다.

식전주를 마셔보면 저녁식사의 나머지를 예상할 수 있다. 안심 구이는 그릴에 익히기 전에 프라이팬에서 재빨리 '표면을 딱딱하게 익혔으므로' 완벽했고, 가볍게 마늘가루를 뿌린 감자는 맛있었으며, 베아르네즈 소스는 바닥에 흘렀다. 저녁식사를 하는 동안 두 사람은 그림에 대해 이야기했다. 엘레나는 옛날 화가들을 매우 좋아했는데, 특히 15세기 플랑드르파 화가인 얀 반 에이크를 좋아했다. 반면 필리프는 현대 화가들을 맹목적으로 신봉했다. 두 사람은 책에 대한 공통의 열정을 발견했다. 책은 오래된 것이든 요즘 것이든 상관없었다. 필리프는 엘레나를 서재로 데리고 갔다. 서재를 장식하는 화려한 내장재들이 그녀를 어리둥절하게 만들었다. 필리프가 거실로 다시 돌아가자고 말하기 어려워하는 것 같아 그녀는 책을 몇 권 빼들었다. 그들은 두 사람이 〈스타워즈〉와 〈반지의 제왕〉 팬이라는 사실을 발견했고, 둘 다 내면적인 분위기의 영화를 좋아한다는 것을 알아냈다. 두 사람은 너무나 좋은 시간을 보냈다.

저녁식사가 끝나자 필리프는 경찰로서의 직감이 훌륭한지 확인하고 싶었다.

"지난번에 왜 소아정신과 의사가 되었냐고 내가 물었을 때, 당신은 사람들을 돕고 그 아이들의 상처를 치료하고 싶은 욕구에 대해 얘기했어. 난 그 직업을 택한 다른 이유가 또 있다고 확신해. 훨씬 심각한 이유가."

필리프는 잠시 말을 끊었다가 다시 이었다.

"당신 역시, 그때 당신이 인용했던 끔찍한 통계에 속하는 거요?"

엘레나는 혼란스러운 시선을 들어 필리프를 바라보았다. 그녀는 잠시 주저하다가 와인과 맛있는 요리, 특히 필리프가 자신에게 불어넣어준 믿음, 그녀로서는 새로운 감정인 따뜻한 믿음에 힘입어 조심스레 유지하고 있던 방어망을 무너뜨렸다.

"아, 아버지가 엄마와 이혼하면서 우리는 힘든 시기를 보냈어요. 엄마는 다른 남자를 만났어요. 자기 남편보다 좀 덜 바쁜 남자였죠. 아빠는 그 사실을 알게 되었을 때 불같이 화를 냈어요. 아빠는 가방을 쌌고 우리는 떠났죠."

"당신 엄마는 그 상황에 반대하지 않았어?"

"엄마는 새 애인하고 지내느라 열한 살짜리 어린 딸을 돌보기에는 너무 바빴어요. 아빠는 할아버지 할머니가 이혼하셨을 때 거의 비슷한 상황을 겪었기 때문에 더 큰 충격을 받았죠. 그때 아빠는 할아버지와 함께 살기로 했고, 할머니는 형하고 떠나셨대요. 아빠는 그 이후 형도 엄마도 다시는 보지 못했어요. 아빠와 나는 아빠의 친구이신 모르티메 사강드 아저씨의 집에 머물렀어요. 아저씨는 아버지 연배의 친구분이셨는데, 독신이었고 큰 집에서 살았죠. 아빠가 이혼 문제를 정리하고 사업을 돌보는 동안, 나는 대부분의 시간을 모르티메 아저씨와 보냈어요. 아저씨는 나한테 너무나 친절했고 나도 아저씨를 좋아했어요. 한 달 동안은 아무 일도 벌어지지 않았죠. 아저씨의 관심과 쓰다듬는 행위가 이상하게 느껴지지 않았어요. 아저씨가 그 이상을 원하기 전까지는."

엘레나의 목소리가 떨리자 필리프가 끼어들었다.

"잠깐만! 나한테 그런 얘기를 할 필요는……."

"아뇨, 괜찮아요. 간단히 말하자면 그는 나를 성폭행하려 했어요. 하지만 서류를 잊고 간 아빠가 마침 집으로 돌아와 아래층에 있다가 내 비명소리를 듣게 되었죠. 나는 무슨 일이 있었는지 전혀 기억하지 못했어요."

그녀는 쓸쓸한 미소를 짓고 말을 이었다.

"아빠는 누군가 집 안에 침입했다고 생각하고 재빨리 뛰어올라왔죠. 무슨 일이 일어났는지 알아차리고 아빠는 거의 미친 상태가 되었어요. 아빠는 아저씨를 때리고 또 때렸어요. 죽여버릴 것처럼 때렸죠. 그때 열한 살이었던 나는 아빠가 아저씨를 죽이기를 바랐어요. 난 아저씨가 죽기를 아주 강렬히 원했어요. 아빠는 거의 그를 죽일 뻔했죠. 다행히도 비명소리를 들은 이웃사람들이 말려서 둘 사이를 떼어놓았고, 경찰을 불렀어요. 아저씨는 감옥에 갔지만 가장 큰 벌은 그게 아니었어요."

목소리에 어딘가 황량한 기쁨을 담아 엘레나가 덧붙였다.

"당신은 틀림없이 내가 냉정하다고 생각할 거예요. 하지만 필리프,

나는 그것이 정의였다고 생각해요. 아버지가 아저씨를 때렸을 때 아저씨는 넘어졌죠. 그때 잘못 넘어진 거예요. 지금 그는 휠체어에 앉아 있어요. 허리부터 발끝까지 아무 감각이 없죠. 몸이 영원히 갇혀버린 거예요."

필리프가 잔을 들었다.

"당신이 틀렸어, 엘레나. 난 당신이 전혀 냉정하다고 생각하지 않아요. 나도 당신처럼 생각해. 분명히 거기에는 정의가 있다고."

엘레나는 필리프에게 자신의 이야기를 털어놓자 마음이 가벼워진 것을 느끼고 매우 놀랐다. 그녀는 눈썹에 맺힌 눈물방울을 닦아내고 웃었다.

"내 정신과 담당의와 아버지를 제외하고 이 더러운 일화를 아는 사람은 극히 적어요. 심지어 네드에게도 털어놓지 못했어요. 이렇게 당신한테 편하게 얘기했다는 사실에 나 자신도 놀라는 중이에요."

필리프는 아이를 달래듯 그녀의 손을 부드럽게 토닥거렸다.

"정말 기쁘고 영광입니다. 당신이 정신과 의사가 된 이유가 그거로군! 당신과 똑같은 경험을 했지만 아버지에게서 보호받을 기회가 없었던 아이들의 상처를 치료해주기 위해서?"

"그래요, 바로 그거예요."

"당신 입장이었다면 나라도 그렇게 했을 거야. 아니면 연쇄살인범이 되어 소아 성애자들을 공격했거나, 냉혹하고 무자비하게 그들을 죽였을 거야."

"네, 당신은 사냥꾼이 되고 그들은 제물이 됐겠죠. 나는 의사 이상의 역할을 발견한 거죠. 뭐랄까, 훨씬 문명화된 역할."

두 사람은 전율을 느꼈다. 그들은 비밀스런 고통을 함께 나누는 것 말고, 어떻게 행동하는 게 더 좋은지 그 이상은 알지 못했다. 필리프의 괴로움이 엘레나의 고통 속에 숨어 있던 낯선 메아리를 일깨웠다. 상처 입은 두 인간과 치유되어야 하는 상처들.

휴대전화가 울리자 필리프가 아쉬워하며 일어섰다. 불로뉴 숲의 악마를 사냥하기 위해 떠나야 할 시간이었다.

"택시를 불러줄래요?"

엘레나 역시 짧은 저녁식사를 아쉬워하며 물었다.

"데려다줄게."

엘레나는 거절하지 않았다. 집이 여기서 그리 멀지 않았으니까.

집에 도착해서 필리프에게 작별 인사를 하기 위해 엘레나는 입맞춤을 할 수 있도록 한쪽 뺨을 내밀었지만 그는 머뭇거렸다. 저녁 내내 필리프는 엘레나에게 느끼는 애정을 너무 드러내지 않으려고 조심했다. 엘레나를 불편하게 하거나 불신의 감정을 주고 싶지 않았다. 그래서 그는 우정 어린 분위기를 유지하려 애썼다.

엘레나는 한 걸음 뒤로 물러서서 의심스런 표정으로 필리프를 바라보았다 .

갑자기 엘레나가 놀라운 행동을 했다. 필리프에게 다가가 입술에 입맞춤을 했다. 가볍고 부드러운 입맞춤이었다. 그리고 나서 엘레나는 줄행랑을 쳤다.

필리프는 바보처럼 멍하니 서서 그녀의 등 뒤로 건물 문이 닫히는 것을 바라보았다. 그리고 몽유병 환자의 걸음걸이로 오토바이를 향해 걸어갔다.

*

불로뉴 숲까지 가는 동안 내내 필리프는 입가에 미소를 머금고 있었다. 아아, 엘레나가 입을 맞췄다.

불로뉴 숲에 도착하자, 입구의 창살문 앞에서 사복 차림으로 자신을 기다리고 있던 경찰이 공원 안에 마련한 조처에 대한 얘기를 했지만 집중하고 정신을 차리기가 쉽지 않았다. 그는 부원들에게 한 명씩

인사를 하고 공원을 한 바퀴 돌았다.

한밤중의 회전목마는 다음 날 아침 아이들이라는 식량을 삼킬 준비를 마친 음산한 괴물 같아 보였다. 레일 위의 드래곤이 무서운 눈으로 자신을 곁눈질하는 것 같아 필리프는 한숨을 쉬었다. 어렸을 때는 회전목마 위에서 황홀한 시간을 보냈다. 그는 마술로 가득한 이 장소가 무자비한 살인 현장이 되는 것을 보고 싶지 않았다.

필리프는 염소 울타리 근처 작은 나무 오두막을 은신처로 삼았다.

긴 밤이 예상되었다. 날씨는 더웠지만 그는 추웠다. 염소들이 풍기는 냄새가 그의 코를 간지럽혔다. 좁은 장소에 갇히자 우울한 생각이 떠올랐다. 필리프는 카를라에 대해 생각했다. 이제까지 한 번도 없었던 황홀한 입맞춤 이후, 필리프는 카를라에게 거의 죄의식을 느끼고 있었다.

새벽 4시경이 되자 벌써 새벽이 밝아오고 있었다. 공원은 여전히 조용했지만 염소 울타리에서 풍기는 퀴퀴한 냄새와는 다른 냄새가 갑자기 오두막으로 스며들었다. 필리프는 문을 열 여유도 없이 정신을 잃었다. 희미하게 누군가 자신을 끌어낸다는 생각이 들었고 추위가 느껴졌다. 그는 꿈을 꾸기 시작했다.

꿈속에서 엘레나가 그에게 격정적으로 키스를 했다. 그의 얼굴 전체를 온통 핥은 후에 머리카락을 뜯어먹기 시작했다.

그 장면을 지배하는 이상한 어지럼증 때문에 필리프는 잠이 깼다. 눈을 뜨는 게 힘들었지만 비명을 지르며 벌떡 일어났다. 심장이 분당 200번은 뛰는 것 같았다.

새벽의 어스름한 어둠 속, 필리프 앞에 무시무시한 뿔과 염소수염을 한 악마가 불쑥 나타났다. 두려움에 얼어붙어 뒷걸음질 치며, 필리프는 허리춤에 찬 권총을 기계적으로 찾다가 자신이 나체라는 사실을 깨달았다. 필리프는 뒤쪽의 덩어리에 부딪쳐 바닥에 나뒹굴었다.

아직 잠들어 있던 두뇌가 작동해 앞에 있는 게 악마가 아니라 염소라는 것을 깨닫기까지는 시간이 좀 걸렸다. 필리프는 염소 울타리 안에 있었다. 벌거벗은 채로. 그는 깜짝 놀라 주위를 둘러보았다.

필리프는 자신이 부딪쳐 넘어진 뒤쪽의 덩어리가 사람의 몸이라는 것을 깨달았다. 고개를 돌리자 프랑크 마르의 초점 없는 두 눈과 딱 마주쳤다. 막 내리기 시작한 이슬비 아래 그 사람의 입에는 사탕이 가득 물려 있었다.

갑자기 카메라 플래시가 번쩍거리며 터지기 시작했다.

14
네 번째 메인 요리, 민물고기
앙드레의 친구가 잡은 곤들매기 뫼니에르*

눈이 부시고 아직도 얼이 빠진 필리프는 갑자기 자신의 상체가 끈적거리는 붉은 피로 뒤덮여 있고, 네 줄의 시구가 자신의 몸에 적혀 있다는 사실을 깨달았다. 강렬하고 충격적인 공황 상태가 지나가자, 필리프는 그 피가 자신의 피가 아니라는 것을 알아챘다. 기자들도 나체의 형사만은 찍지 못하는 듯했다. 하지만 그는 살인범이 몸에 시를 쓴 나체의 형사였다!

살인범은 그런 행위로 필리프를 공모자로 삼고, 광기로 연출한 장면에 그를 포함시켰다. 구역질이 나 필리프는 사진기자들을 피해 오두막으로 뛰어 들어가 걸쇠를 걸었다. 다행히도 입었던 옷이 거기에 있었다. 첫눈에도 옷은 건드리지 않은 것 같았다. 필리프는 자신이 의식을 잃은 동안 무슨 일이 있었는지 두려운 생각에 사로잡힌 채 바지를 입었다. 심한 구역질에 시달리고 몸을 씻어내고 싶은 강렬한 욕구가 치밀어 올랐음에도 불구하고, 그는 가슴에 쓰인 차갑고 끈적이

---

* 밀가루를 묻혀 버터에 튀긴 생선 요리.

는 피를 씻어내지 않았다. 티셔츠를 입을 수도 없었다. 그 미친 놈 때문에 필리프는 살아 있는 증거물이 되었다.

필리프는 가방을 확인했다. 휴대용 노트북이 들어 있었고, 휴대전화 역시 제자리에 있었다. 지갑에도 역시 손대지 않았다. 살인범은 미쳤지만 도둑놈은 아니었다. 그에게 돈은 관심의 대상이 아니었다.

필리프는 밖으로 다시 나가려다가 갑자기 멈춰 섰다. 권총이 사라졌다. 실탄통과 함께. 그는 정신을 집중해 오두막 안을 뒤졌지만 권총은 이미 사라졌다는 것을 깨달았다.

제기랄, 살인범이 권총으로 무엇을 할지 상상하며 필리프는 몸을 떨었다. 자신에게 떨어질 것은 쓸데없는 서류들과 권태가 아니다. 왜냐하면 무기를 잃어버렸으니까. 필리프는 빨리 무기를 잃어버렸다고 사무실에 알려야 한다. 밖에서는 부원들이 기자들을 멀리 쫓고 있었다. 필리프는 오두막에서 나와 자신의 몸에 새겨진 잠재적인 증거를 지우지 않기 위해 조심스럽게 걸음을 옮겼다. 조금 전에 달리며 이미 많은 실수를 저질렀겠지만 말이다. 필리프의 상체를 더럽힌 잔인한 글씨 앞에서 부원들은 믿을 수 없다는 표정으로 그를 바라보았다. 필리프는 목구멍으로 치밀어 오르는 구역질과 부글거리며 끓어오르는 분노와 싸우며 뭐라고 쓰여 있는지 부원들에게 읽어보라고 했다.

늙은 왕이 말했다
첫 아기를 선사하겠노라고
바람이 황야에 불어오고
야만인들은 아이를 죽였다

이 뜻 모를 문장을 해독하기에는 아직 머릿속이 뿌옇게 흐렸던 그는, 흥분한 경찰들에게 차례로 물어보며 인과관계에 집중하려고 애썼다. 애기를 들어보니, 공원 여기저기에 몸을 숨기고 있던 부원들도 그처럼 이상한 냄새를 맡고 정신을 잃었다. 살인범은 가스를 뿜어 그들 모두를 간단히 잠재웠던 것이다. 무전기에 아무런 대답이 없자 걱정이 된 순찰대가 현장에 도착할 때까지, 아무도 무슨 일이 일어났는지 깨닫지 못했다. 순찰대는 모든 경관이 정신을 잃었다는 걸 발견하고 구급차를 불렀다. 경찰의 호출 소리가 빈번해진 것을 듣고, 기자들도 구급차와 거의 비슷한 시간에 도착했다. 누가 염소 울타리에 있을 거라고는 추측하지 못했기 때문에, 순찰대원들은 필리프 하트 반장이 어디에 있는지 즉시 확인할 생각을 못했다.

결론적으로 하트 반장만 옷이 벗겨진 채 다른 곳으로 옮겨졌고, 사진이 찍혔다. 그리고 다른 사람들보다 빨리 정신을 차렸다. 시간이 지날수록 필리프는 점점 더 화가 치밀었다. 자신을 애송이처럼 마음대로 다루다니. 그것이 그를 미치게 만들었다. 살인범은 살인 현장을 연출하면서 필리프를 그 안에 포함시키기 위해 커다란 위험을 감수했다. 왜 살인범은 다른 경찰이 아니라 필리프를 선택한 것일까? 그가 수사를 이끈다는 것을 알고 있는 것일까? 필리프를 부추기고 싶었던 것일까? 아니면 그를 모욕하거나 조롱하고 싶었을까? 필리프를 조금 더 방해하고 싶어서, 아니면 쓸 데가 있어서 무기를 빼앗아 간 것일까? 살인범은 무엇을 알고 있는 것일까? 필리프는 살인범의 손 안에 있었지만, 살인범은 필리프를 죽이지 않았다. 도대체 왜? 이 모든 의문들이 머릿속을 맴돌았다. 단 한 가지 확실한 것이 있었다. 그렇게 쉽게 경찰을 마음대로 농락한 후이니, 살인범은 끄떡없다고 느낄 것이다. 이 모든 상황 중에서 가장 심각한 것은 세 번째 살인이 일어났다는 것이다. 필리프는 시체를 알아보았다. 그는 세 번째 실종자인 프랑크 마르였다.

모든 징조가 좋지 않았다. 잔느가 도착했다. 뒤이어 해럴드 푸앙과 조수가 도착해 여전히 유머 감각을 자랑했다. 필리프는 법의학자의 유치한 풍자 유머를 들을 여유가 없었다.

"이번에는 매달지 않았네."

법의학자가 필리프의 노여움과 불만을 알아채고 조용히 있는 잔느에게 말했다. 그 말에 필리프가 침울하게 대답했다.

"예, 살인범은 나를 시체 위로 넘어뜨리며 비웃고 싶었나 봐요. 자네는 이번 문자 수수께끼를 보고 뭔가 알아챘지?"

잔느가 반장의 상체에 적힌 시구를 해독했다.

"르 루아 아베 **디**(왕이 말했다), 송 프르미에 **네**(첫 아기)라, 라 **란드**(황야)……. 이것은 그리 좋지 않네요. 난 처음 두 연을 선택할래요. 어쨌든 이제는 놈의 수법을 알기 때문에 시를 해독하는 게 점점 더 쉬워지고 있어요. 이 왕의 이야기는 좀 이상하지만, 항상 귀결되는 것을 보면……."

"보면?"

"디 네 란드."

그러자 피에르가 큰 소리로 외쳤다.

"맙소사! 살인범은 다음 장소로 디즈니랜드를 가리키는 거예요! 그는 아이들을 위한 오락 거리를 좋아해요. 사탕과 회전목마 사이에 파헤쳐야 할 수사의 실마리가 있는 거예요. 어린 시절에 대한 향수, 그게 아니면 뭐죠? 어쨌든 간에 그곳을 지키는 것은 쉽지 않을 거예요. 무진장 넓으니까요!"

피에르의 말에 필리프가 침울한 목소리로 대꾸했다.

"반드시 그런 것은 아니오. 공원은 경비가 잘 되어 있고, 공원을 둘러싸고 있는 담을 넘기는 매우 어려워요. 오히려 여기보다 일하기는 더 나을 거요. 나를 믿어요, 지원군을 더 얻어낼 테니까. 다른 수사국에 지원을 요청할 각오로 임할 겁니다."

"아무튼 연쇄살인범은 오늘 우리에게 뭔가를 가르쳐주었군."

시퍼렇게 변한 시체를 조심스레 피하면서, 염소들이 매애 우는 울타리를 관찰하던 해럴드가 눈썹을 찡그리며 지적했다.

"그래요? 뭔데요?"

"당신을 염소로 만들 능력이 있다는 거지, 친애하는 반장님!"

폭발하기 직전인 필리프의 표정을 살피던 잔느는 킥킥거리는 웃음을 참으며 박사를 째려보았다. 하지만 피에르가 웃음을 터뜨리는 바람에 그녀 역시 더 이상 참지 못하고 웃음을 터뜨렸다.

그때 어디선가 노기등등한 목소리가 으르렁거렸다.

"우리는 지금 세 번째 살인과 당면했소. 그런데 우리 부원들마저 포복졸도하는군. 만약 여러분에게 교통정리를 맡긴다면, 오토바이 운전자들에게 교통위반 딱지를 떼면서도 가까이 설 때마다 낄낄대고 웃을 거요."

그들은 깜짝 놀라 목소리가 들리는 곳으로 몸을 돌렸다. 거기에는 막 나타난 그들의 국장, 세르주 드포르가 서 있었다.

"국장님!"

"잘 있었소, 반장? 무슨 수를 써서라도 신문에 꼭 실리고 싶은 거요? 내 눈에는 그렇게 보이는데."

필리프의 상체를 가리키며 드포르가 인상을 썼다.

"함정에 빠졌어요. 정말 죄송합니다. 이 오물투성이는 15분 후면 지워질 거라고 분명히 말씀드릴 수 있습니다. 제가 이해할 수 없는 건 살인범이 어떻게 경찰이 각자 어디에 있는지 정확하게 파악했느냐 하는 겁니다. 적외선 안경을 쓰지 않는 한 불가능한 일이죠. 정말 모르겠습니다."

국장은 건조한 미소를 지었다.

"적외선 안경이라면 마치 탐조등으로 밝힌 것처럼 우리 인간의 몸을 어둠 속에서도 정확하게 볼 수 있지."

그들은 의문의 시선을 국장에게 던졌다.

"살인범이 깨뜨린 적외선 안경이 발견됐네. 아마도 뚱뚱한 시체를 옮기다 그런 거겠지. 도착하는 길에 경관들이 알려줬소."

국장은 불그스름한 유리 조각이 든 명찰 붙은 비닐봉지를 흔들며 말을 이었다.

"헌병대를 맡았을 때 이런 종류의 물질이 있었지. 그래서 이 렌즈 조각을 알아본 걸세. 이 살인범은 장비를 매우 잘 갖춘 인물인 것 같소. 아주 빠른 속도로 여러분의 정신을 잃게 한 가스 역시 군대에서 사용되는 유독 가스가 분명해. 헌병들은 공습과 같은 예민한 상황에 대처하기 위해 그런 것들을 갖추고 있지. 한 가지 문제가 있다면 그 가스는 심장발작을 일으킬 위험이 있다는 거요. 러시아인들이 볼쇼이 극장에서 인질범을 잡을 때 그 가스를 사용했지. 그들은 테러리스트들에게만 그 독가스를 뿜었는데, 결과적으로 몇 명의 관객도 곧바로 사망했소."

잔느가 몹시 불안한 표정으로 필리프를 향해 몸을 돌렸다.

"반장님, 빨리 병원에 가보셔야 해요. 검사를 받아야 한다고요!"

"기침을 해보시오, 반장."

박사다운 어조로 해럴드가 말했다.

조금 안정이 된 필리프가 해럴드의 말에 따랐다. 해럴드는 필리프의 등을 두드리며 주의 깊게 기관지 소리를 들어보고는 고개를 들었다.

"반장은 괜찮아요. 살아 있는 사람을 청진하기는 참으로 오랜만이지만 모든 게 다 정상적으로 움직이고 있어요."

"사람이 죽으려면 긴 시간 동안 많은 양의 가스를 맡아야 한다는 뜻이오. 살인범은 위험할 정도로 가스를 많이 사용하지는 않았소."

드포르가 중얼거렸다.

"그럼 그 정신병자는 군사 장비에 접근 가능한 사람일까요? 유독 가스, 적외선 안경, 이런 것들은 아무 데서나 쉽게 손에 넣을 수 있는 것들이 아니잖아요."

필리프가 곰곰이 생각하며 의문을 제기하자 잔느가 갑자기 고개를 들었다.

"군사 장비에 바로 접근할 수 있는 용의자가 한 사람 있어요."

필리프가 잔느를 바라보았다.

"빌어먹을! 자네가 옳아. 레흐나르트 디오발스키가 있지!"

세르주 드포르가 펄쩍 뛰었다.

"뭐라고? 레흐나르트 디오발스키가 우리 용의자라고? 농담이겠지, 설마?"

필리프는 조심스럽게 설명을 시작했다. 그리고 전날 늦은 오후에 자신이 국장 책상 위에 갖다놓은 보고서에 있는 내용이라고 지적하고 싶은 것을 가까스로 참았다. 필리프는 잔느하고 둘이서 젱리의 집에서 찾아낸 것들과 크리스탈의 진술서, 그리고 레흐나르트 디오발스키의 자백에 대해 자세히 이야기했다. 드포르는 진한 눈썹을 찡그렸다.

"레흐나르트 디오발스키는 대심 재판소 검사장과 친구 사이야. 그는 높은 권력층 사람들과 친분이 있고 나도 그를 꽤 잘 알지. 그가 여는 파티에 여러 번 초대받았거든. 디오발스키에 대해서는 특별히 조심하게. 아주 유력한 증거가 있을 때만 수사를 진행해야지, 만약 아닐 경우에는 자네들은 완전 산산조각 날 거야. 난 그걸 막는 행동은 아무것도 안 할걸세, 알았나?"

그들의 대답을 기다리지도 않고 드포르는 깨진 렌즈가 든 봉지를 잔느에게 던지고 성큼성큼 멀어져 갔다.

"이것 좀 봐요."

국장이 들을 수 없을 정도로 충분히 멀어진 것이 확실하자 해럴드가 시체를 자세히 관찰하며 입을 열었다.

"이 시체는 산 사람들보다는 죽은 사람들과 함께 일하고자 하는 나의 탁월한 선택에 대해 유일하게 변호해주고 있소."

"뭘 찾으셨는데요, 박사님?"

잔느가 미소 지었다.

"아닌가?"

"이번에는 저도 박사님의 생각에 동의해요!"

감식반이 여러 각도에서 필리프의 상체를 촬영하고 필요한 것들을 다 채취하고 나서야 필리프는 집으로 돌아갈 수 있었다. 필리프는 뜨거운 물로 샤워를 하면서 어쩔 수 없이 참고 있었던 오물을 조금씩 씻어냈다. 잠시 후 긴장이 풀리기 시작했다.

필리프는 직접 사온 크루아상을 두 개 먹고 커피를 마시며 잠시 쉬었다가 엘레나에게 전화를 했다. 그녀가 잠에서 덜 깬 목소리로 전화를 받았다. 그제야 그는 아침 7시 반밖에 안 됐다는 사실을 깨달았다.

"미안, 필리프요. 내가 잠을 깨웠나 보네. 나중에 다시 전화할까?"

엘레나는 예의바르게 거짓말을 했다.

"아니, 아네요. 조금 졸고 있는 중이었어요. 곧 일어나야 해요. 어떠세요?"

"나아지겠지. 사실 지난밤에 염소들 앞에서 스트립쇼를 좀 했거든. 그래서 당신이 신문을 보기 전에 미리 알려주는 게 좋을 것 같아 전화한 거야."

엘레나는 웃음을 터뜨렸다.

"스트립쇼요? 맙소사! 어제 저녁 당신이 그런 데서 욕구불만을 일으킬 거라고는 생각하지 않았는데. 염소들하고요?"

"사실대로 말하자면, 살인범이 나한테 유독 가스를 쏘고 옷을 벗긴 후 염소 울타리 안에 새로운 피해자와 함께 넣어놓았어. 그는 내 상체에 아리따운 시를 적어 넣고, 새로운 메시지를 전달하는 수단으로 사용했지."

엘레나는 돌연 웃고 싶은 욕구를 완전히 잃었다.

"맙소사! 괜찮아요? 다치지는 않았어요?"

"응, 조금."

필리프는 전화기 속에서 엘레나의 고통스러운 신음소리를 듣고 서둘러 정정했다.

"하지만 걱정하지 마요. 그저 자존심에 상처를 입은 것뿐이니까. 나는 애송이처럼 덫에 걸렸어. 아직도 정신이 좀 혼란스럽지만, 샤워를 했고 아침을 먹었지. 그랬더니 기분이 좀 나아진 것 같아. 당신은? 당신은 잘 잤소?"

엘레나는 어젯밤 아주 관능적인 꿈을 꾸었기 때문에 자신의 리비도에 문제가 생긴 게 틀림없다고 말할 수가 없었다. 특히 필리프가 어떤 일을 겪었는지 듣고 난 후에 그런 말을 할 수는 더더욱 없었다. 그래서 대충 얼버무렸다.

"응, 아주 잘 잤어요. 나의 밤이 당신의 밤보다 덜 충격적이었던 것은 확실해요."

"함께 점심식사를 하자고 하고 싶었어. 그런데…… 아마 제대로 된 점심식사를 하는 건 힘들 거야. 오늘 나는 엄청나게 일이 많으니까. 하지만 정오에 만나 샌드위치라도 함께 들겠소?"

"필리프, 미안해요. 난 오늘 아버지와 함께 점심식사를 해야 해요. 아버지 말씀이, 오늘 나한테 알려줄 중요한 소식이 있다고 하셨어요. 절대 취소할 수가 없어요."

엘레나가 아쉬움이 가득 담긴 목소리로 대답했다.

"그럼 내일 저녁식사는 어때?"

"내일 저녁은 좋아요. 이번에는 당신이 우리 집으로 오세요. 8시 괜찮아요?"

"9시가 낫겠어."

그들은 조금 더 대화를 나누다가 엘레나가 환자 맞을 준비를 해야 했기에 먼저 전화를 끊었다. 필리프는 완전히 사랑에 빠졌다. 전화를 끊자마자 필리프는 다시 그녀에게 전화를 걸고 싶었다. 아니 장미꽃 한 다발과 크루아상을 사가지고 엘레나의 집으로 달려가 그녀와 함께 하루를 보내며, 괴로운 일로 시작되는 나머지 세상을 다 잊고 싶었다.

하지만 휴대전화가 울리기 시작했고 임무가 그를 괴롭혔다. 간발의 차이로.

너무 즐거운 기분으로 잠이 깬 엘레나는 옷을 어떻게 입어야 할지 생각하는 중이었다. 오늘 아침에는 형편없는 옷을 다시 입고 싶지 않았다. 세피의 손을 거쳤다는 사실, 특히 필리프의 마음에 확실히 들었다는 사실이 예쁘게 차려입고 싶다는 욕망을 불러일으켰다. 엘레나는 아버지를 위해서도 그런 노력을 하면 틀림없이 만족해하실 거라고 생각했다. 그녀는 가볍게 화장을 하고, 꼭 맞는 줄무늬의 짙은 청색 바지와 재킷 한 벌을 입었다. 그리고 하이힐을 신었다. 엘레나는 거울을 바라보고 자신의 모습에 미소를 지었다.

어린 환자들이 엘레나가 화장을 하고 예쁘게 차려입은 것을 보고 깜짝 놀라자 그녀는 약간 당황했다. 그래도 그녀가 두려워한 것과는 달리, 그녀의 낯선 모습이 어린 환자들과의 관계를 위축시키지는 않았다. 오히려 그 반대였다. 반면 네드는 놀라움을 표현했지만 코멘트를 달지는 않았다. 그는 그녀의 존재를 피하는 것 같았고, 약간 싫은 얼굴을 했다.

수첩에 오늘 카를과의 상담 약속이 적혀 있었다. 벌써 11시였지만 카를은 아직 도착하지 않았다. 카를이 지각을 했다. 있을 수 없는 일이었다. 카를은 한 번도 늦은 적이 없었다. 오히려 카를은 담당 의사인 엘레나의 두뇌와 자신의 믿을 수 없이 뛰어난 두뇌가 비교되는 것을 못 견뎌 항상 먼저 도착했다. 심지어 초까지 정확하게 재서 여기까지 오는 여정을 세밀하게 짜기도 했다. 엘레나는 심장이 죄어오는 것을 느꼈다. 만약 상담이 취소되었다면 카를의 부모가 그녀에게 미리 알렸을 것이다. 그러나 아무도 그녀에게 전화하지 않았다. 엘레나는 집중해서 서류를 읽으려 애썼지만, 그녀의 시선은 끊임없이 책상 위에 걸린 시계에 가 닿았다.

갑자기 문이 열렸다. 카를이 피투성이가 된 얼굴로 사무실로 뛰어들었다.

"오! 맙소사, 카를! 너 다쳤잖아!"

깜짝 놀란 엘레나가 카를에게 달려가 얼굴을 만지며 소리쳤다.

"괜찮니? 무슨 일이야? 어디가 아픈 거니? 내가 그 기자를 죽여버릴 거야! 이럴 줄 알았어, 이럴 줄 알았다니까!"

"어어어어어어!"

카를이 엘레나를 밀어내며 외쳤다.

"이러지 마세요! 선생님, 왜 그러시는 겁니까?"

카를은 자신의 말투가 너무 어른스럽다는 것을 잊었다.

"너 다쳤잖아! 누가 이랬니? 그 살인범이 공격한 거야?"

엘레나가 충격으로 계속 소리쳤다.

카를은 미친 여자와 마주하고 있는 것처럼 그녀를 바라보았다.

"뭐요? 아니에요, 전혀 그런 게 아니에요!"

엘레나는 끔찍한 두통을 느끼며 두 손으로 머리를 감쌌다. 그녀는 다시 의자로 돌아가 앉아 침착하게 기다렸다.

카를은 강렬한 만족감에 두 눈을 빛내며 미소 짓고는 얼굴을 닦으려 애썼지만, 피는 지워지지 않고 더 넓게 번졌다.

"아! 선생님은 제가 뚱보 살인범의 피해자가 되었다고 생각하셨군요. 그 기사 때문에요. 그렇죠? 아니에요, 그저 코피가 났을 뿐이에요. 가벼운 마찰이 일어나서요. 늦어서 정말 죄송합니다."

엘레나는 카를에게 손수건을 내밀었다. 아직도 가슴은 두근거렸지만 카를이 괜찮은 것을 보고 마음이 좀 가벼워졌다.

"앉아서 무슨 일이 있었는지 설명해봐. 너를 기다리는 동안 불안해 죽는 줄 알았어. 늦는다고 나한테 전화할 생각은 못 한 거야? 휴대전화 없어?"

"예, 바로 제 휴대전화 때문에 코피를 흘린 거예요."

카를은 엘레나가 질문하기를 기다렸지만, 엘레나는 카를에게 질문하는 것이 그와 의사소통을 하는 최상의 방법이 아니라는 것을 배웠다. 엘레나는 참을성 있게 기다렸다. 카를이 먼저 흔들렸다.

"또 그 DDATR 패거리예요."

엘레나는 DDATR이 'TV 리얼리티에 중독된 얼간이들(Débiles drogués á la téléréalité)'을 의미한다는 걸 알고 있었다. 그들은 학생들을 갈취하는 데 재미 붙인 녀석들이었다. 엘레나는 잠자코 있었다.

"그들은 나를 두드려 패면 내 휴대전화를 뺏을 수 있다고 믿었죠. 그래서 난 이번에 비밀무기를 사용했어요."

엘레나는 몸을 떨었다. 어떻게 그게 무기지? 카를을 잘 아는 엘레나는 그것이 비유적인 의미만은 아니라는 것이 두려웠다. 카를은 그 무기의 효과에 매우 만족했다. 그는 엘레나를 걱정하게 만들고, 그녀의 경고하는 시선을 보는 게 즐거웠다. 자신을 걱정해주는 거니까! 엘레나가 눈살을 찌푸리는 걸 보자 카를은 그래도 내용을 좀 여과하기로 마음먹었다.

"6개월 전에 헤케 사부님을 만나러 갔었어요. 작년에 선생님께서 초보자들이 많은 그분의 수업을 끝내고 돌아와서 말해주셨잖아요. 사부님한테 가서 엘레나 선생님이 수업을 받으라고 권유했다고 말했죠."

엘레나는 입을 벌렸다가 즉시 닫았다. 어린 청소년에게 거짓말했다고 지적해봤자 아무 소용없다는 것을 너무나 잘 알고 있었으므로.

"처음에는 내 수작을 믿지 않았지요."

카를이 만족한 어조로 말을 이었다.

이번에는 엘레나가 흔들렸다.

"그래서 헤케 사부가 어떻게 했어?"

"그는 나를 문하생으로 취급하지 않았어요. 내가 너무 어리고, 너무 거만하고, 너무 자신만만하다고 말씀하셨죠. 특히 자신은 거짓말쟁이들을 싫어한다고."

엘레나는 웃지 않으려고 조심했다. 오, 그래도 이 장면에 참여하려면 약간의 미소는 지어야 했다. 카를처럼 헤케 사부 역시 명석하고 성격장애가 있고, 거만하다. 두 사람의 대결은 틀림없이 볼 만했을 것이다.

카를이 짓궂은 미소를 띠며 말했다.

"그럴 줄 알았어요. 그래서 미리 대비했죠. 3주 전에 이미 훈련장에 무선 소형 카메라를 설치하고 훈련을 했죠. 그리고 쿤장피에 도전했어요."

엘레나는 눈을 크게 떴다. 자신의 환자가 카메라로 누군가를 염탐했다는 사실은 무시했다. 쿤장피는 빠르기 시험이었다. 두 명의 대항자 사이에 물건을 하나 놓고 둘 중 더 빠른 한 사람이 그것을 잡으면 이기는 것이다. 집중력과 반사신경을 테스트하는 시험이다. 이 시험에서 같은 사부들 말고 수련생이 헤케를 이길 가능성은 전혀 없었다. 하지만 카를이 진정으로 원했을 경우, 녀석의 대단한 기억력과 몸을 다 바치는 능력이라면 헤케를 완벽하게 굴복시켰을 것이다. 카를이 위험을 무릅썼다고 해도 놀라운 일은 아니었다.

"그래서? 말해봐."

"헤케 사부님은 안 된다고 버틸 수가 없었죠. 우리는 대련했어요. 선생님도 아시죠? 저는 헤케 사부님의 조상 중에 괴물 뱀이 있다고 생각해요. 눈과 눈을 맞대고 대련하는 동안 헤케 사부님은 나를 마비시킬 뻔했어요. 하지만 제가 이겼죠."

엘레나는 자신의 귀를 의심했다.

"농담하니? 쿤장피에서 네가 헤케 사부를 이겼다고? 트릭을 쓰지 않고는 불가능해."

"속임수요? 맞아요. 정확해요. 제가 속임수를 썼어요. 제가 어떻게 했을까요. 그 방법이 너무 재미있어서 사부가 나를 문하생으로 받아 줬어요."

"카를, 넌 또 뭘 생각해낸 거야?"

소년의 눈이 즐거움으로 반짝반짝 빛났다.

"잡아야 하는 물건을 자석처럼 만들었어요. 그리고 내 손에 자석을 숨겼죠. 이런 이점이 있었는데도 사부가 나를 이길 뻔했어요."

엘레나가 한숨을 쉬었다.

"음, 아주 짓궂은 장난을 했구나. 그렇다고 오늘 아침 네가 왜 코피를 흘렸는지 그 이유가 설명된 건 아니야!"

"그 도전 덕분에 몇 달 전부터 나는 헤케 사부님의 훈련을 받기 시작했어요. 사부님은 DDATR의 공격을 받으면 어떻게 대항해야 할지 알려주셨어요. 그래서 그렇게 했죠. 피해자가 한 명 생기기는 했지만."

"피해자? 하지만……"

카를은 자신의 활약에 매우 만족했다. 엘레나 선생님은 오늘 아침 특히 조종하기가 쉬웠다. 카를이 말했다.

"싸우는 중에 내 휴대전화가 꺼졌어요. 그래도 DDATR에게는 약간 겁을 주었고, 그들도 깨달았을 거라 생각해요. 이제 그들은 더 이상 나를 성가시게 하지 않을 거예요."

엘레나는 걱정스런 시선으로 카를을 바라보았다.

"그렇게 심각한 상황은 아니에요. 그저 나 자신을 보호했을 뿐이에요. 걔네들을 항복시킬 수는 없었지만, 복수하려고 야구 배트를 들고 나를 기다리는 일 따위는 없을 거예요. 그들은 내가 운이 좋았다고 생각했지만, 그래도 나한테 그렇게 금방 덤비지는 못할 거예요. 그러니까 그러길 바라는 거죠. 걔네들을 위해서! 음, 내 얘기를 꽤 많이 했네요. 선생님은 그 경찰 남자친구와 함께 저녁시간을 어떻게 보냈는지 얘기해주신다고 약속하셨잖아요. 그래서 지난번에 네드 선생님이 저와 상담하셨던 거고요. 제 생각에는 그가 선생님한테 키스하신 것 같은데요!"

"말도 안 돼! 네드는 나한테 키스하지 않았거든!"

"네드 말고요. 당연히 그 형사반장이요!"

카를이 웃으며 말했다.

엘레나는 눈살을 찌푸렸다. 당연히 카를은 그녀의 새로운 모습에 대한 코멘트도 잊지 않았다.

"화장을 하고, 옷도 예쁘게 입으셨네요."

카를이 꼭 집어 말했다.

"이건 선생님이 그의 맘에 들고 싶다는 거죠. 만약 그 사람이 선생님에게 키스하지 않았다면 이런 노력은 안 하셨을 거예요. 바로 지금 이 시기일 수도 있어요. 독신으로 있기에는 좀 늙기 시작했다고요!"

"괜찮아. 난 아직 혼자 틀니를 넣고 뺄 수 있으니까. 자, 이제 내 사생활에 대해 충분히 탐구했으니, 네 부모님이 어떻게 하실 건지 얘기해줄 수 있을까? 부모님께서는 다른 의사에게 네 서류를 넘기기를 바라시니? 나는 이해할 수 있어. 살인사건과 관련해서 네가 신문에 노출된 것 때문에 두 분은 분명히 화가 나셨을 거야. 뭐라고 말씀하셨니?"

카를은 어깨를 으쓱했다.

"우리 부모님은 그런 것에는 별로 관심이 없으세요. 두 분은 오히려 사회면보다는, 아시잖아요, 경제면을 읽으시죠. 설령 내가 그 사실을 알려드렸다 해도, 두 분이 선생님을 탓할 거라고 생각하지는 않아요. 우리 부모님은 선생님이 나를 '문명화'시킨 것에 매우 만족하시거든요. 그 나머지는 두 분의 문제가 아니고요. 그건 그렇고, 새로운 시에 대해서는 어떻게 생각하세요? 그 형사반장이 오늘 아침 신문의 한 면을 장식했던데요."

카를은 뒷주머니에서 신문을 한 장 꺼냈다. 거기에는 허여스름한 덩어리에 기댄 벌거벗은 남자의 사진이 실려 있었고, 남자의 상체에는 피로 얼룩진 글자들이 적혀 있었다. 엘레나는 필리프의 얼굴을 알아보고 비명을 질렀다. 필리프의 전화를 받았지만 이렇게 끔찍한 상황에 처했을 거라고는 상상도 하지 못했다. 그가 별 거 아니라고 말하며 상황을 축소시켰기 때문에.

카를이 만족한 얼굴로 말했다.

"이! 아직 신문을 못 보셨군요. 하트 반장이라고 하던데. 선생님께 키스한 그 경찰 맞죠, 아닌가요?"

도저히 입이 안 떨어져서 엘레나는 고개를 끄덕이며, 혐오스러웠지만 열심히 기사를 다 읽었다. 그들은 적외선 안경과 유독 가스에 대해 언급했고, 살인범이 필리프를 포함해 여러 명의 경찰들을 잠재운 사실에 대해서도 적었다. 염소들 사이에 조용히 시체를 내려놓은 후, 살인범은 아무런 흔적도 없이 어둠 속으로 유유히 사라졌다.

엘레나가 한숨을 쉬며 말했다.

"맙소사! 이 살인범의 행동은 꼭······."

"······ 군인 같죠."

카를이 그녀 대신 마무리하고 이내 말을 이었다.

"네, 저도 이 기사를 읽으면서 선생님이랑 똑같은 생각을 했어요. 저는 살인범이 노련한 군인 같다고 생각해요. 잠입과 제압 기술을 잘 알고 있는 군인."

엘레나가 눈을 찡그리며 시를 읽었다.

"르 루아 아베 **디**, 킬 오프래 송 프르미에 **네**, 르 벙 수플 쉬르 라 **란드**, 레 바바르 뤼 옹 튀에."

바로 대답하는 걸 보니 카를은 벌써 이 문제를 풀었나 보다.

"너무 쉬워요, 디 네 란드. 범인은 점점 더 시와 문자 수수께끼 실력이 줄어드는 것 같아요. 이 정도 가지고는 나를 부르지 않잖아요. 분명히 경찰끼리도 이 시를 해독하는 데 크게 어렵지 않았을 거예요."

애타는 감정이 가볍게 드러난 카를의 어조가 아쉬움을 표현했다. 그의 말이 이어졌다.

"여기에는 여러 가지 흔적이 많아요. 범인은 교양 있는 사람이고, 언어를 다룰 줄 알아요. 사냥꾼이거나, 동물에 대해 특별한 재능이 있는 사람일 거예요. 왜냐하면 곰도 무서워하지 않았고, 염소들에게 겁을 주지도 않았으니까요. 살인범은 군인처럼 움직이고 군사 장비를 사용했어요. 그리고 뚱뚱한 사람들을 죽였죠. 손을 잘랐고……. 왜 하필 손이었을까요? 아, 그리고 시체들의 상태를 보면, 살인범은 그들을 살찌웠다가 마르게 만들었다는 사실을 추출해낼 수 있죠. 피해자들을 굶어 죽게 만들었어요, 그렇죠?"

멍하니 입을 벌린 채 엘레나는 카를을 바라보았다.

"카를, 나는 종종 네가 이 지구 사람이 아닌 것 같아. 어떻게 사진 몇 장에서 그런 정확한 내용을 추출할 수가 있어?"

"나도 모르겠어요. 그냥 너무나 분명하게 떠올라요. 내 말이 맞았나요?"

엘레나는 주저했다. 필리프가 자신에게 털어놓은 내용을 밝혀야 할 것인가? 소년의 빛나는 시선을 바라보며 엘레나는 카를을 믿기로 결심했다. 천진함 없이는 안 된다고 생각하면서, 만약 카를이 다른 요소들을 알아낸다면 어떤 세세한 부분은 아마도 정상에서 벗어난 그의 명민함에 경고할 것이며, 카를이 수사에 도움을 줄 수 있을 것이라고 생각했다.

"그래, 정확해. 필리프가 말하기를……."

"아, 아, 이제 반장님이라 부르지 않고 필리프라고 부르는군요!"

"그래, 음, 좋아, 카를. 그러니까 필리프가 살인범이 행한 수법에 대해 얘기해줬는데 네 말이 옳아. 하지만 그도 왜 살인범이 피해자들의 손을 잘랐는지는 몰라."

카를에게 너무 자세한 부분은 알려주지 않았지만, 엘레나는 추론에 대한 믿을 수 없는 능력과 두뇌의 민첩함에 매료된 카를이 이미 많은 것을 알아냈다는 사실을 확인할 수 있었다. 카를의 상담 시간이 끝나 다음 환자가 기다리고 있었다. 그들은 헤어져야 했다. 카를은 엘레나의 치료에 만족하며 떠났고, 엘레나는 그의 질문에 대답한 것이 실수를 범한 것이 아닌가 곰곰이 생각하며 멀어져가는 카를을 바라보았다.

카를의 총명함은 때때로 흐트러지기도 했다. 엘레나는 흐릿하게 죄의식을 느꼈고, 어떻게 저 어린 소년이 그런 결론에 그렇게 쉽게 도달했는지 궁금했다.

오전의 마지막 환자에게 작별 인사를 하고 돌아서면서, 엘레나는 자신의 생각이 카를과 필리프 사이에서 계속 헤매고 있었다는 것을 깨달았다. 프로답지 못한 행동이었다. 환자들은 틀림없이 알아차리지 못했겠지만 그런 일은 다시는 일어나지 말아야 했다. 이제 아버지와 점심식사를 하러 갈 시간이었다.

엘레나는 얼마 걸리지 않아 아버지의 특별하고 멋진 저택이 있는 생 클루에 도착했다. 경비원들이 공원 입구에서 그녀에게 인사를 했다. 엘레나는 아버지의 차 벤틀리 옆에 검소한 자기 차 미니를 주차했다.

그 유명한 P. G. 워드하우스의 지브스 집사(P.G. 워드하우스의 소설 시리즈에 등장하는 집사로, 집사의 대명사로 알려져 있다-옮긴이)와 놀라울 정도로 똑같은 집사 바르텔레미가 문을 열어주었다. 엘레나를 보자 집사의 무표정한 얼굴에 진지한 미소가 가득 번졌다.

"엘레나 아가씨, 집에서 뵙게 되어 너무나 기쁩니다. 외투를 받아드릴까요?"

"그럼 고맙겠어요, 바르텔레미."

엘레나가 가벼운 외투와 가방을 내밀며 물었다.

"아빠 계시죠?"

"예, 아가씨, 서재에 계세요. 저는 기쁜 마음으로 작은 정원에 식탁을 차릴 겁니다."

바르텔레미는 엘레나가 특히 작은 정원을 좋아한다는 걸 알고 있었다. 정원사인 톰이 만들어낸 놀라운 장미 정원이다. 엘레나는 바르텔레미에게 눈부신 미소로 고마움을 표시하고는 서재로 향했다. 이 서재는 오말 공작이 개인적으로 매우 질투했던 장소이다. 1만 3천 권만 세고 끝나버린 오말 공작의 샹티이 성 수집품보다 두 배 정도 되는, 2만 권 이상의 평가할 수 없을 만큼 귀중한 서적이 가지런히 정리되어 있었으므로. 샹티이 성의 수집품이 오말 공작의 사망으로 멈추어버렸다면, 엘레나의 아버지 제임스 바르톡은 전 세계 희귀본 수집가들 사이에서도 유명한 이 서재의 수집품을 계속 늘려가고 있었다.

제임스 바르톡은 그 보물 중 하나인 채색화가 들어간 중세의 수사본을 바라보고 있었다. 그 옆에는 대단히 희귀한 1500년대 이전의 판본이 놓여 있었다. 아버지가 딸의 빠른 걸음 소리를 듣고 고개를 들었다. 엘레나는 아버지를 열정적으로 포옹했다. 하지만 곧 아버지가 평소처럼 반갑게 자신을 맞이하고 있지 않다는 것을 알아챘다.

"어머? 무슨 일이 있으세요?"

엘레나가 물었다.

"어머니와 형에 대한 소식이 있단다."

엘레나는 아버지의 목소리에서 깊은 슬픔이 묻어나는 걸 느꼈다.

"나쁜 소식이에요?"

"우리 어머니, 그러니까 네 할머니가 아르헨티나에서 암으로 돌아가셨다. 오늘 너를 만날 일이 있었기 때문에 너한테는 일부러 전화하지 않았어. 넌 할머니를 알지도 못하니까. 어머니가 돌아가시기 전에 못 뵈었다는 게 나한테는……. 음, 네 할머니는 프랑스 땅에 묻히고 싶다고 하셨단다. 그래서 형이 어제 유해를 모시고 파리에 도착했어. 장례식은 내일 거행될 거다."

한 번도 보지 못한 할머니의 죽음에 슬픔을 느끼는 것은 어려운 일이었다. 하지만 엘레나는 아버지의 슬픔을 함께 나누었다. 그녀는 두 손으로 아버지의 손을 감쌌다. 제임스 바르톡은 가슴을 펴고 쓸쓸한 표정으로 미소를 지었다.

"어머니를 두 번 잃은 느낌이야. 하지만 형을 다시 볼 수 있다는 게 너무 기쁘구나. 설사 상황이 슬프고 고통스럽다 할지라도 말이야. 우리는 서로 얼굴을 본 지가 너무나 오래되어서……."

"어떻게 할머니는 그렇게 오랜 세월 동안 아버지하고 왕래를 안 하신 거예요? 좀 특별하셨나 봐요?"

"너도 알다시피, 할머니는 할아버지하고 이혼하시면서 매우 크게 상처를 받으셨어. 그래서 아르헨티나로 떠나셨지. 할아버지한테 받은 위자료를 가지고 거기에 진짜 제국을 만드셨어. 하지만 우리뿐 아니라 할머니의 친정 식구들, 프랑스에 있던 친구들과도 모두 인연을 끊으셨지. 다시는 아무도 보고 싶어하지 않으셨어. 자라면서 나는 어머니한테 여러 번 편지를 썼지만 한 번도 답장을 해주지 않으셨지. 청년이 되어서는 어머니를 내 인생에서 지워버렸어. 틀림없이 그건 실수였다. 하지만 난 어머니가 죽은 것처럼 생각하고 싶었어. 그게 덜 고통스러웠으니까."

"그래도 아빠는 때때로 잡지나 신문에 난 할머니의 기사들을 제게 얘기해주시곤 했잖아요. 할머니가 그렇게 성공하신 것은 멋진 일이에요."

제임스는 두 손을 빼며 뒤로 물러섰다.

"그래, 아르헨티나가 그렇게 멀다 해도 국제 언론은 때때로 할머니에게 관심을 가져주었지. 그래서 그런 방법으로 어머니의 '소식'을 들었어. 그것을 소식이라고 말할 수 있다면 말이야. 아마도 할머니의 재산이 우리 재산을 앞질렀을 거야."

"큰아버지하고는 만나셨어요?"

"응, 어제 오후 시간을 같이 보냈다."

아버지의 눈이 촉촉이 젖었다. 아직도 두 사람의 재회로 충격을 받은 것처럼 보였다.

"큰아버지는 어떠세요? 호감형이에요?"

제임스 바르톡은 한숨을 쉬었다. 젊은 애들은 때때로 이상한 방식으로 말한다.

"그래, 그렇게 말할 수 있겠지. 제롬 형은 유머 감각이 있더라. 나한테 계속 멈추지 않고 질문을 퍼부어대서 형 자신에 대해서는 많은 것을 알 수가 없었어. 형은 우리가 여기에서 이룬 것에 대해 몹시 알고 싶어하며 아르헨티나에 있는 자신의 목장과 말에 대한 얘기만 했어. 제롬 형도 나처럼 신문을 통해 우리의 생활을 알고 있더구나. 또 자신이 결혼했고 큰딸이 임신했다는 얘기도 했어. 얼마 후면 큰딸이 아기를 낳을 거라서 형은 장례식만 치르면 곧 돌아갈 예정이래. 큰아버지가 너를 꼭 만나고 싶다면서 내일 저녁식사를 같이 하고 싶다고 하더라. 네가 할머니의 유언에 어떤 관련이 있는 것 같더구나. 자, 여기 큰아버지 전화번호다. 조지 V 호텔에 묵고 있어."

"앗, 내일 저녁에는 안 돼요. 벌써 선약이 있어요."

"취소할 수 없니? 너도 알다시피 중요한 일이야. 네 큰아버지는 모레 떠나시거든."

아버지가 자신을 데리고 작은 정원으로 가는 동안, 엘레나는 난처한 기분을 드러내지 않으려고 애썼다. 필리프와의 약속 대신, 한 번도 보지 못했고 앞으로도 다시는 만나지 못할 나이 든 친척과 저녁식사를 하고 싶은 마음은 눈곱만큼도 없었다.

"취소할 수 있는지 알아볼게요."

엘레나는 한숨을 쉬며 예쁘게 장식된 테이블에 앉았다.

엘레나는 아버지를 똑바로 바라보면서 아버지가 피곤한 기색을 보이고 있다는 걸 알아차렸다. 미용사가 머리카락을 너무 강하게 염색한 것 같았다. 엘레나는 아버지의 하얀 머리카락을 너무 진하게 염색하는 걸 좋아하지 않았다. 하지만 제임스 바르톡은 그룹의 총수였으며 아직 젊고 강한 남자라는 인상을 주는 것이 중요했다. 트레이닝 코치가 매일 와서 복잡한 여러 기구들에서 훈련하도록 도와주고 있기 때문에 아버지는 아직 멋진 몸매를 갖고 있었다.

엘레나처럼 제임스도 푸른 눈동자였지만 더욱 창백한, 거의 투명에 가까운 푸른색이었다. 그가 누군가를 싫어하는 게 드러날 때면 눈동자의 색이 극도로 차갑게 변했다.

"왜 아버지는 재혼하지 않으셨어요?"

엘레나가 뜬금없이 물었다.

제임스는 놀란 눈으로 딸을 바라보았다.

"이렇게 이상한 질문을 할데가! 왜냐하면 이해심 깊은 여자를 못 만났기 때문이지. 일과 너 사이에서 난 할 일이 너무 많았다. 게다가 원하는 여자를 못 찾아냈지. 그게 전부야."

"진짜 지금 아무도 없으세요? 여자친구도 한 번 없으셨어요?"

엘레나가 고집을 부렸다.

제임스는 엘레나의 고집에 놀랐지만 대답 대신 되받아쳤다.

"그럼 넌? 남자친구가 있니?"

엘레나의 얼굴이 발그레해졌다.

"거의 남자친구 같은 사람이 있어요."

"그렇군. 그 '거의' 남자친구 같은 사람이 누구니?"

"그럴 가능성이 있는 사람이에요. 근데 아직 시험은 못해봤어요."

"그런 것 같구나. 그럼 그 '거의' 남자친구 같은 사람은 뭘 하는 사람이냐?"

엘레나는 그것이 아버지의 첫 질문일 거라고 내심 짐작했었다. 아버지는 늘 남자들이 재산 때문에 딸을 좋아하게 될까 봐 두려워했다. 말하자면 그녀의 잠재적 재산 말이다. 엘레나는 아버지가 주는 재산을 완강히 거부했으므로 아직 그녀의 재산은 아니었다.

엘레나는 짓궂은 미소를 멈추고 조금 있다가 그가 경찰이라는 것을 말할 생각이었다. 이야기를 조금 진전시킨 다음에 말이다.

"빌리우스 드 산테우라비오 발리토 왕자의 사위예요."

이 말은 완벽하게 작동했다. 아버지는 깜짝 놀라 펄쩍 뛰며 물었다.

"뭐라고? 결혼한 사람이란 말이야? 너 정신이……."

"괜찮아요, 아빠."

아버지를 덫에 걸려들게 만든 것을 즐거워하며 엘레나가 말을 끊었다.

"그는 독신이에요. 아내 이름은 카를라고요. 5년 전에 뉴욕 근처에서 비행기 사고로 죽었어요."

"아! 미안하구나. 그래서?"

"뭐가 그래서예요?"

"직업이 뭐냐 이거야. 자기 장인처럼 사업을 하는 거냐? 어쩌면 내가 아는 사람인 거니?"

엘레나가 킥킥거리며 웃었다.

"아빠가 범죄를 저질렀다면 확실히 알 거예요. 하지만 아니라면 솔직히 말해 아빠가 그를 안다면 놀라운 일이죠."

제임스가 눈을 크게 떴다.

"범죄?"

"네, 그는 경찰이에요. 정확히 말하자면 반장님이죠. 네드의 병원에서 만났어요. 뚱보 살인사건의 수사를 이끄는 사람이에요. 아빠도 그 사건에 대해서는 뉴스나 신문을 통해서 알고 계실 거예요."

아버지의 얼굴이 갑자기 불안감으로 물들었다.

"그럼 경찰하고 데이트를 하는 거냐, 엘레나? 조금 위험한 거 아니니? 너를 위해 하는 소리다."

"아빠, 여기는 시카고가 아니에요. 아빠는 너무 갱스터 영화를 많이 보셨어요. 현재 필리프는 병원에서 납치된 소아 성범죄자를 찾는 것과 끔찍한 세 건의 연쇄살인범을 체포하는 게 임무죠."

갑자기 거친 눈빛으로 제임스가 반박했다.

"그가 틀렸다. 그 사람은 오히려 그 소아 성범죄자를 운명에 맡기고 살인범이 죽여버리기를 바라야 할 거야. 피해자들은 아마 전부 다 소아 성범죄자일 테니까. 오히려 연쇄살인범에게 고마워해야지."

엘레나는 아버지의 공격적이고 거친 어조에 충격을 받아 하던 식사를 멈췄다.

"어쩜! 아빠, 다른 피해자들은 소아 성범죄자가 아니에요!"

"그걸 네가 어떻게 알아?"

엘레나가 갑자기 불편해져서 의자에서 몸을 움직였다.

"물론 잘은 몰라요. 하지만……."

"잘 들어, 엘레나, 만약 그 살인범이 뚱뚱한 사람들을 납치했다면 분명히 정당한 이유가 있기 때문일 거야. 마지막으로 실종된 사람이 소아 성범죄자라는 사실은 나머지들도 틀림없이 마찬가지일 거라는 생각이 든다. 어쨌든 간에 그들 중 한 명이 유아 밀매를 했다면, 나머지들이 뭘 감추고 있는지 누가 알겠니?"

엘레나는 심한 충격을 받았다.

"아빠, 어떻게 그렇게 끔찍한 연결을 해요! 피해자들이 똑같은 살인범에게 살해당했다고 해서 아빠가 이 잔인한 살인을 정당화하거나 동일한 범죄의 피해자들을 의심할 수는 없어요."

엘레나가 아버지를 똑바로 쳐다보았다.

"아버지답지 않아요."

제임스가 평정을 되찾았다.

"미안하다, 네가 옳아. 내가 아무 말이나 마구 지껄였구나. 하지만 소아 성범죄자 얘기만 나오면……."

"침착성을 잃죠. 저도 알아요."

"자, 그럼 조금 더 얘기해봐라, 그 잘생긴 반장이 어떤지."

"어머, 그가 잘생겼는지 어떻게 아세요?"

"내 근사한 딸의 호기심을 끌었는데 잘생기지 않을 수가 있나!"

"으음, 네, 필리프 하트는 꽤 잘생겼어요. 특히 그의 얼굴은……."

"누구라고?"

갑자기 아버지가 말을 끊었다.

"필리프 하트요. 하지만……."

제임스가 손가락을 딱 튕겼다.

"아, 맞아! 네가 빌리우스 드 산테우라비오 발리토의 사위라고 했을 때, 그 이름이 내 기억 속에서 어떤 메아리를 일깨웠어. 나 그 사람 안다. 그 이름을 알아. 4년 전에 우리 툴루즈 사건을 정리해준 경찰이야. 좀 오래됐기 때문에 카를라 발리토 가족과의 관계를 잊고 있었어. 그 사람은 아주 영리했지. 내가 제대로 기억하고 있다면 그는 특히, 지체 없이 총을 빼들곤 했어. 그의 카우보이식 방법이 모두의 마음에 든 것은 아니었지만 나에게는 대단히 훌륭한 인상을 남겼다."

"이상하네요. 나한테 아버지 얘기는 안 했는데."

엘레나가 중얼거렸다.

제임스는 어깨를 으쓱했다.

"네가 물어봐라. 아마도 잊어버렸을 거야. 그 사람들은 늘 놀라운 사건들 속에서 사니까 말이야!"

나머지 점심식사 동안 두 사람은 여자 경찰관의 생활이 어떨지 얘기했고, 제임스의 형인 제롬과 할머니에 대해서 다시 얘기를 나누었다. 여름의 뜨거운 태양 아래 장미들은 진한 향기를 뿜었고, 모든 것이 편안하고 다정한 이 순간을 위해 집결되었다. 그러나 엘레나는 아버지의 이야기를 들으면서 뭔가 불안하고 은밀한 불편함이 가슴속에서 점점 커져가고 있음을 느꼈다.

엘레나는 큰아버지에게 꼭 전화하겠다고 아버지께 약속을 하고 집을 나섰다. 엘레나의 자동차는 떠나기 쉽게 벌써 현관 층계 앞쪽에 세워져 있었다. 엘레나는 감미로웠던 점심식사로 약간 기분이 느슨해진 상태로 차에 올랐다. 그녀는 정문을 지나 경비원에게 인사를 하고 가다가, 갑자기 거칠게 브레이크를 밟아 경비원을 놀라게 했다. 몹시 흥분한 엘레나는 아버지와 나눴던 대화를 전부 다시 떠올려보았다. 없다. 그녀는 그런 얘기를 어느 순간에도 한 적이 없었다. 아버지가 그 사실을 신문에서 읽었을 리도 만무하다. 언론조차 아직 알지 못하니까.

얼음같이 차가운 공포가 조금씩 심장을 향해 올라와 엘레나를 뒤덮었다.

아버지는 어떻게 젱리가 유아 밀매를 했다는 사실을 알고 있었을까?

15

다섯 번째 메인 요리, 쇠고기

검은 송로버섯에 다진 고기를 섞어 만든 파이,
1982년산 샤토 몽트로즈 매그넘

엘레나는 비정상적인 상태로 네드의 병원까지 달려왔다. 차를 돌려서 아버지한테 달려가 묻고 싶었지만 두려웠다. 젱리를 알고 있다는 것은 제임스 바르톡이 그 더러운 단체에 연루되었다는 의미였다. 그렇지 않는 한 그 사실을 알 수 있는 방법이 없다.

게다가 제임스 바르톡은 너무 강하게 소아 성범죄자에 대해 반응했다. 엘레나는 머릿속으로 그날 오후에 나눴던 대화를 돌이켜보며 대답을 찾으려고 노력했지만, 끔찍한 의혹이 서서히 그녀를 사로잡았다. 아버지가 정의의 수호자로 변했단 말인가? 아버지는 이 사건들과 어떤 관련이 있단 말인가?

아니, 그것은 불가능하다. 엘레나는 아버지가 이 사건에 연루되었다고는 단 1초도 믿을 수가 없었다. 필리프에게 이 얘기를 반드시 해야만 했다. 다행히 엘레나가 전화했을 때 필리프는 사무실에 있었다. 엘레나가 질문을 하자 그는 깜짝 놀랐다.

"실종된 뚱뚱한 사람들이 다 소아 성범죄자냐고? 아니, 그러니까 내가 아는 한은 아니야. 만약 그렇다면 우리가 밝혀낼 수 있는 어떤 실마리나 수법을 찾았을 거야, 틀림없이. 어떤 성향이라도 찾아냈을 거야. 피에르 자비를 제외하고. 자비한테는 반박할 수 없는 증거가 있으니까 그렇지만, 다른 사람은 전혀 그런 부류가 아니야. 그들은 분명 그저 평범한 사람들이었을 거요. 그게 바로 문제지. 그들의 과도한 몸무게와 구두를 빼고는 그들 사이에 존재하는 공통점을 찾을 수가 없거든. 그런데 왜 그런 질문을 하는 거요?"

엘레나는 거울의 다른 쪽 면을 드러내듯 자신의 아버지가 의심스럽다고 차마 말할 수가 없었다. 이상하다고 말할 수는 없었다.

엘레나는 가능한 한 가벼운 어조로 대답했다.

"아니에요, 그냥. 그저 생각이 나서. 참, 나쁜 소식이 있어요."

"내일 저녁, 나하고 저녁식사를 못 한다는 거지?"

필리프가 즉시 알아맞혔다.

엘레나는 가볍게 웃었다.

"텔레파시가 작동하는 거예요, 뭐예요?"

"당신하고는 텔레파시가 통해. 하지만 왜 약속을 취소하는지는 못 맞히겠는데."

"어제 아르헨티나에서 큰아버지가 도착하셨어요. 할머니가 돌아가셔서 장례식과 상속 절차 때문에 파리에 오셨거든요."

"아, 삼가 조의를 표할게요. 엘레나, 물론 난 다 이해해요. 그럼 일요일 저녁으로 약속을 옮길까?"

"네, 일요일 좋아요. 미안해요, 진짜로 다른 방법이 없었어요. 그럼 잘 지내요!"

"당신도 좋은 하루 보내!"

두 사람은 전화를 끊었다. 엘레나는 자신이 던진 질문이 필리프의 의심을 불러일으키지 않기를 바랐다. 그래서 토요일 저녁에 그를 볼 수 없다는 것도 그리 불만족스럽지 않았다. 필리프는 매우 직감적인 사람이었으므로 그녀가 감추고 싶은 것을 간파할 수 있을 것이다.

피에르 자비를 제외한 다른 피해자들은 소아 성애자가 아니다, 라고 필리프가 얘기했다. 이 사실만으로도 이미 나쁘지 않다. 엘레나의 아버지가 뚱뚱한 사람들을 공격할 이유가 전혀 없다는 의미잖은가. 아닌가?

엘레나가 일정표에서 오후의 상담 약속을 확인하고 있는데 문이 열리며 네드가 얼굴을 내밀었다.

"안녕, 엘레나, 혹시 내 열쇠 꾸러미 못 봤어? 우리 집 열쇠가 달린 건데."

"못 봤는데요. 왜요? 없어졌어요?"

엘레나가 물었다.

"점심 먹으러 가서 옆에 가방을 뒀었어. 그 안에 열쇠 꾸러미가 있다고 생각했는데, 지금 찾아보니 없잖아."

"누가 훔쳐간 걸까요?"

"그런 짓을 왜 하겠어? 우리 집에는 경보 장치가 있어. 설령 강도가 열쇠를 훔쳐갔다 해도 들어오면 경보 장치가 울리고 보안업체에도 알려질 거야. 아마 어디 다른 데에 놓은 것 같아. 레스토랑 탁자에 있을 거야. 가봐야겠어. 내 환자 좀 잠깐 맡아줄 수 있어?"

"카트린느 도미옹이죠? 예, 문제없어요. 걱정 마세요."

한시름 놓은 네드는 나머지는 신경도 안 쓰고 나가버렸다.

한 시간 후 네드가 돌아왔을 때 엘레나는 이미 그의 다음 환자를 보고 있었다. 네드는 레스토랑 탁자 위에 놓고 왔다가 찾아온 열쇠 꾸러미를 보여주려고 진료가 끝나기를 기다렸다.

엘레나는 오후 내내 일에 집중하려고 애썼지만 아버지 문제가 계속 머릿속에서 맴돌았다. 전화를 걸었을 때, 자신이 두려워했던 것처럼 필리프가 의문을 가졌다는 것을 알았다면 더욱 걱정했을 것이다. 필리프는 엘레나가 어딘가 이상하다고 생각했다. 왜 그녀가 소아 성애자에 대한 얘기를 했을까. 엘레나도 네드를 의심하는 것일까?

필리프는 그 문제에 대해 더 이상 길게 생각할 시간이 없었다. 읽어야 할 잔느의 보고서가 잔뜩 있었고, 수사를 빨리 진행시켜야 했다. 세르주 드포르는 '허세 부리기를 끝내고' 모두들 사건의 결과가 빨리 나오기를 기다리고 있으니 정확하게 보고하라고 지시했다. 필리프는 국장이 도착할 때 마중할 생각을 하며 한숨을 쉬는, 보고서 속으로 빠져 들었다. 잔느는 일처리를 잘했다. 실종자들의 부모, 동료들, 이웃을 중심으로 다른 부원들과 함께 수사력을 모아 여러 장의 진술서를 작성할 수 있는 많은 요소를 밝혀냈다.

피해자의 지인들은 상속 문제 때문에 피해자들과 접촉했던 정체불명의 공증인에 대해 이구동성으로 입을 모았다. 돈은 입금되었다. 매번 같은 금액이었다. 5만 유로. 그들은 은행의 거래명세서를 확인할 수 있었다. 이체한 사람은 바질 이톨이라는 이름이었다.

"바질 이톨이라."

필리프의 사무실로 와서 어깨 너머로 자신이 쓴 보고서를 읽던 잔느가 중얼거렸다.

"이 이름은 술의 신이자 각종 난장판의 신, 특히 음식물의 신인 바커스의 이름에서 유래된 것 같은데요. 그렇게 생각하지 않으세요?"

"이톨? 뭐가 특별한데?"

"저를 실망시키시는군요, 셜록 홈스 반장님! 이톨(Eatol)이라니, 영어로 이트 올(eat all), 즉 '전부 다 먹다'라는 뜻이잖아요."

필리프가 눈을 크게 떴다.

"맞았어!"

"그래서 이 유언 집행자를 더 알고 싶은 욕구가 생겼었죠. 어떻게 됐을까 맞혀보실래요?"

"뭐라고? 그럼 그런 사람은 없었구나, 그렇지?"

"딩동댕! 정확해요, 반장님! 사무실을 비롯해 아무것도 없었어요. 아니, 사무실이 있기는 했지만 임대한 것이어서 지금은 다른 세입자가 있더라고요. 결론적으로 아무런 증거도 실마리도 없어요. 피해자들의 계좌에 이체된 금액은 터크스케이커스 제도(서인도 제도에 있는 영국 보호령─옮긴이)에 설립된 은행에서 온 거예요. 이곳은 세금에서 자유로워 최근에 가장 인기 있는 마지막 낙원이죠. 수탁자가 관리하고 있는 이 계좌의 소유자에 대한 정보를 찾느라 무척 고생했어요. 수사가 세금 문제가 아니라 살인사건에 대한 것이라는 점을 알고 나서야, 문제의 은행은 그 손님이 지주회사였다는 것을 알려주었죠. 그 회사역시 또 다른 지주회사가 보유하고 있었고요. 근본으로 거슬러 올라가기 전에 시간이 필요하다는 바로 그런 얘기죠. 만약 근본에 도착할수 있다면요. 마침내, 드디어, 여기 우리가 만들 수 있는 몽타주예요."

"이게 뭐야? 네안데르탈인이야?"

필리프가 책상 위로 그림을 던지며 폭발했다.

"저도 알아요. 증인들한테서는 큰 것을 뽑아낼 수가 없었어요. 큰코와 숨길 수 없는 키 말고는 별로 얻을 게 없었다고요. 설사 그가 다리를 구부리고 걸었다고 해도 말예요. 증인들은 아주 진한 눈썹, 이마위까지 내려온 더부룩한 머리카락이 두상의 위쪽을 가리고 있고, 턱수염과 콧수염이 큼지막한 안경 아래를 덥수룩하게 덮고 있어서 사람들과 잘 어울리지 못하는 인상을 준다고 했어요."

"코도 내버려 둬. 진짜 본인 코가 아니야."

"인공적으로 만든 거라고 생각하세요?"

"응, 마술사가 옛날에 쓰던 수법이지. 모든 관심이 털과 코에 집중되어 있잖아. 그러니 증인들이 나머지 부분에는 전혀 신경 쓰지 못했다고 확신할 수 있어."

"안타깝지만 반장님이 옳아요. 몰고 다니던 차종도 아주 평범한 것이었대요. 아무도 뭔지 기억하지 못했어요. 옷도 마찬가지예요. 요컨대, 털이 덥수룩한 부분과 코를 빼고는 별게 없다는 거죠. 그자가 돈을 많이 갖고 있었기 때문에 아무도 주의를 기울이지 않았어요. 다들 만족해서요.”

“피해자들이 어떻게 실종되었는지에 대해서는 정보가 있나?”

“아뇨, 하지만 건물 주인의 연락을 기다리고 있어요. 오늘 아침에 사무실을 방문했을 때는 없더라고요. 그래서 전화번호를 남겨놓았으니 틀림없이 연락이 올 거예요.”

잔느가 말을 마치자마자 때마침 너무나 적절하게 전화벨이 울렸다.

필리프가 전화를 받았다.

“하트 반장입니다. 예, 예, 그렇습니다.”

필리프가 갑자기 꼼짝하지 않고 눈썹을 치켜세우며 잔느를 바라보았다.

“예? 뭐라고요? 다시 한 번 말씀해주세요!”

잔느는 반장에게 왜 그러냐는 몸짓을 하며 금발머리를 헝클었다. 무슨 일이 벌어진 게 분명하다. 하지만 필리프는 스피커로 듣는 것을 좋아하지 않았다. 메아리가 울린다는 이유로. 따라서 잔느는 필리프의 말만 듣고 들리지 않는 대화의 나머지 절반은 알아맞혀야 했다. 그녀는 두려움에 몸을 떨었다.

필리프는 전화를 끊고 재킷을 가지러 뛰어갔다. 잔느도 그 뒤를 따랐다.

“반장님, 무슨 일이에요?”

“건물 주인이야. 그가 뭣 때문에 전화했는지 맞혀봐!”

“제기랄, 반장님, 빨리 불어요!”

“용의자가 방치한 자동차가 네 대 있는데, 뒤져봐도 되는지 알고 싶어했다고!”

16
여섯 번째 메인 요리, 하천 사냥꾼
비계와 함께 익힌 메추리 도요와 쇠오리 스튜

감식반원들이 두 사람과 거의 동시에 현장에 도착했다.

건물 주인은 꽤 덩치가 크고 대머리에 피부색이 생기가 없는 사람이었다. 계속 이마를 닦으며, 지금 닥친 상황이 건물에 좋지 않은 영향을 미치리라는 생각에 겁을 먹은 것 같았다.

그들을 맞이하며 건물 주인이 불평을 털어놓았다.

"지금 경찰은 옛날의 경찰이 아니에요. 그 자동차들이 여기에 방치되어 있다고 알린 지 벌써 3개월은 되었어요. 그런데 아무도 확인하러 나오지 않았다니까요. 그 차들 때문에 불편했어요."

건물주와 임대인이 서명한 계약서를 자세히 읽던 잔느가 말했다.

"이해가 안 되네요. 제 생각에는 이툴 씨가 1년 동안 열 대 정도를 주차할 수 있는 주차 공간을 빌린 것 같은데요. 그러면 아직 몇 달 동안 더 그 자리에 차를 주차할 권리가 있잖아요. 아닌가요?"

교활한 빛이 건물주의 조그만 검은 눈 속을 스쳐 지나갔다. 이미 비용이 지불된 주차 공간을 다시 임대할 생각이었던 것이다.

"아, 하지만 경찰이 그 사람을 찾고 있다면 그는 뭔가 나쁜 짓을 한 거잖아요. 난 그런 차를 내 건물에 두고 싶지 않아요. 게다가 그 차들을 움직이는 건 간단하지 않을 거요!"

"아, 그래요? 왜요?"

"가서 보세요. 알게 되실 겁니다."

건물 주인이 얼굴의 땀을 닦으며 내뱉듯이 말했다.

첫 번째 자동차의 바퀴는 모두 펑크가 나 있었다. 네 개 모두. 지하 2층에 세워져 있던 두 번째 차 역시 마찬가지였고, 세 번째 차와 네 번째 차도 똑같았다.

자동차들은 먼지로 뒤덮여 있어서 감식반원들은 숨을 헐떡였다. 그들은 온몸이 먼지로 덮이기 전에 매우 조심스럽게 차량을 살폈다. 내부에서는 많은 양의 머리카락이 발견되었으나 바깥에는 지문 하나 없었다.

자동차의 소유주를 최대한 빨리 알아보기 위해 자맹에게 자동차 번호를 보내면서 잔느가 말했다.

"진짜 이상하군요. 어떻게 이 자동차들만 바퀴가 펑크 났을까요? 주차장에서 사고가 있었나요?"

건물 주인이 대답했다.

"예, 그리 심각한 것은 아니었어요. 멍청한 개구쟁이들이 유리창을 깨고 차체에 줄을 긋는 짓을 했어요. 이 펑크 난 바퀴는 녀석들이 한 짓 중 가장 못된 짓이었죠. 카스테레오까지는 훔쳐가지 않았으니까요. 그 일로 돈이 꽤 들었어요. 이런 일이 발생한 게 한 번이 아니라 임대인들의 원성이 자자해서 감시 카메라를 몇 군데 설치했거든요. 야간 경비원은 너무 비싸서요."

필리프와 잔느가 흥분해서 고개를 번쩍 들었다. 잔느가 조금 더 빨랐다.

"감시 카메라요? 이 층에도 있나요? 그러니까 제 말은 이 차가 있는 곳에도 카메라가 있느냐, 이 말이죠?"

건물주가 고개를 끄덕였다.

"예, 물론이에요."

"그럼 카메라에 촬영된 필름을 얼마 동안이나 보관하시나요?"

"여러 달 동안이요. 이리 오세요, 보여드릴게요."

두근거리는 가슴을 안고 두 사람은 건물 주인의 뒤를 따랐다. 그들은 곰팡내 나는 어느 방으로 들어갔다. 방에 있는 여러 개의 화면을 통해 자동차들 주위에서 일하는 수사국 부원들의 모습이 보였다.

건물 주인이 중얼거리듯 말했다.

"음, 보세요, 보세요. 그러니까 이것들이 어디에 있냐 하면…… 여기 있었는데!"

건물 주인이 말하기 전에 필리프는 벌써 알아챘다.

"테이프가 사라진 거죠, 그렇죠?"

"그래요, 어떻게 아셨어요?"

"보통 그렇죠."

필리프가 실망한 어조로 대답하고는 말을 이었다.

"우리의 용의자가 감시 카메라가 있다는 걸 알고 있었나요?"

"네, 물론이죠. 주차장의 보안 때문에 제가 임대인들에게 강조하는 것 중 하나인걸요."

"자동차의 바퀴를 펑크 낸 것은 그가 분명해. 정체가 밝혀지지 않도록 테이프를 없애버린 거지."

그 순간, 잔느의 휴대전화가 울렸다. 그녀가 엄지손가락을 들며 전화를 받았다.

"자맹이 방금 확인했대요. 자동차 번호판은 실종자들의 차량이랍니다. 그가 바퀴를 펑크 낸 게 확실해요. 바퀴를 펑크 내놓고 그들을 데려다주면서 미래의 피해자들로 삼을 수 있었던 거죠. 좀 돌아간다고 핑계를 대고 피해자를 자기 집으로 데려간 게 틀림없어요. 그다음에 자동차들을 여기에 박아놓은 거고요. 이제 피에르 자비를 제외하고 나머지 피해자들을 어떻게 납치했는지 알겠어요."

"하지만 그는 분명히 실수를 했어. 그런 자들은 모두 실수를 저지르지. 그런 인간들은 자신이 모든 것을 통제하고 최소한의 행동도 지배한다고 생각해. 그러나 그것은 불가능해. 이번 사건에서는 아니야. 그는 실수를 저지를 거야. 아니, 반드시 실수를 저질러야 해!"

필리프는 수사가 진전이 없고, 모든 상황이 자신을 막다른 골목으로 몰고 간다는 생각이 들었다. 게다가 사건 초기부터 이상한 느낌을 받았다. 조종당한다는 느낌이었다. 누군가에게 자신이, 개인적으로 조종당하는 것 같았다. 하지만 그것은 어리석은 생각이었다. 왜냐하면 자신의 자리에 있는 사람이라면 누구나 사건의 책임자가 될 수 있었…….

갑자기 몸이 경직되는 것 같았다. 아니다, 누구나가 아니다!

"자네는 내가 망상중 환자라고 생각할 거야."

필리프가 큰 소리로 잔느에게 말했다.

"아뇨, 그렇게 생각하지 않아요. 전 반장님이 망상중 환자라고 확신해요."

필리프가 잔느를 쳐다보며 생각에 잠긴 어조로 말했다.

"기억을 되살려봐. 왜 우리가 소아 성애자인 피에르 자비의 사건을 맡게 됐지? 내 얘기는 왜 다른 수사국의 다른 경찰들이 아니라 제4수사국에서 자네와 내가 맡게 되었는가, 이 말이야."

"국장님이 반장님께 이 사건을 맡긴 건가요?"

"아니, 익명의 우편물을 한 통 받았지. 개인적으로 내게 온 것이었어. 누군가 내게 피에르 자비의 하드 디스크 복사본과 그의 비밀 서류를 보냈어. 그 안에는 여덟 살짜리 소년들을 범하고, 심지어 그중 한 명을 살해한 것을 '자신의 동료들'에게 자랑하는 내용이 담겨 있었어. 그런 종류의 영상이 속임수일 수도 있고, 또 진짜 증거가 될 수 없다는 것을 알았지만, 우리는 그 자료 때문에 의심이 생겨서 즉시 피에

244

르 자비를 감시했지. 그런 순간에 그가 꼬마 곤잘레스를 손아귀에 넣으려 한 거야. 따라서 자비가 체포되었을 때, 나는 이미 그 사건에 손을 댄 셈이어서 공식적으로 책임자가 된 거야. 그런 상황에서 우리가 첫 번째 시체를 발견했을 때는 모두들 병원에서 피에르 자비를 납치한 자의 소행이라고 생각하게 됐지. 그래서 내가 렁지스에 불려간 거고, 이 살인사건과 실종사건의 수사를 맡게 된 거라고. 살인범은 내가 젱리의 유아 밀매 사실을 발견할 수 있도록 시구도 보냈잖아. 지난번 살인 현장에서는 나를 바보로 만들면서 사건에 연루시키기까지 했고. 이제 자네한테 질문할게. 내가 망상증 환자일까, 아니면 살인범이 내가 이 사건을 맡기를 바라는 걸까?"

잔느는 눈을 동그랗게 뜨고 필리프를 바라보며 잠시 동안 할 말을 잃었다.

"이번에는 확실해요. 반장님이 머리가 돈 거예요. 그건 말도 안 돼요! 저는 반장님이 훌륭한 형사라는 것을 알아요. 그것도 대단히 훌륭한 형사죠. 하지만 반장님이 사이코패스의 관심을 끈다고요? 어쨌든 우리는 〈양들의 침묵〉을 찍는 게 아니잖아요. 반장님 이름이 클라리스 스털링도 아니고요. 반장님은 약간 격해지셨고 너무 과로하신 것 같아요. 생각해보세요, 불로뉴 숲 사건 말예요. 제 생각에는 그 사건이 반장님을 너무 흔들어놓았어요."

두 사람은 사무실로 돌아왔고, 필리프는 사무실에 혼자 조용히 틀어박혀 있었다. 잔느는 잠시 망설였지만 필리프가 혼자 있는 게 좋겠다고 판단했다.

필리프의 기억에는 잃어버린 순간이 남아 있었다. 어쩌면 잔느가 옳을지도 모른다. 필리프는 지난번에 벌어진 상황 때문에 혼란스러운 것은 아니었다. 하지만 그 일이 그의 사고방식에 영향을 준 것은 틀림없다. 필리프는 약간 학대를 받았다는 생각이 들었다. 반면, 무엇인지 모를 거북한 이 느낌은 수사를 시작한 초기부터 계속되어온 것이다. 마치 신발 속에 조그만 돌멩이가 들어간 것 같은 느낌이었다. 무엇인지 모르는 것, 하지만 아프게 하는 것, 그것을 끄집어내서 강요된 고통이 멈추기까지 어쩔 수 없이 견뎌야 하는 것. 지금 필리프가 느끼는 감정은 정확하게 이런 것이었다. 꼭두각시 인형처럼 조종당하고 있다는 느낌, 필리프는 그것이 무엇인지 두려웠다.

필리프는 세 번째 시체의 부검 때문에 해럴드 푸앙 박사를 만나러 가는 시간까지 수사 보고서에 몰두했다. 평소에는 법의학연구소에 억지로 끌려가다시피 하는 잔느가 이번에는 아주 만족스런 표정으로 나타났다. 필리프는 법의학 박사의 열성적인 노력이 어여쁜 부관에게 영향을 미치기 시작했나 보다고 생각했다.

"안녕, 안녕! 자, 이번 수사는 좀 진전이 있소?"

두 사람을 열렬히 맞으며 박사가 인사했다.

박사의 질문에 필리프가 대답했다.

"아뇨, 뒷걸음질 치고 있어요. 사실 흔적을 찾아낼수록 짝이 맞는 것은 더 적죠. 마치 퍼즐 같아요. 그런데 서로 맞는 조각이 하나도 없네요."

박사가 눈썹을 치켜 올렸다.

"하지만 두 분은 이미 꽤 단단한 몇 가지 실마리를 찾았다고 생각했는데?"

"그게 그렇게 단단하지가 않아요. 우리도 젱리의 집에서 비밀스런 방을 발견했을 때는 거미줄 속에 숨은 거미에게 다다르는 실을 잡았다고 믿었어요. 그런데 다른 실종자들은 유아 밀매하고 아무런 관련이 없어요. 그들은 다 똑같은 구두를 신는다, 이게 다예요."

필리프의 고백에 해럴드와 피에르는 눈을 크게 떴다. 잔느가 두 사람에게 자신들이 발견한 것에 대해 설명하고, 살인범의 달콤한 시에 대해서도 설명했다.

"으음, 그래, 프레데릭 애버라인 조사관이 1888년 런던에서 살인

마 잭을 추격할 때도 분명 성공하지 못했지. 매번 신문사는 살인마 잭의 편지를 받았어. 잭이 자기 손으로 타이핑한 편지였지. 하지만 결국 잭을 잡지는 못했소!"

잔느는 가볍게 몸이 떨리는 걸 참을 수가 없었다.

"음, 우리 국장님이 나머지 반쪽은 먹어버렸다고 살인범이 쓴 편지와 함께, 반쪽만 남은 콩팥을 받지 않았으면 좋겠네요!"

"만약 국장님이 뭔가를 받으신다면 그것은 손 달린 팔뚝이겠지. 우리가 사는 이 세상에서 그런 일이 벌어지다니! 하지만 두 분은 사방천지에서 악을 보잖소. 그 아름다운 여배우는 아마도 모성애가 매우 발달했나 보오! 한 번에 열 명의 아기라니. 잘 보시오, 그래도 가야만 하는 거요. 자, 본론으로 돌아갑시다."

모자의 챙을 내리면서 박사가 결론을 내렸다.

"다른 시체들처럼 이번 시체도 깨끗이 씻겨졌소. 다른 시체들처럼 양팔, 몸통, 다리에 고무와 기름의 흔적이 남아 있어요."

푸앙 박사는 시를 쓰는 데 사용된 혈액이 프랑크 마르의 것이라고 확인했다. 또 앞의 두 경우와 마찬가지로 피를 얼렸다가 녹여서 사용했다는 것도 확인했다.

"잠자는 숲 속의 미녀를 연기하고 난 느낌은 어떠시오?"

심장에 연결된 혈관들과 동맥을 자른 후 심장을 조심스럽게 꺼내면서 박사가 빈정댔다. 그러자 필리프가 으르렁거렸다.

"괜찮아요. 그 미치광이는 아주 장비를 잘 갖췄어요. 우리는 특히 제압용 가스와 적외선 안경이 군장비인지 아니면 헌병대에서 도난당한 것인지 알아보기 위해 애쓰고 있어요. 우리도 이런 장난은 할 수 있죠. 다음 추격전에서는 우리도 그런 것들로 치장하려고요."

"이 사람은 심장이 거의 600그램이로군. 심장이 살찌는 유전병이 있었소. 그래, 살이 쪄서 그런 건 아냐. 뚱뚱한 사람들이 심장을 살찌우려고 먹는 것은 아니니까. 물론 그게 문제이긴 해요. 왜냐하면 심장은 온몸에 혈액을 내보내는 것이 중요한데, 그렇게 큰 몸을 갖고 있으니 결국에는 마찬가지인 셈이지. 마치 2마력짜리 모터로 트럭을 움직이려고 하는 것과 같은 경우요. 어쨌든 이 사람은 관상동맥 혈전증에 아주 가까운 병이 있었소. 아! 그래, 내가 생각하는 게 바로 이거요. 이 사람은 심장마비를 여러 번 일으켰소. 이자가 굶주림으로 죽었는지 아니면 심장마비로 죽었는지, 그 두 가지 이유로 죽었는지 판단하는 것은 어려울 거요."

박사는 벌겋게 피가 묻은 내장에서 코를 들어 반장이 조금 전에 한 말에 대답했다.

"살인범이 적외선 안경을 가졌다면 뭘 어떻게 하겠다는 거요? 그 장비는 밤에도 환하게 다 보여서 피할 수 없잖소. 아닌가? 체온이 당신을 배반……."

"상하가 붙은 석면 의상을 입었을 때는 피할 수 있죠! 아예 피할 수 없는 것은 아니에요. 우리도 역시 장비를 갖출 겁니다. 살인범이 자장가로 우리를 가지고 논다면, 우리 부원들은 가스 마스크를 준비할 거요. 한 번 놀아난 것만으로도 충분하거든. 우리 역시 적외선 안경을 쓸 거요. 그가 그런 종류의 장난을 하고 싶다면, 곧 후회하게 될 겁니다."

해럴드가 낄낄대고 웃으며 말했다.

"나쁜 인간들이 그렇게 과학 기술로 완전히 무장하게 된다면 우리는 어디로 가야 하나! 비독(19세기의 실존 인물로 범죄자였다가 후에 탐정이 되었다. 최초의 사설탐정이다─옮긴이)의 시대에는 그래도 훨씬 쉬웠구먼! 그렇다면 반장님은 며칠 밤 더 잠복하겠군. 그자가 곧 다시 시작할 거라 생각하시오?"

"솔직히 말하자면 모르겠어요. 하지만 통계적으로 그럴 가능성이 있지요. 사흘 전부터 매일 시체가 한 구씩 생겼으니까요. 내 생각에는 오늘 저녁에 또 시작할 것 같아요. 반드시 그를 체포해야 합니다."

"살인범의 정체에 대한 견해가 있소? 혐의점이나 어떤 실마리가 있는 거요?"

그때 잔느가 끼어들었다.

"난 레흐나르트 디오발스키일 수도 있을 거라는 생각이 들어요. 그는 우리가 찾는 살인범 프로필에 딱 맞아떨어져요. 키가 크고, 체력이 강하고 거만하며, 세상 어느 누구보다 영리하다고 믿고 있죠. 불법 행위에 연루되어 있으며, 특히 군대 장비에도 접근 가능하죠. 게다가 뚱뚱한 아들이 있다는 것도 잊지 마세요."

필리프는 잠시 생각에 잠겼다. 디오발스키에게 그런 관련성이 있는 것은 사실이었다. 심지어 너무 명백했다. 하지만 필리프는 고개를 흔들었다.

"아냐, 나는 동의하지 않아. 사건의 여러 부분이 암거래하고는 아무 관련이 없어. 게다가 그 시구들이 있잖아. 아냐, 왜인지는 모르겠지만 무엇인가 맞아떨어지지 않아. 마치, 마치……."

필리프는 말을 끝맺지 못했다.

"마치 뭐요?"

잔느가 물었다.

"아직 모르겠어. 불분명하고 흐릿해. 더 명확해지면 알려줄게. 생각할 시간을 좀 가져야겠어. 살인범이 또 사건을 저지른다면 오늘 저녁과 내일, 며칠 동안 더 잠복근무를 해야 할 테니까."

점점 더 레흐나르트 디오발스키가 범인이라는 생각이 강해지자 잔느가 말했다.

"그러지 마세요. 크리스탈의 진술서라면 디오발스키도 틀림없이 협상 테이블에 앉을 거예요. 그리고 우리한테 친구들의 명단을 넘기겠죠."

"디오발스키가 진짜로 스트레스를 받는 상황에 처해 있는지 아닌지 곧 알게 될 거야. 내일 아침 일찍, 그러니까 7시 반이나 8시쯤 그를 보게 될 것 같은데. 미안하지만 자네가 사무실에 전화해서 확인 좀 해줄래?"

잔느는 만족한 미소를 지었다. 연구소 지하에서 휴대전화가 안 터지자 밖으로 나갔다.

잔느가 나가자 해럴드가 크게 한숨을 내쉬었다.

"나는 저 아가씨한테 갑자기 미친 것 같아."

해럴드가 고백했다.

필리프는 해럴드 푸앙이 독설을 포기하고 비밀 이야기를 털어놓자, 깜짝 놀라 그를 바라보았다.

"예?"

"나는 저 아가씨한테 갑자기 미친 것 같다고 말했……."

"알아들었어요. 제가 말한 '예?'는 '그랬군요!'라는 뜻이었어요."

"아, 그렇군. 그렇게 보이는 거요?"

"음, 예."

"그녀는 스물일곱 살이고 난 마흔 살이오. 열세 살 차이는 아무것도 아니야! 그녀도 내가 처음은 아닐 거요!"

필리프는 뭐라고 대답해야 할지 몰랐다. 그는 푸앙 박사의 나이가 더 든 줄 알았다.

해럴드가 필리프의 생각을 알아차린 듯 말을 이었다.

"열다섯 살 때부터 머리카락이 이렇게 희었지. 그래서 다들 내가 늙은이인 줄 알아. 직업적으로는 매우 유용한 부분이지. 하지만 이제 그게 문제가 된다고 고백하고 싶소. 반장, 당신은 잔느를 잘 알고 있으니 말해주시오. 내게 기회가 있을까?"

필리프는 이 법의학 박사가 한 번도 표현하지 않았던 여린 부분을 드러내는 바람에 감동을 받았다.

"글쎄요, 잘 모르겠어요. 저도 잔느의 남성 취향을 모르거든요. 그저 그녀가 누군가와 데이트한다는 것만 알 뿐이죠."

"아니오, 그 사람과 헤어졌다더군요. 남자가 잔느를 저녁식사에 초대해서는 계산을 나눠서 하자고 했답니다. 쪼잔한 놈! 그게 분명히 잔느를 실망시킨 거요."

"박사님이 저보다 훨씬 더 그녀를 잘 아시네요. 중요한 문제는 이거죠. 박사님은 잔느를 웃기셨나요?"

"으으으음 그래요. 아니, 모르겠소. 웃기는 했는데, 내가 멍청해서 웃은 건지, 아니면 내 유머가 못 견디게 웃겨서 웃은 건지……."

"박사님 유머가 못 견딜 정도로 웃겨서죠, 분명히!"

"어쨌든 내 농담을 싫어하는 것 같지는 않소. 그것은 인정하리다. 내 썰렁한 농담이 대단하지는 않지만, 내 말에 그녀는 즐거워하오."

"만약 잔느가 웃었다면 기회가 있으신 거예요. 그렇게 하면……."

필리프는 하마터면 '3년 전에는 내가 그녀의 마음을 사로잡았었죠'라고 말할 뻔했지만 입 밖으로 나오기 전에 빨리 추슬렀다.

"그렇게 하면 되는 거예요."

마지막 순간에는 그렇게 말했다.

박사는 만면에 미소를 띠고 가까이 다가왔다.

"당신은 내 형제요, 반장!"

박사는 피가 뚝뚝 흐르는 손을 내밀었고, 필리프는 잡지 않았다. 두 사람은 크게 웃었다.

"좋소, 이제 남은 부검 과정에서 이 시체가 당신의 관심을 끌 만한 것은 없소. 그러니 당신을 놓아주겠소. 매력적인 잔느도 같이."

박사의 안타까운 어조 때문에 필리프는 그가 가여워졌다. 그래서 관대하게 말했다.

"잔느에게 끝까지 여기 남아 있으라고 말할게요. 하지만 한 가지 해주셔야 해요!"

"뭘 한 가지 하라고?"

필리프가 문 앞에 다다르자 박사가 소리쳤다.

"도움이요!"

문이 열리며 잔느가 들어오자 해럴드는 입가에 활짝 미소를 지었다.

필리프는 문 뒤로 퍼지는 동료의 상쾌한 웃음소리를 들으며 미소 지었다. 오토바이에 올라타기 전에 필리프는 엘레나에게 전화를 걸었다. 엘레나가 환자들과 상담 중이었기 때문에 대화는 짧게 끝났다. 여전히 그녀가 약간 어색하게 군다는 느낌을 받았다. 이미 염두에 두고 있었기 때문에 그의 불안한 감정은 더 악화되었을 뿐이다.

필리프는 수사의 진척 상황을 정확히 측정하고 조금 더 명확히 보려면 혼자 있는 게 좋겠다고 생각하며 집으로 돌아왔다. 두 시간 후 잔느가 전화를 했을 때도 그의 추리는 여전히 제자리를 맴돌고 있었다. 그러나 잔느가 뜻밖에 새로운 소식을 들려주어 상황이 조금 바뀌었다. 레흐나르트 디오발스키 부인이 잔느의 사무실에 왔다가 방금 떠났다는 것이다. 그녀는 아무런 예고도 없이, 변호사도 대동하지 않고 잔느에게 와서 남편에 대한 얘기를 했다고 한다. 부인은 너무나 놀랐고, 양심의 짐을 덜어야겠다는 사실을 여러 번 되풀이했다. 잔느가 남편의 알리바이를 물었을 때, 부인은 잔느가 언급한 아기들이 어디에 있는지 안다고 했다. 확실하지는 않지만 그녀는 강한 어조로 그곳이 틀림없을 거라고 주장했다.

디오발스키 부인의 고백에 힘을 얻은 잔느는 즉시 사법공조 의뢰를 얻어 필리프에게 시골로 잠깐 산책을 가자고 했다. 부원들과 감식반원 몇 명을 대동하고.

10분 후 잔느가 필리프를 데리러 왔다. 잔느는 차를 함께 타고 가자고 했지만, 필리프는 자신의 차를 직접 몰고 가고 싶어했다.

"우리, 어디로 가는 거야?"

잔느를 따라가기 전에 필리프가 궁금해서 물었다.

잔느는 짓궂게 웃으며 대답했다.

"레흐나르트 디오발스키는 공식적으로 집이 세 채밖에 없어요. 그래서 그의 아내는 남편이 한 번도 언급하지 않았던 네 번째 집을 소유하고 있다는 것을 알고 깜짝 놀란 거죠."

"아, 그래서?"

"하루는 디오발스키 부인이 남편의 뒤를 미행했대요. 그냥 단순한 감정으로 말예요. 순종한다고 믿었던 소극적인 아내는 디오발스키가 생각했던 것보다 배짱이 있었던 거죠. 그녀는 남편에게 정부가 있다고 믿었어요. 남편이 외국에 여행을 간 어느 날, 아내는 그 집을 돌아보러 갔죠. 그녀가 그 집에 도착했을 때 누군가 있었어요. 여자였죠. 두 손으로 요람을 들고 있던 여자는 서둘러 집 안으로 들어갔다가 다시 나와 주차되어 있던 르노 에스파스 차량에서 다른 요람 두 개를 꺼냈대요. 디오발스키 부인은 그 여자의 행동이 너무나 이상하다고 생각했고, 그 문제에 대해 오랫동안 의문을 품었대요. 어제야 비로소 우리가 던진 질문과 관련이 있을지도 모른다는 것을 깨달은 거죠. 그녀는 그 아기들이 불행하기를 바라지 않고, 또 그 아기들이 물건처럼 팔리는 것도 바라지 않아요. 남편이 무기 암거래를 했을 때는 자신의 문제가 아니었지만, 자신을 격분하게 하는 이런 거래를 보고는 입을 다물 수가 없다고 흥분하더라고요."

"자네를 따라가지. 쫓아가다 잃어버릴 경우를 대비해서 주소를 알려줘."

그 집은 파리에서 약 50여 킬로미터 떨어진 곳에 있었다. 숲 속 한가운데 아주 외딴 곳에 영지를 쭉 둘러싸고 두터운 돌담이 쌓여 있었다. 레흐나르트 디오발스키의 아내가 잔느에게 열쇠를 주었지만 문은 열려 있었다. 집 앞에는 아름다운 잔디밭이 펼쳐져 있었고, 그 주위로는 정성스레 다듬은 나무들이 작은 화분 안에서 고문받고 있었다.

"내부를 살펴보자."

필리프가 헐떡이며 말했다.

두 사람은 널따란 홀로 들어가며 '경찰이닷!' 하고 외쳤다.

침묵이 그들의 외침에 답했다. 그들은 각 층을 다 뒤졌지만 수상한 것은 없었다. 지하로 내려가려고 하자 희미한 불빛이 눈에 들어왔다. 두 사람은 손에 무기를 쥐고 조심스럽게 내려갔다. 계단 아래에서 기다리고 있던 광경이 두 사람을 그 자리에 얼어붙게 했다.

환하게 불을 밝힌 그 방에는 하얀 베일이 늘어져 에어컨에서 나오는 바람으로 부드럽게 흔들리고 있었다. 미풍에 흔들리는 하얀 베일은 잔잔한 바다 위로 출범할 준비가 된 하얀 범선 같은 인상을 주었다. 잔느가 먼저 베일 사이를 가르며 지나가다 눈앞에 펼쳐진 장면을 보고 숨이 헉 하고 막혔다. 거기에는 작은 침대들이 나란히 놓여 있었고, 그 안에는 어여쁜 아기들이 누워 있었다.

그러나 바스락거리는 소리도, 옹알거리는 소리도, 울음소리도 들리지 않았다. 잔느 뒤에서 필리프가 위험의 존재를 감지하고 털을 잔뜩 세운 고양이처럼 꼼짝 않고 서 있었다.

잔느가 중얼거렸다.

"낮잠 시간인가, 아니면 다들 약을 먹었나? 아기들을 돌보는 사람 하나 없다니 말도 안 돼요!"

필리프가 침대로 다가가 그중 한 침대 위로 고개를 숙였다. 두 번째 아기도 들여다보았다. 그가 고개를 들었을 때 잔느는 그의 눈에서 눈물을 보았다고 생각했다. 필리프는 견딜 수 없는 고통 때문에 아연실색한 표정으로 잔느를 바라보았다.

"아니야, 이 아기들은 약을 먹은 게 아니야."

필리프가 쉰 목소리로 내뱉었다.

잔느가 달려가 침대에서 한 아기를 들어올렸다. 움직이지 않았다. 맥박을 재보았다. 아기는 죽어 있었다. 아기들은 모두 다 죽었다. 틀림없이 죽은 지 얼마 안 된 것 같았다. 잔느가 안고 있는 작은 존재는 아직 사후 경직으로 굳지도 않은 상태였으므로. 참을 사이도 없이 눈물이 흘러 그녀의 빰을 적셨다. 잔느는 절망적이고 발작적으로 아기를 두 팔에 꼭 안고 작은 침대들 사이를 걸었다.

"맙소사, 말도 안 돼요. 사실이 아니라고 말 좀 해줘요. 왜 아기들을 죽인 걸까요? 어쩌면 아직 안 죽었을지도 몰라. 빨리 구급차를 불러야 해요. 오, 맙소사, 어떻게 이럴 수가 있을까요? 뭐든 해야 해요!"

필리프 역시 충격으로 마비된 것 같았다. 그는 손가락도 까딱할 수 없어서, 죽은 아기를 두 팔로 안은 잔느를 멍하니 바라보기만 했다.

그때 갑자기 한 여자가 하얀 베일 뒤에서 불쑥 튀어나왔다. 그 여자는 휘둥그레 공포에 질린 눈으로 손에는 주사기를 들고, 악마 들린 사람처럼 비명을 지르며 필리프에게 몸을 던졌다. 필리프는 주사기를 빼앗기 위해 사납게 달려드는 여자의 팔꿈치를 잡으려다가 잠시 뒤쪽으로 균형을 잃었다. 여자는 키가 크고 아주 힘이 셌으며 술 냄새를 풍겼다. 갑자기 그녀의 두 눈이 흔들리더니 필리프를 덮쳤다.

뒤따라온 부원 중 한 명이 권총 손잡이로 그녀를 쳐서 쓰러뜨렸다.

필리프가 으르렁거렸다.

"제기랄! 이 미친 여자 뭐야! 몸싸움을 하기에 이제 난 너무 늙었나 봐!"

그가 아무렇지도 않은 것을 보고 마음이 가벼워진 잔느가 숨을 몰아쉬며 말했다.

"너무 늙었죠. 반장님이 그 말을 서른 살에 하셨다면, 예순 살 나이에는 어떨지 상상하고 싶지도 않아요!"

여자는 의식을 잃고 쓰러졌고, 그들은 서둘러 그녀에게 수갑을 채웠다. 여자가 차츰 정신을 차리기 시작했다.

잔느가 여전히 당황하고 혼란스런 상태로 그녀에게 물었다.

"당신 누구예요? 뭘 한 거예요? 여기에서 무슨 일이 일어난 거죠?"

"우리가 하는 말이 들려요? 대답해봐요!"

필리프가 여자를 흔들며 말했다.

여자가 눈을 흐릿하게 뜨고 그들을 바라보더니 알아들을 수 없는 말로 뭐라고 지껄이기 시작했다.

"우리말 할 줄 몰라요? 통역이 필요할 것 같은데. 내 생각에는 라트비아어 같아.

필리프가 한 부원을 가리키며 말했다.

"저 여자가 아기들을 죽였다고 생각하세요?"

"십중팔구 그렇겠지. 여기 저 여자밖에 없으니까. 아기들은 죽은 지 얼마 안 됐고. 아기들의 팔을 좀 살펴봐, 주삿바늘 자국이 있나?"

잔느는 아직도 팔에 안고 있던 아기 위로 고개를 숙였다가, 한 마디도 하지 않고 아주 조심스럽게 침대에 다시 눕혔다. 그녀는 다른 침대에도 가까이 가고 싶었지만 마음이 흔들렸다. 너무 많았다. 갑자기 구역질이 나 잔느는 계단을 뛰어올라갔다. 필리프는 계단 꼭대기에서 잔느가 먹은 것을 전부 토해내는 소리를 들었다. 누구나 그녀처럼 견디지 못할 수 있다. 많이 단련된 사람도 마찬가지였다. 잔느는 앞선 살인사건을 보면서도 잘 버텼는데, 아무것도 모르고 희생된 불쌍한 어린 생명들을 보니 결국 견딜 수가 없었던 것이다. 그들은 수갑 찬 여인을 둘러싸고 그 죽음의 지하실에서 나왔다.

정원에서 자신들의 차례에 들어갈 신호를 기다리던 감식반원들은, 눈으로 보기에도 충격을 받은 동료들의 창백한 얼굴빛을 보고 아연실색했다. 그들이 두려움을 느끼며 내려갈 준비를 하자 잔느가 미리 알려주었다.

"아래 아기들의 시체가 있어요. 모두 갓난아기고 열세 구예요. 우리가 구급차를 부를게요."

필리프는 잔디밭에 앉아 두 손에 얼굴을 묻었다. 잔느가 그의 곁으로 다가갔다. 그들은 입을 뗄 수가 없어서 몇 분 동안 그렇게 가만히 있었다.

잔느가 먼저 정신을 차리고 현실로 돌아왔다.

"저 여자를 끌고 가서 물어봐죠. 디오발스키가 미친 여자를 고용했나 봐요. 여기서 무슨 일이 벌어지고, 우리가 한발 늦은 것을 알면 디오발스키 부인도 망연자실하겠어요. 디오발스키는 감옥에서 여생을 보내게 되겠죠. 그가 우리에게 명단을 주든 말든 간에 우리는 곧 루트를 밟아 관련된 모든 사람들을 찾아낼 거고, 그들은 각자 적절한 벌을 받게 되겠죠. 모두들 죗값을 치를 거예요, 전부 다. 이 끔찍한 살인에 대한 죗값을 치를 거라고요. 왜 아기들을 죽여야 했던 걸까요? 틀림없이 지문이 몇 개 발견될 것이고, 그것으로 한두 명은 감옥에 가게 될 거예요. 그들은 나머지 관련자들의 이름을 대겠죠. 이런 종류의 암거래를 할 정도로 비열한 인간들이라면 주저 없이 친구들의 정보를 제공할 거예요. 반장님이 그들의 권리를 읽어줄 새도 없이 재빨리 협상 테이블에 앉을 거라고요. 확실해요. 이 지하실에서 일어난 일은 인간이 한 짓이 아니에요. 어떤 것도, 어떤 연막을 피워도 절대 숨길 수 없어요."

갑자기 필리프가 흐릿한 눈빛으로 고개를 번쩍 들었다.

"연막, 연막이었어!"

"반장님, 괜찮으세요?"

반장의 얼굴이 굳어졌다.

"그거야, 연막! 그것 때문에 살인범이 나한테 시를 보낸 거야! 크리스탈과 비밀의 방에 대한 시. 살인범은 나를 가짜 단서로 이끈 거야. 물론 이 유아 밀매는 말로 형용할 수 없는 혐오스러운 사건이지만 뚱보 살인사건과는 아무런 관련이 없어. 이곳이 세 번의 살인사건을 저지르고 아직도 자유로운 그 연쇄살인범을 체포할 수 있는 현장은 아니란 말이지."

필리프의 감정은 허탈감에서 아주 빨리 분노의 감정으로 변했고, 누구보다 그를 잘 아는 잔느는 완전히 절망적인 기분이 되었다.

"무슨 말씀을 하시는 거예요, 반장님?"

"살았든 죽었든 간에 자네는 이 집에서 뚱보들을 봤나? 못 봤지, 그렇지? 이 사건을 맡은 후부터 나는 줄곧 살인범의 손에 놀아나는 꼭두각시 인형 같은 느낌이 들었어. 그는 살인사건과는 상관없는 단서를 우리한테 던진 거야. 다시 처음으로 돌아가야 해. 맨 처음으로. 살인범이 살해한 사람들은 누구지? 왜 그는 그들을 살해했을까?"

"분명히 반장님 말이 맞아요. 그래도 유아 밀매 조직을 쳐부순 행위가 가짜 단서일 뿐이라고 말해서는 안 되죠. 제가 보기에는 조종당하고 있다는 느낌이 반장님을 끊임없이 괴롭히는 것 같아요. 어쨌든 현재 우리는 여기에 있고 끝까지 가야 해요. 제 생각에는 훈련견들을 부르는 게 좋겠어요. 이 끔찍한 장소에서 또 다른 피해자를 찾아내는 건 너무 무서워요. 우선 디오발스키를 체포해야 해요."

"자네 말이 옳아. 아기들의 죽음에 대한 책임자가 죗값을 치러야해. 디오발스키가 그 죗값을 치르게 될 거야, 당장."

"반장님, 어디 가시는 거예요?"

필리프가 자동차에 올라타자 잔느가 소리쳤다.

"레흐나르트 디오발스키 집에! 자네는 여기에서 수사를 마무리해. 이건 명령이야!"

"잠깐만요. 안 돼요, 가지 마세요!"

잔느의 간절한 외침에도 불구하고, 부릉거리는 자동차 엔진 소리와 자갈 위를 구르는 바퀴의 마찰음만이 그녀의 부름에 대답했다. 그녀는 불안감에 사로잡혀 멀어져 가는 자동차를 바라보았다. 잔느는 이런 상황에 처한 필리프를 보는 것이 매우 불안했다. 그들의 직업은 충동에 따라 행동하지 않는 것이 철칙이었다. 하지만 필리프는 스스로 통제할 능력을 잃고 폭력적이 될 가능성이 있었다. 아내가 죽은 뒤 필리프의 *끄나풀*이 되어 그를 위해 일하던 매춘부가 팔다리가 절단되자, 관련된 포주를 수사하는 도중에 필리프는 용의자를 거칠게 위협한 적이 있었다. 용의자는 잔느 덕분에 가까스로 위험한 상황에서 벗어났지만, 필리프의 불 같은 분노를 잠재울 수가 없어서 잔느는 결국 그를 쓰러뜨렸다. 필리프는 곧바로 그녀에게 고마움을 표시했다. 지하실의 끔찍한 악몽을 보고 난 지금, 필리프 혼자 레흐나르트 디오발스키를 만난다면 그는 격분하여 인생과 경력을 망칠 위험이 있었다. 하지만 필리프를 막기 위해 잔느가 할 수 있는 일은 아무것도 없었다.

잠시 후 놀란 가슴이 어느 정도 진정되자 잔느는 필리프에게 전화를 하려고 생각했다. 하지만 그의 휴대전화 전원이 꺼져 있어서 음성 메시지밖에 연결되지 않았다. 계속해서 휴대전화를 연결하려고 애썼지만 헛수고였다. 필리프의 휴대전화는 허공에서 울렸고 스무 번째 메시지를 남기고 나자, 더 이상 메시지를 남길 수도 없었다. 잔느는 낙심하여 욕설을 내뱉었다. 이제 선택의 여지가 없다. 그녀는 드포르 국장에게 전화를 했다.

"레흐나르트 디오발스키의 집에서 무엇인가를 발견했습니다. 거기에 시체들이 있었습니다."

"뚱보 실종자들인가?"

"아뇨, 국장님, 아기들, 아기들입니다. 열세 명이에요."

국장이 이 소식을 제대로 알아듣는 동안 잠시 침묵이 흘렀다.

"자네들은 레흐나르트 디오발스키가 직접적으로 그 살인사건에 연루되었다고 확신하나? 그가 저질렀다는 증거가 있나?"

"그가 소유하고 있는 이 집의 주소를 디오발스키 부인이 직접 우리에게 알려주었습니다. 우리는 수사를 처음부터 다시 시작하려고 합니다. 하트 반장님이 디오발스키를 신문하려고 그의 사무실로 갔습니다."

"이 사건은 내가 맡지. 내가 하트에게 알리겠네."

"반장님의 휴대전화가 계속 불통입니다. 작동되지 않는 것 같습니다."

"빌어먹을 기계들! 이제는 기계 없이 살 수가 없어. 하지만 필요할 때면 하나같이 작동하지 않는단 말이야. 내가 알아서 처리하지."

국장이 전화를 끊었다. 가슴이 죄어오며 잔느는 자신이 방금 엄청난 실수를 저지른 것이 아닐까 생각했다.

디오발스키의 시골집에서 사건 처리를 끝내고 파리로 돌아가는 길에, 잔느는 갑자기 디오발스키에게 감시병을 붙였다는 것을 떠올리고, 필리프와 드포르 국장의 방문에 대해 좀 알아볼 수 있겠다고 생각했다. 잔느는 그쪽 소식을 물어보려고 감시병에게 전화를 했다. 하지만 그는 멘탈리 건물 앞에 주차하고 잠복한 이후, 아무도 보지 못했다고 대답했다. 반장도 국장도.

잔느는 욕설을 내뱉으며 액셀을 밟았다.

"기다려, 나 곧 도착하니까."

그녀가 말했다.

파리의 경계선까지 남은 50킬로미터를 얼마나 빨리 달렸는지 20분밖에 안 걸렸다. 속도계가 치솟았지만 감시 카메라도 어쩔 수 없었다. 임무 수행 중이었으니까.

사복경찰은 입구 바로 앞에 주차하고 있었다. 잔느가 그를 찾아냈을 때 그는 막 샌드위치를 다 먹은 참이었다. 감시 임무를 받았을 때, 업무용 차량이 남는 게 없어서 그는 전날 열쇠를 받은 자신의 새 차인 르노의 클리오를 끌고 왔다. 차를 새로 구입한 것이 너무나 자랑스러웠던 그는 잔느가 신발에 시골 진흙을 잔뜩 묻힌 채 차에 올라타자 투덜거렸다. 잔느는 그의 옆자리에 앉았다.

"저녁 7시 30분인데 디오발스키는 아직도 사무실에 있어요. 나머지 직원들은 다 퇴근했고요. 무슨 일이 있나요?"

경찰이 잔느의 발밑에 비닐봉지를 놓으며 말했다.

잔느는 주저했지만 가서 확인해봐야 했다.

"따라와. 상황이 괜찮은지 확인하러 간다."

잔느가 지시했다.

경찰은 깜짝 놀라 눈썹을 치켜세우며, 샌드위치 마지막 한 입을 얼른 삼키고 그녀를 따라갔다. 두 사람은 건물 쪽을 향해 걸어갔고, 잔느는 귀를 기울이며 권총에 손을 올렸다.

"무슨……."

"쉿! 무슨 소리가 들……."

그때 갑자기 클리오 자동차의 지붕이 그야말로 무시무시한 소리를 내며 폭발했다. 두 사람은 본능적으로 몸을 숙였기 때문에 유리 파편을 거의 맞지 않았지만, 유리 한 조각이 잔느의 뺨을 가볍게 스쳤다. 다시 몸을 일으켰을 때 그들은 자동차 위에 한 남자가 떨어져 차의 지붕을 산산조각 냈다는 것을 알아차렸다. 잔느는 추락한 사람이 레흐나르트 디오발스키라는 것을 즉시 알아보았다.

"지원팀과 의료 구급대에 연락해!"

잔느가 건물로 뛰어 들어가며 외쳤다.

얼굴에 피를 흘리며 여자가 엘리베이터를 향해 달려가자 경비원이 질겁을 했다.

"경찰이에요! 레흐나르트 디오발스키의 사무실로 가게 엘리베이터를 열어주세요! 빨리!"

"하지만, 하지만……."

"그가 창문으로 뛰어내렸어요. 아무 말 마세요!"

얼이 빠진 경비원은 잔느가 시키는 대로 했다. 특수 열쇠로 엘리베이터의 제동을 건 후, 그녀를 따라 34층까지 함께 올라갔다. 사무실 문이 빠끔히 열려 있었다. 잔느는 권총으로 겨냥하고 앞으로 나아갔다. 안에는 아무도 없었다. 필리프와 디오발스키가 대립했을 커다란 방에는 창문만 휑하니 열려 있었다. 가벼운 바람이 불어와 책상 위에 있던 종이 한 장을 휘익 날렸다.

잔느는 몸을 떨었다. 당연히 마지막 인사를 알리는 편지리라. 그녀는 창문으로 다가갔다.

경비원이 눈썹을 찡그리며 말했다.

"신기하네요. 저 창문은 소방대원에게만 열리는 창문인 줄 알았거든요!"

걸쇠가 조심스럽게 떼어져 있었다. 드라이버가 그 옆에 놓여 있었고, 나사못들은 바닥에 떨어져 있었다. 연출된 장면은 완벽했다. 사람들은 디오발스키가 조용히 창문의 나사못을 열고 신선한 공기를 맡은 후, 편지를 마무리하고 창밖으로 몸을 던졌다고 생각할 것이다. 모두들 그렇게 믿을 것이다. 모두, 잔느를 제외하고.

잔느는 알고 있었다. 필리프가 일생에서 가장 끔찍한 실수를 저질렀다는 것을.

*

조금 일찍 잔느와 헤어져 분노에 떨며 몇십 킬로미터를 주파한 필리프는, 시끄럽게 사이렌을 울리며 차를 갓길에 대라는 두 대의 오토바이 대원에게 잡혔다. 지금은 그야말로 이럴 때가 아니었다. 하지만 필리프는 고분고분하게 갓길에 차를 댔다. 한 대원은 오토바이에 그냥 있었고, 나머지 한 대원이 내려서 그에게 인사했다.

"하트 반장님이신가요?"

"예?"

"반장님께 전화가 왔습니다."

그 오토바이 대원은 고속도로 한가운데에서 전화기를 건네주는 것이 아무렇지도 않은 것처럼, 세상에서 가장 진지하게 말했다. 필리프는 한숨을 쉬었다. 잔느가 이렇게 정당하지 않은 방법으로 처신하다니. 그러나 전화기 속의 상대방은 잔느가 아니었다. 드포르 국장이었다. 국장은 디오발스키를 체포하는 일은 개인적으로 자신이 맡겠다고 했다.

"하지만……."

"명령일세. 내 말 이해했겠지, 반장?"

드포르는 위협적인 목소리로 말했다.

필리프는 깊이 숨을 들이쉬었다.

"예, 국장님."

"좋아."

드포르는 전화를 끊었다. 드포르 밑에서 일하기 시작한 이후, 필리
프는 한 번도 '안녕히 계세요'라는 인사를 끼어 넣을 수가 없었다. 국
장은 예절에 맞는 형식으로는 절대 인사하지 않았고, 상대방에게도
그런 말할 시간을 절대로 주지 않았기 때문이다. 필리프는 전화기를
오토바이 대원에게 돌려주고 다시 길을 떠났다. 두 대의 오토바이가
질풍처럼 빠르게 그의 차를 추월했다. 잠시 필리프는 그들이 부러웠
다. 그들의 인생은 확실히 자신의 인생보다 훨씬 단순할 테니까.

자신의 직업은 너무 힘들었다. 때때로 그것이 싫었다. 가끔씩 필리
프는 너무나 무능력하다고 느꼈고, 심하게 죄의식을 느꼈다. 어쩌면
그 아기들의 죽음을 막을 수 있었을지도 모른다. 왜 좀 더 일찍 도착
하지 못했을까? 어떻게 인간의 영혼이 그렇게도 사악할 수 있단 말인
가? 이제 막 시작한 작고 연약한 생명들을 어떻게 그렇게도 냉혹하게
끝낼 수 있단 말인가? 필리프의 머릿속에서는 아내의 죽음 이후 느끼
게 된 무지함과 실망감에, 언제나처럼 풀리지 않는 문제들이 뒤섞였
다. 인간의 몸을 암거래하는 끔찍한 짓, 또 이 살인을 멈추게 하는 것
은 선을 행하는 것이리라. 적어도 자신이 유용한 존재이며, 유해한 짐
승이 더 이상 해를 끼칠 수 없게 만들었다는 감정을 느낄 것이다.

머리가 복잡했던 필리프는 아파트에 들러 시원하게 샤워를 하기로
마음먹었다. 샤워를 한다고 이 끔찍한 느낌을 다 씻어낼 수는 없겠
지만, 기분 전환은 될 것이다. 어쩌면 샤워 후에는 조금은 맑고 확실하

게 생각할 수 있을지도 몰랐다.

머리 위로 세차게 떨어지는 물줄기 때문에 집 전화벨이 울리는 소리도 듣지 못했다. 전화벨은 울리고 또 울렸다. 잊고 응답기를 연결하지 않았다. 시끄럽게 울리던 전화벨이 마침내 그쳤다.

필리프는 어떤 생각에 사로잡혔다. 살인범이 그를 선택했다는 생각, 다른 사람이 아닌 바로 자신이 수사의 책임을 맡도록 말이다. 살인범은 자신과 관계 있는 사람일까? 필리프는 점점 더 그 생각에 몰두했다. 그렇다면 살인범은 일종의 복수극을 펼치고 있었던 것일까? 하지만 살인범은 자신에게 자비를 베풀어 죽이지 않았다. 그저 조롱만 했을 뿐이다. 그가 체포했던 과거의 범죄자가 풀려난 것일까? 이 부분도 확인해보아야 한다.

지난 스물네 시간은 특히 더 견디기 힘들었다. 하루는 아직 끝나지 않았다. 지금부터 마른 라 발레에 있는 디즈니랜드로 가야 한다. 필리프는 청바지와 티셔츠를 입고, 부츠를 신고 재킷을 걸쳤다. 통화가 안 되는 휴대전화는 내버려 두었다. 디오발스키의 집으로 서둘러 움직이다가 세게 떨어뜨린 것 같다. 대신 좀 오래된 다른 휴대전화를 찾아냈는데 배터리가 방전된 상태였다. 어쩔 수 없다. 나중에 충전해야겠다. 그리고 막 나가려는 찰나, 집전화가 울렸다. 사무실을 지키고 있던 마크 자맹이었다.

그가 완전히 흥분해서 외쳤다.

"대장, 대장님! 대장님 휴대전화가 작동하지 않아요!"

필리프가 한숨을 참았다.

"그래, 나도 알아. 떨어뜨렸거든."

"대장님께서는 이름이 디불스키라는 놈에 대한 수사를 진행하던 중은 아니셨죠?"

"레흐나르트 디오발스키야, 그래, 왜?"

"그를 찾았어요. 죽은 시체를요!"

"죽었다고? 하지만, 하지만 어떻게?"

필리프가 황급히 물었다.

"에, 십중팔구 날개가 작동하지 않았나 봐요!"

평소 마크의 표현에 익숙한 필리프가 꾹 참고 조용히 물었다.

"날개?"

"네, 대장, 그자는 34층에서 날려고 했어요. 예상보다 더 빨리 바닥에 떨어졌죠. 잔느가 감시인가 뭔가, 그런 이유로 보낸 우리 동료 차 위로 떨어져 으스러졌대요. 그는, 우리 동료 말예요, 무진장 화가 났대요. 차가 엉망이 돼서. 그야말로 방금 뽑은 클리오였거든요. 게다가 인생이 무서워졌다네요!"

자맹을 부추겨 자세한 얘기를 다 듣고 전화를 끊은 필리프는 한 번 더 낙담했다.

유일한 용의자가 날아가버린 것이다.

17
일곱 번째 메인 요리, 땅 위의 사냥꾼
꼬치에 꿰어 과즙을 뿌려 구운 노루 엉덩잇살과 굵은 포도알

레흐나르트 디오발스키는 그 대단한 단체의 회원들을 과소평가했다. 아기들을 죽인 것은 완전히 무의미한 짓이었다. 단체의 회원들은 디오발스키가 경찰과 면담했다는 걸 알게 되자 더 이상 기다리지 않고 주저 없이 그를 제거했다. 그들은 아마도 디오발스키가 경찰청에 소환되었으며 경찰이 시골집을 찾아간 것도 알고 있었을 것이다.

필리프는 직업적인 전문가들이 디오발스키를 제거했으며, 어떤 흔적도 찾을 수 없을 거라고 확신했다. 레흐나르트 디오발스키가 직접 쓴 자필 편지는 증인이 될 아내에게 마지막 애틋한 한 마디를 쓰며 자신의 죽음이 자살이라 설명했다. 모든 것이 너무나 완벽해서 지독하게 연출된 냄새가 났다.

필리프는 디즈니랜드로 가야 했기 때문에 파리에 있는 디오발스키의 주거지를 수색하는 임무를 잔느에게 맡기기 위해 전화를 걸었다. 그녀는 사무실 업무를 마치고 나서 디오발스키의 나머지 주거지에 경찰을 보낼 수 있을 것이다. 차에 탄 필리프는 시가 잭에 휴대전화를 꽂고 전화를 걸었지만 잔느와 연결되지 않았다. 그녀의 전화는 계속 통화중이었다. 필리프는 자맹에게 전화를 해서 잔느에게 알리는 책임을 맡겼다.

필리프가 마른 라 발레에 도착하자 이미 경찰들이 공원 안에 쫙 깔려 있었다. 눈 가리고 아웅하는 모습 앞에서 필리프는 잠시 의기소침해졌다. 살인범이 몸을 숨길 수 있는 곳은 수백 군데도 더 있었다.

군대가 장비를 빌려주었으므로 미칠 것 같은 두통에서 일찌감치 벗어나게 해줄 가스 마스크와 석면 복장, 적외선 안경을 쓸 수 있었다. 기나긴 밤이 될 것이다. 아주 길고도 긴 밤. 지난 사건들을 되새기느라 하얗게 밤을 새울 필요는 없었지만, 지하실에서 생명 없이 누워 있던 아기들의 모습이 지워지지 않았다. 다행히 매혹적인 엘레나의 자태가 이 어두운 생각들 사이에 때때로 떠올라 번뇌하는 마음에 조금이나마 위로가 되었다.

엘레나가 옳았다. 필리프는 아프다. 고통에, 피곤에, 혐오감에 지쳐.

살인범이 모습을 드러내지 않은 채 밤이 지나고 있었다. 살인범은 자신이 정한 규칙을 위반한 것이다.

공원에 첫 종업원들이 도착하자 사복경찰들이 그들과 뒤섞여 동료들을 찾아냈다. 필리프는 하품을 하며 자동차에 올라타 조금 자야겠다고 생각했다.

휴대전화를 켜자마자 전화벨이 울리기 시작했다. 잔느였다. 목소리가 잔뜩 겁을 먹어서 필리프는 뱃속이 오그라드는 것 같았다.

잔느가 소리쳤다.

"반장님, 미쳤어요! 절대 그런 짓을 해서는 안 된다고요! 디오발스키 부인이 그러는데, 디오발스키가 편지에 썼던 '사랑하는 아내에게' 같은 말은 한 번도 쓴 적이 없대요. 그녀는 비열한 남편이 죽음이 무서워서 겁을 먹은 거라고 하더라고요. 절대로 그는 자살할 사람이 아니라고 했단 말예요. 그런 짓을 해서는 안 됐다고요! 제기랄!"

필리프는 어리석은 사람이 아니었다. 즉시 어떻게 된 상황인지 깨달았다.

"잔느, 진정해."

"나더러 진정하라고요? 어디 아프세요?"

어느 때보다 예쁜 부관이 꽥 소리를 질렀다.

"그런 쓰레기 때문에 반장님이 인생을 허공에 날려버렸는데 진정하라고요? 완전히 미치셨군요! 어떻게 반장님을 그 구덩이에서 구하겠어요!"

"자네는 그것이 무엇이든 나를 꺼내줄 필요가 없어. 난 레흐나르트 디오발스키의 죽음과는 아무 상관 없으니까."

잔느의 목소리가 신랄하게 변했다.

"말도 안 돼요. 반장님하고 통화하려고 몇 시간 동안 전화했는데 통화가 안 됐어요. 내가 반장님의 알리바이를 만들어드릴게요. 선택의 여지가 없잖아요. 수사 때문에 우리가 밤새 같이 일했다고 말하면 되요. 그게 유일한 해결책이에요."

필리프는 잔느가 자신을 위해서 희생할 각오를 한 걸 보고, 진심 어린 그녀의 마음에 가슴이 뭉클했다.

"항상 자네를 믿을 수 있다는 것을 알고 있어. 정말 고마워. 하지만 이번 경우에는 그럴 필요 없어. 그저 내 휴대전화가 고장 났을 뿐이야. 오늘 내가 잘못한 건 그것뿐이야. 맹세할게! 그래서 집에서 낡은 전화기를 가져왔지. 미키 마우스의 집에 매복하고 있는 동안에는 그 전화가 연결되지 않은 거야. 그 전에는 집에 있었어, 잔느. 디오발스키가 죽었다는 소식을 들을 때까지 집에서 저녁 내내 있었다고."

"하지만 집전화로 전화를 했는데도 안 받던데요!"

"아마 샤워할 때 전화를 했었나 봐. 자맹은 별 문제 없이 나하고 연락을 했는데."

이제야 잔느는 그의 말을 믿었다. 필리프가 자신을 보호하기 위해 절대 자맹 뒤에 숨어야 할 이유가 없었기 때문에. 마음이 놓인 그녀가 뱉어내는 한숨 소리가 크게 들렸다.

"멍청이, 바보, 자맹 녀석, 반장님하고 통화가 됐다는 얘기를 안 했다고요! 난 정말 일생 중 가장 끔찍한 밤을 보냈어요. 자, 얘기 좀 해보세요. 디오발스키 집에서 그렇게 광분한 미치광이처럼 뛰쳐나간 후 어떤 일이 있었는지 말예요. 난 반장님이 그 살인범의 머리통에다 총알을 두 발 쐈다고 생각했단 말예요!"

"난 바보가 아니잖아. 국장이 전화를 걸어 나더러 돌아가라면서 자신이 그 사건을 책임진다고 했어. 명령을 따랐을 뿐이야. 그게 끝이라고."

"그런데 왜 국장님은 디오발스키를 체포하지 않으셨을까요? 왜 멘탈리 빌딩에서 국장님을 못 봤을까요?"

필리프는 오랫동안 그 점에 대해 생각했다.

"국장이 늦은 걸까? 조심해, 난 드포르 국장이 자의적으로 임무를 수행하지 않았다고 비난하는 게 아니야. 단순히, 어쩌면 고위층에서 국장에게 사건을 맡으라고 했고, 너무 열심히 하지 말라고 지시했는지도 모르지. 하수인에게 훼방꾼을 창밖으로 내던질 시간을 주라고 말하지는 않았을 거야. 어쩌면 그저 차 한 잔 마시자고 초대했거나 안 좋은 순간에 사건을 총괄하라고 지시했는지도 모르지. 아무튼 국장한테는 아무것도 묻지 마, 알았지?"

필리프 역시 잔느를 보호하려고 애썼다. 잔느에게 일일이 다 설명할 필요는 없었다. 필리프는 드포르가 참견하는 것을 싫어하는 위험하고 힘 있는 인물들의 통제를 받는다고 생각했다.

"알았어요, 대장. 조금 있다 봐요."

필리프는 어깨 위에 벽돌을 몇 짐 올려놓은 듯한 기분으로 아파트 문을 열었다. 디오발스키가 살해되었고, 밤새 살인범은 아무 짓도 하지 않았다. 죽을 지경이었다. 처음부터 다시 더듬어보고 새로운 단서를 찾을 필요가 있었다. 필리프는 보고서를 잡고 다시 면밀히 검토하기 시작했다. 한 시간 후, 두 눈이 스르르 감겼다. 악몽이 찾아와 힘들게 할 것을 알았기 때문에 잠들고 싶지 않았다. 어제 필리프가 겪은 것은 너무 무거운 짐이었다. 이 독성을 씻어내야만 했다. 필리프는 훌륭한 치유책을 알고 있었다. 시계를 보았다. 벌써 아침 10시였다.

다정함이 그리워진 필리프는 엘레나에게 전화를 걸었다. 하지만 그녀의 휴대전화는 음성메시지로 연결되었다. 엘레나와 통화할 수 없어 쓸쓸해진 필리프는 엘레나가 할머니의 장례식에 참석해야 한다는 사실을 떠올렸다. 필리프는 그녀와 통화할 수 없어서 진짜 가슴 깊이 안타까워하며 음성메시지 함에 할머니의 죽음을 애도하는 위로의 말을 남겼다.

머릿속으로 빙글빙글 지나가는 어제 오후의 잔인한 광경들을 밀어내기 위해 애쓰면서, 필리프는 온 힘을 다해 엘레나의 입술과 엘레나의 따뜻한 미소, 아름다운 파란 눈을 떠올리며 자리에 누웠다.

결국 그는 지쳐서 잠들고 말았다.

18

여덟 번째 메인 요리, 내장 요리

통째로 익힌 송아지 머리 요리

긴 승복을 입은 남자가 부엌에서 움직이고 있었다. 아직 이른 시간이었지만 곧 점심식사가 준비될 것이다. 이번에는 이탈리아 요리를 하고 싶었다.

안티파스티(이태리식 전채요리)는 피오리 디 주키니 프리티(호박꽃 튀김)로, 달콤한 동시에 가벼운 요리이다. 맛의 비결은 올리브 오일을 잘 선택하는 데 있다. 온도를 차갑게 해서 처음 압착한 오일이 좋다. 암술은 조심스레 떼어내야 한다. 그는 토스카나의 오일처럼 과일향이 풍부하고 초록빛이 나는 이탈리아 오일을 선호한다. 하지만 보 드 프로방스의 오일도 아주 맛이 좋다. 그리고 나서는 페페로니 로소 콘 아치우제 에 모짜렐라를 냈다. 빨간 고추는 너무 근사하다. 색깔로 감동을 준다. 그다음은 프리모 피아티(첫 번째 주 요리)로 리조또 풍기 포르치니(그물버섯 리조또)를 준비했다. 마늘향이 나는 섬세한 풍미의 하얀 송로버섯 리조또도 좋아했지만, 양파와 함께 노릇노릇 구운 그물버섯이 리조또와 어울려 아주 탁월했다. 거기에서 특별한 차이를 만드는 것은 육수의 질과 이탈리아 쌀의 품질이다. 설령 그가 카르나

271

롤리 쌀과 아르보리오 쌀이 똑같이 맛있다고 인정할지라도 최고는
비알론 나노 세미피노이다.

세콘디 피아티(두 번째 주 요리)는 페토 디 폴로 콘 포르마지오 이 프
로슈토이다. 그가 사용할 닭가슴살은 아주 어린 영계로, 뼈가 희고 육
질이 단단하다. 치즈와 함께 닭가슴살을 둘러싸고 있는 파르메산 햄
은 익는 동안 풍미와 부드러움을 준다.

돌체(디저트)는 부드러운 디저트이다. 그는 시실리산 와인에 넣은
부드러운 크림과 커피의 떫은 맛, 말랑말랑한 마스카포네 치즈를 좋
아했기 때문에 그것들로 티라미스를 만들 것이다.

그는 이 요리들에 가장 맛좋은 이탈리아 와인 중 하나인 호화로운
브루넬로를 곁들여 냈다.

설탕과 마스카포네 치즈를 섞으며 그는 손에 잔뜩 묻혔다. 때때로
음식물이 너무 역겨워 그는 요리를 하기 위해 장갑을 껴야만 했다. 하
지만 오늘은 그런 날이 아니었다. 일반적으로 문제를 일으키는 것은
요리를 준비하는 게 아니었다. 요리를 하면서는 오히려 즐거움을 느
끼기도 했다. 그는 훌륭한 요리사들의 요리법을 철저히 존중하거나
새로운 맛을 스스로 만들어내면서, 그날의 메뉴를 정하고 재료를 사
고 요리하는 것을 좋아했다. 그러나 요리를 맛보는 것이 시련이었다.
테이블에 앉기는 했지만, 그는 유혹과 혐오감 사이의 덫에 갇힌 듯 접
시에는 대부분 손도 대지 않았다.

음식이 준비되자 그는 지하실로 내려갔다. 이 일은 매일 조금씩
쉬워졌다. 손님들이 점점 줄었으므로 쉬워진다는 생각은 논리적이
었다.

그는 감옥에 갇힌 손님들에게까지 맛좋은 음식 냄새가 닿도록, 감
옥 문 앞에 접시들을 갖다 놓았다. 문은 열지 않았다. 매일 똑같은 의
식이 시작되었다. 그를 안심시키는 의식.

그는 거실로 올라가 엘레나의 사진을 보고 미소 지었다. 음식 냄새

때문에 무기력에서 깨어난, 아직 의식을 잃지 않은 죄수가 간청하는 소리가 들렸다. 그는 그 목소리를 듣지 않으려고 지하실로 향하는 문을 꽝 닫았다. 그런 신음소리는 신경을 예민하게 만들었다. 그는 준비하기 시작했다. 그에게는 아직도 해야 할 '임무'가 남아 있었다.

*

엘레나는 큰아버지를 악마에게 보내버리고 싶었다. 벌써 한 시간째 그를 기다리고 있었다. 큰아버지가 할머니의 장례식에 함께 가자며 자신을 데리러 오겠다고 제안했던 것이다. 할머니의 장례식이 거행된 후 유언장 낭독이 있을 예정이었다. 엘레나는 상황에 맞게 검은 의상을 입고, 나이 든 노인이 주소를 제대로 찾아오기를 바라며 창문 밖을 관찰했다.

엘레나는 건물 아래에서 기다리려고 내려갔다가 큰아버지가 도착하는 것을 못 볼까 봐 신경이 쓰여 다시 올라갔다. 결국 다시 내려온 그녀는 집 앞에서 왔다갔다 걸어다니기 시작했고, 점점 더 참을 수 없을 지경이 되었을 때 문득 뒤에서 어떤 움직임을 느꼈다. 뒤를 돌아보자 길모퉁이로 갑자기 사라지는 실루엣이 언뜻 보였다. 깜짝 놀란 엘레나는 그 실루엣이 천재 소년 카를인 것 같다는 느낌을 받았다. 그녀는 모퉁이를 돌아 사거리까지 가보았다. 교차로에는 아무도 없었다. 엘레나는 머리를 흔들었다. 카를 때문에 너무 걱정이 되어 사방에서 카를의 모습이 보인다고 생각한 것이다. 이래서는 안 돼!

회색빛 근사한 롤스로이스가 엘레나의 집 앞에서 속도를 늦추며 조용히 인도 옆에 멈춰 섰다. 아버지와 희미하게 닮은 남자가 번쩍거리는 자동차의 운전석에서 빠져나와 조수석의 문을 열어주려고 약간 힘들게 조수석 쪽으로 돌았다. 완전무결한 검은 아르마니 정장을 빼입고, 회색 머리카락을 기품 있게 빗은 그 사람은 손잡이가 둥근 은지

팡이를 짚고 있었다.

그는 놀랍게도 짓궂은 눈길로 엘레나를 바라보았다. 그리고 미소
지으며 말했다.

"아, 이 매력적인 아가씨가 엘레나로구나. 너를 만나서 정말 반갑
구나, 사랑스러운 내 조카딸!"

엘레나가 다가가 큰아버지를 포옹해도 될까 안 될까 생각했다. 그
때 큰아버지가 그녀의 손을 잡고 고개를 숙여 손에 입을 맞춘 후 자동
차에 타도록 이끌었다.

"이렇게 움직이는 게 힘들어서 유감이다."

큰아버지가 지팡이를 가리키며 말했다.

"무릎과 등이 나를 골탕 먹이는구나. 아, 엘레나, 절대 늙지 말거라,
아주 불쾌한 경험이란다."

엘레나는 늙지 않는 단 한 가지 방법은 죽는 거라고 말할 뻔했지만
현명하게 꾹 참았다.

"우리가 늦었구나. 더 시간을 끌지 말도록 하자."

큰아버지가 말했다.

자동차가 너무나 빨리 달려서 두세 번 심장마비를 일으킬 상황에
맞닥뜨리자, 엘레나는 의자 깊숙이 몸을 파묻으며 안전벨트로 손을
뻗었다. 한 번은 조그만 노파가 강아지를 데리고 길을 건너려는데, 큰
아버지가 그들을 납작하게 만들 뻔했다. 나머지 두 번은 거대한 롤스
로이스가 사거리의 중앙을 그렇게 빨리 달릴 거라고는 예상하지 못한
오토바이가 상대방의 우선권을 무시하면서 달려 사고가 날 뻔했다.

엘레나는 흥분해서 안전벨트를 꼭 채우려고 애쓰며 외쳤다.

"으으으으으, 전 온전한 몸으로 교회에 도착하고 싶어요, 제발!"

그러자 큰아버지가 비웃으며 말했다.

"너희 유럽인들은 운전하는 법을 몰라. 자동차란 정복하는 거지.
아르헨티나에서 우리는 항상 지옥행 열차처럼 운전한단다!"

"예, 그것도 빨리 가는 좋은 방법 중 하나죠."

엘레나가 응수했다.

"어디를 가는데?"

큰아버지가 물었다.

"지옥이요!"

안전벨트를 찰칵 채우며 그녀가 냉정하게 내뱉었다.

"지옥이라고? 아, 아! 아주 재미있구나, 엘레나. 좋아, 알았다, 천천히 운전하지. 하지만 난 오로지 널 즐겁게 해주려고 천천히 운전하는 거다."

큰아버지는 교회까지 천천히 위엄 있게 운전했다. 가면서 그는 이미 엘레나가 아버지한테 들은 이야기를 반복했다. 큰아버지인 제롬은 늦게 결혼해서 두 아이가 있는데, 그 아이들은 아내와 함께 아르헨티나에 있어서 장례식에 참석할 수가 없었다고. 엘레나보다 조금 더 나이가 많은 큰딸이 첫아기를 기다리고 있으며, 증손주가 태어나기 전에 어머니가 돌아가셔서 슬프다고 했다. 큰아버지는 엘레나가 사귀는 사람이 있는지 물어본 것 말고는 거의 질문을 하지 않았다.

교회에 도착할 때쯤 되자 엘레나는 신랄한 유머를 즐기는 큰아버지를 거의 편안하게 느꼈다. 장례식은 길고 감동적이었지만, 모인 사람이 많지는 않았다. 그래도 별로 놀랍지 않은 것은 아버지가 이미 설명해준 것처럼, 할머니가 프랑스에 있던 지인들과 인연을 끊었다는 것을 알고 있었기 때문이다. 교회 안으로 들어갈 때 큰아버지가 갑자기 석상처럼 딱딱한 표정으로 굳어져 엘레나는 소름이 끼쳤다. 그는 자신의 장례식에 몇 년 일찍 참석하는 듯한 느낌을 받은 것일까?

큰아버지는 교회에도 그리 자주 가지 않았던 게 분명했다. 신부가 관에 성수를 뿌리기 위해 성수채를 주었는데, 그가 한 몸짓은 괴상했다. 엘레나는 인상을 쓰려다 간신히 참았다. 아버지와 큰아버지는 옆에 나란히 앉았다. 엘레나는 두 사람을 번갈아 바라보며, 어떻게 형제

가 저리도 다른지 놀랐다. 한 사람이 다른 사람의 아버지 같았다. 심
지어 그들은 성격도 많이 달랐다. 제임스, 즉 그녀의 아버지가 긴장하
고 걱정스러운 표정이라면, 큰아버지인 제롬은 훨씬 차분해 보였다.

엘레나는 옆에 아내와 아이들이 있었다면 아버지도 훨씬 행복한
표정을 지었을까, 하고 생각했다. 아버지에 대한 문제를 생각하고 지
난번의 대화가 떠오르자 불안감이 그녀의 가슴을 옥죄었다.

다 같이 묘지에서 나왔을 때, 엘레나는 거리 모퉁이를 돌아가는 카
를의 실루엣을 또 본 것 같았다. 그 녀석을 사방에서 보는 이런 행동
은 그만둬야 해! 엘레나는 진지하게 자신을 질책했다. 이런 환상이 계
속된다면 곧 상담실 소파에 누워야 할 사람은 바로 나로구먼!

놀랍도록 막대한 유산의 규모가 공증인 사무실에서 그들을 기다
리고 있었다. 할머니는 뢰이으 말메종의 저택을 엘레나에게 물려주
었다.

"욕실이 하나씩 딸린 침실이 열두 개야. 주거 면적이 1천 500제곱
미터니까 거실을 지나가려면 식량과 물이 필요할 거다. 테니스장, 수
영장, 2헥타르 크기의 정원도 있지. 아주 근사한 곳인 것 같더라. 나
도 아직 가보지 못했어. 오래전부터 거기에는 아무도 안 살고 있어.
어머니가 몇 년 전에 사 두신 곳이지. 프랑스로 돌아올 생각을 하셨거
든. 하지만 의사들이 어머니의 건강에는 아르헨티나의 기후가 최고
라고 하셔서 못 오셨지. 게다가 손녀딸이 임신을 해서 조금 기다리는
게 좋겠다고 생각하신 거야. 불행히도 조금이 아니라 너무 길어졌지
만. 돌아가시기 전에 어머니는 네게 이곳을 물려주기로 결정하셨어,
네게. 얼굴도 보지 못한 손녀에게. 하지만 정말로 너를 알고 싶어하
셨지. 나머지는 다 내게 남기셨다."

큰아버지의 말을 듣고 엘레나는 너무나 놀라고 당황했다. 이런 선
물은 상상도 못했던 것이다. 아버지가 고개를 끄덕였다. 딸이 자신의

재산을 거절하는 걸 보고 실망했던 제임스는, 엘레나가 이 유산을 받는 것이 기뻤다.

"하지만, 하지만 세금은요? 상속세는요?"

엘레나가 우물거렸다.

"큰아버지께서 융자를 해주기로 하셨어요."

공증인이 중간에 끼어들었다.

"상속세로 160만 유로를 융자해 주신답니다. 참고로 이 저택의 평가 가치는 400만 유로로 알려져 있어요."

"예? 상속세로 그곳 가치의 약 40퍼센트를 내야 한다는 거예요? 너무 많잖아요!"

자신이 할머니의 상속자라는 사실과 세금을 거의 200만 유로 가까이 납부해야 한다는 사실 때문에, 엘레나는 큰아버지가 자신에게 허락한 융자금의 가치를 잠시 잊었다. 엘레나는 다시 정신을 차리고 사과했다.

"큰아버지, 융자는 고마워요. 하지만 저는 받아들일 수가……."

"쯧쯧! 네 아버지와 나는 앞으로 10대가 살 수 있을 정도로 돈이 충분하단다."

큰아버지가 무사태평한 몸짓으로 그녀의 대답을 싹 치우며 꾸짖었다.

"네 아버지도 세금을 내고 싶을 거야. 하지만 내가 그렇게 내버려두지 않지. 선물이라면 선물인 게야. 설사 국세청의 흡혈귀들이 지나가면서 너를 한 조각씩 뜯어먹어도 말이야."

큰아버지의 말이 끝나자 거만하게 눈썹을 치켜 올리며 공증인이 말했다.

"엘레나 양은 '1차 지명된 2촌 관계'의 상속녀시고요. 큰아버지는 '1차 지명된 1촌 관계'시죠. 엘레나 양은 최대한 상속세법을 따르셔야 하고, 상속세는 상속 재산 평가 가치의 약 40퍼센트가 됩니다. 그리고 1만 5천 유로의 할인 혜택을 받으실 겁니다."

"아르헨티나가 훨씬 문명화되었어. 여기는 유산을 물려받는 데 한 재산 드는구먼! 어쨌든, 자, 내 조카딸, 넌 이제 아름다운 저택의 소유자가 된 거야. 네가 원한다면 그 집을 팔아도 괜찮아. 맘을 결정하기 전에 그 집을 둘러보면 할머니가 기뻐하실 게다. 나도 거길 한번 가보고 싶기도 하고. 월요일 저녁에 무슨 약속 있니? 제임스, 넌 어때?"

아버지와 딸은 서로 바라보았다. 그리고 큰아버지를 보고 함께 웃었다.

"저는 그날 괜찮아요."

엘레나가 받아들였다. 아버지는 한술 더 떴다.

"나도 괜찮아. 9시 어때? 그 전에는 시간을 낼 수가 없어서. 형이 우리한테 주소를 알려줄래?"

공증인이 그들에게 종이를 내밀었다. 종이 위에는 주소가 정확하게 적혀 있었다. 상속을 받기 위해 필요한 서류들을 전부 알려준 후 공증인은 그들을 남겨두고 떠났다.

엘레나는 아직도 쇼크 상태였다. 그녀가 아버지에게 말했다.

"할머니는 왜 아버지한테 그 집을 물려주지 않으셨을까요?"

아버지가 쓸쓸한 미소를 지었다.

"우리 아버지와 어머니는 사이가 아주 안 좋으셨어. 두 분이 헤어지고 나서 어머니는 아버지든 아버지 옆에 머무르는 자식이든, 그 누구에게도 유산을 물려주지 않겠다고 맹세하셨어. 그리고 아르헨티나로 국적을 바꾸려고 프랑스 국적을 버렸지."

큰아버지가 확인이라도 시켜주듯 말했다.

"어머니는 고집이 세셨어. 어머니는 네 아버지를 끊임없이 원망했지."

"우리 아버지지, 미안하지만. 형의 아버지도 되잖아!"

"그렇기는 하지. 간단히 말해 어머니는 재산을 너의, 아니 우리 아버지의 재산보다 더 많게 만들겠다고 결심했어. 그리고 성공했지. 이제 나한테는 정리해야 할 수많은 일들이 남았어. 바래다줄까, 엘레나?"

"고맙습니다만, 괜찮아요. 저는 아빠랑 돌아갈게요. 함께 점심을 먹기로 했거든요."

엘레나의 무겁고 긴장된 목소리에 아버지는 당황했다. 하지만 아버지는 엘레나의 거짓말을 받쳐주었다.

"그래, 우리 둘이 점심을 먹기로 미리 약속했거든. 형도 우리와 함께 점심 할래?"

큰아버지가 고개를 저어 거절했다.

"아니, 아니야. 저녁식사를 하기로 했잖아, 엘레나랑 같이. 너무 무리하고 싶지 않아. 조금 있다가 보자고!"

약간 머뭇거리는 걸음걸이로 제롬은 자동차를 향해 걸었다. 3분 후, 그는 끼익 거친 소리를 내며 가까스로 길 가던 행인을 피해, 거의 빨강으로 바뀌려는 오렌지색 신호등에서 앞으로 달려갔다.

"왜 네가 제롬 형이랑 같이 돌아가기 싫어했는지 알겠다! 네 큰아버지는 미치광이처럼 운전하는 모양이다. 아니니?"

"큰아버지께서 아르헨티나에서는 진짜 남자처럼 운전하는 법을 안다고 말씀하셨어요."

아버지는 약간 충격을 받은 표정이었다.

"흠, 갈 때도 그렇게 운전했을까?"

"그 얘기는 이제 그만하세요. 전 살아서 교회에 도착하지 못하는 줄 알았어요. 큰아버지는 운전을 잘 못하는 게 아니라, 도로를 포뮬러 1 경주 코스라고 생각하는 것 같아요."

저녁때도 자신을 데리러 오겠다고 고집 부리던 큰아버지를 떠올리며 엘레나가 대답했다.

"그렇구나! 음, 너, 진짜로 나한테 할 말이 있는 거니, 아니면 그저 그 차를 타기 싫어서 그런 거니?"

"아버지하고 의논할 게 있어요. 아주 중요한 일이에요. 하지만 여기는 안 되고요, 집으로 가요."

그들은 각자의 생각에 잠겨, 가는 동안 내내 아무 말도 하지 않았다. 운전사가 있는 상태에서 비밀 이야기를 하고 싶지는 않았다. 제임스는 집사 바르텔레미에게 엘레나를 위해 식사를 1인분 더 준비하리고 미리 일러두었다. 두 사람은 식탁에 앉았고, 평소와는 달리 긴장감을 느낀 충실한 집사는 조용히 자리에서 물러났다. 엘레나는 이야기를 어떻게 접근해야 할지 몰라 신경질적으로 냅킨을 만지작거렸다. 난처하고 거북해하는 엘레나를 보고 제임스가 결국 먼저 말을 꺼냈다.

"자, 우리 아가씨, 무슨 말이든 하렴! 하지만 난 너를 괴롭히는 게 뭔지 알 것 같구나."

엘레나가 놀란 눈으로 아버지를 바라보았다.

"그러세요?"

제임스가 상냥하게 미소 지었다.

"그래, 네가 나한테 '거의' 남자친구 같은 그 사람에 대해서 얘기했을 때, 난 가능성에 대해 생각했었어. 이런 상황을 믿고 얘기할 엄마가 없기 때문에 말이다. 그런 얘기를 아버지한테 하기는 좀 어려울 거라는 생각이 들었거든. 지키고 싶은 거니?"

"지켜요? 당연히 전 지키고 싶어요. 너무 근사하거든요. 우리는 정말로 똑같은 파장을 갖고 있어요. 내가 말을 걸면 솔직하게 대답하고……."

제임스는 와인을 한 모금 마시다가 목에 걸릴 뻔했다.

"너는, 너는……. 네 아기가 너한테 대답을 하는 거니?"

"아기요? 난 그에게 별명을 붙이지는 않았어요, 아빠. 아기는 좀 평범한 것 같은데요. 지금으로서는 서로 이름을 부르는 게 더 좋아요. 필리프와 엘레나, 이렇게요."

제임스는 잔을 내려놓았다.

"자, 침착하자. 나는 지금 네 아기에 대해서 말하는 거야. 지금 네 뱃속에 있는 아기 말이다. 너 임신한 거지? 아기를 필리프라고 부르고 싶은 거지, 아기 아빠랑 똑같이?"

엘레나는 바보처럼 입이 벌어지는 것을 느꼈다.

"무슨, 무슨 말을 하시는 거예요, 아빠?"

그녀가 더듬거렸다.

제임스는 어리석지 않았다. 자신이 엄청난 실수를 했다는 걸 알아차렸다.

"맙소사! 난 할아버지가 되고 싶은 욕심이 현실 속에서 실현되었다고 믿었던 거야. 너는 임신하지도 않았는데."

"어쩜! 아니에요, 아빠, 전혀 아니에요! 뭣 때문에 그런 생각을 하게 되신 거예요?"

"너의 묘한 분위기 때문이었다. 최근 네 생활방식의 변화, 새로운 헤어스타일, 새롭게 바뀐 의상 분위기, 그리고 무엇보다 행복해하는 너의 표정."

엘레나는 분개했다.

"맙소사, 아빠! 전 스물여섯 살이에요. 열다섯 살이 아니라고요! 저는 피임약도 사용하고, 남자랑 잘 때는 조심한다고요!"

제임스는 거북한 느낌과 웃음을 동시에 보였다.

"오, 우리 예쁜 아가씨, 미안해. 용서해다오. 그러면 네가 말하고 싶은 그 미스터리한 비밀은 뭐냐?"

"전 '미스터리한 비밀'이라고 말하지 않았어요. 중요한 얘기가 있다고 했지. 어제 아빠와 대화를 나누던 중에, 아빠가 알 수 없는 얘기를 하셨어요. 절대 어떤 경우에도 알 수 없는 얘기죠. 그래서 그걸 어떻게 알게 되셨는지 알고 싶어요."

제임스는 긴장으로 몸이 굳은 듯했다. 엘레나는 단도직입적으로 나가기로 결심했다. 너무 불안했던 것이다.

"젱리 씨가 동부유럽에서 아기들을 들여오는 걸 어떻게 아셨어요?"

아주 짧은 순간이었다. 찰나의 순간에, 너무나 파란 아버지의 눈길이 그녀를 피했다. 아버지의 시선이 다시 그녀의 눈을 직시했지만, 이미 늦었다. 엘레나는 대답을 얻었다.

"이상한 질문도 다 있구나! 네가 얘기했잖아, 이 아가씨야. 필리프 하트가 수사를 지휘한다고 얘기하면서 조수인 잔느하고 찾아낸 그 지하실에 대해 네가 설명해줬잖아."

아버지가 자연스럽고 여유 있게 거짓말을 했다.

엘레나가 강하게 부정했다.

"아니에요. 그 얘기는 아빠께 하지 않았어요. 나를 조정하려는 시도는 그만두세요, 아빠. 전 매일 병원에서 남에게 거짓말을 하고, 자기 자신에게도 거짓말하는 사람들을 만나요. 부탁인데, 최소한의 지성을 보여주세요. 그리고 진실을 말해줘요."

제임스가 잠깐 주저하더니 고개를 흔들었다.

"미안하다. 말할 수가 없구나."

엘레나는 그 말만 빼고 다른 모든 대답을 기대했다.

"뭐라고요? 말씀하실 수 없다고요? 그러니까 그 말은 아빠가 젱리를 아신다는……. 아빠가 혹시……."

엘레나는 전날부터 양심을 짓누르고 있던 끔찍한 의혹이 형상화되는 걸 보고 있을 수는 없었다. 아버지는 잠시 동안 당황한 표정을 짓고 있다가 깨달았다.

"오! 넌 이 아빠가 그 살인사건과 어떤 관계가 있다고 생각하는구나! 아냐, 아냐, 그런 게 절대 아니야! 그 젱리라는 사람은 만난 적도 없어. 이 세상의 모든 황금을 걸고 맹세하건대, 그 크리스탈 데클레르에게 접근할 일은 절대 없을 거라고!"

엘레나가 펄쩍 뛰었다.

"또, 그것 봐요! 맙소사, 아빠! 크리스탈 데클레르가 이 뚱보 살인사건과 관련이 있다는 건 어떻게 아셨어요? 언론은 전혀 이런 사실을 알리지 않았단 말에요!"

제임스는 빈 접시로 두 눈을 내리깔았다. 얼마나 어리석은지! 그의 딸은 통찰력이 있고 총명했다. 어떻게 지난번에도 젱리에 대해서 먼저 얘기하더니, 또 똑같은 실수를 저지를 수 있단 말인가? 이제 딸에게 진실을 털어놓아야 하는 것은 문제가 아니었다. 그녀는 이 문제로 자신을 미워할 것이다. 어쩌면 그녀를 잃을지도 모른다.

엘레나는 꾹 참았다.

"아빠! 만약 아빠가 대답을 안 하신다면, 저는 아빠가 소아 성애자와 뚱뚱한 사람들의 실종사건과 관련이 있다고 생각하게 될 거예요."

제임스가 부드러운 목소리로 딸의 얘기에 대답해주었다.

"엘레나, 설명은 아주 간단해. 나는 아무도 납치하지 않았고 죽이지도 않았어. 네가 뭐라고 생각하든 말이다. 우리 두 사람을 위해 간청할게. 네가 이유 없이 나를 비난하려고 생각했다 해도, 우리 둘 다 서로 끔찍하게 상처받을 행동 같은 건 하지 말라고 말이다."

엘레나의 두 뺨에 눈물이 흘러내렸다.

"하지만 아빠, 만약 아빠가 어떻게 그런 사실을 알게 되었는지 저한테 얘기하지 않으신다면, 저는 훨씬 더 이상하고 걱정스러운 쪽으로 상상할 수밖에 없어요. 아빠는 소아 성애자들을 증오하죠. 성범죄를 저지른 인간들이 재판을 받는 동안 아빠가 텔레비전 앞에서, 그들은 마땅히 사형시켜야 한다고 소리 지르는 모습을 얼마나 많이 봤는데요. 그들은 이 지상 위에 설 자리가 없는 약탈자일 뿐이라고 말이에요. 아빠가 얼마나 많이 모르티메 아저씨의 행위와 아저씨의 성도착증을 의심하지 못했다는 사실에 괴로워하셨는지 아세요? 항상 경계를 늦추지 않고, 아이들한테 가까이 다가가는 사람들을 의심스런 표정으로 바라보는 아빠를 제가 얼마나 많이 봤는지 아세요? 그것 때문에 제가 두려워하는 거예요, 아빠. 아빠를 알기 때문에, 아빠는 파리한 마리도 죽이지 못할 분이라는 것을 알기 때문에. 하지만 상대가 소아 성애자라면 가능하죠. 주저 없이 말예요."

제임스도 눈빛이 흐릿해졌다.

"정말, 정말 미안하다. 하지만 네 질문에 대답할 수는 없단다. 나를 믿어줘. 사랑하는 나의 딸, 부탁한다."

엘레나가 일어서자 첫 번째 요리를 들고 오던 바르텔레미가 문을 열어주었다.

"저도 죄송해요, 아빠. 저, 저는 더 이상 여기 못 있겠어요. 아빠가 저를 믿어주시지 않는다면, 저 역시 아빠를 믿을 수가 없어요. 안녕히 계세요, 아빠."

눈물이 앞을 가린 채 엘레나는 문 쪽을 향했다.

"엘레나!"

아버지의 외침이 그녀의 가슴을 갈가리 찢어놓았지만, 그녀는 걸음을 멈추지 않았다. 한 번도 뒤돌아보지 않고 집의 문턱을 넘는 것은 엘레나의 평생에 가장 힘든 행동 중 하나였다. 아버지가 자신의 뒤를 따라와, 자신을 잡고 설명해주기를 바라며 그녀는 현관까지 걸어갔다. 엘레나는 아버지를 용서하고 위로할 준비가 되어 있었다. 하지만 아버지는 그녀를 잡지 않았고, 그녀는 차에 올라탔다.

아파트를 향해 가는 동안 여러 가지 질문들이 엘레나의 머릿속에 떠올랐다. 마음 한쪽에서는 아버지가 미쳐버렸다고 도저히 믿을 수가 없었다. 또 한편으로는 아버지가 옛날에 모르티메 아저씨를 심하게 증오했던 것이 떠올랐다. 무슨 일이 벌어진 것일까? 도대체 무엇이 15년 전처럼 거울의 다른 쪽에서 아버지를 흔들어놓은 것일까?

엘레나는 배가 고프지 않았지만, 집에 돌아와 빵과 치즈라도 한 쪽

먹어야 했다. 필리프가 전화를 했지만 엘레나는 이 모든 얘기를 털어놓고 싶은 욕구를 참아냈다. 경찰이라는 직업은 무엇보다 문제 상황에 금방 다가섰다. 그녀가 아버지를 의심하고 있는 상황에서는 오히려 서로를 갈라놓을 위험이 있었다.

엘레나는 즐겁고 따뜻한 모습을 보여주었지만 필리프는 그녀의 신경이 예민하다고 느꼈다.

"괜찮은 거요? 좀 긴장한 것 같네!"

엘레나는 금방 빠져나갈 핑곗거리를 찾아냈다.

"장례식에서 금방 돌아왔잖아요, 필리프. 솔직히 말하면, 장례식에 다녀왔더니 갑자기 인간이 덧없는 존재라는 생각이 들어서요."

"미안, 내가 눈치가 없었군. 그래 기분이 어때?"

"좀 나아졌어요, 고마워요. 내일 저녁식사 약속 때문에 장을 보러 가야겠어요. 혹시 싫어하는 음식 있어요?"

"콩팥, 내장, 그런 류의 허드렛 고기들은 별로 좋아하지 않아. 그것만 빼면 잡식성이야. 먹을 수 있는 건 다 먹지. 이 말은, 피가 섞인 것들만 빼고는 오케이란 뜻이야. 지금 내 위장은 조금 약하거든."

"괜찮아요? 당신도 조금 긴장한 것 같아요."

"당신 같은 경우에는 인생이 놀라운 좋은 소식을 마련해놓았고, 레흐나르트 디오발스키가 지하실에서 한 짓 같은 경우에는 그의 인생이 아주 놀라운 나쁜 소식을 준비한 거지. 착한 사람들이 분홍 코끼리와 파란 페가수스의 꿈을 꾸면서 잠들어 있는 동안에 말이야."

엘레나는 필리프가 말한 이상한 장면을 떠올리며 어리둥절해 잠깐 동안 가만히 있었다.

"괜찮은 게 확실해요? 혹시 대마초 같은 거 피운 거 아녜요, 네?"

필리프가 웃음을 터뜨렸다.

"엘레나, 당신은 놀라워. 정확히 내게 필요한 해독제를 갖고 있어."

"이미 수많은 별명이 있지만 '해독제'는 처음인데요. 당신은 여자에게 어떻게 말해야 하는지 아는 거죠, 선생님? 음, 좋아요, 오늘 내가 바람맞혔는데, 저녁때 뭐 할 거예요?"

"생쥐를 보러 갈 거요!"

"예쁜 생쥐인가요?"

"커다란 귀에 아주 긴 꼬리를 가진 놈이요. 내가 뭘 얘기하는지 당신이 알까?"

필리프의 목소리가 장난기로 반짝반짝 빛나서 엘레나는 웃음을 터뜨렸다.

"내 라이벌은 미키 마우스군요, 그렇죠?"

"딩동댕! 맞혔어. 오늘 저녁 이상한 나라를 조금 더 돌아봐야 해. 우리가 저녁을 함께 하지 않기로 한 게 다행이야. 나는 다가오는 희망과, 물론 결국에는 중간에서 멈췄지만, 다가오는 공포 사이에서 갈라졌어. 아직도 살인사건이 일어날 위험이 있으니까. 심리적 태도로는 좀 분열적이지."

"흐음, 그런 대단한 용어들은 사용하지 마세요. 일터에 있는 것 같으니까요. 좋아요, 오늘 저녁에 도저히 눈을 못 뜨고 있겠걸랑 전화하세요. 당신이 잠들지 않도록 깨우는 것은 내가 책임질게요."

"안타깝게도 잠복을 할 때는 전화기를 꺼야 해. 무전기 이어폰만 끼고 있을 거야."

"그렇군요, 내가 어리석었네요. 그럼, 다음에 봐요."

엘레나는 전화를 끊었다. 다시 아버지에 대해서 생각하기 시작하자 좋았던 기분이 다 사라져버렸다. 엘레나는 아버지의 결백을 밝히기 위해 스스로 수사를 해나가야 하리라. 어쨌든 기다리다가 불안감에 시달려 미쳐버리기 전에, 덜 중요하지만 그래도 사활이 걸린 다른 문제를 해결해야 할 것이다.

필리프와의 저녁식사를.

19
느릿한 맛의 즐거움, 샐러드
꽃상추, 으깬 호두와 송로버섯즙 몇 방울에 올리브 오일 한 숟가락

달팽이가 날 줄 모르듯이 엘레나의 요리 솜씨도 좀 그랬다. 따라서 좋은 방법을 이용해야 했다. 엘레나는 제레미에게 전화를 걸었다.

두 시간 후, 절친한 친구 제레미가 초인종을 눌렀다. 아주 오랜만에 제레미는 다니엘 마르 부티크에서 맞춘 짙푸른 색의 화려한 양복에, 더블 커프스의 크림색 와이셔츠를 입고, 가장자리에 파란 하마가 섬세하게 그려진 멋진 장밋빛 실크 넥타이를 매고 나타났다.

엘레나가 놀라는 모습을 보고 제레미가 고백했다.

"괜찮아, 아무것도 아니야. 나도 알아, 나 펭귄 닮았지?"

"천만에! 너무 멋져! 약속 있어?"

제레미가 한숨을 쉬었다.

"응, 아버지하고 약속이 있어. 내일이 행정심의회거든. 아버지가 나를 거기에 처박아놓은 것 너도 알잖아."

제레미는 아버지의 사업과 관련되는 것을 별로 좋아하지 않았다, 엘레나처럼. 하지만 똑같은 이유는 아니었다. 제레미는 아버지한테 한 번도 돈을 요구하지 않았다. 그렇다고 그의 가족들이 돈이 부족한 것은 아니었다. 제레미는 그런 가족들과 사이가 틀어졌기 때문에 약간 심술궂지만 매우 재능 있는 글 솜씨를 자랑하며 조롱을 즐기는 인기 작가(그의 아버지는 가장 골칫덩이로 여기는)로서 스스로 생활비를 해결한다는 사실을 매우 자랑스럽게 여겼다. 언젠가 엘레나는 옛날처럼 아버지나 다른 가족들과 관계를 회복하라고 제레미를 설득했지만, 제레미가 그런 노력을 보이며 짐짓 온순한 상속자로 꾸밀 때마다 그의 아버지는 반드시 제레미를 나무라셨다.

너무나 세련된 제레미를 보고 있자니, 엘레나는 집에 들어오자마자 불편한 장례식 의상을 벗고 하얀 스웨터와 회색 트레이닝복으로 갈아입은 자신의 복장이 초라하고 단정치 못하다고 느껴졌다. 그나마 한 번도 풀지 않았던 황금 목걸이가 그녀의 전체적인 분위기를 조금 고양했을 뿐이다.

제레미가 약 반 다스가량의 메뉴판을 엘레나의 두 손 가득 쑤셔 넣으며 말했다.

"친구들의 레스토랑을 다 돌았어. 네가 원하는 것으로 고르면 그들이 준비해줄 거야."

"제레미, 넌 정말 천사야."

"이거 그 잘생긴 형사반장을 위한 거지, 그렇지? 궁금증 좀 풀어줘. 다른 수컷, 그러니까 남자 말이야, 다들 그렇게 말하지. 난 오히려 과거의 수컷이지, 아, 아, 아! 나보다 먼저 여기 네 집에 온 적 있어?"

"없어. 남자랑 둘이 집에 있으면 신경이 날카로워지거든."

엘레나가 고백했다.

"음, 뭐랄까, 무정하다. 그건 야비해!"

"뭐가?"

"어여쁜 아가씨, 내 얘기 좀 들어봐. 넌 세계에서 가장 부자들 중 한 명의 무남독녀 외동딸이야. 그런데 이케아 상표도 아닌 멋대가리 없는 가구들이 놓인, 보잘것없고 더럽고 조그만 아파트에 살고 있어."

"뭐?"

"눈감고 아옹 하는 짓은 이제 그만 해. 나라면, 내가 네 입장이라면 나는 그를 레스토랑에 초대할 거야. 그러고 나서 그 남자와 거시기를 하고 싶다면, 휙, 별 네 개짜리 호텔로 가겠어. 왜냐하면 여기에서는 그 남자의 성적욕구가 사라져버릴 테니까. 확실해!"

"잠깐! 이유는 다르지만 네 말을 좀 끊어야겠어."

엘레나가 이빨 사이로 중얼거렸다.

"우선 내 아파트는 더럽지 않아!"

"좋아! 그러면 페인트칠이 더러워. 페인트칠이 더러운 깨끗한 아파트야."

"내가 번 돈으로 임대한 아파트고, 내가 번 돈으로 산 가구라고. 직접 이마에 땀 흘리고 번 돈으로 말이야. 내가 스물여섯 살이나 먹은 다 큰 여자라는 것을 절대 깨닫지 못하는, 날 낳아준 부모의 돈으로 산 게 아니라 말이야. 우리 아빠는 아까 나보고 임신하지 않았냐고 물어보시더라고!"

제레미가 눈이 휘둥그레져서 엘레나를 바라보았다.

"뭐라고? 너를 꼼짝 못하게 보호하고 지붕 아래 가둬놓고 싶어했던 네 아버지가 말이야? 너, 정말 그런 거야?"

"내가 뭘?"

"임신했냐고, 바보!"

"아니, 바보는 임신을 안 했을 뿐 아니라, 아직 형사반장하고 같이 자지도 않았다고!"

"그것에 대해는 두세 가지 설명해줘야 할걸, 깍쟁아. 네 얘기 중 한두 가지는 놓친 것 같으니까 말이야. 왜 아버지가 그런 질문을 하신 거야?"

제레미가 더 이상 은밀한 질문을 하지 않게 되는 날, 그는 죽을 거라고 엘레나는 자주 생각했다. 신기하게도 사람들은 제레미에게 아주 평온한 마음으로 비밀을 털어놓을 수 있었다. 다른 친구들과는 달리 제레미는 타인들의 비밀을 철저히 지켜주었으니까. 하지만 제레미가 이런 사람, 저런 사람에게 반짝거리는 시선을 던질 때마다 엘레나는 그가 속으로 어떤 음탕한 험담을 즐기고 있을까 생각했다.

그런 것 때문에 제레미를 오라고 한 것이 아니었기 때문에 엘레나는 잠시 머뭇거렸다. 하지만 엘레나는 늘 제레미한테 모든 이야기를 해왔다는 사실을 문득 깨달았다. 아버지한테는 못했던 얘기들을. 엘레나는 제레미에게 몸을 바짝 붙이고, 그의 어깨에 머리를 기댄 채 아버지와 무슨 일이 있었는지 다 털어놓았다. 아버지에 대한 의심까지 포함해서 전부 다. 유아 밀매의 이야기도. 그것이 수사의 일부분이며 비밀임에도 불구하고, 엘레나에게는 자신이 한 일을 판단하기 위해 외부의 시선이 필요했다. 누군가 자신을 뒤따르는 듯한 이상한 느낌까지 제레미에게 털어놓았다.

엘레나가 얘기를 다 끝내자 제레미가 길게 휘파람을 불었다.

"일이 엄청나게 복잡한 것 같은데. 말해봐, 뒤따라 다닌다고? 그게 어떤 건데?"

"알잖아. 자신을 뚫어지게 바라보는 시선을 느낄 때나, 고개를 돌렸는데 갑작스레 뭔가 움직이는 그런 것 말이야. 그런 느낌이야. 헤케 사부라면 본능을 믿으라고 할 거야. 내 본능은 누군가가 나를 미행한다고 말하지."

엘레나가 고개를 들려고 하자 목걸이가 그녀의 스웨터 그물코에 걸렸다.

"제기랄! 이 목걸이 줄은 늘 이 모양이야. 항상 아무 데나 걸린다니까. 잠깐만 기다려줘."

엘레나는 소파에서 일어나 침실에 목걸이를 놓고 와서 다시 제레미에게 기대앉았다. 제레미가 두 팔로 엘레나를 끌어안으며 매우 걱정스런 얼굴로 말했다.

"내 얘기 들어봐, 이 벽창호야. 아주 조심해야 해. 그 뚱보 살인범이 너를 공격할지 누가 알겠니! 이 상황이 정리될 때까지 아버지한테 보호를 부탁해야 돼."

"그건 확실히 아냐. 꼭두각시처럼 줄 끝에 매달려서 이미 오래 살았어."

엘레나의 강한 대꾸에도 불구하고 제레미는 계속 주장했지만, 엘레나는 굳건했다. 결국 제레미가 패배를 시인했다.

"진짜로 진지하게 숙고해봐, 예쁜 아가씨. 어쩌면 이런저런 얘기를 나누다가 네가 젱리하고 크리스탈 데클레르에 대해 아빠한테 얘기했을지도 모르잖아. 기억 안 나?"

"절대 아냐. 게다가 아빠는 나한테서가 아니라 이미 그 정보를 알고 있었다는 걸 시인했어. 그런데 어떻게 알게 되었는지 그 경로는 말하고 싶지 않은 거지."

"그렇다면 진짜 걱정이네. 아빠가 진짜로 그 유아 밀매 사건을 알고 계신다고 생각해?"

"그건 내가 아는 아버지와는 진짜 어울리지 않는 사건이고, 아니라고 대답하고 싶은 부분이야. 그게 아니라면 정말 최악이지."

"네 말이 맞아. 만약 네 아버지가 빌딩에서 날아오른 그 라트비아인과 암거래를 하지 않았다면, 뚱보 실종사건에 가담한 거야."

엘레나가 너무 세차게 고개를 쳐드는 바람에 제레미의 턱에 부딪혀 그의 입에서 신음소리가 흘러나왔다.

"뭐라고? 어떤 라트비아인? 레흐나르트 디오발스키? 제길, 그와 가까이 지내지 말라고 아빠한테 말하는 걸 완전히 잊었어. 그런데 누가 날아올랐다고?"

제레미는 턱을 쓰다듬고는 소식을 알려주었다.

"네 아버지는 이제 그와 가까이 지낼 위험이 없으셔. 설령 네가 안 알려드렸더라도 말이야. 왜냐하면 레흐나르트 디오발스키는 사무실이 있는 34층에서 뛰어내렸거든."

"설마?"

"진짜야! 뉴스도 못 들었어?"

"별로 주의해 듣지 않았어. 정말 놀랍다!"

"네가 조금 아까 나한테 한 얘기에 비하면 그렇게 놀랍지도 않네. 내 생각에는 누군가가 자신의 이름이 어떤 명단에 표시되기를 바라지 않았던 것 같아."

두 사람은 걱정스러운 표정으로 서로를 바라보았다.

제레미가 중얼거렸다.

"내 상상일까, 아니면 누군가 네 아버지한테 살인의 동기를 부여한 것일까?"

엘레나는 관자놀이를 문지르다가 머리카락을 뒤로 잡아당기더니 갑자기 단호하게 말했다.

"아니야, 아빠는 갑자기 분노가 치밀어 오르면 소아 성애자를 공격할 가능성은 있어. 하지만 이 음모, 이 올가미, 계획된 장면들, 암거래 같은 것들은 아빠가 한 행동일 수가 없어. 분명히 다른 게 있어. 문제는 그게 무엇인지 전혀 모르겠다는 거야."

제레미가 어떤 영감을 느꼈다.

"에, 잠깐만 기다려봐. 아버지가 너한테 유아 밀매와 뚱보 사건에 대해 거짓말을 하지 않았다는 원칙에서 다시 시작해보자. 사소한 거짓말은 했을 수도 있지. 너에게 상처를 주지 않기 위한 가벼운 거짓말 말이야."

엘레나가 제레미를 똑바로 바라보았다.

"너, 뭔가 딴생각하는 거지?"

"당연하지. 어쨌든 간에 네 아버지는 수도승이 아니셔. 그러니 여자를 찾아봐!"

"크리스탈 데클레르? 그 여자는 요부야!"

엘레나가 끔찍한 듯 숨을 몰아쉬었다.

"아주 예쁜 요부지. 왕년에 한 미모했던 흔적이 남아 있잖아. 그녀는 네 아버지처럼 능력 있는 남자를 만족시키기 위해 뭐든지 다 할 수 있어. 아버지는 그녀를 안다고 감히 말씀 못하셨을 거야. 아마도 경찰이 다녀가고 나서 그녀는 두려웠을 거야. 그래서 친구들에게 전화를 했겠지. 현재의 친구들과 과거의 친구들에게도! 도움을 청하고 보호를 부탁하려고 말이야. 만약 네 아버지가 과거의 남자친구거나 현재의 남자친구라면, 유아 밀매 같은 부끄러운 짓을 하는 남자와 음모를 꾸민 여자랑 잤거나, 현재 잔다는 것을 네게 고백하기는 어려웠을 거야! 그래서 불쾌감을 나타냈는데, 순간 앗차, 결판이 난 거지!"

"하지만…… 그렇다면 왜 나한테 얘기를 안 했을까? 난 이해했을 텐데!"

"아가씨! 갑자기 진한 부성이 드러난 거지. 넌 남자를 너무나 모른다! 남자는 자신이 사랑하는 존재에 대해서는 병적으로 소심할 수 있다고. 네 아빠는 아마도 네가 자신을 죽도록 미워할까 봐 두려우셨을 거야. 그래서 너한테 비밀을 만드신 거지."

엘레나는 다 알겠다는 표정으로 고개를 들었다.

"제레미, 넌 천재야!"

그녀는 친구의 이마에 입맞춤을 하면서 소리 질렀다.

"그래, 그거야. 그것 때문에 아빠가 거짓말을 하신 거야! 불쌍한 아빠! 연애사건을 딸한테 감춰야 했던 거야. 맙소사! 이 모든 게, 이 모든 고통이 나를 위해서였다니! 가서 아빠 목을 졸라줄 거야!"

제레미는 자신의 활약에 대해 크게 만족했고, 특히 자신이 여동생처럼 사랑하는 엘레나를 위로해줄 수 있어서 매우 기뻤다. 아니, 여동생 이상이었다. 마치 자신의 분신처럼 아끼는 존재였다.

완전히 평온을 되찾은 엘레나는 메뉴판을 들여다보며, 내일 생 클루에 가서 아버지를 혼내줘야겠다고 다짐했다. 아무것도 아니었다.

그들은 함께 요리를 골랐고, 제레미는 내일 저녁 7시까지 원하는 요리는 전부 다 갖다주겠다고 약속했다.

제레미가 떠나자 엘레나는 미지근한 물로 샤워를 하며, 자신이 품었던 의심과 고통이 이 편안한 비누거품과 함께 다 사라지도록 물을 흘려 보냈다. 그녀는 큰아버지를 맞이하기 위해 원피스를 입고 가볍게 화장을 한 후 멋진 하이힐을 신었다.

큰아버지는 정확히 8시 정각에 도착했다. 그녀를 데리고 파리에서 가장 멋진 레스토랑 중 하나로 손꼽히는 브리스톨로 갔다. 브리스톨은 브리스톨 호텔의 1층에 있는 레스토랑이다.

입구에서 문지기가 두 사람에게 지나칠 정도로 공손하게 인사를 했다. 제롬은 엘레나의 손을 잡고 웃으며 말했다.

"보렴, 문지기는 네가 내 애인이라고 생각하는 게야! 우리나라 같았으면 불쾌한 표정으로 나를 바라보았을 텐데, 여기 너희 나라에서는 보통 있는 일인 것 같구나. 너희 나라는 편견 없는 세련된 문명국이야."

"참 신기해요. 큰아버지께서는 계속 '너희'라고 하시잖아요. 너희 나라, 너희들의 운전 방법. 하지만 큰아버지께서도 우리처럼 프랑스인이시잖아요!"

"다른 나라에서 오랫동안 살아서 그래. 난 켈트족과 골족의 피가 내 몸에 흐른다는 것을 잊어버리고 말았다. 그런데 너도 좀 어색한 말을 쓰던데."

"그게 뭔데요?"

"처음부터 나한테 극존칭을 썼잖아. 정말 이상한 느낌이 들어. 마치 네가 내 조카가 아닌 것 같구나. 아르헨티나에서는……."

"알았어요."

큰아버지가 다시 아르헨티나와 유럽 사이의 차이점에 대해 똑같은 말을 되풀이하기 전에 엘레나가 딱 잘라 말했다.

"큰아빠한테 편하게 말할게. 그게 훨씬 간단하겠지?"

큰아버지가 기뻐하며 그녀에게 미소 지었다. 그들은 호텔 로비를 가로질렀다. 제롬이 예약한 레스토랑의 가장 좋은 자리에 앉기 전까지 그는 내내 엘레나의 손을 잡고 있었다. 두 사람이 지나가자 사람들이 그들을 향해 고개를 돌렸고, 엘레나는 웃음을 참았다. 사람들이 자신들에 대해 어떻게 생각할지 의심의 여지가 없었다. 나이 든 남자와 젊은 여자, 이런 종류의 장소에서는 꽤 흔한 커플이니까.

브리스톨에 온 게 처음이 아니었기 때문에 엘레나는 메뉴판에서 무엇을 골라야 할지 이미 알고 있었다. 송로버섯과 푸아그라를 곁들인 마카로니였다. 이 요리를 먹어본 후, 엘레나는 이런 생각을 했다. 신이 식탐을 무거운 죄악 중 하나로 꼽는 것은, 신이 송로버섯과 푸아그라를 곁들인 마카로니를 먹어보지 않았기 때문이라고 말이다. 만약 이 맛을 알았다면, 식탐을 없어서는 안 되는 미덕으로 분류했을 것이다.

제롬은 엘레나에게 윙크를 하며 같은 음식을 골랐다. 그녀는 두 번째 앙트레로, 페리고르에서 생산된 검은 송로버섯을 넣은 아티초크 파이를 주문했다. 제롬은 판텔레리아 섬에서 생산된 풍접초 꽃에 농가 수제 우유를 넣어 볶은 송아지 갈비를 주문했다.

엘레나는 큰아버지와 대화하는 게 그리 쉽지는 않다고 생각했다. 처음에는 대화하기가 편한 느낌이 들지만, 어떤 주제에 열정을 보이면 갑자기 뜨거운 에너지가 넘쳐흘러, 큰아버지의 의견과 다른 의견을 말하는 것이 어려웠다. 엘레나가 유럽과 미국의 농업 정책이라는 미묘한 주제에 대해 얘기하자, 격분한 제롬의 항의가 레스토랑 안을 쩌렁쩌렁 울렸다. 현명한 그녀는 둘 사이의 언쟁을 자제하고 근사한 요리에 집중하며 큰아버지의 이야기에 동의하기로 마음먹었다. 그의 입심이 대단했기 때문에 그게 덜 피곤했다.

제롬은 대화 중에 아르헨티나가 진정한 낙원이라는 얘기를 또 꺼냈다. 특히 그처럼 돈이 많은 사람들에게는. 제롬은 부유한 친구들을 가진 돈 많은 젊은 청년의 걱정 없고 자유로운 인생에 대해 알고 있었다. 큰아버지와 할머니가 소유한 땅은 헬리콥터로 이동해야 할 만큼 매우 넓었다. 제롬은 말 타는 것을 좋아했고, 폴로 게임을 즐겼다.

아마도 할머니가 현명하게 재정 관리를 하신 덕분에 2000년대에 끔찍한 경기 후퇴로 아르헨티나를 강타한 여러 상황에서도 피해를 입지 않은 것 같았다.

제롬은 파리가 아름다운 도시라는 점을 인정했다. 하지만 공해에 많이 오염되었고(부에노스 아이레스보다는 덜 오염되었다고 말했으므로 엘레나는 논쟁을 포기하고 입을 다물었다), 인구가 너무 많다고 말했다. 그는 일정을 앞당겨 아르헨티나로 떠날 것이라고도 했다.

큰아버지가 계속 자신의 인생과 동생의 인생을 비교하자 엘레나는 조금 짜증이 났다. 마치 자신의 아버지는 나쁜 선택만 하고 큰아버지는 좋은 것만 선택한 것처럼. 엘레나는 흥분하여 아버지를 변호했지만, 그녀가 반대 의견을 펴는 목소리가 옆 테이블에 들릴까 봐 걱정될 정도는 아니었다.

놀랍게도 제롬은 엘레나에게 미소를 지으며 조용히 듣고 있었다.

"아! 넌 아주 충실한 딸이구나. 좋아! 우리 아버지가 동생을 잘 돌본 것 같구나. 사실, 한동안 어머니와 나는 좀 걱정했단다."

"정말요? 왜요?"

"이혼이 우리 아버지한테 끔찍한 영향을 미쳤거든. 아버지는 한동안 정신 요양소에서 보내야 했지."

엘레나는 포크를 떨어뜨릴 뻔했다.

"그게 도대체 무슨 얘기에요? 농담하는 거죠?"

"아니야. 이 얘기는 못 들었니?"

"할아버지한테요? 아뇨, 전혀요. 아빠도 마찬가지고요."

제롬은 당황한 표정으로 후회하는 듯 고개를 저었다.

"내가 이렇다니까. 아내는 내가 너무 실수를 많이 한다고 끊임없이 말하지. 어쨌든 그 얘기는 네 인생의 일부이기도 하니까 너도 알 권리가 있어. 우리 아버지는 꽤 폭력적이었단다. 우리는 떠날 때 아버지가 제임스한테 폭력을 휘두르지 않을까 걱정했어. 어느 날, 우리는 호의를 품고 있는 한 여자친구를 통해 제임스가 병원에 입원했다는 사실을 알게 되었지. 아버지가 말하기를, 그것은 사고였고 제임스가 실수로 넘어졌다고 했지만, 엄마는 알아보셨어. 결국 의사는 제임스가 맞은 거라고 말해주었지. 이 사고 후에 엄마는 제임스의 후견인이 되어 아르헨티나로 데려오려고 애쓰셨어. 하지만 아버지는 정신적으로 건강하다는 것을 입증하여 판사를 설득하는 데 성공했고, 우리와의 모든 연락을 끊었어. 그때부터 제임스가 어떻게 사는지 소식을 들으려고 애쓸 때마다, 잘 지내고 있다는 말만 듣게 되었지."

이렇게 밝혀진 내용으로 여러 가지 것들을 설명할 수 있게 되었다. 특히, 왜 엘레나의 아버지가 때때로 그렇게 폭력적이 될 가능성이 있었는지. 물론 그 폭력성이 그녀를 향하는 경우는 전혀 없었지만 말이다. 아버지는 아이였을 때 학대당했던 것이다! 엘레나의 두 눈 가득 눈물이 고였다. 하지만 제롬이 할아버지에 대해 얘기한 것은 그녀가 할아버지에 대해 알고 있는 이미지와는 어울리지 않았다. 할아버지가 전 부인, 특히 큰아들과 헤어져서 고통을 받았다는 것은 알고 있었지만, 엘레나가 알고 있는 이미지로는 할아버지가 아이를 학대하는 폭군이었다는 상상은 불가능했다. 엘레나는 할아버지에 대해서는 잘 알고 있지 못했다. 여덟 살 때 할아버지가 돌아가셨으니까.

"정말로, 정말로 믿을 수가 없네요."

아버지가 어린 시절의 고통스러웠던 일화에 대해 자신에게 전혀 털어놓지 않았다는 것에 약간 상처받은 엘레나가 말했다.

"그래, 우리는 가족에 대해서 제대로 아는 게 하나도 없지. 장롱 안에는 늘 작지만 추잡한 비밀이 숨겨져 있고. 어느 날 장롱이 열리면서 해골바가지들이 우수수 떨어지는 거지. 만약 네 아버지가 말하지 않았다면, 아버지한테 일부러 얘기하지 마라. 아무것도 아닌 일로 상처를 주고 싶지 않구나. 어디까지나 과거니까 말이야. 그런 일은 조용히 내버려 두고 미래에 대해 생각하자. 자, 네 '거의' 남자친구 하고는 어떻게 지냈니?"

엘레나의 얼굴이 빨개졌다.

"큰아빠, '남자친구'라는 표현은 학생 때나 하는 거예요. 난 이제 애들이 아니라고요. 현재 난 나보다 뚱보들 때문에 훨씬 바쁜 남자와 만나고 있다고 할 수 있죠."

큰아버지가 어리둥절한 표정으로 그녀를 바라보았다.

"그게 무슨 뜻이냐, 그는 뚱뚱한 여자를 좋아하는 거니?"

엘레나가 웃음을 터뜨렸다.

"아니, 아뇨, 전혀 아니에요. 그는 형사반장이고, 큰아빠도 언론을 통해 분명히 들었을 거예요. 요즘 뚱보 살인사건을 수사하고 있거든요. 어떤 미치광이가 뚱보들을 납치해서 굶겨 죽인 다음, 그들의 양손을 자르는 그런 사건이에요."

제롬이 잔에 든 샤토 라투르 1983년산 와인의 냄새를 맡으며 눈썹을 치켜떴다.

"그래, 나도 그 끔찍한 사건 얘기를 들었다. 뚱보들을 납치했다며? 정말 이상한 일이야. 왜 하필 뚱보들일까?"

"바로 거기에 의문이 있는 거예요. 우리에겐 아무런 단서도 없거든요. 그러니까 경찰인 필리프조차 최소한의 아이디어도 없다는 거죠. 필리프는 살인범을 구석에 몰아넣을 거라고 장담했지만, 구석에 몰린 것은 오히려 필리프예요. 신문에서 그이 사진 못 봤어요? 살인범이 그의 상체에 피해자의 피로 시를 쓴 다음, 염소 우리에 가두었거든요. 마지막 시체와 함께요. 필리프의 말에 따르면, 염소가 자기 얼굴을 핥아 깨웠대요. 그는 어둠 속에서 염소가 악마인 줄 알았고요."

큰아버지 눈동자 속에 스치는 눈빛을 보고 엘레나는 그가 웃음을 꾹 참고 있다고 느꼈다.

"이번에는 정말 확실하구나. 나를 놀리는 거야."

제롬이 이렇게 말하자 엘레나가 반박했다.

"아니, 아니에요. 맹세코 정말 사실이에요! 이 얘기가 비상식적으로 들릴 수 있다는 걸 알지만, 정말 실제로 일어난 일이에요."

"염소 우리에서?"

아직도 무서운 생각이 들었지만, 엘레나는 킥킥 새어나오는 웃음을 참을 수가 없었다. 결국 오랫동안 참았던 큰아버지가 먼저 웃음을 터뜨렸다. 그는 딸꾹질까지 했고, 큰아버지의 웃음에 전염된 것처럼 엘레나 역시 곧 웃음을 터뜨리고 말았다.

글자가 새겨진 앤티크한 손수건으로 힘차게 코를 푼 제롬은 결국 이렇게 말했다.

"아이구! 이렇게 웃은 것도 정말 오랜만이구나. 아주 좋다. 미안하다. 하지만 그 장면이 너무, 너무……."

"괜찮아요. 하지만 무서운 일이었어요. 살인범은 어떤 면에서 비웃음을 드러냈거든요. 하지만 나도 웃기기는 했어요. 큰아빠 혼자 그런 건 아니에요."

제롬은 두 눈을 닦고 다시 진지하게 말했다.

"그 사람은 좀 위험한 직업을 가진 것 같구나!"

"그것 때문에 내가 사랑에 빠진 것은 아니니 안심하세요."

"아, 사랑에 빠졌니? 그럼 네 애인이 그런 불가사의한 살인범에게 조롱을 당했는데도 그게 언짢지는 않니?"

엘레나는 자신이 그런 표현을 썼다는 것에 약간 놀랐다. 어쨌든 사랑에 빠진다는 표현은 좀 강한 것 같다.

"사실 사랑에 빠졌는지는 나도 잘 모르겠지만, 그를 높이 평가하는 것은 확실해요. 하지만 필리프를 안 지 아직 며칠 안 되었는걸요. 그 미치광이가 불로뉴 숲에서 필리프를 위협했을 때는 사실 굉장히 무서웠어요. 육체적인 후유증에 대한 두려움이었죠. 어쨌든 유독 가스를 마셨으니까요. 정신적으로 어떤 굴욕감을 겪었는지 분명하지 않았기 때문에 정신적인 후유증도 두려웠죠."

"유독 가스? 이봐요, 어여쁜 조카딸, 그렇다면 나한테 순서대로 잘 설명해줘야겠다. 솔직히 말해 난 네 얘기를 따라갈 수가 없구나!"

제롬은 매우 재미있어하는 표정을 지었다. 엘레나는 언론을 통해 이미 알려진 것들을 모두 그에게 얘기해주었다.

그녀가 이야기를 끝냈을 때, 제롬은 무언가 생각하는 표정이었다.

"위에서 그를 조종할 위험은 없는 거니? 아르헨티나에서는 그런 일도 있거든. 우리는 폭력적인 나라는 아니지만, 우리 경찰들은 죽이기도 한단다. 꽤 자주 말이야!"

엘레나는 서글픈 미소를 지었다.

"예, 프랑스에서도 그런 일이 일어나죠. 필리프는 신중하고 이미 경험이 많으니까 괜찮을 거예요. 난 믿어요. 또 불필요한 위험은 강행하지 않을 만큼 똑똑하거든요. 어쨌든 그러기를 빌어요!"

"그의 이름이 하트지, 그렇지? 그 이름을 들어본 것 같은데."

큰아버지는 한참 동안 생각에 빠져 있다가 갑자기 손가락을 탁 튕겼다.

"그래, 그거야, 생각났어. 그는 카우보이야! 그 사람은 툴루즈 사건을 지휘했어. 내 기억이 맞을 거야. 어머니가 프랑스 신문을 읽고 그 내용에 관심을 가졌었거든. 그것이 네 아버지의 사업체 중 하나와 관련이 있어서 그랬지. 그 반장이 범죄로 화재를 저지른 사건을 수사했지. 내 기억이 맞다면 말이야. 언론이 그에게 '카우보이'라는 별명을 붙여줬지. 그가 명령에 불복하고, 움직이는 것들을 모두 구출했어. 덕분에 여러 명의 생명을 구했지. 기사를 읽으면서 나는 그 남자가 세상에 별로 많지 않은 용감한 사람이구나, 하고 생각했어. 우리 아가씨, 보통은 그런 남자와 함께라면 안전한 상태겠지만, 그가 흙탕물 속으로 너를 끌고 들어가지 않는지 조심해야 돼!"

큰아버지의 기억력 때문에(그 사건은 꽤 지난 이야기였으니까) 약간 놀란 엘레나는 어색한 미소를 지었다.

"난 필리프의 수사에 끼어들고 싶은 생각이 전혀 없어요. 그러니 위험할 것도 없죠."

큰아버지는 말하려고 입을 벌렸지만, 엘레나는 더 이상 필리프에 대해 말하고 싶지 않아서, 마침 식탁에 도착한 조그맣고 달짝지근한 디저트인 미냐르디즈로 관심을 돌리며 분위기를 바꿨다. 제롬도 더 이상 고집 부리지 않았다.

큰아버지는 화장실에 다녀오려고 자리에서 일어섰고, 엘레나는 어제까지 알지 못했던 사람과 대화를 나누면서도 어색하지 않다는 사실에 놀랐다. 큰아버지는 약 15분쯤 후에 돌아와서는 한숨을 쉬며 자리에 앉았다.

그가 인상을 찡그리며 말했다.

"다리가 아파 죽겠어. 난 이제 늙었어. 전에는 말 등에도 쉽게 올라탔지만, 이젠 끝났어!"

두 사람은 과자를 뒤적이면서 저녁식사를 끝냈다. 엘레나는 젊은 여종업원이 자신을 위해 잘라놓은 마시멜로 조각을 차마 거부할 수가 없었고, 호텔 주방장의 은밀한 미소 때문에 캐러멜도 거부하지 못하고 주머니에 슬쩍 넣었다.

레스토랑에서 나오자 큰아버지는 엘레나가 강하게 거부했음에도 불구하고 집까지 바래다주겠다고 고집을 부렸다. 가는 동안에 제롬은 비교적 조용했다. 샹젤리제에서 규정된 제한 속도와는 비교도 안 되는 빠른 속도로 달렸지만 엘레나는 가까스로 마음을 진정시킬 수 있었다. 마침내 제롬은 그녀를 온전하고 무사하게 집 앞에 내려주었고, 그들은 다음주 월요일에 직접 뢰이으 말메종에서 만나기로 약속했다.

집에 들어오자 전화 자동응답기가 반짝거렸다. 네드의 메시지였다. 박사는 매우 당황해서 거의 겁먹은 목소리였다.

'엘레나, 엘레나, 거기 없어? 제발 전화 좀 받아!'

몇 초 동안 침묵을 지키다 네드가 말을 이었다.

'이상한 일이 벌어졌어, 엘레나. 당신한테 거짓말을 한 게 어리석었다는 걸 깨달았어. 특히 내가 당신을 껴안았을 때, 당신이 나를 거부한 후에 말이야. 나는 어리석은 늙은이야. 하트 반장에게 왜 알리바이 밝히기를 거부했는지 진실을 당신한테 말해야겠어. 월요일까지 기다릴 수가 없어. 내일 아침 사무실로 와줄 수 없을까? 모든 걸 다 설명할게.'

엘레나는 걱정스러워서 입술을 깨물었다. 일요일 아침에 사무실에서 만나자는 약속을 하다니, 정말 중요한 일이 분명했다. 네드에게 전화를 걸었지만 그는 받지 않았다. 쉽게 잠이 들지 않았다. 여러 가지 생각들이 엘레나의 머릿속에서 뒤죽박죽 섞였고, 불안한 생각들이 계속 떠올랐다. 엘레나는 자신에게 거짓말을 한 아버지가 걱정스러웠고, 이상한 메시지를 남긴 네드도 걱정되었으며, 마지막으로 디즈니랜드에서 어쩌면 위험에 처했을지도 모를 필리프도 걱정되었다.

엘레나는 베개를 주먹으로 한 대 내려쳤다.

아, 남자들이란!

*

엘레나가 베개를 때리고 있을 때, 필리프는 사소한 소음에도 주의를 기울이며 잠복근무를 하고 있었다. 공원이 문을 잠그자 함정이 설치되었다. 상하가 붙은 석면 의상 속에 파묻힌 경찰들은 더워서 죽을 지경이었다.

필리프는 광산열차 놀이기구의 발치, 커다란 바위 뒤에 숨어 있었다. 시간은 흘렀고 그는 잠들지 않으려고 자기 살을 꼬집었다. 그때 갑자기 필리프가 소스라쳤다. 그의 앞쪽, 가짜 바위 속에서 무언가가 움직였던 것이다. 어렴풋한 형체가 움직였다.

필리프는 석면 장갑을 벗고 권총을 꺼내며 펄쩍 뛰어올랐다.

"멈춰! 동작을 멈추고 두 손을 올려!"

앞쪽에서는 아무런 움직임도 없었고, 경찰들이 방향을 돌려 탐조등 불빛을 그쪽에 비쳤다. 눈앞에는 색깔과 질감이 바위와 거의 비슷한 방수포 아래 숨은 남자가 보였다. 남자가 천천히 일어서서 자신을 덮고 있던 이상한 천을 벗었다. 남자는 꽤 멀리 있었기 때문에 필리프는 총을 겨누고 그에게 가까이 다가갔다.

"조심해라! 이상한 행동하지 말고 머리 위로 두 손을 올려라! 안 그러면 쏜다!"

탐조등 불빛에 눈이 부셨는지, 남자는 충격에 빠진 것 같았다. 남자는 이상한 한 벌짜리 옷을 입은 외계인들이 자신을 둘러싼 것을 발견하고, 빛이 비치자 기계적으로 팔을 올려 두 눈을 가렸다. 남자의 얼굴과 몸은 온통 피로 뒤덮여 있었고, 한 손에는 칼을 쥐고 있었다.

"무기를 버려라! 빨리 무기를 버려라!"

한 경찰이 소리쳤다.

완전히 얼이 빠진 남자는 기계적으로 그 말에 복종했고, 칼이 바닥에 떨어지며 딸그락하는 금속 소리를 냈다. 어쩔 줄 몰라하며 피범벅이 된 두 손을 앞으로 내밀었다. 경찰들의 지시에 복종하면서 남자는 두 손을 머리 위에 올리고 바닥에 엎드렸다. 그동안 필리프는 방수포 아래 다른 사람이 숨어 있는 것 같아 조심스레 다가갔다.

"거기서 나와. 연극은 끝났다. 속임수 쓰지 마!"

방수포 밑에서는 아무런 움직임도 없었다. 필리프와 경찰 한 명이 발사 준비를 하고, 다른 두 명의 경찰이 재빨리 방수포를 걷었다. 창백한 죽음의 물결처럼 피부가 축 늘어진 벌거벗은 시체가 나타났다.

"이자는 죽었습니다."

필리프는 석면 두건을 벗고 몸을 돌려 방금 수갑을 채운 사람을 일으켜 세우라고 지시했다. 맙소사! 필리프는 자신 앞에 선 수갑 찬 이 남자를 알고 있었다. 그의 얼굴을 완벽하게 알아볼 수 있었다.

바로 네드 네슬린스키였다.

20

목동의 선물, 치즈

영국 웨일스 지방의 위대한 스틸턴 치즈와 크래커,
강렬하고 부드러운 포트와인

필리프는 자신의 판단이 틀렸다는 생각에 깜짝 놀랐다. 정신과 의
사가 결백하다고 믿었던 것이다. 필리프는 석면 의상을 벗고 네드가
감치될 거라고 설명했다. 그 말이 끝나기 전에 네드가 말을 끊으며 중
얼거렸다.

"나, 나는…… 여기서 뭘, 뭘 하는 거요? 무슨 일이 있었소?"

"괜찮아요, 네드, 기억나지 않는 것처럼 굴 필요는 없어요. 당신은
여기가 어딘지 너무나 잘 알고 있고, 나를 보기 좋게 속였으니까요!"

"천만에요! 난 집에 있었소. 잠이 들었지. 그런데 갑자기 아래층에
서 소리가 들렸소. 집에 있을 때는 경보장치를 안 해놓기 때문에 무슨
일인지 보려고 내려갔어요. 이상한 냄새가 났고, 그리고 여기에 있는
거요. 여기 이, 이것 위에 누워서. 난 일어나고 싶었지만 내 위에 무언
가가 있었소. 그것이 덮개 같은 거라는 것을 깨닫고 나서 몸을 일으켰
어요. 그랬더니 하늘이 머리 위로 쏟아지는 것 같았소. 눈부신 불빛
이 보이고 크게 외치는 소리가 들렸단 말이오. 도대체 무슨 일인지 모
르겠소!"

"알았어요. 당신은 유독 가스가 이미 사용되었다는 걸 알고 이야기를 만들어낸 거예요. 나를 바보로 만들지 말아요. 당신의 말은 한 마디도 믿을 수 없지만, 그래도 당신이 말한 게 사실인지 확인은 해볼 거요."

필리프는 시체 주위에서 바쁘게 움직이는 감식반원 중 한 명을 불렀다.

"여기! 누가 이 사람에게서 혈액 좀 채취할 수 있어요? 지금 바로. 그럼 진짜로 잠들었었는지 알 수 있겠지."

"예, 반장님, 제가 할게요!"

"이 사람이 어떤지 빨리 알아보자고. 그의 몸을 좀 뒤져봐."

경찰들은 먼젓번 시체들에게서 찾은 것과 똑같은 사탕을 네드의 주머니에서 찾아냈다. 그 사탕은 새로운 시체의 입 속에도 가득 채워져 있었다. 피해자의 정체가 곧 밝혀졌다. 그는 소아 성애자가 아니었고, 이름은 브뤼노 러그였다.

네드에게는 상황이 좋지 않았다.

"다른 사람은 어디 있어요? 네드, 피에르 자비한테는 어떻게 했어요? 그는 아직 살아 있나요?"

네드는 필리프가 마치 중국어로 말하는 것처럼 그를 바라보았다.

"누구요? 무슨 얘기를 하는 거요, 지금?"

"피에르 자비 말이에요. 기억해봐요. 어린 팻을 위협했던 소아 성애자요. 잊어버렸다고 말하지는 않겠죠. 월요일 밤에 병원에서 당신이 납치한 사람 말예요!"

"하지만, 하지만 난 아무도 납치하지 않았소!"

필리프가 한숨을 내쉬었다.

"네드, 일을 복잡하게 만들지 말아요, 제발. 난 당신이 암거래도 싫어하고 소아 성애자도 싫어한다는 것을 잘 알고 있으니까요. 하지만 혼자 정의를 실현하는 것은 불가능해요. 상황을 악화시키지 말아요.

자, 마지막 피해자가 어디에 있는지 우리한테 털어놔요."

네드는 자신을 꽉 잡고 있는 두 경찰의 손아귀에서 빠져나오려고 발버둥 쳤다.

"당신이 무슨 말을 하는지 하나도 모르겠다고 말했잖소. 나는 잠들었고, 잠을 깨보니 지금 악몽 속에서 헤매고 있단 말이오. 맙소사! 이게 꿈이라고 말해줘요!"

필리프는 고개를 끄덕였다. 만약 네드가 정신분열증이라는 카드를 내놓는다면, 경찰 본부에서 토론을 계속하는 게 더 나았다.

"내 얘기 잘 들으세요."

필리프가 훨씬 부드러운 어조로 말을 이었다.

"내 생각에는 선생님의 정신이 아주 명료하지 않으신 것 같군요. 그럼 우리, 이렇게 합시다. 이미 말한 것처럼 선생님은 감치 상태에 있게 될 겁니다. 우리는 오늘 저녁 여기에서 일어난 사건에 대해 정확한 판단을 하려고 노력할 거예요. 우리 둘이 대화를 좀 해봅시다. 마지막 뚱보가 어디에 있는지 얘기하게 되면……."

필리프는 갑자기 말을 멈추었다. 문득 어떤 생각이 떠올랐다.

"잠깐만요. 당신은 다른 뚱보들은 납치하지 않은 거죠, 적어도?"

"다른 뚱보들뿐만 아니라, 아무도 납치하지 않았소."

네드가 좀 정신을 차린 얼굴로 한숨을 내쉬었다. 아마도 신선한 밤공기가 머릿속을 어지럽히던 마지막 안개를 걷어버린 모양이었다.

"나를 믿지 않는군요. 그렇죠? 불로뉴 숲에서 당신도 나와 똑같은 일을 겪었잖소, 반장. 살인범이 당신을 잠재웠고, 범죄 현장에 당신을 운반해놨잖소. 뭐가 다른지 말해보시오. 지금 나한테 벌어진 일하고 뭐가 다른 거요?"

필리프가 차가운 미소를 띠며 대답했다.

"난 용의자가 아니었죠. 난 이번 범죄가 일어난 순간마다 매번 훌륭한 알리바이가 있어요. 당신의 경우하고는 다르죠, 친애하는 박사님. 당신은 알리바이를 알려주는 것조차 거부했잖아요. 사실, 난 당신을 진짜로 의심하지는 않았어요.”

박사가 갑자기 분노를 터뜨리며 울부짖었다.

“하지만 난 아무 짓도 하지 않았다고! 내가 뭘 어쨌다는 거요. 누군가 나에게 올가미를 씌운 거라고! 당신에게 알리바이를 알려주지 않았던 건 엘레나 때문이었소!”

필리프는 네드의 두 눈을 뚫어지게 바라보며 그에게 위협적으로 몸을 기울였다.

“엘레나가 당신 이야기 속에 왜 등장하는 거요, 네드? 이 사건에 그녀를 끌어들여 즐길 생각은 말아요.”

“그런 게 아니오, 절대. 나는 엘레나를 사랑했소. 아니 그렇게 믿었소. 하지만 엘레나는 내가 다가가는 걸 거부했지. 2주 전쯤 다른 여자를 알게 됐소. 사랑스러운 여자였지. 그런데 이혼소송 중이었소.”

“그래서?”

“그녀의 남편이 그녀를 미행했소. 소송에 필요한 증거를 모으기 위해서였지. 납치와 살인사건이 일어난 사흘 밤 동안 우리 둘이 함께 있었다는 것이 밝혀지면 그녀에게 매우 해가 될 거요. 엘레나가 아는 것도 원하지 않았소. 나는 늘 바랐지만…… 그저께 그녀를 포용했지만…….”

“뭐요?”

“그녀는 전혀 예상하지 못한 일이오. 엘레나가 나를 밀쳐내더군. 그때 비로소 나는 처음부터 혼자 환상에 빠져 있었다는 사실을 깨달았고, 내게는 전혀 기회가 없다는 것도 알아차렸소. 그때까지도 그녀에게 누군가를 만났다고 얘기해야 할지 망설였거든. 나는 알리바이가 있다는 것을 엘레나에게 알리고 싶었소. 그래서 저녁때 그녀의 응답기에 메시지를 남겼지, 아침에 만나자고 말이오. 그리고 수면제를 삼키고 잠들었소. 자동응답기를 작동시켜 놓고 말이오. 그런데 잠결에 어떤 소리가 들린 거요. 날 믿어줘야 하오, 반장. 누군가가 우리 두 사람을 마음대로 조종하고 있소. 특히 당신을. 내가 유죄라고 믿으면 당신은 살인범 찾기를 그만둘 테니까. 당신과 나는 똑같소, 반장. 나도 피해자란 말이오!"

필리프는 그의 말을 믿지 않았다. 그는 네드의 간절한 항의에 귀기울이지 않고, 경찰들에게 네드를 끌고 가라는 몸짓을 했다.

필리프는 한숨을 내쉬었다. 네드는 자신이 짠 각본을 실행에 옮겼고, 필리프는 그것을 거의 알아보지 못할 뻔했다. 이제 어딘가에서 굶주림으로 죽어가고 있을 마지막 피해자를 숨겨둔 장소를 찾아야 했다. 네드가 사실을 토해낼 때까지 그를 신문하리라.

불행히도 네드는 확고했다. 자신은 죄가 없다. 자신은 가스를 마셨고 옮겨져서 시체와 함께 방수포 밑에 놓인 것이라고 주장했다. 그는 단념하지 않았다.

그러나 공원의 감시 카메라는 네드의 주장과 일치하지 않았다. 한 용의자가 지목되었다. 며칠 전에 고용된 정원사 한 명의 외모가 피해자의 지인들이 묘사한 공중인의 모습과 비슷했다. 덥수룩한 턱수염에 커다란 안경을 꼈으며 네드와 같은 키에, 가발과 가짜 코 같은 것을 달고 정체를 숨긴 그 남자는 비디오테이프에 여러 번 등장했다. 특히 그 전날, 남자는 광산열차 바위 근처 잔디밭에서 일을 했다. 네드가 발견된 곳에는 카메라가 없었기 때문에, 경찰들은 네드가 시체와 방수포를 싣고 와서 밤이 되기를 기다려 그 아래에 몸을 숨긴 거라고 추측했다. 방수포 아래에서 가짜 코, 안경, 수염과 가발이 발견되었으며, 그 안에는 네드의 머리카락도 들어 있었다.

세르주 드포르 국장은 몹시 기뻐했다. 국장은 아침에 기자들을 소집해 뚱보 살인범이 잡혔다고 알렸다. 시시각각 밝혀지는 증거들은 이 발표를 더욱 굳건하게 만들었고, 그의 만족감을 더욱 부풀렸다. 라디오와 텔레비전은 살인범이 잡혔다는 소식을 전했고, 몇몇 사람들은 안도의 한숨을 내쉬었다. 미치광이가 체포되었다. 단 한 가지 어두운 소식은, 피에르 자비를 어디에 숨겼는지 네드가 밝히지 않는다는 것뿐이었다. 네드의 집을 가택 수색하자, 지하실에 숨겨놓았던 중요한 군대 장비들이 발견되었다. 마약성 진통제인 펜타닐을 원료로 한 마취제 블루 X와 적외선 안경 여러 개, 여러 벌의 의상과 가발들, 군대용 무기까지. 하지만 필리프가 잃어버린 총과 사람을 가둔 흔적은 찾지 못했다.

또 네드가 애인이라고 주장했던 여자는 외국으로 떠나 연락이 닿지 않았기 때문에, 납치와 살인이 있던 시간에 네드가 내세운 알리바이를 확인할 수가 없었다. 경찰이 그의 집에서 찾아낸 것들에 대해 밝히자, 네드는 한 번도 그런 무기들을 가진 적이 없으며 살인범이 거기에 갖다 놓은 것이라고 악을 쓰기 시작했다. 네드가 격렬하게 부정했음에도 불구하고 이 증거들은 모두 네드가 범인이라는 사실을 확인해줄 뿐이었다. 네드는 아무런 알리바이도 없었고 범행 현장에 있었으며, 너무 많은 증거들이 그의 집에서 나왔다.

네드의 혈액을 분석한 결과 마취제 성분이 검출되기는 했지만, 수면제를 먹었다고 스스로 말했으므로 아무 문제가 안 되었다. 네드는 제 꾀에 제가 넘어간 것이다.

필리프는 정신과 의사의 끈질긴 고집을 꺾으려고 애쓰며 하룻밤과 아침나절을 보냈다. 그러나 아무런 결과도 얻지 못했다. 아직 엘레나에게는 친구를 체포했다고 알리지 않았다.

정오경, 엘레나에게 전화를 걸었지만 연결이 되지 않았다. 저녁때 두 사람은 만날 약속을 했으므로, 필리프는 그때 자연스럽게 알리면 되겠다고 생각했다. 그래, 그것이 나을 것이다.

필리프는 너무나 피곤했기 때문에 텔레비전과 라디오 뉴스에서 그 사건에 대해 계속 보도한다는 생각은 하지 못했다.

갑자기 엘레나는 채찍으로 맞은 듯한 충격을 받았다. 잠에서 깨어 라디오를 듣고 그녀가 반사적으로 처음 한 생각은 필리프에게 아무일도 없었는지 알고 싶다는 것이었다. 엘레나는 네드의 체포 소식을 들었다. 깜짝 놀란 엘레나는 텔레비전을 켜고 오랫동안 화면 앞에 망연자실한 채 멍하니 서 있었다. 뭐라고? 네드가 살인범이라고? 그건 불가능해!

엘레나는 즉시 제4수사국으로 전화를 걸었지만, 당연히 아무도 필리프를 바꿔주지 않았다. 네드는 물론이고. 감치 상태에 있는 용의자는 변호사밖에 만날 수 없다. 하지만 엘레나가 네드를 알고 있다는 것을 깨달은 경찰이 그녀에게 연락처를 남겨놓으라고 했다. 반장은 분명히 그녀를 소환해야 할 테니까. 엘레나는 그날 저녁 하트 반장과 저녁식사를 함께 할 것이라고 밝히지 않았다.

점심시간에 엘레나는 가능한 한 빨리 진실이 밝혀지기를 바라며 아버지 집으로 갔다. 너무 서두르다가 집에 휴대전화를 놔두고 와서 필리프의 전화도 받을 수가 없었다.

제임스는 아침 일찍 딸의 전화를 받고 놀랐지만, 전혀 놀라움을 내비치지 않았다. 반대로 매우 화가 났다고 생각했던 딸과 대화를 할 수 있게 되어 기뻤던 그는, 함께 점심을 먹자는 그녀의 제안을 즉시 받아들였다.

집사 바르텔레미 역시 엘레나를 보자 마음이 한결 가벼워진 표정이었다. 그는 아버지와 딸이 서로 다퉜다는 것을 알아차리고 걱정했던 것이다. 그래도 엘레나의 어두운 안색 때문에 마음이 편하지는 않았다. 엘레나는 네드에게 무슨 일이 닥쳤는지 불안해서 잠을 잘 못 잤던 것이다.

엘레나는 단호하게 아버지를 향해 걸어가서 포옹하고는, 아버지가 내미는 샴페인 잔을 받으며 외치듯이 말했다.

"좋아요, 이제 고백해보세요. 저 다 알아요!"

제임스가 놀란 눈을 치켜떴다.

"뭘 안다는 거니?"

"왜 크리스탈 데클레르와 개인적인 관계가 있다고 말하지 않으셨어요? 그녀를 통해서 젱리와 아기들 이야기를 알게 되신 거죠?"

제임스는 한 모금 마신 샴페인이 하마터면 목에 걸릴 뻔했다.

"뭐? 크리스탈 데클레르? 농담하는 거지? 그, 그, 마녀!"

아버지가 인상을 썼지만 엘레나를 설득시키지는 못했다. 아버지는 굉장한 배우가 될 소질이 있었다. 엘레나는 잔을 테이블에 내려놓고 침착하게 말했다.

"아빠, 난 크리스탈 데클레르하고 아무 문제도 없을 거예요. 아주 예쁜 여자고, 열정적인 동반자가 될 거예요. 더러운 암거래에 관여하지만 않았다면요. 그녀는 틀림없이 침대에서 아주 매력적일 거예요. 왜 아빠가 그랬는지 모르겠어요. 아빠가 약간 이상한 여자랑 잤다고 하면 내가 화를 낼 거라고 생각한 거예요?"

아버지의 얼굴색은 이제 보라색으로 바뀌고 있었다.

"맙소사! 엘레나, 난 크리스탈 데클레르하고 자지 않았다! 누가 네 머릿속에다 그런 기괴한 생각을 넣은 거냐, 도대체?"

"그렇다면, 만약 아버지가 크리스탈하고 자지 않았다면, 그녀가 젱리나 다른 밀매자들과 음모를 꾸미고 있다는 걸 아버지가 어떻게 아셨느냐고요?"

제임스는 입을 벌렸다가 즉시 닫았다.

"어떻게 안 거니, 엘레나? 그래, 네가 맞다. 그렇게 대수롭지 않은 것을 감춘 내가 어리석었어. 정확하다. 몇 달 전부터 크리스탈은 내 애인이었다. 사실 젱리가 사라진 후부터. 젱리가 사라진 후 그녀는 당황했고, 누구를 향해 몸을 돌려야 할지 모르는 상태였어. 그때 내가 거기 있었다. 하지만 얼마 전 우리가 막 헤어지려는 찰나에 그녀가 레흐나르트 디오발스키에 대해서 고백했어. 그것 때문에 난 화가 난 거야."

이상하게도 아버지가 이렇게 확인해주기를 기다렸음에도 불구하고 제임스의 고백은 엘레나를 안심시키지 못했다. 누군가가 자신 앞에서 거짓말을 할 때처럼, 그녀는 작은 부정음(不正音) 같은 가벼운 괴리감을 느꼈다. 게다가 아버지는 마치 지금 그 자리에서 만들어낸 얘기처럼 말했다. 어쨌든 엘레나는 더 이상 고집 부리지 않았다. 아버지를 믿고 싶었고, 다른 고통들이 너무 많아서 한 가지 고통이 사라지는 것을 보는 것만으로도 기뻤다.

아버지가 자신과 화해하게 된 것에 너무나 행복해하는 것 같아서, 아직도 아버지가 의심스럽다는 말을 할 마음이 안 생겼다. 제임스는 존경할 만한 매력을 펼치며 딸을 웃기려고 노력했지만, 엘레나는 여전히 충격을 받은 표정을 떨치지 못하고 있었다.

결국 아버지가 먼저 입을 열었다.

"엘레나, 말해봐라. 오늘 아침 뉴스를 들었는데 네슬린스키라는 사람이 체포됐다고 하더구나. 그 사람이 너와 함께 일하는 그 박사 맞지, 아니니?"

나중에 기억을 더듬어보았을 때, 엘레나는 아버지가 그 소식을 격한 흥분 없이 받아들인 것이 놀라웠다. 엘레나와 관련된 불안감, 그녀가 직면한 위험에 관련된 불안감에 비추어보았을 때, 그 소식은 제임스를 미치게 만들 수도 있는 것이었다. 엘레나는 딸과 화해하는 것이 세상에서 가장 중요했기 때문에 아버지가 꾹 참았다고 생각했다. 그 다음에 아버지가 보여준 행동은, 딸이 사이코패스와 함께 일했다는 사실을 알고 확실히 심한 충격을 받았다는 것을 보여주었다.

"너를 보호하기 위해서 난 어떻게 해야 하는 걸까? 그놈이 너를 공격할 수도 있었잖아!"

"진정하세요, 아빠, 난 네드를 알아요. 그는 살인범이 아니에요. 그는 결백하고 경찰도 곧 그것을 알게 될 거예요."

"결백하다, 결백하다고? 그는 현장에서 현행범으로 체포된 거잖아, 그렇지?"

"오늘 아침부터 이 사건에 대한 생각을 멈출 수가 없어요. 누군가가 그의 열쇠 꾸러미를 복사해서 사용한 것 같아요. 지난번에 네드가 열쇠 꾸러미를 못 찾겠다고 한 적이 있었거든요. 원래 그는 뭘 잃어버리는 사람이 아니에요. 그렇게 훔치기만 하면 열쇠를 복사한 후에, 네드의 집으로 가서 그를 잠재우고 디즈니랜드까지 옮기는 것은 식은 죽 먹기죠. 살인범은 이미 그런 짓을 해봤으니 완전히 가능한 행동이에요. 네드의 집에서 찾아낸 그 군 장비 일체는 아무것도 아니에요. 난 네드와 6개월 전부터 같이 일했고, 누가 뭐라고 해도 정신병에 대한 몇 가지 개념은 알고 있다고요. 네드는 전혀 그런 프로파일이 아니에요. 네드가 저질렀다는 내용은 음모일 뿐이라고요."

"난 모르겠다. 그 남자를 잘 모르니 대답할 수가 없지. 확실한 것은 그에게는 무거운 짐이 지워졌다는 거야. 결백을 밝히는 것은 그리 간단한 일이 아니란다."

"아빠의 변호사들을 좀 빌려주시지 않을래요? 네드도 돈이 있지만, 아빠는 힘이 있잖아요. 그게 훨씬 중요하거든요."

"아, 처음으로 내 딸이 아빠의 도움을 필요로 하는구나. 네 명이나 살해한 살인범을 돕기 위해서 말이다. 기뻐해야 하는 걸까?"

엘레나가 신경질을 냈다.

"아빠! 그래서요?"

"가만있어. 내가 알아서 할게."

두 사람은 식사를 했고, 제임스 바르톡은 전화를 몇 통 걸었다. 제임스는 자신의 변호사들 중 한 명인 바르시키앙 씨를 설득하기로 했다. 바르시키앙 씨는 변호인단의 일인자로, 아버지는 그에게 까다로운 사건을 토론하고 싶으니 커피를 한 잔 마시러 오라고 했다. 물론 그는 일요일에는 일하지 않는다고 말했지만, 거물 사업가의 초대를 거절할 수는 없었다. 상황을 알고 난 후 바르시키앙 변호사는 자신도 이미 언론을 통해 일부 알고 있다고 했다. 그는 용의자에게 통고된 감치 상태를 지적하며 첫 면회 시간에 네드를 만날 수 있다고 말했다. 그것은 변호사가 즉시 네드를 만나러 가야 한다는 것을 의미했다.

변호사는 제임스 때문에 푸짐한 점심식사의 마무리를 희생했고, 제임스는 고맙다는 인사를 되풀이했다.

마음의 짐을 덜은 엘레나는 저녁식사 준비를 해야 했기 때문에 집으로 돌아왔다. 그녀는 늦은 오후에 주문한 요리들을 배달해주기로 약속한 제레미를 기다렸다.

"달링, 넌 뭘로 매력적인 왕자님을 눈멀게 할 거니?"

제레미와 둘이서 냉장고와 오븐에 요리를 정리하고 난 후 제레미가 킥킥거리며 말했다.

"식탁 차리는 것 좀 도와줄까? 침대보는 깨끗하니?"

"제레미, 그게 무슨 말이니!"

엘레나가 외쳤다.

"이럴 수가! 내가 멋진 신사와 잠을 잘 때 제일 먼저 보는 것은 말이야, 그가 깨끗하고 예쁘게 침대를 준비했는지, 침대보에서는 좋은 냄새가 나는지, 그런 거야. 자, 어서 빨리, 즉시 침대보를 바꾸라고!"

"하지만 제레미, 난 필리프하고 잘 생각이 없어!"

"전혀?"

제레미가 미소를 띠며 놀라워했다.

"그러니까…… 적어도 오늘 저녁에는."

"아, 넌 아무것도 모르는구나! 네 마음이 아니라 호르몬이라고, 귀여운 아가씨야. 호르몬이 문제라니까! 열정이 당신들을 실어가는 거야, 불현듯, 격렬하게, 활활 타오르며! 그가 너를 두 팔로 안고, 너를 들고, 침대 속에 있는 선물을 향해……. 그리고 짜잔! 침대 시트를 바꾼 지 일주일 정도라면 땀 냄새가 살짝 배서 좋은 냄새가 날 거야!"

엘레나는 웃겨 죽을 지경이었다.

"제레미, 넌 마치 어릿광대 집단의 소설에 나오는 것처럼 말하고 있어. '격렬하고 활활 타오르는 열정'이라니! 당장 그런 감상적인 표현은 집어치워. 그런 표현은 너의 세포를 갉아먹을 거야! 그리고 무엇보다 내 침대에서는 땀 냄새가 안 나거든. 하지만 네가 계속 고집을 부린다면 침대보를 바꿀게."

엘레니는 제레미와 함께 침대 시트를 새것으로 갈았다.

"자, 이제 만족해?"

"황홀하다, 얘! 좋아, 그럼 이제 네 달링을 위해서는 모든 준비가 끝났으니 네 동료에 대해 조금만 얘기해줘. 그 프랑켄슈타인 박사 말이야. 나 그 소식 뉴스에서 봤거든. 그러니까 얘기해봐. 너 위험한 경험을 한 거지, 우리 예쁜 아가씨!"

"제레미, 그를 그렇게 부르지 마!"

"그래, 네 말이 옳아. 프랑켄슈타인 박사보다는 지킬 박사와 하이드 씨가 맞겠다! 어린애들은 치료하고 어른들은 죽였으니까!"

"네드는 미치지 않았어. 그는 정직하고 감각적인 남자야. 나는 그가 그런 끔찍한 일은 절대 하지 못할 사람이라는 걸 알아."

"그 사람을 안 지 겨우 6개월밖에 안 됐잖아. 넌 내가 동성애자라는 것을 알아차리는 데도 3년이나 걸렸으면서!"

"넌 속임수를 썼잖아. 젊었을 때는 여자들하고 데이트했잖아!"

"아, 너희 여자들은 너무 복잡해! 그건 그렇고 너의 그 소아정신병의사 얘기로 돌아와서, 그가 결백한 거 확실해? 만약 그렇다면 누가 범인인 거야, 응? 석연치가 않아, 전부 다!"

엘레나가 시계를 보았다.

"자, 시간이 되면 내일 아침까지 토론하겠지만 지금은 필리프가 도착할 시간이야. 난 그가 큰 실수를 했다고 설득해야 해. 그러니까 자,

어서 떠나!"

제레미가 무성의하게 벌떡 일어섰다.

"좋아, 좋아! 그래도 마지막으로 딱 한 가지만 알고 싶은 게 있어."

"뭔데?"

"네 잘생긴 반장 말이야, 거시기……."

"응?"

"거시기, 엉덩이 예쁘게 생겼니?"

엘레나는 제레미를 덮쳐 귀를 잡아당기며 웃으면서 밖으로 내쫓았다.

엘레나는 네드에 대해 필리프에게 하고 싶은 말을 정리하며 식탁을 준비했다. 설득 수단이 있기는 했지만 갑자기 그것이 좀 빈약하게 느껴졌다.

필리프가 도착하고 엘레나가 입을 열기도 전에 그는 그녀를 두 팔로 껴안고 열정적으로 키스했다. 필리프가 입술을 떼고 중얼거릴 때야 그녀는 정신을 차렸다.

"당신한테 오늘 하루 있었던 일을 전화로 얘기할 수는 없었어. 그래서 이 순간을 당신이 상상할 수조차 없을 정도로 조바심 내며 기다렸지. 내 직업을 증오하는 순간들이 있거든."

강렬한 입맞춤으로 깨어난 감정의 소용돌이 때문에 아직도 흔들리던 엘레나가 머리를 저었다.

"아뇨, 난 상상할 수 있어요. 하루 종일 뭘 했는데요? 네드를 신문했나요?"

필리프의 표정이 굳어지며 몸을 빼는 것을 보고, 엘레나는 곧바로 이 주제를 꺼낸 걸 후회했다.

"십중팔구, 네 명을 살해한 게 확실한 정신과 의사께서 다섯 번째 실종자를 어디에 숨겼는지 절대 말하지 않고 있거든."

엘레나는 필리프가 피곤한 것을 알아채고 자리에 앉기를 기다렸다.

"지금 십중팔구라고 했나요?"

"배심원단이 유죄 판결을 내리기 전까지는 결백하다고 추정되거든. 이 사건에는 뭔가 미심쩍은 구석이 있어. 네드를 신문하면 할수록 죄가 없다고 믿게 되거든. 그는 왜 뚱뚱한 사람들을 공격했을까? 이제 와서 왜? 당신이 대답해줄 수 있는 질문이 있어. 네드는 음식물과 강박적인 관계가 있나?"

"아뇨, 전혀 없어요. 그럼 당신은 네드가 살인범이라고 믿지 않는군요?"

필리프가 얼굴을 기운 없이 손으로 쓸어내리며 대답했다.

"난, 난 의심을 하는 거지. 이미 한 번 잘못된 수사 경로를 쫓다 방향을 바꿨잖아. 지금 이런 느낌은 새로운 거야."

엘레나는 마음이 가벼워져 미소를 지었다. 네드가 결백하다고 그를 설득하기 위해 말다툼을 하게 될 거라고 생각했던 그녀 아닌가! 엘레나는 필리프 옆에 앉아 샴페인을 한 잔 따라주었지만 그는 거절했다.

"고맙지만 내 지친 상태를 생각해볼 때, 당신이 페리에(탄산이 든 미네랄워터의 브랜드—옮긴이)나 그런 종류의 음료수를 준다면 더 좋겠어."

엘레나는 몸을 떨었다. 그녀는 페리에를 마셔보지 않았다. 페리에를 마실 기회가 한 번도 없었다. 그녀는 음료로 샴페인을 생각했고, 식사 때는 와인과 생수에 대해서만 생각했던 것이다. 이 정도면 아주 준비가 철저하다고 생각했다. 그래도 주방에 가보았다. 천만다행으로 너무나 멋지고 완벽한 제레미가 냉장고에 시원하게 넣어놓은 탄산수 한 팩을 발견했다. 음료수 잔을 들고 주방에서 돌아온 엘레나는 필리프가 생각에 잠긴 표정으로 아파트를 바라보는 것을 보았다.

엘레나가 조금 어색한 웃음을 지으며 그에게 말했다.

"그래요, 알아요. 이렇게 작을 거라고는 예상하지 못했겠죠!"

"아버지의 돈을 받지 않았군. 당신 혼자 번 돈으로 사는 거야, 그렇지?"

때때로 자신의 속마음을 간파하는 필리프의 이런 능력은 거의 위협적이었다.

"네, 정확해요. 여기요, 레몬 한 조각 넣었어요. 5분 후면 식탁으로 갈 수 있어요."

엘레나가 라디오 볼륨을 줄이려고 몸을 숙이다가 목걸이가 라디오를 건드려 심한 잡음이 났다.

깜짝 놀란 필리프가 자리에서 벌떡 일어났다.

"무슨 일이오?"

필리프가 날카로운 눈빛으로 엘레나를 똑바로 바라보았다.

"아무것도 아니에요. 보통 있는 일이죠. 내 목걸이가 라디오를 건드릴 때마다 이래요. 자동차에서도 마찬가지고요. 금속이어서 그런 것 같아요."

"금속이어서? 분명히 그건 아냐. 전자 신호만 그런 잡음을 일으킬 수 있어. 엘레나, 내 말을 녹음하는 거요? 당신 환자들한테 하듯이?"

엘레나는 필리프의 말에 너무나 당황했다.

"아뇨, 맙소사, 완전히 미쳤어요! 왜 내가 당신 말을 녹음한다고 생각해요?"

"당신 목걸이가 라디오와 부딪힐 때 나는 소리는 마이크가 들어 있어서 그런 거니까. 내가 잘못 짚은 게 아니라면, 그 보석의 정가운데에 마이크가 있을 거요."

엘레나는 목걸이를 들여다보고는 갑자기 얼굴이 창백해지며 머리 위로 벗었다.

"맙소사! 내 목걸이에 함정을 설치한 거예요?"

"아마도 네드가 당신을 염탐하려고 설치했을 거야! 그가 당신을 사랑했다는 걸 알고 있었어? 목걸이 줘봐."

필리프는 주머니에서 아주 작은 가방을 꺼냈다. 그 안에는 섬세한 금속 기구들이 나란히 정리되어 있었다. 필리프는 조그만 핀셋과 미니 드라이버를 아주 조심스럽게 꺼내 엘레나의 놀라워하는 시선 앞에서 목걸이 중앙에 있는 보석을 떼어냈다. 그 안에는 거무스름한 작은 물건이 들어 있었다. 필리프는 잠시 마이크를 관찰하고는 신중하게 말했다.

"네드랑 함께 일한 지 얼마나 됐지?"

"여섯 달이요, 왜요?"

"여기에 마이크를 넣은 지는 적어도 2년은 됐으니까. 이미 오래된 모델인 데다가 여기에 사용된 지도 꽤 되었거든."

갑자기 엘레나의 얼굴이 변하며 두 눈이 분노로 활활 타올랐다. 그녀는 필리프의 손에서 마이크를 빼앗아 거기에 대고 온 힘을 다해 소리쳤다.

"아빠! 대가를 치르게 될 거예요!"

화가 절정에 다다른 엘레나는 마이크를 바닥에 던지고 구두로 밟아 부숴버렸다. 바닥에 카펫이 깔려 있었기 때문에 덜 부서진 마이크가 카펫 안에 박혔다. 그녀는 그 조각을 파서 주방 마룻바닥에 놓고 산산조각 냈다. 그래도 화가 가라앉지 않았다.

"열두 살 때, 모르티메 아저씨의 위협을 받고 난 직후 아버지가 이 목걸이를 나한테 선물했어요. 행운의 상징이니 절대 벗으면 안 된다면서 나를 보호해줄 거라고 말했죠. 이제야 알겠어요. 2년마다 아빠는 소위 목걸이를 청소해야 한다고 가져가셨어요. 실제로는 그때 전지를 바꾸거나 마이크를 바꿨던 거예요. 정확하게는 모르지만요. 마이크가 목걸이에 들어 있다는 사실이 크리스탈 데클레르와 젱리에 대해 아버지가 어떻게 알게 되었는지, 그 상황을 설명해주네요. 아빠가 당신과 나의 대화를 엿듣고 아기들에 대해 알았던 거예요! 그래서 크리스탈과 잤느냐고 아빠한테 물었을 때 그렇게 놀랐던 거라고요. 제레미랑 그 얘기를 할 때는 내가 목걸이를 안 하고 있었거든요. 정말 화가 나네요!"

필리프가 미소 지었다.

"그래, 내 눈에도 그렇게 보이네. 그런데 그게 무슨 얘기야? 크리스탈이 여기 왔었어?"

엘레나는 아버지가 실수로 한 말과 그 때문에 아버지가 납치사건에 연루되었다고 생각해서 힘들었던 상황들에 대해 설명했다.

"아, 그랬군! 피해자들이 다 소아 성애자인지 알고 싶어했던 이유를 이제 알겠어. 아버지 때문이었군. 불쌍한 아가씨, 완전히 얼이 빠졌었겠군."

"그래요, 목걸이에 마이크를 장착했다고 고백하고 싶지 않았던 아빠는 아무런 설명도 할 수가 없었겠죠. 내가 크리스탈 데클레르가 애인이라고 믿자 너무나 기뻐했어요. 자신에게 정당화할 말미를 준 것이 나라는 것은 생각하지 못한 거예요. 내 의심이 그런 쪽으로 방향을 바꾼 것만 만족해했죠."

필리프는 엘레나의 머리카락을 쓰다듬었다.

"아버지를 이해해드려야 해. 당신이 어렸을 때 벌어진 일 때문에 아버지는 굉장히 크게 상처를 받으신 거야. 틀림없이 죄의식을 느끼셨을 거야. 친구네 집으로 당신을 데려간 것이 자신이었으니까. 아버지는 당신을 보호하고 싶으셨던 거고, 아직도 계속 보호해주고 싶으신 거야. 당신이 말했던 두 명의 보디가드도 얼마 멀지 않은 곳에 있을걸. 그러니 아버지한테 너무 심하게 하지 마요. 어쨌든 간에 당신을 위해서 그런 거니까!"

엘레나는 고개를 끄덕였다. 필리프가 옳다는 것은 알고 있었지만 아직도 화가 풀리지 않았다.

"저녁식사를 완전히 잊고 있었어요. 오래전에 준비가 다 되었는데."

필리프는 한참 동안 엘레나를 똑바로 바라보다가 탄산수를 두 모금 마시고 자리에서 일어나 천천히 그녀를 안았다.

"난 배고프지 않아. 사실 굶주리긴 했지. 하지만 다른 것에 굶주린 거야."

말대꾸할 시간도 없이 필리프가 그녀에게 키스를 했다. 이번 입맞춤은 아까와 달랐다. 아까의 입맞춤에서는 길을 잃은 아이처럼 그녀의 따스한 체온을 찾고 평범한 세상에 다시 발을 디디려는 인상을 받았다. 그러나 이번에는 훨씬 감각적인 키스였다. 그녀가 위험을 느끼지 않도록 부드럽게 다루며 시간을 오래 들였다.

필리프는 본능적으로 침실을 찾아냈다. 아무것도 묻지 않고 침대를 찾아 엘레나를 눕혔으므로. 엘레나는 침대보를 바꾸라고 충고한 제레미에게 고맙다는 생각을 했다.

엘레나는 약간 긴장한 상태였다. 본인도 긴장했다는 것을 느꼈다. 어렸을 때 겪은 상처의 경험 때문에 그녀는 소녀 시절 내내 소년들의 접근을 피해왔던 것이다. 아버지조차 엘레나가 오랫동안 남자친구가 없는 것을 걱정했다. 소아정신병 의사로서의 경험과 분석 능력이 그녀에게 몇 가지 장애물을 넘어서도록 허락했다. 엘레나는 몇 명의 소년들과 데이트를 했지만, 성관계를 가지려는 순간 항상 고통스러웠다. 그들과의 관계는 빨리 끝나버리고 말았다. 그 결과 엘레나는 다시 실망감을 견디는 게 두려워, 모양새 없는 옷들과 머리카락 뒤로 숨어버렸던 것이다. 하트 반장이 그녀의 인생에 갑자기 나타날 때까지. 그와 함께라면 두렵지 않았다. 낯설고 약간 당황스러웠지만, 차라리 그게 좋았다. 두 사람이 깨끗한 침대보 속에서 나체가 될 때까지.

필리프의 정성스런 애무에도 불구하고, 따뜻한 사랑과 다정함에도 불구하고, 엘레나는 긴장이 풀리지 않았다. 마치 몸이 잠긴 것처럼.

30분이 지난 후, 필리프가 몸을 일으키며 미소 지었다.

"알았어. 특별한 방법을 사용해야 할 것 같아."

필리프가 침대에서 일어섰다. 실망감으로 고통스러워 미칠 것 같았지만, 그 와중에도 엘레나는 그가 침대에서 멀어지자 조화롭게 근육이 발달한 필리프의 벗은 몸에 평가의 시선을 보냈다. 그녀는 완전히 엉뚱한 생각을 떠올렸다. 제레미가 높이 평가할 거야. 하트 반장은 정말로 멋진 엉덩이를 가졌다!

필리프가 침실로 돌아왔다. 공포에 질린 엘레나가 뒤로 물러서는 몸짓을 했다.

그의 손에서는 수갑이 빛나고 있었다.

21

크림과 젤리

카카오 없은 마스카포네 치즈와 감귤 크림, 부브레산 화이트와인

날이 어두워서 필리프는 엘레나의 공포에 질린 표정을 보지 못했다. 하지만 권총이 찰카닥 하고 걸리는 소리는 아주 잘 들렸다.

필리프의 표정이 굳어지며 호흡을 골랐다.

"뭐하는 거지?"

엘레나가 위협적이고 무거운 목소리로 대답했다.

"당신이 날 수갑으로 묶고 강간하고 싶다면, 이 총이 시그 사우어 9구경이라는 것을 알아둬요. 난 무기 소지 허가증이 있고, 이 행위가 정당방위라는 것도."

필리프는 입을 헤 벌리고 있었다.

"당신, 당신은 침대에 무기를 두는 거야?"

"그래요, 베개 밑에 두죠. 그러니 꼼짝 말아요. 아니면 우리 둘 다 후회할 일이 생길 테니까!"

"맙소사! 엘레나, 이 수갑은 당신이 찰 게 아니야!"

"뭐요?"

"침대에서 나와!"

뭘 하는지 불확실했지만 엘레나는 복종했다. 여전히 총을 겨눈 채.

필리프는 침대 탁자에 조용히 수갑 열쇠를 내려놓고 자신의 손목에 수갑을 건 다음 침대 머리맡에 단단하게 고정시켰다.

그가 만면에 미소를 띠고 말했다.

"사, 이제 난 당신한테 아무 짓도 할 수가 없어. 이 작전을 지휘하는 건 당신이야. 나를 풀어줄 수 있는 사람은 오직 당신뿐이라고. 농담이 아니야, 알았지? 나는 이미 신문 한 면을 장식하며 이 역할을 충분히 했잖아. 그리고 〈원초적 본능〉 같은 종류의 수법은 전혀 내 취향이 아니야."

엘레나는 웃음을 터뜨리면서 동시에 눈물을 흘렸다. 자신은 얼마나 바보 같았는가! 엘레나는 권총을 내려놓고 천천히 남자에게 다가갔다. 자신의 자비를 바라며 누워 있는 남자에게로.

이것은 마법이었다. 그녀를 억제하던 것들이 모두 사라져버렸다. 이것은 두려운 과거로부터 그녀를 자유롭게 해방시키기 위해 찾아낸 주문과 같은 것이었다. 엘레나는 자신의 내부에 알지 못한 굶주림이 있다는 것을 발견했고, 필리프는 그녀의 주도적인 행위에 놀랐다. 그들은 여러 번 쾌락의 절정에 다다랐고, 엘레나가 그를 풀어주었을 때 수갑은 그의 살 속에 깊은 자국을 남겼다.

그들은 오븐 속에서 저녁식사가 얌전하게 타고 있다는 것도 잊은 채 서로 몸을 맞대고 잠들었다. 몇 시간 후 두 사람은 냄새 때문에 잠이 깼다. 제레미가 가져다준 근사한 요리가 완전히 숯덩이가 되어버렸다. 그들은 앙트레와 디저트만으로 식사를 하며 많은 이야기를 나누었다. 함께 오랫동안 샤워를 하고 다시 침대로 돌아갔을 때는 더 이상 수갑이 필요 없었다.

다음 날 아침, 잠에서 깨어났을 때 엘레나는 꿈을 꾼 것 같은 느낌이었다. 마침내 자신의 내부에 있던 악마를 이긴 것에 감탄하며, 엘레나는 손가락 끝으로 필리프의 아름다운 얼굴을 쓰다듬었다. 그가 눈을 떴다. 처음으로 그녀는 필리프의 눈이 생각했던 것처럼 푸른 눈이 아니라 초록색이라는 것을 깨달았다. 황금색과 회색이 뒤섞여 반짝거리는 초록빛 눈동자.

"안녕, 아름다운 아가씨."

필리프가 악마와 같은 미소로 볼우물을 만들더니 말을 이었다.

"당신은 누구신지?"

"오, 이런! 두고 봐요."

엘레나는 그에게 몸을 던졌다. 필리프가 아주 민감하다는 것을 알게 되기까지는 그리 오래 걸리지 않았다. 필리프는 발가락을 물면 그녀가 견디지 못한다는 것을 알게 되었다. 즐겁고 기뻐하는 엘레나를 보며 필리프는 카를라와 비교하지 않을 수 없었다. 최근에 들어서 그는 카를라에 대해 그리 많이 생각하지 않았다. 엘레나는 자신이 그렇게도 많이 사랑했던 여자를 단념하게 만들 정도의 여자란 말인가? 엘레나와 카를라는 분명히 너무나 달랐다. 엘레나는 카를라가 한 번도 표현하지 않았던 신뢰를 보여주었다. 카를라는 자신의 행동을 전부 통제하고 조절하는 것을 좋아했다. 엘레나는 섬세한 육체 속에 사실은 강철과 불 같은 기질을 감추고 있던 카를라보다 훨씬 나약했다. 필리프는 행복에 겨워 숨을 크게 내쉬었다. 자신은 분명히 운이 좋은 사람이었다.

두 사람은 함께 아침식사를 했다. 필리프는 엘레나가 빵 한 조각에 버터와 카망베르 치즈를 바르자 이상한 표정으로 그녀를 바라보았다. 엘레나는 희열을 느끼며 그 빵조각을 레몬 띄운 홍차에 담갔다.

필리프가 커피를 홀짝이고 크루아상을 씹으며 말했다.

"맙소사! 당신이 먹는 그 아침식사를 보니 내가 사랑에 빠진 것이 과연 당신인지 모르겠군."

"음, 내가 정말 좋아하는 거예요."

엘레나가 대답했다.

엘레나는 너무나 예뻤고 너무나 발랄했다. 필리프는 저녁때 다시 만날 수 있을지 물었다.

"안 돼요. 안타깝게도 할머니가 물려주신 집을 방문해야 하거든요. 알죠? 내가 받은 유산 말예요."

엘레나는 공증인이 준 서류를 보여주었다. 갑자기 이름 하나가 필리프의 주의를 끌었다.

"제롬 드 랑코비가 누구지?"

"큰아버지요."

"당신 아버지처럼 성이 바르톡이 아니네?"

"네, 할머니가 이혼하시면서 처녀 적 이름을 다시 쓰셨거든요. 그 래서 큰아버지도 그 이름을 쓴 거예요. 왜요?"

"이상하군. 이 이름을 어디선가 본 적이 있어, 분명히. 그런데 어디서 봤는지 기억이 안 나네. 큰아버지하고 일이 끝나면 우리 집에 올 거지? 이제 당신 없이는 하룻밤도 보내지 못할 것 같아."

엘레나는 다시 그의 품 안으로 뛰어들었다. 당연히 갈 것이다. 설령 카를라의 아파트에서 필리프와 사랑을 나누는 광경이 약간 볼썽사납다 해도. 힘들었지만 두 사람은 각자 헤어져 볼일을 보러 가는 길에도 여러 번 통화했다.

상담실로 들어가면서 그제야 엘레나는 네드에 대해 단 한 번도 생각하지 않았다는 것을 깨달았다. 엘레나는 자신이 너무나 행복해하는 것과 자신의 모순된 행동을 약간 후회했다. 상담실에서는 완전히 낙담한 여비서가 그녀를 기다리고 있었다.

"모두들 상담 약속을 취소했어요, 박사님. 바르톡 박사님의 상담도 요. 신문에서 떠드는 내용이 병원에 아주 나쁜 영향을 끼치는 거죠! 비서로 일한 지 30년이 되었지만 이런 무서운 일이 벌어진 건 이번이 처음이에요!"

여비서는 마치 자신이 이 상황에 책임이 있는 것처럼, 일종의 적개

심과 절망적인 눈빛으로 엘레나를 바라보았다.

"가만히 있으면 안 돼요. 박사님을 이 난관에서 꺼내야 해요, 베르티유 부인. 불쌍한 네드!"

엘레나가 말했다. 엘레나의 침착성이 나이 많은 비서의 신랄함을 무장해제시켰다.

"네슬린스키 박사님은 결백해요, 그렇죠? 저도 그렇게 확신한답니다. 도대체 무슨 일이 일어난 걸까요. 맙소사! 이 기사, 신문기자들은 아직 유죄 선고도 받지 않은 불쌍한 우리 박사님을 살인범이라고 외치고 있어요. 불쾌한 일이에요. 네, 아주 불쾌하네요. 오늘 아침에 경찰들이 다녀갔어요. 사무실을 수색하려고 아주 일찍 왔더라고요. 경찰들이 사방팔방 더럽게 휘저어놔서 다 치워야 했다고요. 내 일은 아니었지만 뭘 어떻게 해야 할지 몰라 제자리에서 맴돌기만 했죠. 환자들이 이런 상황에 있는 우리 병원을 안 보았으면 좋겠어요. 모두 상담을 취소하는 걸 보면 상황이 이래서 그런 거예요!"

"고마워요, 베르티유 부인. 부인은 정말 훌륭한 분이세요. 너무 걱정하지 마세요. 우리는 이 어두운 사건에 환한 빛을 비춰, 늦지 않게 진실을 밝힐 거예요."

마치 옛날 소련의 선전용 영화 같은 말투였지만 결과는 아주 효과적이었다. 비서는 다시 평온을 되찾았고, 굳건한 걸음으로 자신의 자리로 돌아갔다.

사무실 문을 닫으며 엘레나는 실소하지 않을 수 없었다. 상사는 감옥에 갇히고, 환자들은 다 날아갔으며, 아버지는 자신에게 거짓말을 했고 도청 장치까지 설치했다. 자신은 사랑에 빠졌다. 그런 일은 자신에게 절대 일어나지 않을 거라고 생각했던 그녀가.

전화가 울려 수화기를 들었다. 아버지가 굳은 목소리로 말했다.

"결국 발견했구나. 어쩌면 그게 더 나을지도 모르겠다. 변명하고 싶지는 않구나. 너의 안전을 위해 한 것이니까. 넌 거스의 고막을 불

328

쌓히 여기겠지만 난 네가 화내는 이유를 이해한다."

엘레나도 역시 굳은 목소리로 대답했다.

"이 문제는 전화로 얘기하고 싶지 않아요. 그것보다 바르시키앙 변호사가 네드와 면담한 결과나 얘기해주세요. 어젯밤에 만났잖아요. 소식 들으셨어요?"

딸과 곧바로 논쟁에 들어가지 않아도 되어서 마음이 가벼워진 제임스는, 변호사가 자신에게 알려준 소식을 그녀에게 전했다.

"바르시키앙 변호사의 말에 의하면 네드의 상황이 안 좋대. 그는 네드의 집에서 발견된 증거들을 모두 하나씩 검토해보았어. 네 동료는 아주 이상적인 죄인이라더라. 현장에 있었고, 범행 동기, 무기들, 알리바이가 하나도 없는 것까지."

"아빠, 난 정신과 의사예요. 날 믿어줘요. 만약 피에르 자비가 심하게 두들겨 맞은 채로 병원에서 발견되었다면, 네드를 의심할 수도 있었을 거예요. 하지만 치밀하게 연출된 범죄 현장, 실종사건들, 살인 의식…… 아뇨, 저는 단 한순간도 네드가 살인범이라는 것을 믿을 수 없어요. 그는 덫에 걸린 거예요. 지금은 왜 살인범이 그에게 그런 짓을 했는지 모르겠어요. 필리프에게 물어봐야겠어요. 네드 때문에 감옥에 간 사람들을 찾아볼 수 있는지요. 아마도 복수의 흔적이 우리를 어디론가 이끌어 가겠죠."

"조심해라. 난 네 목걸이에 도청 장치를 넣을 수밖에 없었어. 너를 보호할 다른 방법이 없었으니까. 만약 살인범이 네가 쫓는 것을 알게 된다면……"

아버지는 말을 끝내지 못했다. 엘레나는 아버지가 매우 두려워한 다는 것을 깨달았다.

"두려워하지 마세요, 아빠. 난 위험에 처하지 않았고, 또 혼자서도 스스로 보호할 수 있어요. 게다가 이제는 필리프가 나를 보호해줄 수 있으니까요. 난 이제 혼자가 아니에요!"

"그게 진짜 너의 안전을 보장해주는 것인지 확신이 서지 않는구나. 그 반장 역시 난처한 일을 만들 수 있지. 그를 알기 전에는 모든 것이 아무 문제 없었단다. 나는 그런 우연한 상황이 싫어. 이 사건 속에는 너무나 이상한 것들이 많다. 일례로, 어떻게 나는 네가 알기 전에 간접적으로라도 그를 알게 되었을까?"

엘레나는 아버지한테 조심하겠다고 약속했지만, 아버지의 지적에 충격을 받았다. 사실 모든 일이 필리프와 만나고부터 시작되었던 것이다.

어떤 관련이 있는 것일까?

하루가 빨리 지나갔다. 저녁이 되자 엘레나는 아버지와 함께 뢰이으에서 큰아버지를 만날 준비를 했다. 엘레나는 자신을 상속인으로 선택한 불가사의한 할머니의 흔적을 찾아내게 될, 넓은 저택을 방문한다는 데 호기심이 생겼다. 뢰이으 말메종 저택에서 9시에 다 같이 만나기로 했다.

아버지가 그녀를 데리러 오기로 했지만, 약속 한 시간 전에 전화를 걸어 사과했다.

"엘레나, 미안하구나. 너 혼자 뢰이으에 가야겠다. 뉴욕에 사는 아주 오래된 친구가 전화를 했는데, 파리에 들르게 됐다며 나를 꼭 봐야 한다고 해서. 그를 만난 지 너무나 오래 돼서 오늘 저녁에 함께 저녁 식사를 해야 할 것 같다. 괜찮겠니?"

엘레나가 아버지를 안심시켰다.

"아무 문제 없어요, 아빠. 거기 오래 있을 것도 아니고 큰아버지도 계실 텐데요, 뭐. 우리 나중에 함께 그곳에 가봐요. 아빠가 원하시면요. 내일 아침 전화해서 어땠는지 말씀드릴게요."

"그래, 내일 보자. 우리 아가씨, 조심해라!"

"네, 알았어요, 아빠. 조심성에 대해서는 아빠한테 꼭 하고 싶은 얘기가 있어요. 목걸이 사건 이후, 목걸이 얘기는 더 이상 하고 싶지 않네요. 다음에 할게요, 안심하세요. 혹시라도 거스와 막스가 뒤에서 나를 감시하는 게 눈에 띈다면, 아빠는 평생 다시는 나를 못 볼 줄 아세요. 아셨죠?"

"아주 잘 알았다. 하지만 어느 날 네가 필요하다고 느끼면……."

"아빠, 나도 다른 사람들처럼 살아야 해요. 보호막 아래에만 머물러 있을 수는 없다고요. 그렇지 않으면 평생 아무것도 못 할 거예요. 아빠도 아빠의 인생을 사셔야 해요. 24시간 하루 종일 내 걱정만 하지 마시고요. 무슨 일이 벌어진다 해도 그건 아빠 탓이 아니에요. 우리 인생은 그런 사건을 중심으로 머물러 있는 게 아니니까요. 그렇지 않다면 우리는 영원히 과거에 매어 있게 될 거예요. 아빠, 나를 기쁘게 해주세요. 내가 원하는 사람이 크리스탈 데클레르라고 말하는 건 아니에요. 하지만 아빠가 다시 아빠의 인생을 꾸밀 수 있었으면 좋겠어요. 지금 내가 인생을 꾸미듯이 말이에요. 너무나 멋질 거예요!"

제임스가 조그맣게 웃었다.

"알겠다. 그건 너만의 방법이로구나. 정신과 의사의 섬세함을 빌려 늙은 아버지한테 '날 놔줘요!' 라고 말하는 너만의 방법이야. 네 말을 잘 새겨들었으니 지금 즉시 집 앞을 지나가는 첫 번째 여자한테 온몸을 던지마!"

"아빠 집 앞을 여자들이 자주 지나갔으면 좋겠네요."

전화를 끊기 전에 엘레나가 웃으며 말했다.

엘레나가 뢰이으 말메종에 도착했을 때, 수평선이 어두워지면서 천둥번개가 번쩍거렸다. 그녀는 집 앞에 차를 멈추고 몸을 떨었다. 이런 납빛 하늘 아래 외따로 떨어진 커다란 집이라니……. 이 집에서 살겠다는 선택은 안 할 것이다. 엘레나는 제롬이 조금 늦게 도착하는 것을 보고 아무런 불평도 하지 않았다.

"안녕, 상속녀 아가씨! 네 아버지가 여기 못 온다고 전화했더라."

제롬이 웃으며 말했다.

"예, 저한테도 전화하셨어요. 이 집은 어느 시대에 세워진 거예요? 이렇게 보니, 첫인상이 그리 밝은 분위기는 아니네요."

"네 말이 옳다! 음울한 분위기다, 이거잖니. 언제 세워진 집인지 나도 전혀 아는 바가 없다. 아르튀로 형제의 집이라고 하던데."

"아르튀로 형제의 집이요?"

"그래, 아르헨티나에서 끔찍한 사건이 있었지. 이런 집에서 일어난 일이었어. 두 형제가 집으로 끌어들인 사람들을 차례로 살해한 사건이었지. 그들은 내기를 했대. 한 해 동안 한 명이라도 더 많이 죽인 사람이 가족의 재산을 몽땅 차지하기로 말이야. 진 사람은 이긴 사람에게 모든 재산을 남기고 떠나기로 한 거지. 그 집에서 서른 네 구의 시체를 찾았다더군. 왜인지는 모르겠지만 이 집은 그 사건을 떠오르게 하는구나."

"안심시켜주셔서 정말 고맙네요, 큰아버지. 들어가도 괜찮은 건가요?"

제롬이 웃음을 터뜨렸다.

"아! 유령을 무서워한다는 말은 아니지?"

"그거예요. 이곳은 왠지 소름이 끼치네요."

"설마! 그럼 내가 앞장서 가면서 하얀 수의 끝을 들치고 나오는 첫 번째 유령을 이 지팡이로 쫓아버릴게."

전등이 켜졌다. 공증인이 전해준 열쇠 꾸러미로 문을 열고 집으로 들어가서 제롬이 스위치를 켜자 따뜻하고 노란 불빛이 세련된 돌바닥 입구에 가득 찼다.

집 안엔 아늑하게 가구가 놓여 있었고, 내부는 멋지게 꾸며져 있었다. 엘레나는 주방이 너무 멋져 감탄했다. 주방에는 검은 청동 화구가 여덟 개나 있는, 믿을 수 없는 화덕이 있어 화려한 요리를 준비하라고 초대하는 것 같았다.

"계속 돌아보거라. 난 화장실을 좀 찾아봐야겠다."

"전 서재를 돌아볼게요. 이렇게 멋지다면 어쩌면 이 집에 대한 생각을 바꿔야 할 것 같아요!"

엘레나는 서재를 찾을 때까지 다양한 거실과 방으로 연결되는 수많은 문들을 열어보았다. 결국 너무나 멋지게 조각된 내장재로 장식한 근사한 서재를 찾아냈다. 서재에 가득 찬 책들을 살펴보고 그 서재만으로도 이 집의 가격이 대단할 것이라는 생각이 들어 엘레나는 깜짝 놀랐다.

갑자기 그녀가 소스라치게 놀랐다. 처음에는 큰아버지가 부르는 줄 알고 서재 밖으로 나왔다. 그런데 그것은 위층에서 나는 소리가 아니라 저 아래 지하실에서 들리는 소리였다. 엘레나는 조금 불안한 마음으로 지하실 문을 열고 계단을 내려가기 시작했다. 그녀가 들은 것은 누군가를 부르는 소리가 아니라 일종의 신음소리 같았다. 상처 입은 짐승이 내는 듯한. 식은땀이 그녀의 등줄기를 타고 천천히 흘러내리기 시작했다. 아마도 개나 고양이가 지하실에서 덫에 걸린 것 같았다. 엘레나는 물릴까 봐 무서웠다. 도와달라고 부탁하기 위해 엘레나는 큰아버지를 불렀다. 갑자기 신음소리가 뚝 끊겼다.

엘레나는 마지막 계단을 내려와 전등 스위치를 작동시켰다. 그녀 앞에 다섯 개의 단단한 나무문이 나타났다. 나무문에는 조그만 쇠창살이 붙어 있어 감옥의 음울한 분위기가 느껴졌다. 바닥에 난 콘크리트 자국을 보니 최근에 정비된 것 같았다.

신음소리는 그 감옥들 중 한 방에서 들려왔다.

엘레나는 머뭇거리며 앞으로 다가가 작은 창문을 통해 들여다보았다. 안에는 벌거벗은 남자가 사슬에 묶여 신음하고 있었다.

"제발 부탁합니다. 마실 것 좀 주세요. 제발, 제발요. 저 좀 풀어주세요. 이제 그들을 건드리지 않을게요. 더 이상 그들을 괴롭히지 않을게요. 그러니 저 좀 놔주세요."

아주 작은 목소리로 끝도 없이 똑같은 말을 중얼거리고 있어서 의미를 이해하는 게 쉽지 않았다. 엘레나는 온몸이 덜덜 떨렸다. 남자는 죽어가는 것 같았다.

"여보세요, 여보세요!"

엘레나는 손잡이를 돌려보고 열쇠로 잠겨 있다는 것을 확인한 후, 소리를 높이지 않으려 애쓰며 남자를 불렀다.

"열쇠는 어디에 있어요?"

"당신은 누구요?"

"이 집 주인이에요."

엘레나는 이름을 알려주고 싶지 않아 이렇게 대답했다.

"대답해봐요. 열쇠는 어디 있어요?"

"나 좀 여기서 꺼내줘요. 열쇠는 어디에 있는지 몰라요. 그 사람이 항상 갖고 있었어요! 지하실에는 절대 놔두지 않아요. 제발 부탁해요, 부인. 그가 돌아오기 전에 여기서 좀 꺼내주세요!"

눈으로 보기에도 매우 약해진 남자가 신음하며 말했다.

"난 아무것도 할 수 없어요. 경찰을 부를게요."

몹시 흥분한 엘레나는 휴대전화로 112를 눌렀다. 하지만 지하실이어서 통신망이 잡히지 않았다. 여기서 나가야만 했다.

완전히 얼이 빠져서 다시 계단으로 올라가려는데 제롬이 눈살을 찌푸리며 나타났다.

"여기 있었네! 날 기다렸어야지! 사방으로 찾아다녔잖니!"

"큰아버지, 맙소사! 빨리 경찰에 알려야 해요! 처음에는 알아차리지 못했지만 이제 확실해요! 그 뚱뚱한 사람들이 몇 달 동안 갇혀 있던 곳이 바로 여기에요! 보세요, 살인범이 그들을 저기에 가두었어요. 한 사람이 아직 저기에 있는데 문을 열 수가 없어요. 우리는 이 집을 빠져나가서 경찰을 불러야 돼요! 빨리요! 만약 들키면 그 사이코패스가 곧 들이닥칠 거예요."

큰아버지는 무슨 뜻인지 모르겠다는 표정으로 엘레나를 바라보았다.

"음, 무슨 얘기를 하는 거지? 어떤 감옥을 말하는 거야? 사이코패스가 누군데?"

엘레나가 제롬을 움직이게 하려고 그의 팔을 잡았다.

"뚱보 살인범이에요! 필리프가 수사하는 그 살인범이요! 마지막 피해자가 여기 할머니 집에 갇혀 있다고요! 살인범은 분명 이 집이 비어 있는 것을 발견하고 끔찍한 살인사건에 이용한 거예요. 빨리요, 그자가 곧 나타날 수 있어요! 제발요, 빨리 위로 올라가요!"

그때 감옥 안의 남자가 신음했다.

"안 돼, 안 돼요. 날 버리고 가지 말아요! 그가 곧 올 거예요. 맙소사, 제발 날 버리지 마세요!"

제롬은 꽉 잡고 있는 엘레나의 팔을 풀고 주머니를 뒤져 열쇠 꾸러미를 꺼냈다.

"자, 여기 열쇠가 잔뜩 있다. 이중 하나가 맞으면 문이 열리겠지."

너무나 두려워하는 엘레나에게 별로 신경 쓰지 않고, 제롬은 열쇠 구멍에 열쇠를 맞춰보기 시작했다. 찰카닥 소리가 들리며 제롬이 '아' 하고 만족한 소리를 냈다. 문에 집중하고 있던 엘레나와 제롬의 귀에 누군가 뒤에서 움직이는 소리가 들렸다. 뒤돌아보았을 때는 이미 너무 늦었다. 엘레나는 자신의 눈을 믿을 수가 없었다.

입술에 거친 비웃음을 띤 카를이 거기 서 있었다. 그의 손에는 칼이 들려 있었다. 엘레나가 뭐라고 입을 열기도 전에 카를이 비명을 지르며 엘레나를 덮쳤다. 그녀가 본 마지막 장면은 예리한 칼날이 자신의 가슴을 향해 다가오는 모습이었다.

22

따뜻한 앙트르메*

타피오카를 넣은 코코아 우유, 설탕을 조금 뿌린 머랭과
마르멜로 열매 셔벗

그 시간, 필리프는 아직도 사무실에 있었다. 쉽지 않은 하루였다. 바르시키앙 변호사는 고객을 보호하기 위해 모든 재능을 쏟았고, 경찰은 네드에게서 아무런 것도 끌어내지 못했다.

필리프는 베를뤼티 제화점 사장이 사용하는 휴대전화 번호를 구해 지금 그 전화로 연결하는 중이었다. 엘레나의 큰아버지 이름을 어디에서 봤는지 마침내 기억이 났기 때문이다. 그 이름은 필리프가 갖고 있는 명단에 들어 있었고, 그 명단에 그 이름이 있다는 자체가 불가능하다고 생각되었던 것이다.

"안녕하십니까, 사장님, 저는 제4수사국의 하트 반장입니다. 이렇게 늦은 시간에 귀찮게 해드려 송구스럽습니다. 제가 사장님 고객 명단에서 어떤 이름을 찾았는데 그 이름이 그 명단에 있다는 게 좀 놀라워서요. 그분은 보통 아르헨티나에서 거주하고 프랑스에는 아주 가끔 오는 분이거든요."

---

* 디저트 전에 먹는 달짝지근한 음식.

상대방은 경계하는 태도로 마지못해 대답했다.

"뭐, 귀찮을 건 없습니다. 전 아직 매장에 있으니까요. 그 사람 이름이 뭡니까?"

"제롬 드 랑코비입니다."

"아! 우리 달빛 구두닦이 회원입니다."

"예?"

사장이 갑자기 열렬한 분위기를 띠었고, 목소리에서는 약간 즐거워하는 기분까지 느껴졌다.

"샴페인과 달빛 구두닦이 클럽을 모르십니까? 이 클럽 회원들은 한 달에 한 번, 지붕 위에 모여 달빛 아래 자신들의 구두를 전시한 후 샴페인과 특수 광택제로 구두를 닦는답니다. 그렇게 하면 구두에서 비교할 수 없이 은은한 광택이 나거든요."

필리프는 흥분이 차오르는 것을 느꼈다.

"그렇다면 마크 드쉬스, 에마뉘엘 젱리, 프랑크 마르, 브뤼노 러그, 그리고 피에르 자비가 다 달빛 구두닦이 회원인가요?"

그는 직감에 따라 덧붙였다.

"다미엥 디오발스키도?"

"서류를 확인해볼게요. 죄송하지만 잠깐만 기다리세요."

필리프는 수화기 이쪽에서 초조해 어쩔 줄 몰랐다. 마침내 남자의 목소리가 들렸다.

"예, 그들 모두 우리 클럽 회원입니다."

필리프는 터져 나오는 승리의 환호성을 가까스로 눌렀다. 드디어! 이것이 수사 초기부터 그가 찾아 헤매던 공통점이었다. 다섯 남자는 함께 모이기 위해 클럽을 이용했다. 추악한 암거래에 조용히 몰두하기 위해. 레흐나르트 디오발스키는 분명히 아들 때문에 여기서 뚱뚱한 사람들을 알았을 것이다. 디오발스키는 다섯 사람들의 사업에 대해 다양한 방식으로 알고 있었을 테고, 아기들을 팔고 사기 위해 여러 가지 업무를 제안했을 것이다.

"그럼 제롬 드 랑코비 씨는요? 그분한테는 아르헨티나로 구두를 보내주셨나요?"

"아닙니다. 랑코비 씨는 이미 아홉 달 전부터 이 달빛 구두닦이 클럽의 회원이셨어요. 그분도 매달 모임에 참석했습니다."

필리프는 가슴속에서 심장이 격렬하게 요동치는 것을 느꼈다. 분명히 엘레나의 큰아버지는 할머니의 장례식 때문에 불과 며칠 전에 도착했다고 했다. 누군가가 예전부터 그의 이름을 도용한 것이 틀림없다.

"죄송하지만, 그의 외모가 어떤지 설명해주실 수 있습니까?"

"당연하죠! 랑코비 씨는 라지 45사이즈의 구두를 신는 아주 건장한 분입니다. 옷도 항상 세련되게 입지요. 갈색 머리에 나이는 50대, 약 55세 정도입니다. 제가 알기론 그분은 엄청난 재력가이고, 롤스로이스를 애용합니다. 파리에서는 호텔에 머무는 것으로 알고 있습니다. 우리한테 준 주소가 아르헨티나에 있는 목장이니까요."

사장 얘기는 필리프의 의심을 확인해주었다. 사장이 얘기한 랑코비의 외모는 엘레나가 자신에게 말해준 모습과 전혀 비슷하지 않았다. 누군가가 달빛 구두닦이 클럽에서 그의 이름을 사칭한 것이 분명했다. 몇천 킬로미터 떨어진 곳에 있는 사람의 정체를 사칭하는 것보다 더 쉬운 게 어디 있겠는가? 그 사기꾼은 진짜 제롬이 예고 없이 최근에 여기에 왔다는 사실을 모르는 게 분명했다. 아마도 그런 이유 때문에 살인사건이 최근 어떤 리듬에 맞춰 계속 일어난 것인지도 모른다.

불현듯 필리프는 엘레나가 한 얘기가 떠올랐다. 그녀는 오늘 저녁 큰아버지와 함께 할머니 소유의 저택을 방문한다고 했던 것이다. 아마도 두 사람은 위험에 처했을 것이다. 이 사기꾼은 두 사람을 모두 함정에 빠트릴 위험이 있다.

필리프는 재킷을 낚아채 뛰어나가려다가 그 집이 있는 장소에 대해 아무런 정보도 없다는 것을 깨달았다. 즉시 엘레나의 휴대전화 번호를 눌렀지만 연결이 되지 않았다. 전화기가 통신망을 이탈했든지 전원이 꺼져 있는 상황이었다. 그때 사무실 전화가 울렸고, 필리프는 점점 더 불안해져서 재빨리 전화를 받았다. 마크 자맹이었다.

"대장, 누가 전화를 걸었는데요, 시를 하나 받았다는데요. 뭐, 알라나라는 여자의 아버지라면서요!"

"빨리 바꿔줘, 빨리!"

제임스 바르톡은 필리프가 입을 열 시간도 없이 급하게 말했다.

"그 살인범이 우리 어머니 집에 있소. 주소는 뢰이으 말메종, 데 포세 거리 26번지요. 그가 나한테 시를 보냈고 엘레나와 내 형님을 인질로 삼을 거라고 했소! 이런 부분의 전문가는 아니지만 이 시는 그런 내용을 얘기하는 것 같소. 읽어주리다.

나쁘게(말/mal) 말하지 마
집(메종/mison)에 대해서
완전히 창백해진 마지막 사람은
이성을 잃네
너와 나 사이에
경찰은 안 돼
나를 제지해
아니면 그녀의 목숨이 사라지네

"난 즉시 출발할 거요. 빨리 그 집으로 오시오. 동료들한테는 알리지 말아요. 아니면 그들을 죽일 거요!"

"잠깐만요!"

필리프가 소리쳤다.

"저를 기다리셔야······."

제임스는 이미 전화를 끊었다. 필리프는 욕설을 내뱉었다. 그는 계단을 네 개씩 뛰어내려가 오토바이에 올라탔다. 제발 너무 늦지 않도록 하늘에 기도하면서. 엘레나가 그 미치광이의 손에 있을 수도 있다는 생각을 하자 심장이 오그라드는 것 같았다.

만약 엘레나가 죽는다면 필리프의 영혼 역시 그녀와 함께 죽을 것이다.

23

커피와 미냐르디즈*

에티오피아 모카커피, 로베르 랭스의 과라나 사각 초콜릿,
비가토를 넣은 핑크 아몬드 타르트

엘레나는 지옥에서 정신이 들었다. 그야말로 단테의 지옥이었다. 아래에서는 뜨거운 구덩이가 불꽃을 피우고 있었고, 지옥에 떨어진 사람들의 손들이 그녀를 잡으려는 듯 바닥에서 솟아올랐다. 아주 잠시 동안 엘레나는 자신이 이 지옥에 어울릴 어떤 짓을 했는지 생각했다. 시커먼 그림자들이 벽 위에서 지옥의 무도를 추었고, 견딜 수 없이 지독한 썩는 냄새가 그녀를 뒤덮었다. 몇십 마리, 아니 어쩌면 몇백 마리의 파리가 엘레나의 주위에서 붕붕거리며 날아다녔다. 벨제뷔트(마귀의 우두머리로 파리의 모습을 하고 있다-옮긴이)를 '파리의 제왕'이라 불렀다는 게 과연 맞는 말인가?

날카로운 음률의 강렬한 음악이 공간을 가득 채웠다. 바르톡의 음악이라고 엘레나는 생각했다. 악마가 바르톡을 듣는다? 살인범이 창조력의 마지막 표현인 음악을 좋아한다고? 그녀에게는 낯설게 느껴졌다.

---

* 조그맣고 달짝지근한 케이크와 과자류.

엘레나는 침을 삼켰다. 입 안이 너무 말랐고, 온몸에 강렬하게 느껴지는 고통의 감정은 자신이 아직 살아 있으며 여기가 지옥이 아니라는 사실을 깨닫게 했다. 단테의 지옥도 악마의 지옥도 아니었다. 엘레나는 천장의 들보에 단단하게 고정된 끈에 두 발이 묶여 머리를 거꾸로 한 채 매달려 있었다. 그녀의 기다란 머리카락이 나체로 벗겨진 그녀의 몸에서 흘러내렸다.

엘레나의 옆에는 피에르 자비가 그녀와 똑같이 매달려 있었다. 늘어진 피부자락이 얼굴까지 흘러내려 납빛 마스크처럼 얼굴에 씌워졌다.

아래를 향하고 있는 엘레나의 얼굴이 창백하게 질려 있었다. 그들 밑에 뚫린 두 개의 구멍에서 불이 활활 타오르고 있었다. 그것 때문에 정신이 돌아오면서 단테가 떠올랐던 것이다. 단테의 지옥 중 제8옥에 등장하는, 불구덩이 속으로 떨어지는 성물 매매의 죄인들이 떠올랐다. 구덩이 주위에는 잘려진 팔들이, 마치 지옥에 떨어진 사람들의 손이 땅에서 솟아 나온 것 같은 느낌이 들도록 배열되어 있었다.

그녀를 묶은 끈이 끊어진다면 그녀는 죽을 것이 틀림없었다. 그녀 옆에 매달린 남자는 기력이 막바지에 다다른 것 같았다. 그는 아주 조그맣게 흐느끼고 있었는데, 눈물이 불꽃에 닿기도 전에 사라지고 말았다. 이상하게도 파리 떼가 엘레나에게는 가까이 오지 않았지만, 옆에 매달린 남자의 몸에는 시꺼멓게 달라붙었다. 그는 파리들의 공격으로 몸을 떨었지만 입이 저절로 벌어져 다물 수가 없기 때문에, 파리 떼가 목구멍으로 들어가 질식할 수도 있다는 생각이 그녀를 공포에 떨게 했다. 그녀는 자신의 몸에 살충제가 뿌려졌다는 것을 깨달았다.

엘레나는 고개를 들려고 했지만 뒷머리가 너무 아팠다. 그것 말고 다른 상처는 없는 것 같았다. 마침내 그녀는 주위를 둘러보는 데 성공했고, 의자에 앉아 자신을 주의 깊게 바라보는 카를을 발견했다.

점점 더 커지는 음악 소리 너머로 자신의 소리가 들리게 하려고 엘레나가 소리쳤다.

"카를! 맙소사, 카를! 도대체 넌 무슨 짓을 한 거니?"

소년이 아주 조용히 대답했다.

"물론 특별한 것은 없어요. 선생님을 따라왔어요. 그자가 선생님을 공격할 걸로 알았거든요."

엘레나는 카를의 양손이 묶여 있다는 것을 알았다. 두 발도 마찬가지였다. 그는 아주 단단하게 의자에 묶여 있었다.

"오, 카를, 하느님 맙소사! 난 잠시 동안 믿었었어. 네가 그, 그, 그런데 그 칼을 갖고 뭘 한 거야?"

"그것밖에 발견하지 못했거든요. 그자는 너무나 쉽게 내 무기를 빼앗더군요. 만약 여기서 살아서 나가게 되면, 헤케 사부님과 함께 심각한 토론을 벌여봐야겠어요!"

엘레나는 정신이 명료하지 않았다. 어떻게 카를은 이런 상황에서 저리도 침착할 수 있단 말인가? 결정적으로 이 아이는 절대 방어 자세를 풀지 않는 것이다. 갑자기 그녀의 심장이 희망에 차서 두근거렸다. 어디에서도 제롬이 보이지 않았다. 큰아버지는 도망치는 데 성공한 것일까?

만족스런 목소리가 들려왔다.

"아, 깨어났구나! 다행이다."

엘레나는 방으로 들어오는 남자를 바라보았다. 비명을 참을 수가 없었다.

그는 바로 제롬이었다. 그러나 똑같은 제롬이 아니었다. 훨씬 젊고 훨씬 건장했다. 다리를 절지도 않았고, 머리카락도 회색이 아닌 갈색이었다. 게다가 손에는 가발을 들고 있었다.

"당신은 누구시죠? 당신은 큰아버지가 아니야, 그렇죠? 당신이 내 큰아버지 행세를 한 건가요? 왜요? 돈 때문에?"

남자가 웃음을 터뜨렸다.

"돈? 난 너희들이 가질 수 없을 정도로 돈이 너무 많아, 불쌍한 아가씨. 그리고 내가 바로 네 큰아버지다! 가족의 일원으로 환영한다!"

그때 카를이 물었다.

"선생님은 저 사람이 이상하다는 걸 몰랐어요? 그럼 심리학자로서 별로 재능이 없는 거군요!"

엘레나는 카를을 쏘아보았다. 지금은 그렇게 잘난 척 뽐낼 때가 아니었다.

갑자기 남자가 옷을 벗기 시작했다.

"자, 나를 봐. 네 아버지의 친절한 형제를!"

엘레나는 너무나 두려워 눈을 동그랗게 떴다.

"뭐, 뭐 하는 거예요?"

"네 아버지가 도착할 순간을 위해 준비하는 거야. 지금쯤이면 오래된 친구가 오지 않는다는 걸 알아챘을 것이고, 내가 보낸 메시지도 받았을 테니까."

셔츠의 단추를 풀며 권총을 등받이 없는 의자에 올려놓았다. 그리고는 아주 커다란 벌초용 칼을 엘레나와 자비 사이에 놓았다.

제롬이 남아 있는 옷들을 마저 다 벗었을 때 엘레나는 비명을 질렀다. 온몸에 끔찍한 상처자국들이 뒤덮여 있어, 온통 흠집이 난 피부 위에서 마치 살아 있는 핏빛 벌레들이 꿈틀대는 것 같았다.

"아름다운 그림이지, 그렇지 않나? 아무것도 묻지 마. 완전히 입을 다물고 있어. 아니면 불 속으로 던져버릴 테니까. 알았어? 아무 말도 하지 마, 고개만 끄덕이라고."

공포가 순간적으로 그녀에게서 목소리를 앗아가 감히 입을 열 수조차 없었다. 엘레나는 제롬에게서 눈을 떼지 않은 채 고개만 끄덕였다.

갑자기 제롬이 표정이 굳으며 벌떡 일어섰다. 불꽃과 시끄러운 음악 소리 너머로 엘레나의 이름을 외치는 소리가 들렸다.

"우리는 여기 지하에 있어."

제롬이 위쪽에 대고 소리를 질렀다.

한 손으로는 벌초용 칼을 잡고, 다른 한 손으로는 고리에 고정시켰던 매듭을 끄르면서 피에르 자비를 묶은 끈을 잡았다. 간신히 근육이 긴장을 했지만 녹초가 된 피에르 자비는 그것조차 알아채지 못하는 것 같았다.

제임스 바르톡은 방으로 들어와 눈앞에 펼쳐진 아비규환의 소름 끼치는 광경을 보고 발걸음을 멈췄다. 넘실대는 뜨거운 불꽃, 벌거벗은 육체들, 그 사이에 딸이 있었다. 온몸이 상처로 뒤덮인 남자는 한 손으로 커다란 칼을, 다른 손으로 끈을 잡고 있었고, 한 소년이 의자에 묶여 있었다. 이 무시무시한 광경은 오래된 과거의 형벌 장면을 상기시켰다.

제롬이 외쳤다.

"안녕, 사랑하는 동생! 마침내 우리가 진실을 마주하고 섰네! 결국 네가 내 앞에 섰어! 아버지가 너무 일찍 죽은 게 정말 유감이다. 오늘 아버지가 이 자리에 있었다면 정말 좋았을 텐데. 그러면 그에게도 복수해줄 수 있었을 텐데. 하지만 괜찮아, 네가 훌륭하게 대신하고 있으니까."

제임스가 떨리는 목소리로 외쳤다.

"제발 부탁이야, 형! 내 딸을 풀어줘요. 그 애는 형한테 아무 짓도 안 했잖아. 내 딸이야, 사랑하는 내 딸이라고. 그 아이는 이미 많은 고통을 겪었어. 이것은 옳지 않아!"

이 마지막 단어가 제롬을 불같이 화나게 만든 것 같았다.

"옳다! 옳다! 뭐가 옳지 않다고 생각해? 그럼 난, 응, 난 뭐냐! 인생이 나한테는 옳았을 것 같니? 나를 봐. 이런데 인생이 나한테 옳았다고 생각해? 나를 미친 여자의 손에 던져버린 것은 옳은 건가? 우리 어머니 말이야. 인생에서 나를 고문하는 것 말고 다른 목적은 없었던 그 여자한테 말이야!"

제임스가 멍한 얼굴로 제롬의 말을 받았다.

"무슨 얘기를 하는 거야? 미친 여자? 어떻게 미쳤다는 거야? 누가 형을 고문했다고?"

"어머니 말이야! 넌 어머니 기억 안 나? 어머니는 아버지가 자기를 버린 게 너무 뚱뚱해서였다고 생각했어. 어머니는 나한테 복수했지. 나를 먹이고 또 먹였어. 토할 때까지. 그러고 나면 며칠 동안 강제로 굶겼지. 때때로 나는 너무나 허약해져서 죽을 거라고 생각했어. 아니, 죽고 싶다고 소원을 빌었지. 온 힘을 다해 죽음에 호소했어. 너와 아버지한테 호소했던 것처럼 말이야! 하지만 너희들은 한 번도 오지 않았어. 나를 구해주지 않았다고!"

"왜 오지 않았냐고? 무슨 얘기를 하는 거야?"

제롬은 제임스의 얘기를 듣지 않았다. 광기와 분노에 미쳐 그의 귀에는 어느 누구의 이야기도 들리지 않았다. 자비가 가슴을 찢는 듯한 신음소리를 냈다. 제롬이 흥분해서 잡고 있던 끈이 마구 흔들렸던 것이다.

제롬이 소리쳤다.

"너희들은 나를 버렸잖아! 버렸다고!"

"맙소사! 제롬 형 도대체 무슨 일이 일어난 거야? 왜 형이 우리를 공격하는 거야? 우리는 아무것도 몰랐어!"

"몰랐다고? 내가 편지를 보냈잖아. 내가 구조를 요청했지만 너희들은 한 번도 답장하지 않았어! 어머니가 나를 고문하도록 내버려뒀다고. 몇 번이고 되풀이해서 말이야!"

"우리는 편지를 한 장도 못 받았어!"

"믿을 수 없어! 난 편지를 보냈어. 수십 통 보냈다고!"

"형, 내 딸을 걸고 맹세할게. 아버지도 나도 편지는 단 한 통도 못 받았어. 만약 그런 줄 알았다면, 아버지는 형을 구하기 위해 지옥에라도 갔을 거야!"

하지만 제롬은 이성적인 사고를 완전히 넘어섰다. 그는 버림받은 미치광이처럼 소리를 지르며 거칠게 행동했다. 너무나 놀라고 당황한 제임스도 같이 소리 질렀다.

"왜? 왜 이렇게 늦게 왔어, 다 컸는데. 왜 지금 왔냐고? 왜 그렇게 많은 세월이 흐른 다음에 온 거야?"

"올 수가 없었으니까."

제롬이 조금 안정을 찾으며 내뱉듯이 말했다.

"어머니는 나에게 엄청난 영향력을 갖고 있었어. 내가 큰 다음에도 어머니는 나를 마음대로 조종했지. 성인이 된 이후, 난 너무나 많이 망가져서 어떤 결정권을 갖는 게 불가능했어. 난 세상에서 어느 누구보다 너희들을 가장 증오했지. 너희들은 가장 비열한 방법으로 나를 배반했어. 다시는 너희를 보고 싶지 않았지. 이곳에 오기 위해 꽤 많은 세월이 필요했고, 네 명의 분석가들을 녹초로 만들었지. 여기, 프랑스에 오기 위해서 말이야. 그리고 난 여기서 내 인생의 유일하게 행복한 날들을 보냈어."

두 형제가 싸우는 동안 엘레나는 온 힘을 다해 생각했다. 제롬은 자신의 고통을 쏟아내는 데 너무 집중해서 더 이상 그녀에게 주의를 기울이지 않았다. 파리 떼가 윙윙거리는 소리, 음악 소리, 타닥거리는 불꽃 소음은 그녀가 뭔가를 시도할 수 있을 정도로 충분히 시끄러웠다. 천천히, 아주 천천히 엘레나는 밧줄을 잡기 위해 몸을 비틀었다. 다행히 그녀는 몸이 유연했고 육체적으로 좋은 조건을 갖고 있었다. 밧줄에 묶인 두 다리가 혈액순환이 잘 안 되서 아프기는 했지만 아주 어렵지는 않았다. 엘레나는 밧줄로 고리를 만들어 거기에 손을 걸었다. 그러고 나서 조용히 몸을 일으켜 발목의 매듭을 풀기 시작했다. 안타깝게도 몸무게 때문에 포승줄은 다시 죄었고, 밧줄 가닥이 흘러내렸다. 손가락이 찢어지며 손톱 두 개가 뒤집혔다. 굉장한 고통이 가슴을 죄었지만, 그녀는 절망의 에너지를 모아 집중했다. 큰아버지가 뱉어내는 얘기를 계속 들으며 제발 자신에게 고개를 돌리지 않기를 빌었다.

"이 아름다운 자국들 보여? 정말 피부는 멋진 옷감이지. 인간의 몸에 있는 기관 중 피부가 가장 크다는 것 알아? 피부는 꼭 맞기도 하고, 늘어났다가 줄어들기도 하지. 하지만 어머니가 나한테 강요했던 단식의 단계에 맞춰서 항상 그렇게 빨리 수축한 것은 아니었어. 마치 너무 큰 옷처럼 되었지. 따라서 전체적인 매무새를 고치기 위해서는 재봉사가 필요했어. 친애하는 어머니는 의사를 한 명 찾아냈지. 그 의사 역시 어머니처럼 괴물이었어. 외과 의사였지만 의료 행위가 금지된 사람이었지. 그는 우리 농장에서 살면서 네가 지금 보는 대로 나를 이렇게 만들었어. 그는 모든 종류의 상처자국을 시험했지. 굵게 꿰매기, 촘촘하게 꿰매기, 넓은 상처자국, 가까스로 눈에 보일 정도의 아주 섬세한 자국들. 그 사람도 어머니처럼 나를 학대했어. 두 사람은 완벽한 커플이었지."

제임스는 형이 하는 말을 듣고 심한 충격을 받았다. 동시에 엘레나가 포승줄을 풀기 위해 애쓰는 것을 보았다. 제임스는 제롬이 계속 얘기에 집중하도록 북돋으며, 제롬이 기억을 떠올리느라 엘레나의 행동을 알아채지 못하도록 온 마음으로, 온 영혼으로 기도했다.

제임스가 소리쳤다.

"그럴 수는 없어. 어떻게 아무도 알아차리지 못한 거야? 왜 학대받는다고 아무한테도 얘기하지 않았냐고?"

"아, 돈이 아주 강력한 재갈이었지. 어머니가 수표책을 꺼내기만 하면 모두들 입을 다물었어. 나는 자랐지. 자라면서 그들의 고문을 멈추기 위해서는 강해져야 한다는 것을 깨달았어. 그래서 혼자 몸을 단련했어. 때때로 약한 체력과 참을 수 없는 고통 때문에 힘들었지만, 계속 운동을 해서 무른 몸을 근육으로 만들었지. 그들에게 대항할 수 있는 날까지. 결국 그 추악한 백정이 여느 때처럼 나를 제멋대로 자르러 온 날, 온순한 죄수가 아니라 미친 생쥐를 보게 되었지."

"무슨 일이 벌어진 거야?"

"그를 죽여버렸어. 그를 때려눕히고 두 눈을 꿰맸지. 그다음은 코를, 항문을, 마지막으로 입을 꿰맸어. 너무 세게 봉합했던 것 같아. 결국 그는 질식해서 죽어버렸지. 완전히 숨이 끊어지는 순간까지 적어도 한 시간은 걸렸을 거야."

제임스는 방금 들은 얘기를 믿을 수가 없어서 형을 바라보았다.

"그다음에 어머니를 위협해서 재산의 절반을 나한테 넘기도록 강요했어. 대부분 무기명 채권으로 벌어들인 재산이었지. 그리고 나는 떠났어. 초기에는 그리 멀지 않은 곳에 있었지. 이웃의 농장을 샀거든. 어머니와의 관계를 그렇게 금방 끊는 것은 쉽지 않았어."

아, 됐다, 매듭이 풀리기 시작했다! 엘레나는 발목을 조이고 있던 밧줄을 재빨리 풀고 고개를 들었다. 천장 들보에 붙은 V자형 고리에 걸린 도르래가 끈을 유지하고 있었다.

좋아, 바닥으로 뛰어내릴 수 없다면 불구덩이 속으로 떨어질 것이다. 하지만 방금 풀어낸 끈을 이용해 몸을 흔든다면 틀림없이 훨씬 멀리 뛸 수 있을 것이다. 아버지가 계속 큰아버지의 주의를 끌도록 해야 했다. 그렇지 않으면 끝장이었다. 엘레나는 한숨을 쉬고 아주 부드럽게 흔들기 시작했다.

제롬이 계속 말을 이었다.

"두 명의 백정에게서 해방된 후 난 평범한 인생을 살 수 있을 거라 믿었어. 그런데 머리가 제대로 작동하지 않았지. 나는 정신분석 치료를 시도했어. 정신과 의사들은 항상 환자들이 하는 얘기를 주의 깊게 듣지 않아. 몸도 역시 정상이 아니었지. 그 잔인한 외과 의사가 너무 깊이 잘라낸 거야. 그 백정 놈이 내 신경을 건드리고 근육을 잘라낸 거야. 이 상처들은 매일 나를 아프게 하고 나를 찢어발겼어. 어머니가 아프기 시작했을 때, 의사가 암이라고 진단했지. 아무튼 나는 엄마가 죽고 나면 상황을 끝내기로 결심했어. 이것을 준비하는 데 일 년 이상이 걸렸어. 희생양들을 선택하고, 내가 살아온 인생에 어울리는 마지막 장면을 연출하는 데 말이야. 자살하는 것은 너무 쉽잖아. 아버지와 너를 죽였다 해도 너무 단순해서 충분히 복수할 수 없었을 거야. 너희들의 죽음은 내가 필요로 하는 평화를 마련해주지 못했을 테니까. 그래서 난 더 나은 방법을 찾았지. 그 임무는 네가 책임져야 해. 너도 나처럼 인생이 끝날 때까지 결코 잊지 못할 추억을 갖게 될 거야."

제임스가 뒤로 물러섰다.

"형, 나더러 널 죽이라는 거야?"

제롬이 비웃으며 말했다.

"선택의 여지가 없어. 만약 네가 나를 죽이지 않으면 네 딸이 죽는 거야! 나를 죽이면 저기 매달린 저 커다란 비곗덩어리도 풀어줄 수 있어. 선택해, 이거 아니면 저거야. 그게 어떤 것이든지 두 가지를 다 구할 수는 없어."

제임스는 시간을 벌려고 애썼다. 그는 엘레나가 몸을 흔들기 시작하는 것을 보았고, 곧 필리프가 도착하리란 것을 알고 있었으므로. 그렇게 세 명이라면 제롬을 제압할 수 있을 것이다.

"왜 그 사람들을 선택한 거야? 왜 뚱뚱한 사람들이었냐고?"

제롬은 믿지 못하겠다는 미소를 지었다.

"딸이 죽어가는데 넌 질문이나 하고 있어? 진짜 알고 싶은 거야, 아니면 시간을 벌고 싶은 거야? 그래, 난 맘이 넓으니까 대답해주지. 네가 원하는 게 그거야?"

"제발 부탁해, 제롬……."

"쉿! 입 닥쳐. 입 닥치고 잘 들어. 난 프랑스로 오기로 결심하고 뚱뚱한 사람들을 찾아다니기 시작했지. 그때까지 살았던 것처럼 혼자 살고 싶지는 않았거든. 왜 나일까, 왜 나만 그렇게 된 걸까? 너무 많이 먹는 인간들, 제대로 먹지 않는 인간들, 모두 죄가 있어. 그들도 나처럼 고통을 받아야 해. 난 그런 인간들은 종종 특별한 구두가 필요하다는 것을 알고 있었어. 그들은 발바닥의 오목한 부분이 아프거든. 그래서 베를뤼티 제화점에 갔지. 거기서 그 멋진 달빛 구두닦이 클럽을 발견했어. 그 클럽에서 열 명 정도 되는 뚱보들을 알게 되었지. 그들은 서로 유익한 존재라고 믿었어. 다 부자였고, 막대한 재산으로 보호받았으니까. 나는 더 깊이 파고들었어. 진짜로 죄가 있는 사람들을 찾아내고 싶었으니까. 왜 그렇게 뚱뚱한 사람들을 골랐냐고? 아니, 나는 뚱뚱할 뿐 아니라 괴물인 인간들을 찾아내야 했어. 쉽지는 않았지만, 마침내 다섯 명을 찾아냈지. 유아 밀매와 관련된 사람들이었어. 에마뉘엘 젱리는 디오발스키와 함께 동부유럽에서 아기들을 수입했고, 피에르 자비는 자금을 조달했으며, 게다가 추악한 소아 성애자이기도 했어, 그렇지, 뚱보?"

제롬이 끈을 흔들었고 자비는 신음소리를 삼킬 수가 없었다.

"마크 드쉬스는 무역 업무와 물자 보급을 위해 사무실을 빌려주었고, 프랑크 마르는 자신의 스튜디오에서 아기들 사진을 찍었어. 그리고 브뤼노 러그는 아기들에게 필요한 물품과 요람을 공급했어. 완벽한 소규모 암거래 사업이었지. 그렇지 않은가, 친애하는 자비 씨? 이 사소한 비밀을 찾아내느라 시간이 좀 걸렸지. 우연히 이 비밀을 발견하고 나서, 나는 이 사건을 끝까지 이뤄내야 할 동기가 생겼다는 것을 깨달았지."

제임스는 제롬이 자비와 엘레나를 향해 몸을 돌릴까 봐 두려웠다. 제임스는 무언가를 하려는 것처럼 불쑥 제롬을 향해 다가갔다. 제롬은 그럴 줄 알았다는 듯이 반응했다.

"쯧쯧, 뒤로 물러서! 내 위로 뛰어넘어 봤자 좋을 것 하나 없어. 내가 무슨 얘기를 했지? 아, 그래! 이 새로운 범죄 방식으로 나는 경찰의 관심을 돌리는 데 성공했지. 도전 과제처럼 아주 흥미진진했어. 물론 정의의 수호자로 행동할 생각을 했지. 나는 젱리를 이용했어. 돈이 모든 문을 열어주었지. 마침내 구원을 향해 첫발을 내딛는 순간이 다가왔어. 나는 자비의 집으로 숨어들어 하드디스크를 훔쳤어. 그리고 그것을 필리프 하트 반장에게 보냈지. 나는 필리프 하트가 이 사건의 수사를 지휘하기를 바랐고, 그를 통제하고 싶었어. 그를 선택한 이유는, 그가 과거에 지저분한 사건에서 널 꺼내줬던 걸 알고 있기 때문이었어. 그것은 바라던 대로 완벽하게 작동했지. 바로 하트 반장이 사건의 책임을 맡은 거야. 게다가 그는 너의 매력적인 딸과 친해졌지. 오, 기적이었어. 두 사람이 사랑에 빠진 건 말이야. 내가 예상하지 못한 멋진 보너스였지. 고백하자면 그것은 행운이었어."

"형은, 형은 그런 것들이 전부 왜 필요한 거야?"

"넌 마지막 장면을 원하는군. 곧 보게 될 거야. 자, 이거야, 여러 가지 해결점이 있어. 네가 나를 죽이고 딸을 구한다. 네가 나를 죽이지 않고 엘레나를 죽게 내버려 둔다면 내가 널 죽일 거야. 만약 네가 죽게 된다면, 우리의 잘생긴 반장이 도착해서 너희 두 사람 시체 위에, 결국에는 자비까지 세 사람이겠지, 그 위에 고개를 숙이고 있는 나를 보게 될 거야. 나는 놀라서 고개를 들고, 그 다음에는 저 큰 칼을 들고 그를 향해 달려가겠지. 운이 좋다면 내가 한 발 앞으로 내밀기도 전에 그는 내 심장에 세네 발의 총알을 박아 넣을 테지."

"형은, 형은……."

"미쳤다고? 끔찍하다고? 모든 자살이 이렇지는 않다고 시인하지. 이게 복잡한 것 같아? 병든 뇌가 만들어낸 열매야. 확실해. 오히려 이런 행동이 논리적인 사고에서 나온 것 같아. 자, 이제 이유와 내력을 알았으니, 넌 어떻게 할 거야? 뚱보야, 딸이야, 뚱보?"

제롬은 한 손으로 피에르를 묶고 있는 밧줄을 흔들었다. 그리고 다른 한 손으로는 벌초용 칼로 엘레나가 묶여 있는 밧줄 섬유를 천천히 자르고 있었다. 갑자기 제롬이 눈썹을 찌푸렸다. 앞에 있는 밧줄이 흔들렸다. 제임스가 제지할 틈도 없이 제롬이 고개를 돌렸다. 엘레나를 묶고 있던 밧줄이 천천히 느슨해지다가 밧줄의 섬유 한쪽이 끊어지는 것을 보고 정신이 빠진 제임스는 권총을 향해 뛰어올랐다. 엘레나는 불구덩이를 피할 수 있을 충분한 거리를 확보하지 못했기 때문에 구덩이 속으로 떨어질 판국이었다.

제롬이 비웃었다.

"엘레나가 타잔 영화를 너무 많이 봤구먼. 조심해, 흔들기를 끝내야지!"

제롬은 갑작스런 동작으로 고리에 연결된 밧줄을 잡아채 엘레나의 도약을 방해하며 위쪽으로 끌어당겼다. 그녀는 제자리에서 뱅뱅 돌기 시작했고, 계속 회전하는 밧줄을 통제할 수가 없었다. 고통스러워하는 엘레나의 비명소리가 아버지의 가슴을 꿰뚫었다.

"그만! 그만해!"

제임스가 의자에서 낚아챈 권총을 흔들며 외쳤다.

"쯧쯧쯧, 불필요한 위협이야."

밧줄에서 늘어진 쓸데없는 오라기를 자르며 제롬이 악의적으로 혀를 끌끌 찼다.

"나는 말이 아니라 행동을 원해. 엘레나는 죽을 거야, 제임스. 왜냐하면 넌 행동할 능력이 없기 때문이야. 아버지가 나를 어머니한테 던져버렸을 때처럼 말이야. 유감이야!"

제롬이 벌초용 칼을 쳐들었다. 밧줄을 완전히 끊어버리기 위해.

차가운 총알 소리가 제롬의 가슴을 뚫고 등 뒤로 나오면서 테니스 공 크기의 구멍이 뚫렸다. 곧이어 또 다른 총성이 뒤를 이었지만 너무 빠르게 이어져서 순간적으로 단 한 번의 총성만 들린 느낌이었다. 제임스는 주저하지 않았다. 그는 절망에 사로잡혀 미친 듯이 총알을 발사했다. 제롬은 승리의 표정을 지으며 밧줄을 놓고는 쓰러졌다. 동시에 뜨거운 불구덩이 위로 자비가 떨어졌다.

완전히 얼이 빠진 제임스는 그 자리에서 굳어버렸다. 엘레나를 묶었던 밧줄이 천천히 끊어지고 있었다. 엘레나가 떨어지려는 순간, 필리프가 도착했다. 필리프는 벽에 세워져 있던 무거운 판자를 불구덩이 위로 넘어뜨려서 엘레나를 두 팔로 받아내고, 입고 있던 재킷을 벗어 그녀의 벗은 몸을 감쌌다. 엘레나는 정신을 잃기 전에 그를 보고 미소 지었다. 필리프는 자비를 향해 달려가 어렵게 불구덩이에서 꺼냈지만 너무 늦었다. 그는 이미 숨이 끊어진 상태였다.

필리프는 충격에 빠진 카를을 풀어주고 공포로 침묵하는 제임스를 바라보았다. 두 눈 가득 눈물이 고인 제임스가 제롬 옆에 무릎을 꿇었다. 음악이 갑자기 끊어지고 고통스런 침묵이 맴돌았다.

"미안해, 형을 버려둬서 미안했어. 우리는 몰랐어, 우리는 정말 몰랐어."

제임스가 계속해서 중얼거렸다.

마지막 힘을 모아 제롬은 제임스의 손에 무엇인가를 쥐어주었다. 그것은 리모컨이었다. 순간적으로 당황하며 제임스는 형이 지하실에 함정을 설치했다고 생각했다. 제롬은 가까스로 미소를 지으며 안정된 표정으로 작동 버튼을 누르라는 손짓을 했다.

"넌 알 수 없었을 거야…… 난…… 너무…… 고통스러웠어…… 고마워…… 제임스…… 그걸 봐…… 알게 될 거야…… 두려워하지 마…… 함정이 아냐……."

제임스가 작동 버튼을 누르자 앞에 있던 하얀 벽이 밝아졌다. 갑자기 비디오 테이프로 녹화된 제롬의 영상이 나타났다.

"이것은 나의 사후 유언이오. 나는 내가 하려는 바를 모두 실행했소. 이 사건의 범죄는 모두 내가 저지른 것이오. 네드 네슬린스키는 풀어주시오. 그는 이 살인사건과 아무런 관계가 없소. 함정에 빠지기 쉬운 나약한 인간이고, 나의 사랑스러운 조카 엘레나에게 너무 가까이 접근하는 실수를 범했을 뿐이오. 자, 처음으로 돌아가봅시다. 여러분은 내 어머니를 아시오? 이 여자가 바로 그녀요."

아름답고 날씬하며, 상냥하고 쾌활해 보이는 여자의 영상이 나타났다가, 그녀가 훨씬 살이 찐 두 번째 영상으로 바뀌었다. 계속 이어지는 영상 속에서 그녀는 점점 부풀어 올랐고, 살이 삐져나올 정도로 몸이 비대해졌다. 다음 영상들에서 그녀는 비쩍 야위었고, 카메라 렌즈를 향해 고통스런 얼굴을 보여주었다. 그 다음에 나타난 영상에서는 또다시 엄청나게 몸이 비대해졌다. 그런 영상들이 번갈아 가며 끝도 없이 이어졌다.

제롬의 목소리가 이어졌다.

"불가사의한 원인 때문이었지. 어쨌든 이 사진들은 어머니가 괴물이 되기 전이오. 어머니는 아버지가 자신이 너무 살이 쪄서 떠난 거라고 생각했소. 당시 어머니의 사진들은 절대 그렇지 않았다는 것을 보여주었소. 그녀는 그때 이미 약간 정신이상이 나타났던 거요. 그것이 아버지가 그녀를 떠난 진짜 이유였소. 그녀는 신경쇠약과 히스테리 환자였고, 아버지에게 지옥 같은 인생을 살게 했소. 아버지는 어머니에게 돈을 주어 나를 데리고 떠나게 내버려 두었소. 이혼 후 그 돈으로 어머니는 아르헨티나에서 엄청난 부를 쌓을 수 있었소. 어머니는 미쳤지만 너무나 지적인 여자였소. 그녀의 광기에 대한 대가는 내가 치렀지. 어머니는 나를 고문했소. 이 영상들을 잘 보시오. 그녀가 직접 찍은 것들이오."

그들은 제롬이 엄청나게 많은 과자와 사탕에 파묻혀, 터질듯이 부풀어 오른 배를 안고 미치광이처럼 두 눈을 굴리며 신음하는 모습을 보았다. 수술대 위에서 고문당한 제롬, 축 처져서 밀가루 반죽처럼 잘라낸 그의 피부, 제롬과 상처자국들, 영양실조로 무섭게 야윈 제롬, 심하게 갈라진 입술, 험상궂은 표정.

제임스가 중얼거렸다.

"오, 맙소사! 이렇게 끔찍할 수가! 어떻게 자기 아들한테 이럴 수가 있어. 그런 모습을 사진까지 찍다니!"

"그녀는…… 괴물이었어…… 우리 엄마가…….'

마지막 호흡을 뱉어내며 제롬이 말했다. 입술 끝에 핏방울이 맺혔다. 제롬은 숨을 거두었다.

한 여자의 광기에 희생된 아이의 끔찍한 영상을 보며 공포에 사로잡혔지만, 그들은 제롬이 남긴 최후의 메시지를 끝까지 보았다. 비디오테이프의 마지막 부분에서 엘레나와 제임스는 벽 위에 자신들의 모습이 나타나자 너무 놀랐고, 제롬이 그들의 생활을 낱낱이 파악하고 있었다는 것을 깨달았다. 제롬은 동생과 조카딸의 일거수일투족을 파악하기 위해 사람들을 고용했다. 수많은 사진들과 필름이 있었다. 자신들도 모르는 사이에 카메라에 찍힌 수많은 모습들, 사라져버린 순간들.

제롬은 어떻게 어머니한테 맞설 용기를 갖게 되었는지 설명했다. 그는 오랜 세월 동안 자신의 농장에서 일하며 동물들에게서 위안을 찾았다. 위대한 사냥꾼으로서 자연과 동물에 대한 깊은 사랑을 느꼈다. 그는 뱅센 숲 동물원의 곰들에게 사용했던 약품에 대해 자세히 설명했고, 필리프는 자신이 틀리지 않았다는 것을 확인할 수 있었다. 제롬은 평범한 삶을 살 수 있으리라 믿었지만, 어머니의 광기가 줄기차게 그를 괴롭혀 평범하게 살 수 있는 기회를 앗아갔다. 당연히 제롬은 동생과 조카에게 말했던 것처럼 결혼을 하거나 아이를 갖지 못했다. 또 아버지에 대해서도 거짓말을 했다. 아버지는 정신 요양원 같은 곳에는 한 번도 간 적이 없었으며, 제임스 역시 구타를 당한 적이 없었다. 물론 그의 어머니가 프랑스에 남아 있는 아들을 걱정할 이유도, 걱정한 적도 없었다.

많은 돈을 쓰면서까지 어머니는 몇 번이고 제롬을 뒤쫓았다. 당시 제롬이 미친 듯이 사랑했던 여자가 있었는데, 사고로 위장해 그 여자를 죽이려고 여자의 자동차를 망가뜨리기까지 했다. 다행히 미리 눈치를 챘지만, 어머니 때문에 공포에 질린 제롬은 다시는 사랑하는 여자를 만들지 않았다. 이 시기에 그는 죽고 싶었지만, 그 생각을 없애기 위해 자신이 중오하는 것들에 대해 깊이 숙고했다. 그 즈음 어머니가 암에 걸린 것을 알게 되었고, 병은 이머니의 광기를 점점 완화시켜 주었다. 제롬은 여러 번 프랑스에 와서 많은 사람들과 접촉했고, 이집 지하실에 감옥을 만들었다. 뚱보들을 납치했으며, 자신이 당한 것과 똑같이 그들을 고문했다. 살인을 위한 모든 것이 준비되었다. 마지막으로 필름은 병으로 수척해진 괴물을 보여줬다. 제롬은 이때 일주일 동안 아르헨티나로 돌아가서, 자신의 손으로 어머니를 죽였다고 설명했다. 제롬은 어머니를 저주했다. 정신이 완전히 나간 채 프랑스로 돌아온 제롬은 굶겼던 사람들을 차례로 죽이며 살인을 연출하기 시작했다. 이어서 어머니의 장례식이 거행되었고, 유언장의 내용을 미리 알고 있었던 그는 결국 모든 것을 끝내기 위해 그들을 이곳으로 인도했던 것이다.

"지금 여러분이 이 영상들 속에서 나를 보고 있다면, 사건이 잘 마무리되어 모든 것이 끝난 다음일 것이오, 적어도 내게는. 모두들 영원히 안녕. 이제 내게 중요한 것은 아무것도 없소. 이제 무섭지도 않고 배고프지도 않으며, 더 이상 고통스럽지도 않소. 사랑하는 조카딸이 늘 이 세상의 일원으로 잘 살아가기를 바랄 뿐이오. 그녀만이 나의 유일한 위로가 되어줄 것이오. 영원히 안녕."

엘레나는 그 비극적인 날 이후 며칠 동안 병원 신세를 졌다.

드포르 국장은, 불행히도 피해자가 한 명 더 발생했지만 진짜 연쇄살인범이 잡혔다고 신문사에 알렸다. 제롬의 정체는 밝혀졌지만 제임스 바르톡과의 관계는 침묵 속에 묻혔다. 형의 죽음에 관련되었다는 사실도 영원히 과거 속으로 사라졌다. 기자들은 오히려 여론을 뒤흔든 유아 밀매 사건에 더욱 무게를 두었다.

네드는 결백이 증명되어 풀려났다. 결과적으로 이 사건은 병원의 명성에 아무런 해도 끼치지 않아 환자들이 다시 찾아왔다.

엘레나는 카를에게 심각한 해명을 요구했다. 살인범과 그녀 사이의 관계를 의심했지만, 그것이 무엇인지 찾을 수 없었던 카를은 결국 엘레나를 미행했다. 그녀가 건물 모퉁이에서 본 실루엣은 카를이 맞았다. 묘지에서도 마찬가지였다. 덕분에 카를은 묘지에서 제롬이 다리 저는 흉내를 내고, 가발을 썼다는 사실을 알아차렸다. 이런 사소한 부분이 위험을 경고했고, 그는 사건의 실체에 꽤 가까운 가설을 세웠다. 하지만 누가 열여섯 살짜리 소년의 말을 믿어줄 것인가? 어쩔 수 없이 카를은 엘레나를 감시하는 시간을 두 배로 늘렸고, 결국 이런 행동이 의심스러운 제롬을 미행하기에 이르렀던 것이다.

카를은 택시를 타고 뢰이으 말메종에 도착했다. 저택 안으로 들어가 보고 나서 바로 그 장소에서 무서운 일이 벌어졌다는 것을 깨달았다. 제롬이 자동차를 타고 어디론가 가자 카를은 경찰에 전화를 했다. 엘레나가 도착하는 것을 보았고, 몇 분 후 제롬이 돌아왔다. 카를은 엘레나에게 알리는 데 미처 성공하지 못했기 때문에, 칼을 찾아 들고 지하실로 내려갔다. 문제의 사이코패스를 꼼짝 못하게 하고 자신의 정신과 담당의를 구할 수 있기를 바라면서. 카를은 제롬에게 몸을 던졌다. 왜냐하면 엘레나를 때려눕히려고 등 뒤에서 곤봉을 휘두르는 제롬의 모습을 엘레나가 못 보았기 때문에. 그 건장한 남자는 큰 무리 없이 소년을 제압했고, 그 사실로 카를은 자존심에 큰 상처를 입었다. 카를은 이제 마지막 순간을 맞나 보다 생각했지만, 제롬은 그를 묶어 놓기만 했다. 마지막 장면을 위해 관객이 필요했던 것일까? 아무튼 카를은 그 드라마틱하고 비극적인 상황에도 불구하고 상처받지 않았다. 오히려 반대로 무술로 몸을 완벽하게 단련하고, 능력 있는 범죄심리학자가 되고 싶다는 욕구를 갖게 되었다. '왜 안 되겠니.' 카를의 얘기를 들으며 결국 엘레나는 이렇게 중얼거렸다. 카를의 천재적인 통찰력은 틀림없이 주식시장보다는 그 분야에서 훨씬 필요한 인물로 만들 것이다. 그를 미치게 만들지 않는다는 조건하에서 말이다.

해럴드 푸앙 박사는 마침내 제롬이 피해자들을 운반한 방법을 찾아냈다. 강화 외골격(인간 신체에 기계 장치를 덧대어 섬세한 움직임뿐 아니라 인간 이상의 힘을 내도록 고안된 장치―옮긴이)을 이용한 방법이었다. 소형화 기술에 매우 앞선 일본인들이, 하지 마비 환자들이 외부의 도움 없이도 움직일 수 있도록 갑옷 같은 것을 만들어내는 데 성공했던 것이다. 이 기계 장치가 지하실에서 발견되었다. 이 기계로 제롬은 피해자들이 죽은 다음에 외골격 안에 시체를 넣어 운반할 수 있었다. 이것으로 뱅센 숲의 계단을 어떻게 내려갈 수 있었는지에 대한 설명도 가능했다.

해럴드는 매번 시체의 몸에서 찾아낸 기계의 기름 흔적이, 그 정밀한 기계 장치에서 묻었다는 것을 밝혀내지 못한 점에 매우 자존심이 상했다. 피에르 자비의 부검을 통해 자비는 불구덩이 속으로 떨어지기 직전에 심장 발작으로 사망했다는 것이 밝혀졌다. 쇠약한 신체 상황과 격렬한 공포, 거꾸로 오랫동안 매달려 있었던 점이 더해져 심장 발작을 일으킨 것이다.

제임스 역시 비극적인 광경과, 짧은 시간 동안 자신의 가족사에 대해 알게 된 사실로 인해 심각한 영향을 받았다. 그는 몹시 심하게 죄의식을 느꼈기 때문에 엘레나는 한 정신과 의사 친구에게 아버지를 도와달라고 부탁했다. 제임스는 벌어진 모든 사건의 책임을 자신이 지지 않을 수 없다는 것을 깨달았다. 하지만 엘레나는 크게 걱정하지 않았다. 아버지는 곧 기운을 회복할 것이다.

엘레나는 무서운 일이 벌어진 무대가 된 뢰이으 말메종 저택을 서둘러 팔았다. 필리프가 마침내 자신 안에 자리했던 과거의 악마들을 쫓아내려 애쓰는 동안, 엘레나 역시 과거의 상처를 치료했다. 필리프는 카를라가 남겨준 아파트를 팔겠다고 과거의 장인어른에게 알리며 한 발을 내디뎠다. 놀랍게도 장인은 이 소식에 기뻐했다. 그 역시 친아들처럼 여겼던 사위가 이제 인생을 다시 시작해야 할 때가 왔다고 생각한 것이다.

엄청난 재산의 유일한 상속인인 제임스 바르톡은 아르헨티나를 방문했다. 그곳에 도착한 그는 제롬이 틀렸다는 것을 깨달았다. 그들의 어머니는 프랑스에 남은 가족들에 대한 감시의 눈을 한 번도 멈춘 적이 없었다. 그것은 뢰이으 말메종 저택에서 제롬이 찾아낸 엘레나의 사진이 설명해주었다. 몇 주 후 프랑스로 돌아온 제임스는 좀 나아진 것 같았고, 서서히 과거를 잊을 수 있었다. 엘레나 역시 아버지가 과거를 잊고 현재를 살아갈 수 있도록 도와주었다. 그는 이제 할아버지가 될 것이다.

필리프와 엘레나는 세 사람을 위한 아파트를 찾아나섰다.

얼마 후면 태어날 아기가 할아버지를 위로해줄 것이다.

잔혹한 살인 현장에 울려 퍼진
상처받은 영혼들의 메아리

『뚱보들의 저녁식사』는 세계적인 찬사를 받고 있는 판타지 소설 『타라 덩컨』의 작가 소피 오두인 마미코니안이 처음 쓴 스릴러이다.

형사반장 필리프 하트와 소아정신과 의사인 엘레나는 한 소아 성애자의 범죄행위 때문에 우연히 알게 되고, 그 순간부터 괴상망측한 살인사건이 연쇄적으로 벌어진다. 프랑스에서 거의 실종되지 않는다는 뚱뚱한 사람들이 연달아 실종되고, 그들의 시체가 차례로 발견된다. 그것도 살이 다 빠져 껍데기만 남은 채로 말이다. 살인범은 사건 현장에 피로 쓴 시를 남기고, 그 시는 살인에 대한 단서를 제공한다. 살인범은 왜 피로 적은 시를 남겨 경찰에게 사건의 단서를 제공하는 것일까? 왜 뚱뚱한 사람들만 납치해서 살해하는 것일까? 형사반장인 필리프와 엘레나를 중심으로 계속 벌어지는 우연한 상황들. 살인범은 그들 주위에 있다. 얽히고설킨 인물들의 관계 속에서 과연 살인범은 누구일까?

이 추리소설은 살인을 다루고 있지만, 사실 더 깊이 들어가 보면 상처받은 사람들에 대한 이야기임을 알 수 있다.

사건 해결의 책임을 맡은 형사반장 필리프 하트는 아내가 비행기 사고로 죽었지만 시체도 찾지 못한 불행한 사나이로, 그 이후 여자들에게 진정한 사랑을 느끼지 못하다가 엘레나를 만나게 된다. 소아정신과 의사인 엘레나는 어린 시절, 아버지의 친구에게 성폭행을 당해 심각한 정신적 상처를 받아 남자와의 정상적인 교제가 불가능한 상태이다. 그녀는 소아정신과 의사가 되어 어린 시절의 자신처럼 상처받고 고통에 몸부림치는 아이들을 치유하기 위해 애쓴다. 두 사람은 '뚱보 연쇄살인사건'을 통해 만난 후 사건을 해결하는 과정에서 서로의 사랑을 확인하고 상처를 치유해간다.

살인범 역시 정신적 상처 때문에 괴로워하는 인물이다. 어린 시절부터 정신이상자인 어머니에게서 고통을 받으며, 결국 그 트라우마를 극복하지 못하고 타인을 살해하게 되는 연쇄살인범. 그도 필리프와 엘레나처럼 서로 가슴을 열고 위로할 수 있는 사람을 만났더라면 치명적인 상처가 치유되지 않았을까? 그러나 그는 어머니의 방해로 그런 인연을 만나지 못했고, 결국 연쇄살인범의 최후는 안타깝기만 하다.

소설이 진행되며 중요하게 등장하는 것이 음식이다.

이 소설에서 음식은 사건을 유발하는 동기인 동시에 하나의 트라우마이다.

어렸을 때부터 음식으로 고문을 당한 살인자가 뚱뚱한 피해자들을 고문하기 위해 요리를 만드는 장면은 이 소설의 색다른 매력이다. 소설을 읽으며 독자는 음식의 풍미, 향기, 맛, 색깔과 모양에 현혹된다. 살인범이 만드는 앙트레와 그 옆에 곁들인 향긋한 와인을 느끼며 피해자들의 고통을 함께 경험한다. 아주 생생하게 말이다.

작가는 사건이 진행되는 과정을 프랑스의 식사 과정으로 설정해 총 스물세 번으로 완성한다. 식전주인 아페리티프로 시작해 커피와 조각 케이크로 끝을 맺는다. 식사를 시작할 때 입맛을 돋우기 위해 아페리티프를 마시듯이, 맨 처음 장면은 살인범이 살인을 준비하는 모습으로 시작한다. 길고도 맛있는 식사의 마지막이 커피와 달짝지근한 조각 케이크로 달콤하게 마무리되듯이, 마지막 장면은 사건 종결 후 인물들의 일상과 미래를 이야기하며 끝이 난다.

독자들은 한 끼의 멋진 식사를 마무리하듯이, 마지막 책장을 덮으며 한 권의 매혹적인 추리소설을 기억하게 될 것이다.

나 역시 번역을 하면서 살인사건의 끔찍함과 두 사람의 사랑 이야기, 다양한 프랑스 요리에 넋을 잃고 몰입했다. 많은 독자들도 나처럼 『뚱보들의 저녁식사』의 매력에 푹 빠지길 기대해본다.

이혜정